AF597832

El dios de las pequeñas cosas

Arundhati Roy

El dios de las pequeñas cosas

Traducción de Cecilia Ceriani y Txaro Santoro

El papel utilizado para la impresión de este libro ha sido fabricado a partir de madera procedente de bosques y plantaciones gestionadas con los más altos estándares ambientales, garantizando una explotación de los recursos sostenible con el medio ambiente y beneficiosa para las personas.

El dios de las pequeñas cosas

Título original: *The God of Small Things*

Primera edición en España: octubre de 2025
Primera edición en México: octubre de 2025

D. R. © 1997, Arundhati Roy

D. R. © 2025, Penguin Random House Grupo Editorial, S. A. U.
Travessera de Gràcia, 47-49, 08021, Barcelona

D. R. © 2025, derechos de edición mundiales en lengua castellana:
Penguin Random House Grupo Editorial, S. A. de C. V.
Blvd. Miguel de Cervantes Saavedra núm. 301, 1er piso,
colonia Granada, alcaldía Miguel Hidalgo, C. P. 11520,
Ciudad de México

penguinlibros.com

D. R. © 1998, Cecilia Ceriani y Txaro Santoro, por la traducción
D. R. © Diseño: Penguin Random House Grupo Editorial, inspirado en un diseño original de Enric Satué

Penguin Random House Grupo Editorial apoya la protección del *copyright*.
El *copyright* estimula la creatividad, defiende la diversidad en el ámbito de las ideas y el conocimiento, promueve la libre expresión y favorece una cultura viva. Gracias por comprar una edición autorizada de este libro y por respetar las leyes del Derecho de Autor y *copyright*. Al hacerlo está respaldando a los autores y permitiendo que PRHGE continúe publicando libros para todos los lectores.

Se reafirma y advierte que se encuentran reservados todos los derechos de autor y conexos sobre este libro y cualquiera de sus contenidos pertenecientes a PRHGE. Por lo que queda prohibido cualquier uso, reproducción, extracción, recopilación, procesamiento, transformación y/o explotación, sea total o parcial, ya en el pasado, ya en el presente o en el futuro, con fines de entrenamiento de cualquier clase de inteligencia artificial, minería de datos y textos, y en general, cualquier fin de desarrollo o comercialización de sistemas, herramientas o tecnologías de inteligencia artificial, incluyendo pero no limitado a la generación de obras derivadas o contenidos basados total o parcialmente en este libro y cualquiera de sus partes pertenecientes a PRHGE. Cualquier acto de los aquí descritos o cualquier otro similar, así como la distribución de ejemplares mediante alquiler o préstamo público, está sujeto a la celebración de una licencia. Realizar cualquiera de esas conductas sin licencia puede resultar en el ejercicio de acciones jurídicas.
Si necesita fotocopiar o escanear algún fragmento de esta obra diríjase a CeMPro (Centro Mexicano de Protección y Fomento de los Derechos de Autor, https://cempro.org.mx).

ISBN: 978-607-386-474-9

Impreso en México – *Printed in Mexico*

Agradecimientos

Deseo expresar mi reconocimiento:

A Pradip Krishen, mi crítico más exigente, mi amigo más cercano, mi amor. Sin ti, *este* libro no habría sido este libro.

A Pia y Mithva, por ser mías.

A Aradhana, Arjun, Bete, Chandu, Carlo, Golak, Indu, Joanna, Naheed, Philip, Sanju, Veena y Viveka, por acompañarme durante los años que me llevó escribir este libro.

A Pankaj Mishra, por promocionarlo en sus viajes por el mundo.

A Alok Rai y Shomit Mitter, por ser de esa clase de lectores con que sueñan los escritores.

A David Godwin, agente volante, guía y amigo. Por haber hecho aquel viaje impulsivo a la India. Por abrir un camino entre las aguas.

A Neelu, Sushma y Krishnan, por levantarme la moral y no permitir que me dejara vencer por el desaliento.

Y, finalmente, pero de todo corazón, a mis padres. Por su cariño y su apoyo.

Gracias.

A Mary Roy, que me crio,
me enseñó a decir «perdón» antes
de interrumpirla en público
y me quiso tanto como para dejarme marchar.

A L. K. C., que, como yo, sobrevivió.

Nunca más volverá a contarse una historia
como si fuera la única.

John Berger

1. Conservas y Encurtidos Paraíso

Mayo, en Ayemenem, es un mes caluroso y de ansiosa espera. Los días son largos y húmedos. El río mengua y negros cuervos se dan atracones de lustrosos mangos sobre árboles inmóviles, de un verde polvoriento. Las bananas rojas maduran. Los frutos de las nanjeas estallan. Los despistados moscones zumban sin rumbo fijo en el aire afrutado y acaban estrellándose contra los cristales para morir, gordos y desconcertados, al sol.

Las noches son claras, aunque cargadas de apatía y de indolente expectación.

Pero a comienzos de junio irrumpe el monzón, que sopla del sudoeste, y hay tres meses de agua y viento, con breves intervalos de un sol fuerte y reluciente que los niños, llenos de entusiasmo, aprovechan para jugar. El campo se torna de un verde lujuriante. Las lindes se van desdibujando a medida que los setos de tapioca echan raíces y flores. Las paredes de ladrillo adquieren un color verde musgo. Los pimenteros trepan por los postes de la electricidad. Por los taludes de laterita asoman enredaderas silvestres que se extienden y atraviesan los caminos inundados. Navegan barcas por los bazares. Y aparecen pececillos en el agua que llena los baches de las carreteras.

Llovía el día en que Rahel regresó a Ayemenem. Hilos de plata inclinados se incrustaban en la blanda tierra y la levantaban como si fueran balas de fusil. En la colina, la vieja casa lucía su pronunciado tejado a dos aguas como un sombrero calado hasta las orejas. Las paredes, veteadas de musgo, ofrecían un aspecto mullido e incluso algo pandeado por la humedad que se filtraba del suelo. El jardín, abandonado y cubierto de maleza, estaba plagado de correteos y susurros de seres diminutos. Entre los hierbajos, una culebra se restregaba contra una piedra reluciente. Ranas de color amarillo recorrían esperanzadas el estanque, lleno de verdín, en busca de pareja. Una empapada mangosta cruzó como un rayo el camino de entrada, cubierto de hojas.

La casa parecía deshabitada. Puertas y ventanas estaban cerradas a cal y canto. La galería delantera se hallaba vacía. Sin muebles. Pero fuera continuaba aparcado el Plymouth azul cielo, de alerones cromados, y, dentro, Bebé Kochamma seguía viva.

Era la tía abuela más joven de Rahel, la hermana menor de su abuelo. Su verdadero nombre era Navomi, Navomi Ipe, pero todos la llamaban Bebé. Se convirtió en Bebé Kochamma en cuanto fue lo bastante mayor para ser tía. Pero Rahel no había ido a verla. Ni la sobrina ni la tía abuela se engañaban al respecto. Rahel había ido a ver a su hermano, Estha. Eran gemelos bivitelinos. «Heterocigóticos», los llamaban los médicos. Nacidos de óvulos distintos, aunque fertilizados al mismo tiempo. Estha, Esthappen, era dieciocho minutos mayor.

Su parecido nunca fue muy grande. Así que ni siquiera cuando eran unos niños de bracitos delgados y pecho plano, tenían lombrices y llevaban tupés a lo Elvis Presley tuvieron que sufrir los típicos «¿Quién es quién?» y «¿Cuál es cuál?» por parte de parientes con exageradas sonrisas o de los obispos de la Iglesia ortodoxa siria que visitaban con frecuencia la casa de Ayemenem en busca de donativos.

La confusión yacía en un lugar más profundo, más secreto.

En aquellos primeros años amorfos en los que la memoria apenas se había iniciado, en los que la vida estaba llena de Comienzos y no tenía Finales, y Todo era Para Siempre, Esthappen y Rahel pensaban en sí mismos, juntos, como *Yo*, y por separado, individualmente, como *Nosotros*.

Como si fuesen una extraña raza de gemelos siameses, separados físicamente pero con identidades conjuntas.

Ahora, al cabo de muchos años, a Rahel le viene a la memoria una noche en la que se despertó riéndose de un sueño divertidísimo que tenía Estha.

También guarda en la memoria otros recuerdos a los que no tiene derecho.

Recuerda, por ejemplo (aunque no estaba allí), lo que el Hombre de la Naranjada y la Limonada le hizo a Estha en el Cine Abhilash. Recuerda el sabor de los bocadillos de tomate (los bocadillos de *Estha*, los que *Estha* comía) en el tren correo, rumbo a Madrás.

Y eso no son más que las pequeñas cosas.

En cualquier caso, ahora piensa en Estha y en ella como *esos*, porque, al haberse separado, ninguno de los dos es ya lo que *fueron* o un día pensaron que *serían*.

Y nunca lo serán.

Ahora sus vidas tienen tamaño y forma. Estha tiene la suya y ella también.

Contornos, Bordes, Fronteras, Orillas y Límites han surgido como un equipo de gnomos en sus horizontes separados. Criaturas de corta estatura y largas sombras que patrullan el Borroso Confín. Se les han formado suaves medias lunas bajo los ojos y ya tienen la misma edad que Ammu cuando murió. Treinta y un años.

No son viejos.

Ni jóvenes.

Pero tienen ya una edad en que la muerte es un hecho posible.

Estuvieron a punto de nacer en un autobús. El coche en el que Baba, su padre, llevaba a Ammu, su madre, al hospital de Shillong, a dar a luz, se averió en la carretera, llena de curvas, de la plantación de té de Assam. Dejaron el coche abandonado y pararon un abarrotado autobús del servicio interurbano. Por esa misteriosa compasión de los muy pobres hacia los comparativamente adinerados, o tal vez solo porque vieron el avanzado estado de Ammu, dos pasajeros sentados cedieron su sitio a la pareja y, durante el resto del trayecto, el padre de Estha y Rahel tuvo que ir sujetándole a su madre la barriga (con ellos dentro) para evitar que se bambolease. Eso fue antes de que se divorciaran y Ammu volviera a Kerala.

Estha decía que, si hubiesen nacido en aquel vehículo, habrían podido viajar gratis en autobús el resto de su vida. No estaba muy claro de dónde había sacado aquella información o cómo se había enterado de esas cosas, pero, durante años, los gemelos sintieron un leve rencor hacia sus padres por haberlos privado de viajar gratis en autobús el resto de sus días.

También creían que, si los atropellaban cruzando un paso de cebra, el Gobierno les pagaría el entierro. Tenían la clara impresión de que esa era la finalidad de los pasos de cebra. Entierros gratuitos. Claro que en Ayemenem no había pasos de cebra en los que pudieran ser atropellados, ni en Kottayam, que era la ciudad más cercana, pero habían visto algunos desde la ventanilla del coche cuando fueron a Cochín, que quedaba a dos horas por carretera.

El Gobierno no pagó el entierro de Sophie Mol porque no la atropellaron en un paso de cebra. La ceremonia se celebró en Ayemenem, en la vieja iglesia, recién pintada. Era prima de Estha y Rahel, hija de su tío Chacko, y había ido a visitarlos desde Inglaterra. Estha y Rahel tenían siete años cuando murió Sophie Mol, que estaba a punto de cumplir los nueve. Le hicieron un ataúd de tamaño especial, para niños.

Forrado de raso.

Con asas de lustroso latón.

Yacía en él con sus pantalones amarillos inarrugables acampanados, el pelo recogido con una cinta y aquel bolsito a la última moda Made-in-England que tanto le gustaba. Tenía el rostro pálido y arrugado como el pulgar de un *dhobi*,* por haber estado tanto tiempo en el agua. Los feligreses rodearon el féretro, y la amarilla iglesia se hinchó como una garganta con los sonidos de tristes cánticos. Los sacerdotes, de barbas rizadas, balanceaban incensarios suspendidos de cadenas y no sonreían a los niños, como solían hacer los domingos normales.

Las velas largas del altar estaban torcidas. Las cortas, no.

Una señora que se hizo pasar por pariente lejana de la familia (aunque nadie la reconoció como tal), y que siempre rondaba cerca de los difuntos (¿una adicta a los entierros?, ¿una necrófila en potencia?), puso colonia en un trozo de algodón y, con aire devoto y levemente desafiante, lo pasó por la frente de Sophie Mol. Sophie Mol olía a colonia y a madera de ataúd.

Margaret Kochamma, la madre inglesa de Sophie Mol, no permitió que Chacko, el padre biológico de Sophie Mol, le pasara un brazo por los hombros para consolarla.

La familia estaba de pie, formando una apretada piña. Margaret Kochamma, Chacko, Bebé Kochamma y, junto a ella, su cuñada, Mammachi, la abuela de Estha y Rahel (y de Sophie Mol). Mammachi estaba casi ciega y siempre usaba gafas oscuras cuando salía de casa. Por debajo de ellas se deslizaban las lágrimas, que resbalaban temblorosas a lo largo de su mandíbula como gotas de lluvia por el borde de un tejado. Vestía un sobrio sari de color hueso y parecía pequeña y enferma. Chacko era su único hijo varón, y, si su propio dolor la angustiaba, el de su hijo la destrozaba.

---

* Hombre de una de las castas más bajas de la India, que se emplea como lavandero. *(N. de las T.)*

Aunque a Ammu, Estha y Rahel les permitieron asistir al entierro, los colocaron separados del resto de la familia. Nadie los miró.

En la iglesia hacía calor, y los bordes blancos de las azucenas amarilleaban y languidecían. Una abeja fue a morir a una flor del féretro. Las manos de Ammu temblaban y, con ellas, el libro de himnos. Tenía la piel fría. Estha estaba de pie junto a ella, casi dormido, con los ojos doloridos y brillantes como el cristal, y la ardiente mejilla apoyada contra la piel desnuda del brazo tembloroso de su madre, que sostenía el libro de himnos.

Rahel, en cambio, estaba bien despierta, desesperadamente alerta y destrozada de agotamiento por la batalla que reñía contra la Vida Real.

Notó que Sophie Mol había despertado para su entierro y que le enseñaba Dos Cosas.

La Primera fue la elevada cúpula recién pintada de la amarilla iglesia, hacia lo alto de la cual Rahel nunca había levantado antes la vista cuando estaba en su interior. La habían pintado de azul, como el cielo, con nubes dispersas y diminutos reactores que, veloces como rayos, dejaban estelas blancas que se entrecruzaban con las nubes. Bien es verdad (todo sea dicho) que debía de ser más fácil darse cuenta de esas cosas tumbada en un féretro boca arriba que de pie entre los bancos de la iglesia, rodeada de tristes lamentos y de libros de himnos.

Rahel se puso a pensar en el hombre que se había tomado el trabajo de subirse hasta allí con latas de pintura (blanco para las nubes, azul para el cielo, plateado para los aviones), pinceles y disolvente. Se lo imaginó allí arriba, alguien como Velutha, con el torso desnudo y brillante, sentado en una tabla colgada del andamiaje en la alta cúpula, pintando aviones plateados en un cielo azul de iglesia.

Pensó en lo que habría pasado si la cuerda se hubiese roto. Se lo imaginó cayendo como una estrella oscura de aquel cielo que había pintado. Yaciendo roto sobre el suelo caliente de la iglesia, con la sangre oscura brotando de su cráneo como un secreto.

Para entonces Esthappen y Rahel habían aprendido que el mundo tenía otras formas de romper a los hombres. Ya estaban familiarizados con el olor. Un olor empalagoso y nauseabundo. Como el de las rosas marchitas traído por la brisa.

La Segunda Cosa que Sophie Mol le enseñó a Rahel fue el murciélago bebé.

Durante la ceremonia, Rahel observó que un pequeño murciélago negro trepaba ágilmente con sus garras prensiles y curvadas por el costoso sari que Bebé Kochamma se había puesto para el entierro. Cuando llegó al límite entre el sari y la blusa, al michelín que tanto la entristecía, a su estómago desnudo, Bebé Kochamma lanzó un grito y manoteó en el aire con su libro de himnos. Los cánticos cesaron, suplantados por un «¿Qué ha sido eso?», «¿Qué ha pasado?», un aleteo peludo y un alboroto de saris.

Los tristes sacerdotes se sacudieron las rizadas barbas con dedos repletos de anillos de oro, como si unas arañas ocultas hubiesen tejido de repente telarañas en ellas.

El murciélago bebé echó a volar hacia el cielo y se convirtió en un reactor que se entrecruzaba con las nubes sin dejar estela.

Solo Rahel notó la voltereta que Sophie Mol dio en secreto dentro de su ataúd.

Recomenzaron los cánticos tristes y repitieron dos veces el mismo verso. Y, una vez más, la amarilla iglesia se hinchó como una garganta llena de voces.

Cuando metieron el ataúd de Sophie Mol en el hoyo del pequeño cementerio que había detrás de la iglesia, Rahel sabía que todavía no estaba muerta. Oyó (poniéndose en el lugar de Sophie Mol) el sonido apagado del lodo rojo y el sonido fuerte de la laterita naranja que ensuciaban el reluciente féretro. Oyó aquellos sonidos amortiguados por la brillante madera y el forro de raso. Las voces de los tristes sacerdotes llegaban apagadas por el lodo y la madera.

Oh, Padre misericordioso, a tus manos encomendamos
el alma de esta niña que has llamado a tu seno,
y entregamos su cuerpo a la tierra
porque polvo somos y en polvo nos convertiremos.

Bajo la tierra, Sophie Mol gritó y destrozó el raso con los dientes. Pero los gritos no pueden oírse a través de la tierra y las piedras.

Sophie Mol murió porque no podía respirar.

Su entierro la mató. *En polvo nos convertiremos, en polvo nos convertiremos, en polvo nos convertiremos.* En la lápida decía UN RAYO DE SOL CUYA COMPAÑÍA FUE DEMASIADO BREVE.

Más tarde, Ammu les explicó que «demasiado breve» quería decir «un ratito muy corto».

Después del entierro, Ammu se dirigió a la comisaría de Kottayam con los gemelos. Ya conocían el lugar. Habían pasado gran parte del día anterior allí. Previendo el tufo acre y penetrante a orín reconcentrado que impregnaba paredes y muebles, se taparon la nariz mucho antes de que comenzara el hedor.

Ammu preguntó por el jefe de policía, y cuando pasó a su despacho le dijo que había habido un terrible error y que quería hacer una declaración. Pidió ver a Velutha.

Los bigotes del inspector Thomas Mathew se agitaron como los del simpático maharajá de la propaganda de Air India, pero en sus ojos había avidez y malicia.

—Ya es un poco tarde para eso, ¿no le parece? —dijo en malayalam. En el vulgar dialecto de Kottayam. Mientras se dirigía a Ammu no apartaba los ojos de sus pechos. Dijo que la policía sabía todo lo que necesitaba saber y que la policía de Kottayam no aceptaba declaraciones de *veshyas* ni de sus hijos ilegítimos. Ammu contestó que eso ya se vería. El inspector Thomas Mathew dio la vuelta al escritorio, se acercó a Ammu empuñando su bastón de mando y añadió—: Yo, en su lugar, me iría a casa sin chistar.

Después le dio unos golpecitos en los pechos con su bastón de mando. Suavemente. *Tras, tras.* Como si estuviera escogiendo mangos de una canasta. Señalando los que quería que le envolviesen y le mandasen a casa. El inspector Thomas Mathew parecía saber con quién podía meterse y con quién no. La policía tiene ese instinto.

Detrás de él había un letrero azul y rojo que decía:

Pulcritud
Obediencia
Lealtad
Integridad
Cortesía
Imparcialidad
Abnegación

Cuando salieron de la comisaría, Ammu lloraba, así que Estha y Rahel no le preguntaron qué quería decir *veshya*. Ni tampoco *ilegítimos*. Era la primera vez que veían llorar a su madre. No sollozaba. Su rostro estaba como petrificado, pero tenía los ojos llenos de lágrimas que rodaban por sus rígidas mejillas. Aquello hizo que a los gemelos les entrara un miedo horrible. Las lágrimas de Ammu convirtieron en real todo lo que hasta entonces había parecido irreal. Regresaron a Ayemenem en autobús. El cobrador, un hombre delgado, vestido de color caqui, se deslizó hasta ellos cogido del pasamanos del autobús. Mantuvo el equilibrio apoyando sus huesudas caderas contra el respaldo de un asiento e hizo un clic seco frente a Ammu con la máquina de picar billetes. *¿Adónde?*, se suponía que quería decir aquel clic. Hasta Rahel llegó el olor de los tacos de billetes de autobús y del acero del pasamanos, procedente de las manos del cobrador.

—Está muerto —murmuró Ammu dirigiéndose a él—. Yo lo maté.

—A Ayemenem —dijo Estha rápidamente, antes de que el hombre perdiera la paciencia.

Cogió el dinero del monedero de Ammu. El cobrador le dio los billetes. Estha los dobló con cuidado y se los metió en el bolsillo. Después, rodeó con sus bracitos a su madre, rígida y llorosa.

Dos semanas después Estha fue Devuelto. Obligaron a Ammu a devolvérselo a su padre, que, para entonces, había renunciado a su solitario empleo en la plantación de té en Assam y se había trasladado a Calcuta a trabajar en una compañía que fabricaba negro de humo. Se había vuelto a casar y había dejado de beber, aunque solo hasta cierto punto, pues sufría recaídas ocasionales.

Estha y Rahel no habían vuelto a verse desde entonces.

Y ahora, veintitrés años después, su padre había re-Devuelto a Estha. Lo había enviado de regreso a Ayemenem con una maleta y una carta. La maleta estaba llena de ropa nueva y elegante. Bebé Kochamma le enseñó la carta a Rahel. Estaba escrita con letra de colegio de monjas, inclinada y femenina, pero la firma que había al pie era la de su padre. O, por lo menos, era su nombre. Rahel no habría podido reconocer la firma. En la carta su padre decía que había dejado su trabajo en la fábrica de negro de humo, que iba a emigrar a Australia, donde había conseguido un empleo como jefe de seguridad en una fábrica de cerámica, y que no podía llevarse a Estha con él. Enviaba sus mejores deseos para todos los de Ayemenem y decía que, si alguna vez regresaba a la India, cosa que creía improbable, pasaría a ver a Estha.

Bebé Kochamma le dijo a Rahel que, si quería, podía quedarse con la carta. Rahel volvió a guardarla en el sobre. El papel se había reblandecido y parecía una tela al doblarlo.

Había olvidado lo húmedo que podía llegar a ser el aire del monzón en Ayemenem. Los aparadores se hinchaban y crujían. Las ventanas cerradas se abrían de golpe. Los libros se ablandaban y ondulaban entre sus tapas. Extraños insectos aparecían como quimeras durante la noche y morían abrasados sobre las pálidas bombillas de cuarenta vatios de Bebé Kochamma. Durante el día sus crujientes cadáveres incinerados cubrían suelo y alféizares, y, hasta que Kochu Maria los barría y amontonaba en su recogedor de plástico, en el aire flotaba un olor a algo-se-está-quemando.

La Lluvia de Junio no había cambiado.

Los cielos se abrían y la lluvia caía martilleando con fuerza; hacía renacer el viejo pozo renuente, cubría de musgo verde la pocilga vacía de puercos, bombardeaba los inmóviles charcos color de té igual que la memoria bombardea las mentes inmóviles color de té. El césped estaba verdihúmedo y dichoso. Las lombrices retozaban felices en el fango. Las verdes ortigas se mecían. Los árboles se inclinaban.

Algo más allá, en medio del viento y de la lluvia, envuelto en la repentina oscuridad tormentosa del día, Estha paseaba a orillas del río. Llevaba una ceñida camiseta color fresa, ahora más oscura por la lluvia, y sabía que Rahel había llegado.

Estha siempre había sido un niño callado, así que nadie pudo determinar con precisión el momento exacto (por lo menos, el año, ya que no el mes ni el día) en que dejó de hablar. Simplemente, dejó de hablar; eso es todo.

El hecho es que no hubo un «momento exacto». Había sido un asunto de reducción paulatina del negocio hasta llegar al cierre definitivo. Un ir quedándose callado apenas perceptible. Como si, sencillamente, se le hubiese agotado el tema de conversación y ya no tuviese nada más que decir. Además, el silencio de Estha nunca fue incómodo. Ni molesto. Ni llamativo. No era un silencio acusador, de protesta, sino más bien un aletargamiento, una inactividad, un equivalente psicológico de lo que hacen los peces dipneos para soportar la temporada de sequía, salvo que, en el caso de Estha, dicha temporada parecía que iba a durar eternamente.

Con el tiempo había adquirido la capacidad de mimetizarse con aquello que tuviese detrás (librerías, jardines, cortinas, puertas, calles) hasta parecer inanimado, casi invisible para un ojo inexperto. Normalmente, a los extraños les llevaba cierto tiempo reparar en él, incluso aunque se encontrasen en la misma habitación. Y tardaban aún más en darse cuenta de que nunca hablaba. Había quien ni siquiera lo advertía.

Estha ocupaba muy poco espacio en el mundo.

Cuando Estha fue Devuelto, después del entierro de Sophie Mol, su padre lo envió a un colegio para chicos de Calcuta. No fue un estudiante excepcional, aunque tampoco era de los peores ni particularmente malo en nada. *Es un alumno corriente* o *Su trabajo es satisfactorio* eran los comentarios habituales que sus profesores escribían en las evaluaciones anuales. *No participa en las actividades de grupo* solía ser otra queja recurrente. Aunque nunca explicaron exactamente a qué se referían con «actividades de grupo».

Estha acabó el colegio con notas mediocres, pero se negó a ir a la universidad. En vez de eso, y para vergüenza de su padre y de su madrastra, al menos al principio, comenzó a hacer las tareas de la casa. Como si intentara pagar, a su manera, su manutención. Barría, fregaba los suelos y lavaba la ropa. Aprendió a cocinar y a comprar verduras. Los vendedores de los bazares, sentados detrás de pirámides de verduras aceitadas y relucientes, se habituaron a verlo y a atenderlo en medio de los gritos de sus otros clientes. Le daban latas oxidadas para que pusiera las verduras que iba escogiendo. Nunca regateaba. Y ellos nunca lo engañaban. Después de pesar las verduras y de que las hubiese pagado, se las colocaban en su canasta de la compra de plástico rojo (las cebollas debajo, las berenjenas y los tomates encima), y siempre añadían un ramito de cilantro y un puñado de guindillas gratis. Estha regresaba a casa cargado con todo aquello en el tranvía abarrotado. Una burbuja de silencio que flotaba en un mar de ruido.

Si necesitaba algo durante las comidas, se levantaba y se lo servía.

Una vez llegado, el silencio se instaló en Estha y se extendió por todo su ser. Salió de su cabeza y lo envolvió con sus viscosos brazos. Lo meció al ritmo de un latido antiguo, fetal. Fue extendiendo poco a poco sus tentáculos furtivos y llenos de ventosas por el interior de su cráneo, aspirando los montículos y las hondonadas de su memoria, desplazando viejas frases, birlándoselas de la punta de la lengua. Quitó a sus pensamientos las palabras necesarias para describirlos y los dejó pelados y desnudos. Impronunciables. Entumecidos. Y, por lo tanto, tal vez casi inexistentes para cualquier observador. Lentamente, con el paso de los años, Estha se fue apartando del mundo. Se fue acostumbrando cada vez más al incómodo pulpo que vivía en su interior y que inyectaba aquella tinta tranquilizante en su pasado. Poco a poco la razón de su silencio fue quedando oculta, sepultada en las profundidades de los pliegues sedantes del hecho en sí.

Cuando Khubchand, su adorado chucho de diecisiete años, ciego, pelón e incontinente, decidió representar la escena final de una miserable muerte que llevaba largo tiempo ensayando, Estha lo cuidó durante todo aquel suplicio como si su propia vida dependiese de ello. En los últimos meses, Khubchand, que tenía la mejor de las intenciones, pero la peor de las vejigas, se arrastraba hasta la trampilla que había en la parte inferior de la puerta que conducía al jardín trasero, metía la cabeza a través de ella y soltaba un orín vacilante, de color amarillo fuerte, *dentro*. Después, con la vejiga vacía y la conciencia tranquila, miraba a Estha con sus ojos verdes, opacos como dos charcos llenos de verdín en medio de la cabeza entrecana, y regresaba tambaleándose a su almohadón mojado, dejando el suelo surcado de húmedas huellas. Mientras Khubchand agonizaba en su almohadón, Estha podía ver la ventana del dormitorio reflejada en sus suaves testículos de color púrpura. Y el cielo detrás. Y, en una ocasión, un pájaro que lo cruzó volando. Para Estha (empapado del olor a rosas marchitas, sumido en el sangriento recuerdo de un hombre roto), el hecho de que algo tan frágil, tan insoportablemente tierno, hubiese sobrevivido, de que se le hubiese *permitido* existir, era un milagro. El vuelo de un pájaro reflejado en los testículos de un perro viejo. Aquello le arrancó una sonora sonrisa.

Después de la muerte de Khubchand, Estha comenzó sus caminatas. Andaba durante horas y horas. Al principio, solo recorría su barrio, pero, poco a poco, empezó a ir cada vez más lejos.

La gente se acostumbró a verlo por la carretera. Un hombre bien vestido de andar tranquilo. Se le oscureció el rostro y adquirió el aspecto de quien pasa mucho tiempo al aire libre. Vigoroso. Arrugado por el sol. Comenzó a parecer más sabio de lo que realmente era. Parecía un pescador en una ciudad. Lleno de secretos marinos.

Ahora que había sido re-Devuelto, Estha caminaba por todo Ayemenem.

Algunos días recorría la orilla del río, que olía a excrementos y a pesticidas comprados con préstamos del Banco Mundial. La mayor parte de los peces habían muerto. Los supervivientes tenían las aletas podridas y estaban llenos de forúnculos.

Otros días caminaba carretera abajo. Pasaba por delante de las casas nuevas, flamantes, refrigeradas, construidas con dinero del Golfo, pertenecientes a enfermeras, albañiles, encofradores y empleados de banca que realizaban trabajos arduos e insatisfactorios en lugares lejanos. Pasaba por delante de las casas más viejas, rencorosas y verdes de envidia, agazapadas al fondo de sus caminos de entrada privados, entre sus árboles del caucho privados. Todas ellas feudos tambaleantes con epopeya propia.

Pasaba por delante de la escuela que su bisabuelo construyó para los niños Intocables del pueblo.

Pasaba por delante de la amarilla iglesia de Sophie Mol. Por delante del Club Juvenil de Kung Fu de Ayemenem. Por delante de la Guardería Infantil Brotes Tiernos (para los Tocables), por delante de la tienda de comestibles que vendía arroz, azúcar y bananas, que colgaban del techo en racimos amarillos. También tenían revistas baratas de porno blando con historias ficticias acerca de maniacos sexuales del sur de la India, sujetas con pinzas en cuerdas que colgaban del techo. Se balanceaban lentamente mecidas por la suave brisa y tentaban a quienes simplemente iban a comprar comida con fugaces visiones de mujeres desnudas entradas en carnes, tendidas en falsos charcos de sangre.

A veces Estha pasaba por delante de la Imprenta La Buena Suerte, que pertenecía al viejo camarada K. N. M. Pillai y había sido la sede del Partido Comunista en Ayemenen, donde se organizaban sesiones de estudio a medianoche y se imprimían y distribuían panfletos con enardecedoras canciones del Partido Comunista. La bandera que ondeaba sobre el tejado había adquirido un aspecto viejo y andrajoso. El rojo estaba desteñido.

En cuanto al camarada Pillai, por las mañanas se sentaba a la puerta con una camiseta Aertex grisácea y un fino *mundu* blanco bajo el que se le marcaban los testículos. Con aceite de coco tibio sazonado con pimienta daba masaje a sus carnes flojas y viejas, que le colgaban de los huesos como si fueran de chicle. Vivía solo. Kalyani, su mujer, había muerto de un cáncer de ovarios. Lenin, su hijo, se había trasladado a Delhi, donde tenía una empresa que se encargaba de los servicios de mantenimiento de varias embajadas.

Si el camarada Pillai estaba untándose aceite a la puerta de su casa cuando Estha pasaba por allí, siempre lo saludaba:

—¡Estha, muchacho! —gritaba con su voz aguda y aflautada, ahora gastada y fibrosa como una caña de azúcar despojada de su corteza—. ¡Buenos días! ¿Dando tu paseo habitual?

Estha pasaba de largo, ni grosero ni cortés. Simplemente en silencio.

El camarada Pillai se daba golpes por todo el cuerpo para activar la circulación. No estaba seguro de si Estha lo reconocía al cabo de tantos años. Tampoco le importaba demasiado. Aunque su papel en el asunto no había sido insignificante, ni mucho menos, el camarada Pillai no se consideraba, en absoluto, responsable de lo que había ocurrido. Restaba importancia a aquellos hechos, a los que consideraba Consecuencia Inevitable de una Política Necesaria. Para hacer una tortilla hay que romper unos cuantos huevos. Pero hay que tener en cuenta que el camarada K. N. M. Pillai era, esencialmente, un político. Un profesional de hacer tortillas. Iba por el mundo como un camaleón. Nunca mostraba su verdadero ser, y se las arreglaba para que no se notara. Siempre salía ileso del caos.

Fue la primera persona de Ayemenem que se enteró del regreso de Rahel. La noticia, más que perturbarlo, despertó su curiosidad. Estha era casi un extraño para el camarada Pillai. Su expulsión de Ayemenem había sido tan brusca y repentina, y, además, hacía tantos años de aquello... Pero a Rahel el camarada Pillai la conocía bien. La había visto crecer. Se preguntaba qué la habría hecho volver. Al cabo de tantos años.

La cabeza de Estha había estado en silencio hasta la llegada de Rahel. Pero ella trajo consigo el ruido de trenes que pasan y las luces y sombras que se proyectan sobre uno si se está sentado junto a la ventanilla. El mundo, al que Estha había cerrado su cabeza durante tantos años, lo inundó de repente, y ya no podía escucharse a sí mismo debido al ruido. Trenes. Tráfico. Música. La Bolsa. Se había roto un dique y las aguas desatadas lo arrastraban todo en un remolino. Cometas, violines, manifestaciones, soledad, nubes, barbas, fanáticos, listas, banderas, terremotos, desesperación, todo era arrastrado dando vueltas en un remolino.

Y Estha, mientras caminaba por la orilla del río, ya no podía sentir la humedad de la lluvia, ni el escalofrío que recorrió al cachorro aterido de frío que lo había adoptado temporalmente y chapoteaba a su lado. Pasó por delante del viejo mangostán y subió hasta el borde de un espolón de laterita que se adentraba en el río. Se puso en cuclillas y se meció bajo la lluvia. Bajo sus zapatos el barro húmedo producía un ruido desagradable, como de succión. El cachorro aterido de frío tiritaba y observaba.

Bebé Kochamma y Kochu Maria, la diminuta cocinera de corazón avinagrado y mal carácter, eran las únicas personas que quedaban en la casa de Ayemenem cuando Estha fue re-Devuelto. Su abuela, Mammachi, había muerto. Chacko vivía ahora en el Canadá y dirigía un negocio de antigüedades que marchaba mal.

En cuanto a Rahel...

Tras la muerte de Ammu (después de volver por última vez a Ayemenem, hinchada por la cortisona y con un estertor en el pecho que sonaba como los gritos lejanos de un hombre), Rahel comenzó a ir a la deriva. De colegio en colegio. Pasaba las vacaciones en Ayemenem, ignorada la mayor parte del tiempo por Chacko y Mammachi (cada vez más atontados por la pena, hundidos en su inmenso dolor como un par de borrachos en un bar) e ignorando la mayor parte del tiempo a Bebé Kochamma. Chacko y Mammachi intentaron prestar atención a los asuntos relacionados con la educación de Rahel, pero no pudieron. Cumplieron con sus responsabilidades materiales (comida, ropa, dinero), pero nunca demostraron ningún interés por ella.

La Pérdida de Sophie Mol deambulaba suavemente por la casa de Ayemenem como una silenciosa presencia en calcetines. Se escondía entre los libros y en la comida. En el estuche del violín de Mammachi. En las costras de las heridas de las espinillas de Chacko, que siempre se las estaba hurgando. En sus piernas femeninas y fláccidas.

Es curioso cómo, a veces, el recuerdo de la muerte pervive mucho más que el de la vida por ella arrebatada. Con el paso de los años, a medida que el recuerdo de Sophie Mol (la que hacía sagaces preguntas: *¿Adónde van a morir los pájaros viejos? ¿Por qué los muertos no caen como piedras del cielo?*; la que decía las cosas sin tapujos: *Vosotros sois indios del todo y yo solo a medias*; la portadora de nuevas escalofriantes: *Una vez vi a un hombre que había tenido un accidente y le colgaba un ojo de un nervio, como un yoyó*) se desvanecía lentamente, iba cobrando cuerpo y vida la Pérdida de Sophie Mol. Siempre estaba presente. Era como la fruta del tiempo. De todas las estaciones. Era tan inamovible como un funcionario del Estado. Acompañó a Rahel durante su infancia (de colegio en colegio) hasta que se convirtió en mujer.

El primero que puso a Rahel en la lista negra fue el Convento de Nazaret, cuando tenía once años y la encontraron, frente a la puerta del jardín de la encargada de la residencia de estudiantes, decorando con florecillas un montículo de excremento de vaca. A la mañana siguiente, durante la reunión diaria de profesores y alumnos, le hicieron buscar la palabra *depravación* en el *Diccionario Oxford* y leer su significado en voz alta. «*Condición o estado de depravado o corrupto*», leyó Rahel, con una fila de monjas de bocas severas sentadas a sus espaldas y un mar de rostros de colegialas intentando aguantar la risa delante. «*Condición de pervertido: perversión moral; Corrupción innata de la naturaleza humana debida al pecado original; Tanto los elegidos como los no elegidos vienen al mundo en estado de total depravación y alejamiento de Dios y, por sí mismos, no pueden sino pecar. J. H. Blunt*».

Seis meses más tarde la expulsaron, después de las continuas quejas de las niñas de los cursos superiores. La acusaban (y con razón) de esconderse detrás de las puertas para chocar deliberadamente con sus compañeras mayores. Cuando la directora la sometió a un interrogatorio para averiguar el porqué de su comportamiento (con artimañas, con palmetazos, sin comer ni cenar), acabó confesando haberlo hecho para averiguar si los pechos dolían o no. En aquella cristiana institución los pechos no tenían cabida. Se suponía que no existían y, si no existían, ¿cómo podían doler?

Esa fue la primera de sus tres expulsiones. La segunda fue por fumar. La tercera, por prenderle fuego al moño postizo de la encargada de la residencia de estudiantes que Rahel confesó, bajo amenaza de castigo corporal, haber robado.

En todos los colegios a los que asistió los profesores observaron que:

a) Era una niña extremadamente educada.

b) No tenía amigos.

Parecía una forma de corrupción solitaria y educada. Razón por la cual todos estaban de acuerdo (y saboreaban su magistral desaprobación, paladeándola, chupándola como un caramelo) en que era un caso aún más grave.

Era, murmuraban entre ellos, *como si no supiera comportarse como una chica.*

Y no andaban lejos de la verdad.

Por raro que parezca, era como si el hecho de que no le prestaran atención hubiera tenido como consecuencia una imprevisible liberación de su espíritu.

Rahel creció sin que nadie le fijara directrices. Sin que nadie se ocupara de concertar su matrimonio. Sin que nadie estuviera dispuesto a pagar su dote y, por lo tanto, sin un marido forzado que surgiera amenazador en el horizonte.

Así que, mientras no armara mucho jaleo, era libre de hacer cuantas investigaciones quisiera: sobre los pechos y si dolían o no. Sobre los moños postizos y lo bien que ardían. Sobre la vida y cómo debía vivirse.

Cuando acabó el colegio, consiguió ingresar en una mediocre escuela de arquitectura de Delhi. No porque estuviera seriamente interesada en la arquitectura. De hecho, ni siquiera lo estaba a nivel superficial. Lo que pasó fue que se presentó a los exámenes de ingreso y, por casualidad, los aprobó. Más que por su habilidad, los profesores quedaron impresionados por el tamaño (enorme) de sus bocetos al carboncillo de naturalezas muertas. Interpretaron el descuido y la audacia de los trazos como una señal de atrevimiento artístico, aunque, en realidad, su creadora no tenía nada de artista.

Pasó ocho años en la escuela y no llegó a acabar los cinco cursos que le habrían permitido obtener su diploma. La matrícula era barata y no le fue difícil buscarse la vida: vivía en una residencia de estudiantes, comía en un comedor estudiantil subvencionado y se saltaba la mayoría de las clases para ir a trabajar de delineante a lúgubres estudios de arquitectura que explotaban a los estudiantes como mano de obra barata para pasar los proyectos que presentaban a los concursos y les echaban las culpas si las cosas salían mal. Los demás estudiantes, especialmente los chicos, se sentían intimidados por la rebeldía y la casi feroz falta de ambición de Rahel. Así que la dejaban de lado. No la invitaban nunca a sus bonitas casas ni a sus ruidosas fiestas. Hasta sus profesores recelaban de ella: de sus proyectos arquitectónicos extraños y poco prácticos, presentados en papel de estraza barato, y de su indiferencia ante sus críticas furibundas.

De vez en cuando escribía a Chacko y a Mammachi, pero nunca regresó a Ayemenem. Ni cuando murió Mammachi. Ni cuando Chacko emigró al Canadá.

Fue en la escuela de arquitectura donde conoció a Larry McCaslin, que había ido a Delhi a recopilar material para su tesis doctoral sobre *El ahorro de energía en la arquitectura popular.* Vio a Rahel por primera vez en la biblioteca de la escuela, y volvió a verla, pocos días después, en el mercado del Kan. Vestía vaqueros y una camiseta blanca. Alrededor del cuello llevaba abotonada una vieja colcha hecha con trozos de telas de varios colores que le colgaba por detrás a modo de capa. Llevaba el rebelde cabello recogido bien tirante para que pareciese liso, aunque no lo era. Un diamante diminuto brillaba en una de las aletas de su nariz. Tenía unas clavículas sorprendentemente bellas y una forma de caminar ágil y bonita.

Ahí va una melodía de jazz, se dijo Larry McCaslin, y la siguió hasta una librería donde ninguno de los dos miró ningún libro.

Rahel se dirigió hacia el matrimonio como un pasajero se dirige hacia un asiento vacío en la sala de espera de un aeropuerto. Con la sensación de que al fin podría sentarse. Regresaron juntos a Boston.

Cuando Larry abrazaba a su mujer, la mejilla de esta quedaba a la altura de su corazón. Era lo suficientemente alto para verle la coronilla y contemplar el oscuro revoltijo de su pelo. Cuando le ponía un dedo en la comisura de la boca, sentía un minúsculo latido. Le encantaba su emplazamiento. Y aquella pulsación apenas perceptible, indefinida, justo debajo de la piel. Cuando la tocaba, escuchaba con los ojos, como un futuro padre que siente cómo se mueve su hijo nonato dentro del vientre de la madre.

La acariciaba como si fuese un regalo. Que le fue dado por amor. Algo pequeño y apacible. Insoportablemente valioso.

Pero cuando hacían el amor se sentía ofendido por sus ojos. Se comportaban como si pertenecieran a otra persona. A alguien que estuviera observando. Que estuviera mirando el mar desde una ventana. O a una barca en el río. O a un transeúnte que llevara sombrero en medio de la bruma.

Se exasperaba porque no sabía qué *significaba* aquella mirada. La situaba a medio camino entre la indiferencia y la desesperación. No sabía que en algunos lugares, como en el país del que procedía Rahel, había diferentes clases de desesperación que pugnaban por la primacía. Y que la desesperación *personal* nunca llegaba a ser lo suficientemente desesperada. Que algo sucedía cuando la confusión personal chocaba casualmente con el altar levantado al borde del camino a la confusión pública de una nación. Una confusión inverosímil, insensata, ridícula, torrencial, circundante, violenta, inmensa. Sucedía que el Dios Grande bramaba como un viento tórrido exigiendo reverencia. Y entonces el Dios Pequeño (agradable y contenido, privado y limitado) retrocedía cauterizado, riéndose, aturdido, de su propia audacia. Acostumbrado a la constante confirmación de su inconsecuencia, se tornaba acomodaticio e indiferente. No había mucho que importara. Nada de lo que importaba importaba mucho. Y, cuanto menos importaba, menos importaba. Nada tenía nunca suficiente importancia. Porque cosas peores habían sucedido. En el país del que ella procedía, en eterno equilibrio entre los terrores de la guerra y los horrores de la paz, continuaban sucediendo las peores cosas.

Así que el Dios Pequeño se reía con una risa ahogada y se alejaba retozando alegremente. Como un niño rico en pantaloncitos cortos. Silbando, pateando piedrecitas. La fuente de su frágil regocijo era la relativa pequeñez de su desgracia. Se encaramaba a los ojos de la gente y se convertía en una expresión exasperante.

Lo que Larry McCaslin veía en los ojos de Rahel no era desesperación, ni mucho menos, sino una especie de optimismo forzado. Y un vacío donde antes habían estado las palabras de Estha. No cabía esperar que lo entendiera. Que el vacío en uno de los gemelos no fuese más que la versión del silencio del otro. Que las dos cosas encajasen. Como una cuchara sobre otra. Como los cuerpos familiares de los amantes.

Después de divorciarse, Rahel trabajó durante unos meses de camarera en un restaurante indio de Nueva York. Y luego, varios años, de cajera en el turno de noche en una gasolinera de las afueras de Washington, en una cabina con cristales a prueba de balas en la que a veces los borrachos vomitaban en la bandeja del dinero y los proxenetas le proponían trabajos más lucrativos. En dos ocasiones vio cómo disparaban contra hombres a través de las ventanillas de sus coches. Y en otra vio cómo tiraban de un coche en marcha a un hombre con un cuchillo clavado en la espalda.

Y entonces Bebé Kochamma le escribió diciendo que Estha había sido re-Devuelto. Rahel dejó su trabajo en la gasolinera y abandonó encantada los Estados Unidos. Para volver a Ayemenem. A Estha en medio de la lluvia.

En la vieja casa de la colina, Bebé Kochamma estaba sentada a la mesa del comedor quitando la gruesa y amarga piel de un pepino un poco pasado. Llevaba un camisón de algodón a cuadros, deslucido, de mangas abullonadas y con manchas amarillentas de azafrán. Balanceaba sus piececillos de uñas pintadas por debajo de la mesa como un niño pequeño en una silla alta. Los tenía hinchados como si fueran almohadoncitos inflables con forma de pie. En los viejos tiempos, cada vez que alguien llegaba de visita a Ayemenem, Bebé Kochamma se encargaba de poner en evidencia lo grandes que eran sus pies. Les pedía que le dejasen probarse sus chanclas y decía: «¡Uy, mirad lo grandes que me van!». Después se ponía a dar vueltas por la casa con ellas y se levantaba un poco el sari para que todo el mundo quedara maravillado de los pies tan diminutos que tenía.

Pelaba aquel pepino con un aire de triunfo apenas disimulado. Estaba encantada de que Estha no le hubiese hablado a Rahel. De que la hubiera mirado y hubiese pasado de largo. Rumbo a la lluvia. Como hacía con todo el mundo.

Tenía ochenta y tres años. Sus ojos se extendían como mantequilla tras unas gruesas gafas.

—Ya te lo dije, ¿no? —le dijo a Rahel—. ¿Qué esperabas? ¿Un tratamiento especial? Ha perdido la cabeza, ¿qué te dije? ¡Ya no *reconoce* a nadie! ¿Qué creías?

Rahel no dijo nada.

Sentía el ritmo del balanceo de Estha y la humedad de la lluvia sobre su piel. Oía el estridente revoltijo que había dentro de su cabeza.

Bebé Kochamma dirigió a Rahel una mirada inquieta. Empezaba a arrepentirse de haberle escrito comunicándole el regreso de Estha. Pero ¿qué otra cosa podía haber hecho? ¿Ocuparse de él durante el resto de su vida? ¿Y por qué *tenía* que ser ella? No era responsabilidad suya.

¿O sí?

El silencio se instaló como un intruso invisible entre la sobrina nieta y la tía abuela más joven de la familia. Alguien extraño. Dominante. Nocivo. Bebé Kochamma se dijo que no debía olvidarse de cerrar la puerta de su dormitorio con llave por la noche. Buscó algo que decir.

—¿Qué te parece mi melena?

Se llevó la mano del pepino al pelo, que lucía un nuevo corte. Una patética mancha de lechoso zumo quedó prendida de su cabello.

A Rahel no se le ocurrió nada que decir. Contempló en silencio cómo Bebé Kochamma pelaba el pepino. Trocitos de piel amarillenta le habían salpicado la pechera. El pelo, teñido de negro azabache, le colgaba como hilos sueltos del cuero cabelludo. El tinte le había manchado de gris pálido la piel de la frente y formaba una especie de segunda línea borrosa de nacimiento del pelo. Rahel notó que había empezado a maquillarse. Lápiz de labios. Kohl. Un leve toque de colorete. Y debido a que la casa estaba cerrada y a oscuras, y a que solo confiaba en las bombillas de cuarenta vatios, la boca pintada estaba un poco desplazada respecto a la boca real.

Se le habían adelgazado la cara y los hombros, lo cual hizo que su figura pasara de ser redondeada a cónica. Aunque, sentada a la mesa del comedor, con las enormes caderas ocultas, resultaba casi frágil. La débil luz borraba las arrugas de su rostro y la hacía parecer más joven, pero, al mismo tiempo, le daba un aspecto extraño, como ajado. Llevaba gran cantidad de joyas. Las joyas de la difunta abuela de Rahel. Todas. Anillos que emitían destellos. Pendientes de diamantes. Brazaletes de oro y una gargantilla, también de oro, primorosamente labrada, que se tocaba de vez en cuando para asegurarse de que seguía allí y de que le pertenecía. Como una joven novia que no podía convencerse de su buena suerte.

Está viviendo la vida al revés, pensó Rahel.

Lo curioso es que era una observación muy acertada. Bebé Kochamma *había* vivido la vida al revés. De joven había renunciado al mundo material y ahora, de vieja, parecía aferrarse a él. Abrazaba el mundo material, que le devolvía el abrazo.

A los dieciocho años, Bebé Kochamma se había enamorado del padre Mulligan, un sacerdote irlandés, joven y apuesto, al que habían enviado un año a Kerala desde el seminario de Madrás. Estudiaba los escritos sagrados hindúes para poder rebatirlos con conocimiento de causa.

Todos los jueves por la mañana el padre Mulligan iba a Ayemenem a visitar al padre de Bebé Kochamma, el reverendo E. John Ipe, que era sacerdote de la Iglesia de Mar Thoma.* El reverendo Ipe era muy conocido dentro de la comunidad cristiana por ser el hombre al que había bendecido personalmente el patriarca de Antioquía, cabeza de la Iglesia ortodoxa siria. Este episodio había pasado a formar parte del folclore de Ayemenem.

En 1876, cuando el padre de Bebé Kochamma tenía siete años, su padre lo llevó a ver al patriarca, que había ido a visitar a los cristianos sirios de Kerala. De repente, se encontraron justo frente a un grupo de personas a las que el patriarca se dirigía desde la galería occidental de la casa Kalleny, en Cochín. El padre aprovechó la oportunidad y, después de susurrar algo al oído de su hijo, lo empujó hacia delante. El futuro reverendo, patinando sobre sus talones y paralizado de miedo, posó sus atemorizados labios sobre el anillo que el patriarca lucía en el dedo corazón y lo dejó mojado de saliva. El patriarca se limpió el anillo en la manga y bendijo al pequeño. Mucho después de haberse hecho mayor y haberse convertido en sacerdote, al reverendo Ipe continuaban llamándolo el *Punnyan Kunju* —el

---

* La Iglesia de Mar Thoma (Santo Tomás) es una de las cuatro en que se divide la cristiandad autóctona del sur de la India, originada por la predicación de misioneros nestorianos en el siglo VI. Aunque reconoce la autoridad del patriarca de Antioquía, es la más occidentalizada de todas: utiliza el malayalam, en vez del siriaco, como lengua litúrgica, y está muy influida doctrinalmente por el anglicanismo. *(N. de las T.)*

Pequeño Bendecido—, y la gente bajaba en barquitas por el río desde Alleppey y Ernakulam para llevarle a sus hijos a fin de que los bendijera a su vez.

Aunque había una diferencia de edad considerable entre el padre Mulligan y el reverendo Ipe, y aunque pertenecían a distintas confesiones cristianas (que lo único que compartían era un sentimiento de antipatía mutua), los dos disfrutaban de la compañía del otro y, con mucha frecuencia, el reverendo Ipe invitaba al padre Mulligan a que se quedase a almorzar. Solo uno de los dos se daba cuenta de la excitación sexual que subía como la marea en la muchacha delgada que seguía rondando alrededor de la mesa mucho después de que hubiese acabado el almuerzo.

Al principio, Bebé Kochamma intentó seducir al padre Mulligan con una representación semanal de caridad. Todos los jueves por la mañana, hacia la hora en que solía llegar el padre Mulligan, Bebé Kochamma sometía a algún niño pobre del pueblo a un baño a la fuerza junto al pozo y lo frotaba con un trozo de jabón rojo y duro que dejaba doloridas sus marcadas costillas.

—¡Buenos días, padre! —gritaba Bebé Kochamma cuando lo veía llegar, y le dirigía una sonrisa que no dejaba traslucir la despiadada energía con que sus dedos atenazaban el escurridizo brazo enjabonado del escuálido niño de turno.

—¡Buenos días, Bebé! —contestaba el padre Mulligan, al tiempo que se detenía y cerraba el paraguas con que se protegía del sol.

—Hay algo que quería preguntarle, padre —decía Bebé Kochamma—. En la Primera Epístola a los Corintios, capítulo diez, versículo veintitrés, dice...: «Todo es lícito, pero no todo es conveniente». Padre, ¿cómo es posible que Él considere *todo* lícito? Quiero decir que entiendo que *algunas* cosas sean lícitas para Él, pero...

El padre Mulligan se sentía más que halagado por los sentimientos que provocaba en la atractiva jovencita que se hallaba de pie delante de él, con la boca temblorosa, que invitaba al beso, y los ojos centelleantes y negros como el carbón. Porque él también era joven y tal vez no se le escapaba el hecho de que las solemnes explicaciones con las que disipaba aquellas falsas dudas bíblicas no concordaban en absoluto con la emocionante promesa que ofrecían sus resplandecientes ojos color esmeralda.

Todos los jueves, impertérritos bajo el despiadado sol del mediodía, se quedaban charlando junto al pozo. Tanto la joven como el intrépido jesuita temblaban con una pasión poco cristiana. Utilizaban la Biblia como artimaña para estar juntos.

Invariablemente, en medio de la conversación, el pobre niño enjabonado, que estaba recibiendo un baño a la fuerza, se las arreglaba para escabullirse, y el padre Mulligan volvía a la realidad y decía:

—¡Uy! ¡Hay que atrapar a ese niño antes de que pille un resfriado!

Después volvía a abrir su paraguas y se alejaba con su sotana color chocolate y sus cómodas sandalias, dando largas zancadas, como un camello que tuviera una cita pendiente. El corazón compungido de la joven Bebé Kochamma lo seguía como un perrito atado a una correa, dando saltos, trastabillando entre hojas y piedrecitas. Magullado y casi roto.

Transcurrió un año entero lleno de jueves. Y al padre Mulligan le llegó el momento de regresar a Madrás. Dado que la caridad no había provocado resultados tangibles, la joven Bebé Kochamma, desesperada, volcó todas sus esperanzas en la fe.

Desplegando una obcecada determinación (que en una joven de aquella época se consideraba algo tan malo como una deformación física, un labio leporino, por ejemplo, o un pie deforme), Bebé Kochamma desafió las órdenes de su padre y se convirtió al catolicismo. Con una dispensa especial del Vaticano, hizo los votos y entró en un convento de Madrás como novicia. De alguna manera, esperaba que ello le proporcionase ocasiones justificadas para estar con el padre Mulligan. Se imaginaba junto a él en habitaciones oscuras y sepulcrales, con pesados cortinajes de terciopelo, discutiendo sobre teología. Eso era todo lo que deseaba. Todo lo que se atrevía a esperar. Simplemente, estar cerca de él. Lo bastante cerca para sentir el olor de su barba. Para ver el burdo tejido de su sotana. Para amarlo solo con la mirada.

Pronto se dio cuenta de lo inútil de su esfuerzo. Resultó que las monjas monopolizaban a los curas y a los obispos con dudas bíblicas más rebuscadas de lo que las suyas podrían llegar a ser jamás, y comprendió que pasarían años antes de que pudiera llegar a estar más o menos cerca del padre Mulligan. Empezó a sentirse intranquila y desdichada en el convento. Le salió un sarpullido alérgico en el cuero cabelludo que no se le curaba debido al roce continuo de la toca. Le parecía que su inglés era mucho mejor que el de sus compañeras, y eso la hacía sentirse más sola.

Transcurrido un año de su ingreso en el convento, su padre comenzó a recibir cartas extrañas: «*Mi querido papá: me encuentro bien y contenta al servicio de Nuestra Señora. Pero Koh-i-Noor no parece feliz y echa de menos a su familia*». «*Mi querido papá: hoy Koh-i-Noor vomitó* después *de comer y tiene un poco de fiebre*». «*Mi querido papá: parece que la comida del convento no le sienta bien a Koh-i-Noor, aunque a mí me gusta bastante*». «*Mi querido papá: Koh-i-Noor está disgustada porque su familia parece no entenderla ni preocuparse por su bienestar*».

El reverendo E. John Ipe sabía que aquel era el nombre del diamante más grande del mundo (en aquella época), pero no conocía a nadie que se llamara Koh-i-Noor. Se preguntaba cómo era posible que una joven con nombre musulmán hubiese ingresado en un convento católico.

Pasado cierto tiempo, fue la madre de Bebé Kochamma quien se dio cuenta de que Koh-i-Noor no era otra que su propia hija. Se acordó de que, muchos años antes, le había mostrado a esta una copia del testamento de su padre (el abuelo de Bebé Kochamma) en el que, al describir a sus nietos, había escrito: «*Tengo siete joyas, una de las cuales es mi Koh-i-Noor*». A continuación, legaba pequeñas sumas de dinero y algunas joyas a cada nieto, pero sin aclarar a cuál de ellos consideraba su Koh-i-Noor. La madre de Bebé Kochamma se dio cuenta de que esta había dado por sentado, por alguna razón que no comprendía, que era a *ella* a quien se refería el abuelo, y al cabo de tantísimos años, sabiendo que la madre superiora leía sus cartas antes de echarlas al correo, había resucitado a Koh-i-Noor en el convento para comunicarle sus problemas a su familia.

El reverendo Ipe fue a Madrás y sacó a su hija del convento. Se sintió feliz de irse, pero insistió en no querer reconvertirse y continuó siendo católica apostólica romana el resto de sus días. A esas alturas el reverendo Ipe ya se había dado cuenta de que su hija había adquirido una «reputación» y era difícil que encontrase marido. Decidió que, ya que no podría casarse, no le vendría mal tener un título. Así que lo organizó todo para que fuese a estudiar a la Universidad de Rochester, en Estados Unidos.

Dos años después, Bebé Kochamma regresó de Rochester diplomada en Jardinería Ornamental, pero más enamorada que nunca del padre Mulligan. No quedaba ni rastro de la joven delgada y atractiva de antaño. Durante los años de estancia en Rochester, Bebé Kochamma había engordado. De hecho, hablando claramente, se había vuelto obesa. Hasta Chellappen, el sastre pequeñito y tímido de Chungam Bridge, insistía en cobrar la tarifa de las camisas de hombre, talla extragrande, cuando hacía blusas para sus saris.

Para evitar que cayera en la melancolía, su padre le encargó que se ocupara del jardín delantero de la casa de Ayemenem. Lo convirtió en un jardín ornamental tan vehemente y desmesurado que la gente iba desde Kottayam para verlo.

Era un trozo de terreno circular, en declive, rodeado por un camino serpenteante de gravilla muy empinado. Bebé Kochamma lo convirtió en un exuberante laberinto de setos enanos, rocas y gárgolas. Su flor favorita era el anturio. El *Anthurium andraeanum*. Tenía toda una colección: la «rubrum», la «luna de miel» y gran cantidad de variedades japonesas. Todas presentaban una única espata carnosa, cuya gama de colores iba desde el negro jaspeado, en sus diversas tonalidades, hasta el rojo sangre y el naranja brillante, y unos espádices punteados y prominentes, siempre de color amarillo. En el centro del jardín de Bebé Kochamma, rodeado de arriates de cañacoros y polemonios, un querubín de mármol hacía pipí trazando un interminable arco plateado sobre un estanque poco profundo donde florecía un único loto azul. En cada esquina del estanque había un gnomo de escayola rosada, con las mejillas coloreadas y un picudo gorro rojo.

Bebé Kochamma pasaba todas las tardes en su jardín. Con sari y botas de goma. Blandía unas enormes tijeras de podar en sus manos enfundadas en guantes de jardinero de color naranja brillante. Como un domador de leones, domaba las retorcidas enredaderas y cuidaba los cactus pinchudos. No dejaba crecer a los bonsáis, mimaba a las orquídeas raras y le hacía la guerra al clima intentando cultivar edelweiss y guayabas chinas.

Todas las noches se untaba los pies con nata y se echaba para atrás las cutículas de las uñas.

El jardín ornamental, tras haber soportado aquella atención minuciosa e incesante durante más de medio siglo, había caído en los últimos tiempos en el abandono. Dejado a su propia suerte, se había vuelto desordenado y salvaje, como un circo cuyos animales hubiesen olvidado sus trucos. Una mala hierba, a la que la gente llamaba la «cizaña comunista» (porque en Kerala proliferaba igual que el comunismo), asfixió a las plantas exóticas. Solo continuaron creciendo las enredaderas, como las uñas de los pies de los cadáveres. Se metían por los agujeros de la nariz de los gnomos de escayola rosada y florecían en sus cabezas huecas, a las que daban una expresión a medio camino entre la sorpresa y el desdén.

La razón de aquel abandono repentino y brusco fue la aparición de un nuevo amor. Bebé Kochamma había hecho instalar una antena parabólica en el tejado de la casa de Ayemenem y ahora tenía el mundo a sus pies sin moverse de su sala de estar gracias a la televisión vía satélite. La enorme excitación que aquello provocó en Bebé Kochamma era fácil de comprender. Porque no era algo que hubiese sucedido gradualmente. Ocurrió de la noche a la mañana. Rubias, guerras, hambrunas, fútbol, sexo, música, golpes de Estado, todos llegaron en el mismo tren. Todos deshicieron las maletas a la vez. Y se quedaron en el mismo hotel. Y en Ayemenem, donde hasta entonces el sonido más estridente había sido el del claxon musical de un autobús, ahora podían convocarse guerras, hambrunas, vívidas matanzas y hasta a Bill Clinton como si de sirvientes se tratara. Y así, mientras su jardín ornamental se marchitaba y moría, Bebé Kochamma veía todos los partidos de liga de la NBA americana, los encuentros de críquet y los torneos de tenis del Grand Slam. Entre semana veía *The Bold and the Beautiful* y *Santa Bárbara*, series en las que unas rubias frágiles, de labios pintados y peinados rígidos de tanta laca, seducían a androides y defendían sus imperios sexuales. A Bebé Kochamma le encantaban sus relucientes vestidos y sus conversaciones refinadas y retorcidas. Durante el día le venían a la cabeza fragmentos sueltos y se reía sola.

Kochu Maria, la cocinera, seguía llevando los gruesos pendientes de oro que le habían desfigurado los lóbulos de las orejas para siempre. Disfrutaba viendo *Wrestling Mania*, el show de la WWF, en el que Hulk Hogan y Mister Perfect, que tenían los cuellos más anchos que las cabezas, aparecían con mallas de licra llenas de lentejuelas y se pegaban brutalmente el uno al otro. La risa de Kochu Maria tenía ese timbre levemente cruel que tienen a veces las risas de los niños pequeños.

Se pasaban el día en la sala de estar, Bebé Kochamma sentada en la silla de largos brazos o tumbada en la chaise longue (según el estado de sus pies) y Kochu Maria en el suelo, junto a ella (cambiando de un canal a otro siempre que podía), encerradas juntas en un ruidoso silencio televisivo. Una con el pelo blanco como la nieve, la otra con el pelo teñido de negro carbón. Participaban en todos los concursos, aprovechaban todos los descuentos que se anunciaban, y en una ocasión ganaron una camiseta y en otra un termo, que Bebé Kochamma guardó bajo llave en su armario.

A Bebé Kochamma le encantaba la casa de Ayemenem y cuidaba los muebles, que había heredado por haber sobrevivido a todos. El violín y el atril de Mammachi, los armarios de Ooty, las sillas de plástico que imitaba el mimbre, las camas de Delhi, el tocador de Viena con tiradores de marfil rajados. Y la mesa de comedor de palo de rosa que hizo Velutha.

Le asustaban las hambrunas de la BBC y las guerras con las que se topaba al cambiar de canal. Sus viejos miedos a la revolución y a la amenaza marxista-leninista se habían reavivado por los nuevos temores que le causaba comprobar en el televisor el incremento del número de gentes desesperadas y desposeídas. Contemplaba las limpiezas étnicas, las hambrunas y los genocidios como amenazas directas hacia sus muebles.

Mantenía puertas y ventanas cerradas a cal y canto, a menos que las estuviera usando. Utilizaba sus ventanas para propósitos muy específicos. Para Respirar Aire Fresco. Para Pagar al Lechero. Para que Saliera una Avispa Encerrada (que Kochu Maria tenía que perseguir por toda la casa con una toalla).

Y hasta cerraba con llave la nevera descascarillada y triste donde guardaba su provisión semanal de bollos de crema, que Kochu Maria le traía de la Mejor Confitería de Kottayam. Y las dos botellas de agua de arroz que bebía en lugar del agua normal. En el compartimento inferior de la nevera guardaba lo que quedaba de la vajilla con motivos en azul y blanco que perteneció a Mammachi.

En el compartimento del queso y la mantequilla puso la docena de ampollas de insulina que le regaló Rahel. Sospechaba que, en los tiempos que corrían, hasta los seres de apariencia más inocente e ingenua podían ser saqueadores de vajillas, adictos a los bollos de crema o diabéticos ladrones que recorrían Ayemenem en busca de insulina importada.

Ni siquiera confiaba en los gemelos. Los creía capaces de todo. Absolutamente de todo. Pensó que *hasta podrían robarle el regalo que le habían hecho*, y se dio cuenta, angustiada, de la rapidez con que había vuelto a pensar en los dos como si fuesen una sola persona. Al cabo de tantos años. Decidida a no dejar que el pasado se apoderase de ella, alteró su pensamiento inmediatamente. *Ella. Ella podría robarle su regalo.*

Miró a Rahel, de pie junto a la mesa del comedor, y notó el mismo sigilo inquietante, la capacidad de quedarse muy quieta y muy callada, que Estha parecía haber llegado a dominar. Bebé Kochamma estaba un poco intimidada por la impasibilidad de Rahel.

—Y bien... —dijo con voz chillona y entrecortada—. ¿Qué planes tienes? ¿Cuánto tiempo te vas a quedar? ¿Ya lo has decidido?

Rahel intentó decir algo. Le salió un sonido mellado, como el borde irregular de una lata. Fue hasta la ventana y la abrió. Para respirar aire fresco.

—Ciérrala cuando hayas acabado —dijo Bebé Kochamma, y su rostro se cerró como un armario.

Ya no se podía ver el río desde la ventana.

Se pudo hasta que Mammachi hizo cerrar la galería trasera con la que fue la primera puerta corredera de Ayemenem. Entonces descolgaron los retratos al óleo del reverendo E. John Ipe y de Aleyooty Ammachi (los bisabuelos de Estha y de Rahel) de la galería trasera y los colocaron en la delantera.

Y allí seguían el Pequeño Bendecido y su mujer, colgados a ambos lados de la cabeza de bisonte disecada.

El reverendo Ipe dirigía su sonrisa de antepasado seguro de sí mismo hacia la calle, en lugar de dirigirla hacia el río.

Aleyooty Ammachi no parecía tan segura de sí misma. Era como si quisiera volverse, pero no pudiera. Tal vez para ella no fue tan fácil abandonar el río. Sus ojos miraban en la misma dirección en que lo hacía su marido, pero su corazón estaba vuelto hacia otro lado. Los pesados pendientes *kunukku* de oro mate (una muestra de la bondad del Pequeño Bendecido) le habían estirado los lóbulos de las orejas hasta tocar sus hombros. A través de los agujeros que dejaron era posible ver el río de aguas cálidas y los árboles oscuros inclinados sobre él. Y los pescadores en sus barcas. Y los peces.

Aunque ya no se podía ver el río desde ella, la casa de Ayemenem seguía evocándolo, del mismo modo que una concha marina siempre evoca el mar.

Evocaba la corriente, el agua agitada, los peces nadando.

Desde la ventana del comedor a la que estaba asomada, mientras el viento le revolvía el pelo, Rahel veía tamborilear la lluvia con fuerza sobre el oxidado techo metálico de lo que fue la fábrica de conservas de su abuela.

Conservas y Encurtidos Paraíso.

Se alzaba entre la casa y el río.

Hacían encurtidos, zumos, mermeladas, curri y piña en lata. Y mermelada de plátano. (De forma ilegal después de que la Organización de Productos Alimenticios la prohibió porque, según sus normas, no era mermelada ni jalea. Demasiado líquida para ser jalea, y demasiado espesa para ser mermelada. De una consistencia ambigua e inclasificable, decían).

Según sus normas...

Ahora, al cabo de tantos años, a Rahel le pareció que el problema que tenía su familia con las clasificaciones iba mucho más allá del asunto de las mermeladas y las jaleas.

Tal vez Ammu, Estha y ella fueron los peores transgresores. Pero no los únicos. Los otros no se quedaron cortos. Todos infringieron las normas. Todos entraron en territorio prohibido. Todos alteraron las leyes que establecían a quién debía quererse y cómo. Y cuánto. Las leyes que convertían a las abuelas en abuelas, a los tíos en tíos, a las madres en madres, a los primos en primos, a la mermelada en mermelada y a la jalea en jalea.

Hubo una época en la que los tíos se convirtieron en padres, las madres en amantes, y los primos murieron y fueron enterrados.

Hubo una época en que lo inconcebible se hizo concebible y ocurrió lo imposible.

Antes del entierro de Sophie Mol, la policía ya había encontrado a Velutha.

Se le había puesto la carne de gallina alrededor de la zona de los brazos en la que las esposas le tocaban la piel. Frías esposas de aroma metálico. Como el de los pasamanos de acero de los autobuses y el que desprendían las manos de los cobradores de tanto aferrarse a ellos.

Después de que hubo pasado todo, Bebé Kochamma dijo: «Se cosecha lo que se siembra». Como si *ella* no hubiese tenido nada que ver con la siembra y su cosecha. Volvió sobre sus pequeños piececillos a su bordado de punto de cruz. Los deditos de sus pies no tocaban nunca el suelo. Fue idea suya que Estha fuera Devuelto.

El dolor y la amargura de Margaret Kochamma por la muerte de su hija se retorcían en su interior como un muelle furioso. No decía nada, pero durante los días que estuvo allí, antes de regresar a Inglaterra, le pegaba bofetadas a Estha siempre que podía.

Rahel miraba cómo Ammu metía las cosas de Estha en un pequeño baúl.

—Puede que tengan razón —susurró Ammu—. Puede que sea cierto que un chico necesita un Baba.

Rahel vio que tenía los ojos opacos y enrojecidos.

Consultaron a una Experta en Gemelos de Hyderabad. Les contestó con una carta en la que decía que no era aconsejable separar a los gemelos monocigóticos, pero que los heterocigóticos no eran diferentes de otros hermanos cualesquiera y que, aunque tendrían los mismos problemas que los demás niños que experimentan una ruptura de su hogar, no sería más que eso. Nada fuera de lo normal.

Así que Estha fue Devuelto en un tren con su baúl metálico y sus zapatos beis puntiagudos metidos en el bolso de viaje color caqui. Viajó a Madrás en primera clase por la noche en el tren correo, y después, con un amigo de su padre, desde Madrás hasta Calcuta.

Llevaba una bolsa con bocadillos de tomate. Y un termo Águila con un águila. Tenía imágenes horribles en la cabeza.

Lluvia. Aguas revueltas, oscuras. Y un olor. Un olor empalagoso y nauseabundo. Como el de las rosas marchitas traído por la brisa.

Pero lo peor de todo era que en su interior llevaba el recuerdo de un hombre joven con la boca de un viejo. El recuerdo de una cara hinchada y de una sonrisa destrozada y vuelta del revés. De un charco de líquido claro que se iba extendiendo y en el que se reflejaba una bombilla desnuda. De un ojo inyectado en sangre que se había abierto, cuya mirada había deambulado por la habitación hasta clavarse en él. Estha. ¿Y qué es lo que había hecho Estha? Había mirado aquel rostro amado y había dicho: «Sí».

Sí, fue él.

Esa era la palabra a la que el pulpo alojado dentro de Estha no podía llegar: *Sí*. Aspirar con los tentáculos no parecía servirle de mucho. El *sí* estaba alojado allí, en algún lugar profundo de un pliegue o de un surco, como un pelo de mango que se mete entre las muelas. Imposible de quitar, por más que se intente.

Desde un punto de vista puramente práctico, es probable que lo más correcto fuera decir que todo comenzó cuando Sophie Mol llegó a Ayemenem. Quizá sea cierto que las cosas pueden cambiar en un solo día. Que unas pocas docenas de horas pueden afectar al desarrollo de vidas enteras. Y que, cuando eso sucede, esas pocas docenas de horas, igual que los restos rescatados de una casa incendiada (el reloj carbonizado, la fotografía quemada, los muebles chamuscados), tienen que ser desenterradas de entre las ruinas y examinadas. Conservadas. Descifradas.

Cosas comunes, pequeños hechos, destrozados y recuperados. Imbuidos de un significado nuevo. De pronto, se convierten en los huesos descoloridos de una historia.

Aun así, decir que todo comenzó cuando Sophie Mol llegó a Ayemenem no deja de ser una forma más de ver las cosas.

De igual modo, podría afirmarse que, en realidad, comenzó hace miles de años. Mucho antes de que llegaran los comunistas. Antes de que los británicos tomaran Malabar, antes de la supremacía holandesa, antes de la llegada de

Vasco da Gama, antes de la conquista de Calicut por parte del primer zamorín.* Antes de que tres obispos sirios con túnicas púrpuras, asesinados por los portugueses, fuesen encontrados flotando en el mar, con serpientes marinas enroscadas sobre los pechos y ostras enredadas en las enmarañadas barbas. Podría afirmarse que comenzó mucho antes de que el cristianismo llegase en un barco y se extendiese por Kerala igual que rezuma el té de una bolsita.

Que, en realidad, comenzó en los días en que se establecieron las Leyes del Amor. Las leyes que determinan a quién debe quererse, y cómo.

Y cuánto.

---

* Nombre que recibían los soberanos hindúes de Calicut. *(N. de las T.)*

Sin embargo, a efectos prácticos, en un mundo irremediablemente práctico...

2. La mariposa de Pappachi

... era un día azul cielo de diciembre del sesenta y nueve (el mil novecientos no se dice). Era uno de esos momentos en la vida de una familia en que pasa algo que sacude suavemente sus principios morales, los saca del lugar donde descansan y hace que salgan burbujeando a la superficie y floten durante un rato. A plena luz. Para que todos puedan verlos.

Un Plymouth azul cielo, con el sol reflejado en los alerones, cruzaba veloz los arrozales jóvenes y los árboles del caucho viejos, rumbo a Cochín. Un poco más al este, en un país pequeño de paisaje similar (selvas, ríos, arrozales, comunistas), caían bombas suficientes para cubrirlo por completo con medio palmo de acero. Aquí, sin embargo, estaban en paz, y la familia del Plymouth viajaba sin miedos ni aprensiones.

El Plymouth había pertenecido a Pappachi, el abuelo de Rahel y Estha. Ahora que había muerto, pertenecía a Mammachi, su abuela, y Rahel y Estha iban rumbo a Cochín para ver *Sonrisas y lágrimas** por tercera vez. Se sabían todas las canciones.

Después del cine se alojarían en el Hotel Reina de los Mares, que olía a comida rancia. Ya habían hecho las reservas. Al día siguiente, muy temprano, irían al aeropuerto de Cochín a buscar a la exmujer de Chacko —Margaret Kochamma, su tía inglesa— y a su primita Sophie Mol, que lle-

* El título original de esta película es *The Sound of Music*. En España se proyectó con el de *Sonrisas y lágrimas*, y en América Latina, con el de *La novicia rebelde*. *(N. de las T.)*

gaban de Londres para pasar las Navidades en Ayemenem. A principios de aquel año, Joe, el segundo marido de Margaret Kochamma, había muerto en un accidente de coche. Cuando Chacko se enteró de lo del accidente, las invitó a venir a Ayemenem. Dijo que no podía soportar la idea de que pasaran la Navidad solas y desconsoladas en Inglaterra. En una casa llena de recuerdos.

Ammu dijo que Chacko nunca había dejado de amar a Margaret Kochamma. Mammachi no estaba de acuerdo. Prefería creer que, en realidad, nunca la había amado.

Rahel y Estha no habían visto nunca a Sophie Mol. Pero habían oído hablar mucho de ella durante aquella última semana. A Bebé Kochamma, a Kochu Maria e incluso a Mammachi. Ninguna de ellas la había visto tampoco, pero todas se comportaban como si ya la conocieran. Había sido la semana del *¿Qué Va a Pensar Sophie Mol?*

Durante toda la semana Bebé Kochamma escuchó a escondidas y sin tregua las conversaciones privadas de los gemelos, y, cada vez que los sorprendía hablando en malayalam, les imponía una pequeña multa que pagaban inmediatamente de su paga semanal. Les hacía escribir frases —«imposiciones», las llamaba—: *Voy a hablar siempre en inglés, Voy a hablar siempre en inglés.* Cien veces cada uno. Cuando terminaban, tachaba todas las frases con lápiz rojo para asegurarse de que no utilizaran las listas viejas para los castigos nuevos.

Les hizo practicar una canción en inglés para cantar en el coche durante el camino de regreso. Tenían que decir las palabras correctamente y prestar especial atención a la pronunciación. Pro-nun-cia-ción.

AlabAdo sea el SeñOr por siEmmpre,
bendIIto sea y alabAdo,
alabAdo,
alabAdo,
bendIIto sea y alabAdo.

El nombre completo de Estha era Esthappen Yako. El de Rahel era Rahel. De momento, no tenían apellido, porque Ammu no sabía si volver a utilizar el suyo de soltera, aunque decía que una mujer tampoco tenía mucha elección si solo podía escoger entre el apellido de su padre y el de su marido.

Estha llevaba sus zapatos beis puntiagudos y lucía su tupé a lo Elvis. Su Tupé para Salidas Especiales. Su canción favorita de Elvis era *Party*. «*Some people like to rock, some people like to roll*», cantaba con voz melosa cuando nadie lo miraba, rasgueando una raqueta de bádminton y torciendo la boca como Elvis. «*But moonin' an' a-groonin' gonna satisfy mah soul, less have a pardy...*».

Estha tenía unos ojos almendrados y somnolientos y los dientes delanteros, que le estaban saliendo, desiguales. A Rahel todavía no le habían salido los dientes nuevos, aún los tenía dentro de las encías esperando el momento de aparecer, como las palabras dentro de un lápiz. A todo el mundo le llamaba la atención que una diferencia de edad de dieciocho minutos pudiera causar tal discrepancia en la salida de los dientes delanteros.

Rahel llevaba la mayor parte del pelo recogido encima de la cabeza como si fuera una fuente. Se lo ataban con un «amor-en-Tokio», nombre que se daba a una goma para el pelo con una bolita en cada extremo y que no tenía nada que ver con el amor ni con Tokio. En Kerala los «amores-en-Tokio» han resistido la prueba del tiempo, e incluso hoy en día, si alguien lo pide en cualquier tienda respetable y de calidad, eso será lo que le darán: una goma para el pelo con una bolita en cada extremo.

Rahel tenía un reloj de juguete con la hora pintada en la esfera. Las dos menos diez. Una de las cosas que más deseaba era tener un reloj en el que pudiera cambiar la hora siempre que quisiera (pues para eso servían los relojes, según ella). Sus gafas de sol de plástico rojo con montura amarilla le hacían ver el mundo de color rojo. Ammu le había dicho que eran malas para los ojos y le aconsejó usarlas lo menos posible.

Su vestido para ir al aeropuerto estaba en la maleta de Ammu. Tenía unas bragas especiales a juego.

Chacko conducía. Era cuatro años mayor que Ammu. Rahel y Estha no podían utilizar ningún diminutivo para llamarlo porque se vengaba usando a su vez los diminutivos más ridículos para dirigirse a ellos. Ni siquiera podían llamarlo Tío, porque los llamaba Tita, lo cual los avergonzaba cuando había gente delante. Así que lo llamaban Chacko.

Las paredes del dormitorio de Chacko estaban atiborradas de libros desde el techo hasta el suelo. Se los había leído todos y citaba extensos fragmentos sin razón aparente. O, al menos, sin ninguna razón que sus oyentes pudieran comprender. Por ejemplo, aquella mañana, cuando salían en el coche por la verja del jardín y le decían adiós a gritos a Mammachi, que estaba en la galería, Chacko dijo de repente: «*Gatsby demostró su valía al final; fue lo que se cebó en él, el sucio polvo que levantaron sus sueños, lo que provocó durante algún tiempo mi desinterés por las penas infructuosas y las alegrías alicortas de los seres humanos*».

Estaban tan acostumbrados que no se preocuparon de intercambiar codazos ni miradas cómplices. Chacko había estudiado en Oxford con una beca Rhodes y se le permitían excesos y excentricidades intolerables para los demás.

Decía que estaba escribiendo una historia de la familia por la que esta tendría que pagarle para que no la publicara. Ammu decía que, si había una persona en la familia que pudiera considerarse candidata al chantaje biográfico, era el propio Chacko.

Claro que eso era entonces. Antes del Terror.

En el Plymouth, Ammu iba sentada delante, junto a Chacko. En aquel momento tenía veintisiete años y la fría certeza en la boca del estómago de que ya había vivido cuanto debía vivir. Había tenido una oportunidad. Y se había equivocado. Se había casado con un hombre que no le convenía.

Ammu acabó sus estudios secundarios el mismo año en que su padre se jubiló de su empleo en Delhi y se trasladó a Ayemenem. Pappachi insistió en que los estudios universitarios representaban un gasto innecesario para una chica, así que Ammu no tuvo otra elección que dejar Delhi e irse con ellos. No había mucho que una muchacha pudiera hacer en Ayemenen, aparte de esperar propuestas de matrimonio mientras ayudaba a su madre en las tareas de la casa. Dado que su padre no disponía del dinero suficiente para ofrecer una buena dote, nadie se interesó por ella. Transcurrieron dos años. Llegó su decimoctavo cumpleaños y pasó inadvertido. O, al menos, inadvertido para sus padres. Ammu comenzó a desesperarse. Se pasaba los días soñando con escapar de Ayemenem, de las garras de su malhumorado padre y de la amargura y la resignación de su madre. Tramó varios planes insignificantes e infructuosos. Con el paso del tiempo, uno dio resultado. Pappachi consintió en dejarla ir a pasar el verano con una tía lejana que vivía en Calcuta.

Allí, en una boda, Ammu conoció a su futuro marido.

Estaba de vacaciones. Tenía un empleo en Assam, donde trabajaba como director adjunto en una plantación de té. Provenía de una familia de terratenientes de Bengala Oriental que perdió sus tierras al verse obligada a emigrar a Calcuta tras la incorporación de esa región a Pakistán.

Era un hombre menudo pero bien proporcionado. De aspecto agradable. Usaba unas gafas pasadas de moda que le daban una apariencia seria y no dejaban traslucir en absoluto su forma de ser, sencilla y encantadora, ni su sentido del humor, juvenil pero cautivador. Con veinticinco años, ya llevaba seis trabajando en la plantación de té. No había ido a la universidad, lo cual explicaba su humor juvenil. Le propuso matrimonio a Ammu cinco días después de haberla conocido. Ammu no fingió estar enamorada de él. Simplemente, consideró las ventajas y aceptó. Pensó que *cualquier cosa*, cualquier persona, sería mejor que regresar a Ayemenem. Escribió a sus padres para comunicarles su decisión. No le contestaron.

La ceremonia matrimonial de Ammu fue muy recargada, como es habitual en Calcuta. Más tarde, al recordar aquel día, se dio cuenta de que el brillo ligeramente febril de los ojos del novio no era fruto del amor, ni siquiera del nerviosismo ante la perspectiva del gozo carnal, sino de ocho vasos de whisky, por lo menos. Bebidos de golpe. Puro, sin rebajar.

El suegro de Ammu era presidente de la Compañía de Ferrocarriles y había destacado como boxeador cuando estaba en Cambridge. Era secretario de la ABBA, la Asociación Bengalí de Boxeo Amateur. Regaló a la joven pareja un Fiat pintado de rosa pastel por encargo, que condujo él mismo después de la boda tras cargar en él las joyas y la mayor parte de los regalos que les habían hecho. Murió en la mesa de operaciones, antes de que nacieran los gemelos, cuando le estaban extirpando la vesícula. A su incineración asistieron todos los boxeadores de Bengala. Un cortejo fúnebre de caras largas y narices rotas.

Cuando se trasladó a Assam con su marido, Ammu, que era joven, hermosa y pizpireta, se convirtió en la estrella del Club de los Plantadores. Llevaba blusas de sari con la espalda al aire y un bolso pequeño de lamé con una cadenita. Fumaba cigarrillos largos con una boquilla plateada y aprendió a hacer anillos de humo perfectos. Su marido resultó ser, más que un gran bebedor, un alcohólico en toda regla, con todo el retorcimiento y el trágico encanto del borrachín sempiterno. Había en él cosas que Ammu nunca comprendió. Mucho tiempo después de abandonarlo, seguía preguntándose por qué mentía de forma tan descarada cuando no necesitaba hacerlo. *Sobre todo*, cuando no necesitaba hacerlo. Conversando con unos amigos decía lo mucho que le gustaba el salmón ahumado, cuando Ammu sabía que lo odiaba. O, al volver a casa del club, le contaba que había visto la película *Cita en St. Louis*, cuando en realidad habían puesto *The Bronze Buckaroo*. Si se lo hacía notar, nunca le daba una explicación ni se disculpaba. Simplemente, soltaba una risilla que la exasperaba hasta un punto del que ni ella misma se creía capaz.

Ammu estaba embarazada de ocho meses cuando estalló la guerra con China. Fue en octubre de 1962. Las mujeres y los niños de los plantadores fueron evacuados de Assam. Ammu no pudo viajar porque su embarazo estaba demasiado avanzado, así que se quedó en la plantación. En noviembre, tras el traqueteo de un viaje espeluznante en autobús hasta Shillong, en medio de los rumores de una ocupación china y de una derrota inminente de la India, nacieron Estha y Rahel. A la luz de las velas. En un hospital con las ventanas tapadas para no atraer a los aviones enemigos. Nacieron sin demasiadas complicaciones, el uno dieciocho minutos después que el otro. Dos pequeñines en lugar de uno solo grande. Dos foquitas gemelas, lustrosas de jugos maternos. Arrugadas por el esfuerzo de nacer. Ammu comprobó que no tenían ninguna deformidad antes de cerrar los ojos y quedarse dormida.

Contó cuatro ojos, cuatro orejas, dos bocas, dos narices, veinte dedos en las manos y veinte uñitas perfectas en los pies.

No se dio cuenta de que había una única alma siamesa. Estaba contenta de tenerlos. Su padre, tumbado sobre un duro banco en el corredor del hospital, estaba borracho.

Cuando los gemelos tenían dos años, el alcoholismo crónico de su padre, agravado por la soledad de la vida en la plantación de té, lo tenía sumido en un sopor etílico. Pasaba días enteros tumbado en la cama sin ir a trabajar. Poco tiempo después, el administrador inglés, el señor Hollick, lo convocó a su casa para «hablar seriamente».

Ammu se sentó en la galería de su casa a esperar ansiosa el regreso de su marido. Estaba convencida de que la única razón por la que Hollick quería verlo era para despedirlo. Se sorprendió cuando regresó, pues, aunque estaba abatido, no parecía un hombre acabado. Le dijo que el señor Hollick le había propuesto algo que tenía que discutir con ella. Al principio, habló con timidez, evitando mirarla a los ojos, pero fue recuperando la confianza en sí mismo a medida que avanzaba en su exposición. Desde un punto de vista práctico, era una propuesta que a la larga los beneficiaría a ambos, dijo. De hecho, a *todos*, si tenían en cuenta la educación de los niños.

El señor Hollick había sido franco con su joven ayudante. Le informó sobre las quejas que había recibido tanto por parte de los trabajadores como de los otros directores adjuntos.

—Me temo que no me queda otra opción que pedirle la dimisión —dijo.

Esperó a que el silencio hiciera efecto. Esperó a que el lastimoso hombre sentado al otro lado de la mesa comenzara a temblar. A sollozar. Entonces Hollick volvió a hablar.

—Bueno, quizá *podría* haber otra opción... Quizá podríamos arreglar las cosas. Hay que ser positivo, es lo que yo siempre digo. Hay que saber jugar las bazas que uno tiene. —Hollick hizo una pausa y ordenó que trajeran una jarra con café solo—. Ya sabes que eres un hombre muy afortunado, tienes una familia fantástica, unos hijos preciosos, una mujer atractiva... —Encendió un cigarrillo y observó cómo ardía la cerilla hasta que ya no pudo seguir sosteniéndola—. Una mujer *sumamente* atractiva...

Los sollozos cesaron. Unos ojos castaños, perplejos, se clavaron en los ojos verde pálido llenos de venillas rojas. Después del café, el señor Hollick le propuso a Baba que se marchase una temporada. De vacaciones. A una clínica, quizá, para someterse a tratamiento. Todo el tiempo que fuese necesario para restablecerse. Y sugirió que, durante el periodo que estuviese fuera, Ammu se fuese a vivir a su casa, para así poder «cuidarla».

En la plantación ya había buen número de niños harapientos, de piel clara, hijos de recolectoras de té de las que Hollick se había encaprichado. Aquella era su primera incursión en los círculos directivos.

Ammu observó cómo se movía la boca de su marido mientras iba formando las palabras. No dijo nada. Él se sintió cada vez más incómodo y furioso por su silencio. De pronto, arremetió contra ella, la agarró por el pelo, le dio un puñetazo y se desmayó a causa del esfuerzo. Ammu cogió el libro más pesado que encontró en la estantería —*El atlas mundial del Reader's Digest*— y lo golpeó con él con todas sus fuerzas. En la cabeza. En las piernas. En la espalda y los hombros. Cuando recobró la conciencia, se quedó asombrado de tener tantas moraduras. Aunque se disculpó humildemente por su agresión, inmediatamente empezó a mortificarla para que lo ayudara a conseguir el traslado. Aquello se convirtió en una rutina. Agresiones durante las borracheras y súplicas tras ellas. A Ammu le repugnaban el olor medicinal a alcohol rancio que desprendía la piel de su marido y los restos de vómito endurecido y seco incrustados en su boca, como un pastel, todas las mañanas. Cuando sus ataques de violencia comenzaron a incluir a los niños y estalló la guerra con Pakistán, abandonó a su marido y regresó a casa de sus padres, donde no fue bien recibida. Volvió a Ayemenem, a todo aquello de lo que había huido hacía apenas unos años. Solo que ahora tenía dos hijos pequeños. Y se habían acabado los sueños para ella.

Pappachi no la creyó cuando le contó lo ocurrido. No porque tuviera un gran concepto de su marido, sino porque, sencillamente, no podía creer que un inglés, que *ningún* inglés, desease a la mujer de otro hombre.

Ammu quería a sus hijos (por supuesto), pero tenían una vulnerabilidad ingenua y una predisposición a querer a gente que no los quería de verdad que la exasperaba; a veces, le entraban ganas de pegarles solo para que aprendieran, para protegerlos.

Era como si la ventana por la que había desaparecido su padre hubiese quedado abierta para que entrase cualquiera y fuese bienvenido.

A Ammu sus hijos gemelos le parecían dos ranitas desconcertadas, solo pendientes la una de la otra, que caminaban torpemente cogidas del brazo en medio de una peligrosa autopista llena de tráfico. Totalmente ajenas a lo que los camiones podían hacerles a las ranas. Ammu los protegía con uñas y dientes. Aquella vigilancia constante la agotaba y la ponía tensa y nerviosa. Era muy rápida para reprender a sus hijos, pero lo era aún más para sentirse ofendida en su nombre.

Sabía que ya no habría más oportunidades para ella. Que ahora solo le quedaba Ayemenem. Una galería delantera y otra trasera. Un río cálido y una fábrica de conservas y encurtidos.

Y, como música de fondo, el lamento quejumbroso, agudo y constante, de la desaprobación de la gente.

Durante los primeros meses tras su regreso al hogar paterno, aprendió enseguida a reconocer el rostro horrible de la compasión y a despreciarlo. Viejas parientes de la familia, de incipientes barbas y con varias papadas temblorosas, viajaban toda la noche hasta Ayemenem solo para decirle cuánto sentían lo de su divorcio. Le apretujaban la rodilla y se regodeaban. Tenía que hacer verdaderos esfuerzos para no abofetearlas. O retorcerles los pezones. Con una llave inglesa. Como Chaplin en *Tiempos modernos*.

Cuando miraba las fotos de su boda, sentía que la mujer que le devolvía la mirada era otra. Una novia enjoyada y tonta. Con un sari de seda tornasolada que pasaba del color del atardecer al del oro. Anillos en todos los dedos. Puntos blancos de pasta de sándalo sobre las cejas arqueadas. Cuando se miraba en aquellas fotos, la boca suave de Ammu se crispaba con una sonrisilla amarga ante el recuerdo. No tanto por la boda en sí como por haber permitido que la decorasen tan minuciosamente antes de ser conducida a la horca. Le parecía tan absurdo... Tan inútil...

Como sacarle brillo a la leña.

Fue al orfebre del pueblo y le encargó que fundiera su pesada alianza y con el oro hiciera una pulsera muy fina con cabezas de serpientes, que guardó para Rahel.

Ammu sabía que las bodas eran algo que no podía evitarse por completo. Al menos, no en la práctica. Pero el resto de su vida abogó por bodas *sencillas* con ropas *normales*. Decía que eso les quitaba morbosidad.

A veces, cuando Ammu oía por la radio canciones que le gustaban, algo se agitaba en su interior. Un dolor líquido se extendía por debajo de su piel y huía del mundo como una bruja, rumbo a un lugar mejor y más feliz. En los días en que se sentía así había algo inquieto e indómito en ella. Como si temporalmente hubiese dejado de lado la sensatez que convenía a una mujer madre y divorciada. Hasta su modo de andar cambiaba: del paso aplomado de una madre pasaba a otro más vivo. Se ponía flores en el pelo y había secretos mágicos en sus ojos. No hablaba con nadie. Pasaba horas a la orilla del río con su pequeño transistor de plástico con forma de mandarina. Fumaba cigarrillos y nadaba a medianoche.

¿Qué era lo que provocaba en Ammu aquel Coqueteo con el Riesgo? ¿Por qué tenía aquellos prontos? Era consecuencia de sentimientos contradictorios que pugnaban en lo más íntimo de su ser. De sentimientos que no podían mezclarse. La infinita ternura de la maternidad y la cólera temeraria de una terrorista suicida. Eso era lo que fue creciendo dentro de ella y lo que hizo que, andando el tiempo, amara de noche al hombre al que sus hijos amaban de día. Que usara de noche la barca que sus hijos usaban de día. La barca en que se sentaba Estha y que Rahel encontró.

Durante los días en que sonaban en la radio las canciones que le gustaban a Ammu, todos recelaban un poco de ella. De algún modo, sentían que vivía en la penumbra del límite entre dos mundos, más allá del alcance de su poder. Pensaban que una mujer a la que ya habían condenado tenía muy poco que perder y que, por lo tanto, podía ser peligrosa. Así que, durante los días en que sonaban en la radio las canciones que le gustaban a Ammu, la gente la evitaba, daba pequeños rodeos para no tropezarse con ella, porque todo el mundo coincidía en que lo mejor era Dejarla en Paz.

Otros días se le formaban profundos hoyuelos cuando sonreía.

Tenía un rostro delicado y finamente esculpido, cejas negras, curvadas como las alas de una gaviota planeando, nariz pequeña y recta y piel luminosa de color avellana. Aquel día azul cielo de diciembre, el viento del coche le había soltado algunos mechones del pelo rizado y rebelde. Llevaba una blusa de sari sin mangas, y los hombros le brillaban como si se los hubiesen lustrado con una cera para hombros de gran calidad. Algunas veces era la mujer más hermosa que Estha y Rahel habían visto jamás. Otras, no.

En el asiento trasero del Plymouth, entre Estha y Rahel, iba Bebé Kochamma. Exmonja y tía abuela en ejercicio. Del mismo modo que, en algunas ocasiones, a los desventurados les disgustan los demás desventurados, a Bebé Kochamma le disgustaban los gemelos porque los consideraba niños abandonados, sin padre, predestinados a la destrucción. Y, aún peor, eran unos híbridos medio hindúes con los que ningún cristiano sirio que se preciara se casaría jamás. Ponía sumo interés en que se dieran cuenta de que (al igual que ella) vivían en la casa de Ayemenem, que era de su abuela materna, de prestado, y que, en realidad, no tenían derecho a estar allí. Ammu irritaba a Bebé Kochamma porque la veía luchar contra un destino que ella creía haber aceptado dignamente. El destino de la mujer desgraciada por no carecer de marido. De la pobre Bebé Kochamma, que no tenía al padre Mulligan. Con el paso de los años, había logrado convencerse de que su amor por el padre Mulligan no se había consumado porque *ella* había demostrado una compostura absoluta y una férrea determinación a comportarse correctamente.

Estaba totalmente de acuerdo con la opinión generalizada de que una hija casada no tenía ningún derecho en la casa de sus padres. En cuanto a una hija *divorciada*, Bebé Kochamma creía que no tenía ningún derecho en ninguna parte. Y, en cuanto a una hija *divorciada* tras un matrimonio por *amor*... Bueno, en ese caso no había palabras que pudieran describir la indignación de Bebé Kochamma. Y si, encima, se trataba de una hija *divorciada* tras un matrimonio *mixto* por *amor*, a Bebé Kochamma le entraban escalofríos y prefería callarse su opinión.

Los gemelos eran demasiado pequeños para entender todo aquello, así que a Bebé Kochamma le repateaba que tuvieran momentos de enorme felicidad, como los que experimentaban cuando una libélula que habían atrapado levantaba con sus patas una piedrecita diminuta que sostenían en la palma de la mano, o cuando les daban permiso para bañar a los cerdos, o cuando encontraban un huevo, todavía tibio, que había puesto una gallina. Pero, sobre todo, le repateaba ver lo bien que se lo pasaban simplemente juntos. Le habría gustado que dieran alguna muestra de infelicidad. Por lo menos.

Cuando regresaran del aeropuerto, Margaret Kochamma se sentaría delante con Chacko, porque había sido su mujer. Sophie Mol se sentaría entre ambos. Ammu pasaría al asiento trasero.

Habría dos botellas de agua. Agua hervida para Margaret Kochamma y Sophie Mol, y agua del grifo para los demás.

El equipaje iría en el maletero.

Rahel pensó que la palabra *maletero* era preciosa. Una palabra mucho mejor, por ejemplo, que *fortachón. Fortachón* era una palabra horrible. Como el nombre de un enano. *Fortachón Koshy Oommen*, un enano de clase media, agradable, temeroso de Dios, con las rodillas torcidas y peinado con raya al lado.

Sobre la baca del Plymouth había una especie de caja de contrachapado, con ribetes de hojalata en los cuatro paneles de la cual se leía CONSERVAS Y ENCURTIDOS PARAÍSO con una caligrafía muy historiada. Y debajo de esas leyendas habían pintado botes de mermelada de frutas y de lima picante en aceite, en los que había etiquetas donde ponía también CONSERVAS Y ENCURTIDOS PARAÍSO con una caligrafía asimismo muy historiada. Junto a las botellas había una lista de todos los productos Paraíso y un bailarín de kathakali* con la cara verde y faldas ondulantes. Debajo de la ondulación en forma de ese de la inflada falda ponía, siguiendo sus bordes, EMPERADORES DEL REINO DEL SABOR, lo cual era una contribución que aportó el camarada K. N. M. Pillai sin que nadie se lo pidiera. Era una traducción literal del malayalam *Ruchi lokathinde rajavu*, que sonaba un poco menos ridículo que *Emperadores del Reino del Sabor*. Pero, como el camarada Pillai ya había impreso las etiquetas, nadie se atrevió a pedirle que rehiciera el pedido. Así que, por desgracia, el eslogan EMPERADORES DEL REINO DEL SABOR se convirtió en un rasgo característico de las etiquetas de Conservas y Encurtidos Paraíso.

Ammu decía que el bailarín de kathakali estaba fuera de lugar porque no tenía nada que ver con lo que se anunciaba. Chacko decía que proporcionaba un Toque Regional a sus productos y les resultaría muy útil cuando se introdujeran en el Mercado Exterior.

---

* Una de las formas tradicionales de la danza dramática de la India, propia de Kerala. De gran complejidad, se caracteriza porque todos los papeles, tanto masculinos como femeninos, son interpretados por hombres. *(N. de las T.)*

Ammu decía que aquel cuádruple cartel les daba un aire ridículo. Como si fueran un circo ambulante. Con alerones.

Mammachi había empezado a hacer conservas a escala comercial muy poco después de que Pappachi se jubilara de su empleo como funcionario del Gobierno en Delhi y se fueran a vivir a Ayemenem. La Sociedad Bíblica de Kottayam organizó una feria, y le pidieron a Mammachi que contribuyera con sus famosas mermeladas de plátano y sus encurtidos de mango tierno. Se vendieron rápidamente, y Mammachi se encontró con que tenía más pedidos de lo que podía producir. Entusiasmada con su éxito, decidió seguir haciendo encurtidos y mermeladas, y pronto se encontró ocupada todo el año. Pappachi, por su parte, tenía dificultades para sobrellevar la ignominia de la jubilación. Era diecisiete años mayor que Mammachi y cayó en la cuenta, asustado, de que era un viejo, mientras que su mujer aún estaba en la flor de la vida.

Aunque Mammachi tenía una deformación en las córneas y ya estaba prácticamente ciega, Pappachi no la ayudaba en la elaboración de las conservas porque consideraba que esa tarea no era digna de un exfuncionario de alto rango del Gobierno. Siempre había sido un hombre celoso, así que le molestaba mucho que de pronto su mujer fuese objeto de tanta atención. Deambulaba por el cobertizo con aquellos inmaculados trajes suyos, hechos a medida, zigzagueando en tristes círculos alrededor de montones de rojas guindillas y amarilla cúrcuma recién molida, mientras observaba cómo Mammachi supervisaba la compra, el pesado, el salado y el secado de limas y mangos tiernos. Todas las noches le pegaba con un florero de latón. Las palizas no eran nada nuevo. Lo que era nuevo era la frecuencia con que ocurrían. Una noche, Pappachi rompió el arco del violín de Mammachi y lo tiró al río.

Fue entonces cuando llegó Chacko de Oxford a pasar las vacaciones de verano. Se había convertido en un hombretón y en aquella época estaba muy fuerte de tanto remar en el equipo de Balliol. Una semana después de su regreso, advirtió que Pappachi le estaba pegando a Mammachi en el estudio. Irrumpió en la habitación, agarró la mano con que Pappachi sostenía el jarrón y le dobló el brazo por detrás de la espalda.

—¡No quiero que esto vuelva a suceder! ¡Nunca más! —le dijo a su padre.

Pappachi pasó el resto de aquel día sentado en la galería con la mirada clavada en el jardín ornamental y sin hacer caso de los platos con comida que Kochu Maria le llevó. Por la noche, ya tarde, fue a su estudio y sacó su mecedora de caoba favorita. La puso en medio del sendero de entrada a la casa y la hizo añicos con una llave inglesa. La dejó allí, a la luz de la luna: un montón de madera astillada y trozos de mimbre barnizado. Nunca más volvió a tocar a Mammachi. Pero tampoco volvió a dirigirle la palabra mientras vivió. Cuando quería algo, usaba a Kochu Maria o a Bebé Kochamma como intermediarias.

Durante las tardes, cuando sabía que se esperaban visitas, se sentaba en la galería y fingía coserse los botones de las camisas, para dar la impresión de que Mammachi no se ocupaba de él. En cierta medida, logró aumentar un poco más la mala opinión que reinaba en Ayemenem sobre las esposas que trabajaban.

Compró el Plymouth azul cielo a un viejo inglés de Munnar. Sus paseos por la estrecha carretera de Ayemenem al volante de su coche, dándose importancia enfundado en uno de sus ternos de lana, pero sudando interiormente la gota gorda, se convirtieron en algo habitual. No permitía que Mammachi ni ningún otro miembro de la familia lo usara, y ni siquiera los invitó a subir en él. El Plymouth era la venganza de Pappachi.

Pappachi había sido Entomólogo Imperial en el Instituto Pusa. Tras la independencia, cuando los británicos se fueron, la designación de su puesto cambió de Entomólogo Imperial a director adjunto del Departamento de Entomología. El año de su jubilación había ascendido a un cargo equivalente al de director.

El mayor disgusto de su vida fue que no le pusieran su nombre a la mariposa nocturna que descubrió.

Aquella especie desconocida de mariposa cayó en su vaso una noche en la que estaba sentado en la galería de un refugio, después de haberse pasado todo el día haciendo trabajos de campo. Al sacarla del vaso se dio cuenta de que tenía un pelambre dorsal de una densidad inusual. La observó más atentamente. Con una emoción que iba en aumento, la fijó con alfileres, la midió y, a la mañana siguiente, la puso al sol durante unas horas para que se evaporase el alcohol. Después cogió el primer tren de regreso a Delhi. Iba camino de despertar la atención de los círculos especializados en taxonomía y de alcanzar la fama, según suponía. Después de seis meses de insoportable ansiedad, para desilusión de Pappachi, le comunicaron que su mariposa había sido finalmente identificada como una variedad bastante inusual de una especie bien conocida que pertenecía a la familia de los limántridos.

El verdadero mazazo llegó doce años más tarde, cuando, como consecuencia de una reorganización radical de la taxonomía, los expertos en lepidópteros decidieron que la mariposa de Pappachi *era*, en efecto, de una especie y un género diferentes y, por lo tanto, desconocidos para la ciencia. Pero, para entonces, Pappachi estaba jubilado y vivía en Ayemenem. Ya era demasiado tarde para reivindicar la autoría de su descubrimiento. A su mariposa le pusieron el nombre del director en funciones del Departamento de Entomología, un funcionario joven que a Pappachi siempre le había caído mal.

Aunque ya era un hombre malhumorado mucho antes de descubrir la mariposa, a partir de entonces, cada vez que se ponía de mal genio o le entraban repentinos ataques de furia se le echaba la culpa a la Mariposa de Pappachi. Su maléfico fantasma, gris, afelpado y con un pelambre dorsal de una densidad inusual, se coló en todas las casas en las que vivió y los atormentó a él, a sus hijos y a los hijos de sus hijos.

Hasta el momento de su muerte, a pesar del calor sofocante de Ayemenem, no hubo ni un solo día en el que Pappachi no vistiera un terno bien planchado y llevara su reloj de oro de bolsillo. En su tocador, junto a la colonia y al cepillo de plata para el pelo, tenía una foto suya de joven, con el cabello repeinado, que le habían sacado en un estudio fotográfico de Viena, ciudad donde había hecho el curso de seis meses que lo calificó para opositar al puesto de Entomólogo Imperial. Fue durante aquellos meses que pasaron en Viena cuando Mammachi empezó a tomar clases de violín, las cuales fueron interrumpidas abruptamente porque Launsky-Tieffenthal, el profesor de Mammachi, cometió el error de decirle a Pappachi que su mujer poseía un talento excepcional y que, en su opinión, era una concertista en potencia.

Mammachi pegó en el álbum de fotos familiares el recorte del *Indian Express* en el que se notificaba la muerte de Pappachi. Decía:

> El célebre entomólogo Shri Benaan John Ipe, hijo del difunto rev. E. John Ipe de Ayemenem (por todos conocido como *Punnyan Kunju*), falleció anoche en el Hospital General de Kottayam a consecuencia de un ataque al corazón. Tras sentir dolores en el pecho alrededor de la 1.05 de la madrugada, fue trasladado inmediatamente al hospital. Murió a las 2.45 de la madrugada. El estado de salud de Shri Ipe había sido bastante delicado durante los últimos seis meses. Lo acompañaban su esposa Soshamma y sus dos hijos.

En el entierro de Pappachi, Mammachi lloró tanto que se le corrieron las lentes de contacto. Ammu les explicó a los gemelos que Mammachi lloraba más por estar acostumbrada a él que porque lo amara. Estaba acostumbrada a verlo paseándose por la fábrica de conservas y a que le pegase de vez en cuando. Les dijo que los seres humanos eran animales de costumbres y que era increíble las cosas a las que podían llegar a acostumbrarse. Les bastaba con mirar a su alrededor, añadió Ammu, para darse cuenta de que las palizas con jarrones de latón eran lo que menos importancia tenía.

Después del entierro, Mammachi le pidió a Rahel que la ayudara a localizar las lentes de contacto y a quitárselas con la pequeña pipeta naranja que venía en el estuche. Rahel le preguntó si le dejaría en herencia la pipeta cuando muriera. Ammu la sacó de la habitación y le pegó una bofetada.

—No quiero que vuelvas a hablarle a nadie de su propia muerte —dijo.

Estha dijo que Rahel se lo merecía por ser tan insensible.

A la fotografía de Pappachi en Viena, con el pelo repeinado, le cambiaron el marco y la pusieron en el salón.

Era un hombre fotogénico, pulcro y bien arreglado, con una cabeza sin ninguna característica especial, excepto que era más bien grande. Tenía una papada incipiente que se habría notado más si hubiese asentido con la cabeza o la hubiese bajado. En la foto había procurado mantenerla erguida, a fin de disimular la papada, pero sin levantarla demasiado, para no parecer altivo. Sus ojos castaños claros eran agradables y, sin embargo, había algo avieso en ellos, como si estuviera haciendo un esfuerzo para ser cortés con el fotógrafo mientras planeaba asesinar a su mujer. Tenía un bultito carnoso, semejante al que suele salirles a los niños que se chupan el dedo gordo, en medio del labio superior, el cual le colgaba sobre el labio inferior y le daba el aspecto de estar haciendo una especie de mohín afeminado. Tenía un hoyuelo alargado en la barbilla que solo servía para subrayar aquella amenaza de una violencia latente. Una especie de crueldad contenida. Llevaba pantalones de montar color caqui, aunque no se había subido a un caballo en su vida. Las botas de montar reflejaban las luces del estudio fotográfico. Sobre sus rodillas descansaba, colocada con esmero, una fusta con empuñadura de marfil.

Había en aquella fotografía una quietud expectante que impregnaba de velada frialdad la cálida habitación donde estaba colgada.

Cuando Pappachi murió, dejó baúles enteros llenos de trajes caros y una lata de bombones repleta de gemelos de camisa que Chacko repartió entre los taxistas de Kottayam. Fueron separados y convertidos en anillos y medallones para las dotes de las hijas solteras.

Cuando Estha y Rahel preguntaron cómo se decía gemelos de camisa en inglés y Ammu les dijo que *cuff-links*, o sea, «une-puños» (porque sirven para unir los puños de las camisas, les explicó), se quedaron encantados con aquella manifestación de lógica por parte de un idioma que, hasta entonces, les había parecido de lo más ilógico. *Cuff+link = cuff-link*. Para ellos, aquello no tenía nada que envidiar a la precisión y la lógica de las matemáticas. *Cuff-links* les proporcionó una satisfacción enorme (aunque exagerada) y un verdadero aprecio por el idioma inglés.

Ammu dijo que Pappachi había sido un CCP de los británicos impenitente, y que eso significaba *chhi-chhi poach*, que en hindi quiere decir «lameculos». Chacko dijo que la palabra correcta para definir a personas como Pappachi era *anglófilo*. Hizo que Rahel y Estha buscaran *anglófilo* en el diccionario. Decía: *Persona bien dispuesta hacia los ingleses*. Después Estha y Rahel tuvieron que buscar *bien, o mal, dispuesto*.

Decía:

1) *Con entera salud o sin ella.*
2) *Con ánimo favorable o adverso.*

Chacko les dijo que, en el caso de Pappachi, el significado era el segundo, es decir: *Con ánimo favorable*. Les explicó que eso quería decir que el espíritu de Pappachi era *favorable a los ingleses*, y por eso le caían bien.

Chacko les dijo que, aunque le molestaba mucho admitirlo, en Ayemenem todos eran anglófilos. Eran una *familia* de anglófilos. Enfocada en dirección equivocada, atrapada fuera de su propia historia e incapaz de desandar el camino porque sus huellas habían sido borradas. Les explicó que la historia era como una casa vieja durante la noche. Con todas las lámparas encendidas. Y los antepasados susurrando dentro.

—Para comprender la historia —dijo Chacko—, debemos entrar y escuchar lo que dicen. Y mirar los libros y los cuadros que hay en las paredes. Y oler los olores.

A Estha y Rahel no les cupo la menor duda de que la casa a la que se refería Chacko era la del otro lado del río, en medio de la plantación de caucho abandonada, donde nunca habían estado. La casa de Kari Saipu. El sahib negro. El inglés que «vivía como los nativos». Que hablaba malayalam y usaba *mundus*. El Kurtz* de Ayemenem. Para quien Ayemenem era su Corazón de las tinieblas particular. Diez años atrás se había suicidado de un tiro en la cabeza cuando los padres de su joven amante le quitaron al muchacho y lo mandaron a la escuela. Después del suicidio la propiedad se convirtió en motivo de un prolongado

---

* Personaje de la novela de Joseph Conrad *El corazón de las tinieblas*. (*N. de las T.*)

litigio entre el cocinero y el secretario de Kari Saipu. La casa llevaba muchos años vacía. Muy poca gente la había visto por dentro. Pero los gemelos se imaginaban cómo era.

La Casa de la Historia.

Con frescos suelos de piedra, paredes oscuras y sombras en forma de barco con las velas hinchadas. Detrás de los viejos cuadros vivían lagartijas regordetas y translúcidas, y unos antepasados cerúleos y quebradizos, con las uñas de los pies duras y un aliento que olía a mapas amarillentos, hablaban de cosas entrañables con voces bajas y sibilantes que recordaban el crujido del papel.

—Pero no podemos entrar —les explicó Chacko—, porque han cerrado con llave y nos han dejado fuera. Y, cuando miramos por las ventanas, no vemos más que sombras. Y, cuando intentamos escuchar, no oímos más que susurros. Y no podemos entender los susurros porque nuestras cabezas han sido invadidas por una guerra. Una guerra que hemos ganado y hemos perdido a la vez. La peor clase de guerra. Una guerra que captura los sueños y los vuelve a soñar. Una guerra que nos ha hecho adorar a nuestros conquistadores y despreciarnos.

—*Casarnos* con nuestros conquistadores sería más exacto —dijo Ammu con sequedad, refiriéndose a Margaret Kochamma. Chacko no le hizo caso. Hizo que los gemelos buscaran *despreciar* en el diccionario. Decía: *Desestimar y tener en poco; desairar o desdeñar.*

Chacko dijo que en el contexto de la guerra de la que hablaba —la Guerra de los Sueños— *despreciar* quería decir todas esas cosas.

—Somos Prisioneros de Guerra —dijo Chacko—. Nuestros sueños han sido adulterados. No pertenecemos a ningún sitio. Navegamos a la deriva por mares agitados. Puede que no nos dejen desembarcar nunca. Nuestras penas no serán nunca lo bastante tristes. Nuestras alegrías, nunca lo bastante alegres. Nuestros sueños, nunca lo bastante grandes. Nuestras vidas, nunca lo bastante relevantes. Para ser importantes.

Entonces, para que Estha y Rahel tuvieran un sentido de la perspectiva histórica (aunque perspectiva fue justamente lo que le faltaría, y mucho, a Chacko, durante las semanas siguientes), les habló de la Señora Tierra. Les dijo que imaginaran que la Tierra —que tenía cuatro mil seiscientos millones de años— era una mujer de cuarenta y seis años, tan mayor, dijo, como la señorita Aleyamma, que les daba clases de malayalam. A la Señora Tierra le había llevado toda su vida convertirse en lo que era. Separar los océanos. Levantar las montañas. La Señora Tierra tenía once años, dijo Chacko, cuando aparecieron los primeros organismos unicelulares. Los primeros animales, criaturas como los gusanos y las medusas, no aparecieron hasta que tenía cuarenta años. Ya tenía más de cuarenta y cinco (de eso hacía apenas ocho meses) cuando los dinosaurios empezaron a deambular por su superficie.

—Toda la civilización humana, tal y como la conocemos —les dijo Chacko a los gemelos—, comenzó hace apenas *dos horas* en la vida de la Señora Tierra. El mismo tiempo que nos lleva ir en coche de Ayemenem a Cochín.

Chacko dijo que era algo sobrecogedor y una lección de humildad (*humildad* era una palabra preciosa, pensó Rahel: *Ir con humildad por el mundo sin ninguna preocupación*) pensar que toda la historia contemporánea, las Guerras Mundiales, la Guerra de los Sueños, el hombre en la Luna, la ciencia, la literatura, la filosofía, la búsqueda de conocimientos no fueran más que un leve pestañeo de los ojos de la Señora Tierra.

—Y, por lo que respecta a nosotros, queridos míos, todo lo que somos o lo que podamos llegar a ser no será nunca más que un destello en los ojos de la Señora Tierra —dijo Chacko en tono grandilocuente, tumbado en la cama y con la mirada clavada en el techo.

Cuando Chacko estaba en aquella especie de trance, utilizaba el tono de Leer en Voz Alta. En su habitación se hacía un ambiente como de iglesia. No le importaba que lo escucharan o no. Y, si alguien le escuchaba, no le importaba que comprendiera lo que decía o no. Ammu denominaba aquellos trances sus «Estados de Ánimo Oxonienses».

Más adelante, a la luz de lo que sucedió, *destello* resultó ser una palabra totalmente inapropiada para describir la expresión de los ojos de la Señora Tierra. Porque destello es una palabra con bordes ondulados y alegres.

Aunque la Señora Tierra impresionó durante mucho tiempo a los gemelos, lo que realmente los fascinó fue la Casa de la Historia, que era algo que estaba mucho más a mano. Pensaban a menudo en ella. La casa al otro lado del río.

Que se levantaba vaga y levemente ominosa en el Corazón de las Tinieblas.

Una casa en la que no podían entrar, llena de susurros que no podían comprender.

Lo que entonces no sabían era que pronto *entrarían* en ella. Que cruzarían el río y estarían donde se suponía que no debían estar, con un hombre al que se suponía que no debían querer. Que observarían todo con unos ojos como platos mientras la historia se iba desvelando ante ellos en la galería trasera.

Mientras otros chicos de su edad aprendían otras cosas, Estha y Rahel aprendieron cómo la historia negocia sus condiciones y ajusta las cuentas a aquellos que violan sus leyes. Oyeron su ruido sordo y nauseabundo. Olieron su olor y nunca lo olvidaron.

El olor de la historia.

Como el de las rosas marchitas traído por la brisa.

Un olor que desde entonces acecharía para siempre en las cosas comunes. En los percheros. En los tomates. En el alquitrán de las carreteras. En ciertos colores. En los platos de un restaurante. En la ausencia de palabras. Y en los ojos de mirada vacía.

Crecerían tratando de encontrar maneras de convivir con lo que había sucedido. Intentarían convencerse de que, considerado en términos del tiempo geológico, no había sido más que un hecho insignificante. Apenas un pestañeo de los ojos de la Señora Tierra. Que habían sucedido Cosas Peores. Que seguían sucediendo Cosas Peores. Pero no encontrarían ningún consuelo al pensarlo.

Chacko dijo que ir a ver *Sonrisas y lágrimas* era una manifestación de anglofilia muy intensa.

Ammu dijo:

—¡Por favor! Todo el mundo va a ver *Sonrisas y lágrimas*. Es un Éxito Cinematográfico Mundial.

—A pesar de todo, querida mía —dijo Chacko en el tono de Leer en Voz Alta—. A pesar de todo.

Mammachi solía decir que Chacko era, con mucho, uno de los hombres más inteligentes de la India. «¿Quién lo dice?», decía Ammu. «¿Y en *qué* te basas?». A Mammachi le encantaba contar la anécdota (la anécdota que había contado Chacko) de que uno de sus profesores en Oxford había dicho que, en su opinión, Chacko era brillante y tenía madera de primer ministro.

A lo que Ammu siempre respondía «¡Ja!, ¡ja!, ¡ja!», como los personajes de los cómics.

Decía:

a) Que ir a Oxford no hacía necesariamente que una persona fuera inteligente.

b) Que la inteligencia no era requisito fundamental para ser un buen primer ministro.

c) Que, si una persona no era ni siquiera capaz de dirigir una fábrica de conservas de modo que resultase rentable, ¿cómo iba a dirigir un país?

Y lo más importante de todo:

d) Que todas las madres de la India idolatraban a sus hijos y, por lo tanto, no estaban capacitadas para juzgarlos.

Chacko contestaba:

a) No se *va* a Oxford. Se *estudia* en Oxford.

Y

b) Que después de *estudiar* en Oxford te dan un *título*.

—Un título de chapucero, ¿no? —preguntaba Ammu, y añadía—: De *eso* no cabe duda. No hay más que ver cómo se *caen* tus famosos aviones en miniatura.

Ammu decía que el desgraciado destino, totalmente previsible, de los aviones de Chacko daba una idea objetiva de su verdadero talento.

Una vez al mes (excepto durante la época de los monzones) llegaba un paquete contra reembolso para Chacko. Siempre contenía un avión en miniatura para armar, de madera de balsa. Chacko tardaba normalmente entre ocho y diez días en armarlo, con su diminuto tanque de combustible y su motor de hélice. Cuando estaba montado, llevaba a Estha y a Rahel a los arrozales de Nattakom para que lo ayudaran a probarlo. Nunca volaba más de un minuto. Un mes tras otro, los aviones que Chacko construía con tanto cuidado se estrellaban en los arrozales verdes y fangosos, hacia los que Estha y Rahel salían disparados, como perros de caza bien adiestrados, para rescatar los restos.

Una cola, un tanque, un ala.

Una máquina herida.

La habitación de Chacko estaba atiborrada de aviones en miniatura rotos. Y todos los meses llegaba uno nuevo. Chacko nunca echó la culpa de los accidentes al estado de las piezas.

Después de la muerte de Pappachi, Chacko renunció a su puesto de profesor en la Universidad Cristiana de Madrás y volvió a Ayemenem con su remo del equipo de Balliol y sus sueños de futuro rey de los encurtidos. Rescató su fondo de pensiones y lo invirtió en comprar una máquina Bharat de embotellado al vacío. Colgó su remo (con los nombres de sus compañeros de equipo escritos en letras de oro) de unos aros de hierro en una pared de la fábrica.

Hasta que llegó Chacko, la fábrica había sido una empresa pequeña pero rentable. Mammachi la dirigía como si se tratase de una cocina inmensa. Chacko la registró como sociedad en comandita e informó a Mammachi de que era socia comanditaria. Él invirtió en equipo (máquinas de enlatado, calderos, cocinas) y amplió el número de trabajadores. Muy poco después comenzó la caída financiera, pero la situación se mantuvo a flote gracias a unos ruinosos préstamos bancarios que Chacko obtuvo hipotecando los arrozales que tenía la familia alrededor de la casa de Ayemenem. Aunque Ammu trabajaba en la fábrica tanto como Chacko, siempre que este trataba con los inspectores de alimentos o de sanidad hablaba de *mi* fábrica, *mis* piñas, *mis* encurtidos. Lo cual era verdad desde un punto de vista legal, ya que Ammu, por ser hija, no tenía ningún derecho sobre la propiedad.

Chacko les decía a Rahel y a Estha que Ammu ni siquiera tenía derecho a reclamar ante los tribunales.

—Gracias a nuestra maravillosa sociedad machista —decía Ammu.

—Lo que es tuyo es mío, y lo que es mío es solo mío —contestaba Chacko.

Su risa era sorprendentemente penetrante para un hombre de su tamaño y gordura. Y, cuando se reía, todo su cuerpo se sacudía sin que pareciera moverse.

Hasta la llegada de Chacko a Ayemenem, la fábrica de Mammachi no tenía nombre. Todo el mundo se refería a sus conservas y encurtidos como los Mangos Tiernos de Sosha o la Mermelada de Plátano de Sosha. Sosha era el nombre de Mammachi. Soshamma.

Fue Chacko el que bautizó la fábrica con el nombre de Conservas y Encurtidos Paraíso y mandó diseñar e imprimir las etiquetas en la imprenta del camarada K. N. M. Pillai. Primero quiso llamarla Conservas y Encurtidos Zeus, pero la idea fue vetada porque todos dijeron que Zeus era poco conocido y no tenía ninguna relevancia en la zona, mientras que Paraíso sí. (La sugerencia del camarada Pillai, Conservas Parashuram, fue vetada por lo contrario: tenía *demasiada* relevancia en la zona).

Fue idea de Chacko lo de pintar un cartel e instalarlo en la baca del Plymouth.

Ahora, camino de Cochín, vibraba y hacía un ruido que parecía que se iba a caer.

Tuvieron que parar cerca de Vaikom para comprar una cuerda y atarlo con más firmeza a la baca. Eso hizo que se retrasaran otros veinte minutos. Rahel empezó a preocuparse porque iban a llegar tarde a *Sonrisas y lágrimas*.

Entonces, cuando ya estaban cerca del extrarradio de Cochín, el brazo blanco y rojo de la barrera del tren empezó a bajar. Rahel sabía que eso pasaba porque estaba deseando que no ocurriera.

Todavía no había aprendido a controlar sus deseos. Estha dijo que aquello era una mala señal.

Así que iban a perderse el comienzo de la película. Cuando Julie Andrews aparece como un puntito sobre la colina y va creciendo y creciendo hasta que irrumpe en la pantalla cantando con su voz que es como el agua fresca y su aliento que huele como la menta.

En la señal roja que había sobre el brazo blanco y rojo ponía STOP en blanco. Rahel dijo POTS.

En una valla publicitaria amarilla ponía SEA INDIO, COMPRE PRODUCTOS INDIOS en rojo. Estha dijo SOIDNI SOTCUDORP ERPMOC, OIDNI AES.

Los gemelos habían aprendido a leer muy pronto. Hacía tiempo que ya habían superado libros como *Tom, el perro viejo*, *Janet y John* y los *Cuadernos de ejercicios de Ronald Lee Envozalta*. Por la noche Ammu les leía trozos de *El libro de la selva* de Kipling.

Suelta la noche Mang, el murciélago,
que trajo en sus alas Chil, el milano...

El vello de los bracitos se les ponía de punta, dorado a la luz de la lámpara de la mesilla de noche. Cuando leía, Ammu podía hacerlo con voz grave, como la de Shere Khan, o muy fina, como la de Tabaqui.

«¡Si se nos antoja! ¡Si se nos antoja! ¿Qué es eso de que se os antoje? ¡Por el toro que maté! ¿Hasta cuándo he de estar oliendo vuestra perruna guarida para obtener lo que en justicia se me debe? ¡Soy yo, Shere Khan, quien os habla!».

«*Y soy yo, Raksha [el Demonio], quien te contesta*», gritaban los gemelos con voces chillonas. No al unísono, pero casi.

«¡El cachorro humano es mío, *Lungri,* mío *y muy* mío*! No se le matará. Vivirá para correr junto con nuestra manada y para cazar con ella; y, al final, tendrá que cuidarse usted, señor cazador de desnudos cachorrillos, devorador de ranas, matador de peces. ¡Tendrá que cuidarse o será él quien lo cace a* usted*!».*

Bebé Kochamma, a la que se le había asignado la educación formal de los gemelos, les había leído *La tempestad* en la versión abreviada de Charles y Mary Lamb.

«Donde liba la abeja, libo yo», repetían Estha y Rahel. *«Y en el cáliz de una prímula me tumbo».*

Así que cuando la señorita Mitten, la misionera australiana amiga de Bebé Kochamma, les regaló a Estha y Rahel un libro para niños pequeños, *Las aventuras de la ardilla Susie*, al ir de visita a Ayemenem, se sintieron profundamente ofendidos. Primero lo leyeron al derecho. La señorita Mitten, que pertenecía a una secta de cristianos renacidos, dijo que la habían desilusionado un poco cuando le leyeron el libro en voz alta, pero al revés.

«saL sarutneva ed al allidra eisuS. aL allidra eisuS es ótrepsed anu anañam ed arevamirp».

Le enseñaron a la señorita Mitten que palabras como «malayalam» y «madam» se podían leer al derecho y al revés y seguían significando lo mismo. Aquello no pareció hacerle ninguna gracia, y al final resultó que ni siquiera sabía lo que era el malayalam. Le dijeron que era el idioma que hablaba todo el mundo en Kerala. Les contestó que siempre le había parecido que se llamaba keralés. Estha, que para entonces ya sentía una evidente antipatía hacia la señorita Mitten, le contestó que le parecía que era tontísima.

La señorita Mitten se quejó a Bebé Kochamma de la mala educación de Estha y de que los dos niños leyesen al revés. Le dijo a Bebé Kochamma que había visto a Satanás en sus ojos. *sánataS ne sus sojo.*

Les hicieron escribir *No volveremos a leer al revés. No volveremos a leer al revés.* Cien veces. Al derecho.

Unos meses más tarde la señorita Mitten murió atropellada por un camión de reparto de leche en Hobart, frente a un campo de críquet. A los gemelos les pareció que había un justo castigo en el hecho de que el camión que la atropelló fuera *marcha atrás.*

A ambos lados del paso a nivel había más autobuses y coches parados. Una ambulancia en la que ponía HOSPITAL

DEL SAGRADO CORAZÓN estaba llena de gente que iba a una boda. La novia miraba hacia fuera por la ventanilla de atrás, con la cara parcialmente oculta por la enorme cruz roja medio despintada.

Todos los autobuses tenían nombres de chicas. Luckykutty, Mollykutty, Beena Mol. En malayalam, *Mol* quiere decir Niña Pequeña, y *Mon*, Niño Pequeño. Beena Mol estaba lleno de peregrinos a los que habían afeitado las cabezas en Tirupati. Rahel vio una fila de cabezas calvas en las ventanillas del autobús, por encima de churretes de vómitos situados a intervalos regulares. Aquello de vomitar despertaba una gran curiosidad en ella. Nunca lo había hecho. Ni una sola vez. Estha sí, y cuando vomitó la piel se le puso caliente y brillante, y los ojos, desvalidos y hermosos, y Ammu lo quiso más que de costumbre. Chacko decía que Estha y Rahel tenían una indecente buena salud. Y Sophie Mol también. Decía que era porque no sufrían las consecuencias de la endogamia, como la mayoría de los cristianos sirios. Y los parsis.*

Mammachi decía que sus nietos sufrían algo mucho peor que la Endogamia. Se refería a que sus padres estaban Divorciados. Como si esas fuesen las dos únicas posibilidades que se ofrecían a la gente: Endogamia o Divorcio.

Rahel no estaba segura de qué sufría, pero a veces ponía caras tristes y suspiraba delante del espejo.

«*Lo que hago hoy es infinitamente mejor que cuanto haya hecho antes*», decía para sí en voz muy triste, imitando a Sydney Carton cuando, después de hacerse pasar por Charles Darnay, espera en el cadalso para ser guillotinado, según la versión con viñetas de *Historia de dos ciudades*, de la colección Clásicos Ilustrados.

Se preguntaba por qué razón los peregrinos calvos habrían vomitado tan uniformemente y si lo habrían hecho al mismo tiempo, en una arcada única y bien orquestada

---

* Descendientes de los antiguos persas mazdeítas que emigraron a la India para sustraerse a las persecuciones musulmanas. *(N. de las T.)*

(quizá al ritmo de la música, al ritmo de un *bhajan* de autobús), o por separado, uno tras otro.

Al principio, cuando la barrera acababa de bajar, los motores ociosos llenaron el aire de ruidos impacientes. Pero cuando el hombre encargado del paso a nivel salió de su garita, sobre sus piernas arqueadas hacia atrás, y dio a entender, al dirigirse cojeando y agitando los brazos hacia el puesto donde servían té, que tenían una larga espera por delante, los conductores apagaron los motores y se bajaron a estirar las piernas.

El Dios del Paso a Nivel pareció convocar con una desganada inclinación de su cabeza aburrida y somnolienta a mendigos con vendajes y a vendedores de coco fresco, *parippu vadas* sobre hojas de plátano y refrescos fríos: Coca-Cola, Fanta, batidos.

Un leproso con las vendas sucias se acercó a pedir a la ventanilla del coche.

—¡Parece mercromina! —exclamó Ammu, refiriéndose al inusitado brillo de su sangre.

—¡Te felicito! —dijo Chacko—. Has hablado como una auténtica burguesa.

Ammu sonrió y se dieron la mano, como si hubiese obtenido realmente un Diploma al Mérito por ser una Burguesa Genuina, como Dios manda. Los gemelos atesoraban los momentos como aquel y los iban ensartando igual que cuentas preciosas en un collar (que habría de resultar, quizá, un poco corto).

Rahel y Estha aplastaron la nariz contra las ventanas laterales traseras del Plymouth. Naricillas anhelantes, aplastadas como flores de malvavisco, con niños borrosos detrás. Ammu dijo «No», con convicción y firmeza.

Chacko encendió un Charminar. Aspiró profundamente y después se quitó un trocito de tabaco que se le había pegado a la lengua.

Dentro del Plymouth, a Rahel no le resultaba nada fácil ver a Estha porque Bebé Kochamma se alzaba entre ellos como una colina. Ammu había insistido en que se sentaran separados para evitar que se peleasen. Cuando se peleaban, Estha le decía a Rahel que era un insecto palo refugiado, y Rahel lo llamaba «Elvis la Pelvis» y daba una especie de pasos de baile retorcidos y cómicos que ponían furioso a Estha. Cuando se peleaban físicamente y en serio tenían una fuerza tan igualada que las peleas no acababan nunca y todo lo que se interponía en su camino (lámparas de mesa, ceniceros o jarras de agua) quedaba hecho añicos o irreparablemente estropeado.

Bebé Kochamma se agarraba al respaldo delantero con los brazos estirados. Con el movimiento del coche, las gruesas carnes de sus brazos se mecían como la ropa lavada tendida al viento. En aquel momento caían pesadamente como una cortina de carne que separaba a Estha de Rahel.

La ventanilla de Estha daba al lado de la carretera donde estaba la casucha en la que se vendían té y galletitas de glucosa rancias, guardadas en recipientes de vidrio opaco llenos de moscas. También tenían limonada en gruesas botellas con tapones rematados en una bola azul, para que no perdiera el gas. Y una nevera portátil roja en la que ponía, muy seriamente, TODO VA MEJOR CON COCA-COLA.

Murlidharan, el loco del paso a nivel, se sentó con las piernas cruzadas y en perfecto equilibrio sobre el mojón. Los testículos y el pene le colgaban oscilantes y señalaban el cartel que decía:

COCHÍN 23

Murlidharan iba totalmente desnudo. No llevaba nada, excepto una bolsa de plástico que alguien le había puesto en la cabeza, como si se tratase de un gorro de chef transparente a través del cual seguía viéndose el paisaje, turbio y con forma de gorro de chef, pero sin solución de continuidad. Aunque hubiese querido, no habría podido quitarse el gorro, porque no tenía brazos. Se los había arrancado en el 42 una bomba en Singapur, en la semana que siguió a su fuga de casa para unirse a las filas del Ejército Nacional Indio, que luchó contra los británicos al lado de los japoneses. Tras la independencia fue reconocido como Combatiente por la Libertad de Primer Grado y se le concedió un pase vitalicio para viajar gratis en primera clase en tren. Esto también lo había perdido (además de la cabeza), así que ya no podía seguir viviendo en los trenes, ni en las salas de espera de las estaciones. Murlidharan no tenía casa, ni puertas que cerrar con llave, pero llevaba sus viejas llaves bien atadas alrededor de la cintura. En un brillante manojo. Su cabeza estaba llena de armarios atiborrados de placeres secretos.

Un despertador. Un coche rojo con bocina musical. Un vaso rojo para el cuarto de baño. Una esposa con un diamante. Un portafolios con papeles importantes. Una vuelta a casa de la oficina. Un *Lo siento, coronel Sabhapathy, pero esa es mi opinión*. Y crujientes trocitos de plátano frito para los niños.

Veía llegar y partir los trenes. Contaba sus llaves.

Veía ascensiones y caídas de gobiernos. Contaba sus llaves.

Veía niños borrosos tras las ventanillas de los coches con anhelantes naricillas aplastadas como flores de malvavisco.

Los sin hogar, los desvalidos, los enfermos, los pobres y los perdidos, todos desfilaban ante su ventana. Y seguía contando sus llaves.

No podía saber qué armario tendría que abrir, ni cuándo. Se sentaba sobre el mojón recalentado, con el pelo enmarañado y los ojos como ventanas, y se alegraba de poder apartar la mirada de vez en cuando. De tener sus llaves para contarlas y recontarlas.

Los números lo ayudaban a ello.

Desentenderse de lo que lo rodeaba era un alivio.

Murlidharan movía los labios cuando contaba, y emitía palabras muy claras.

Onner.

Runder.

Moonner.

Estha notó que tenía el pelo de la cabeza canoso y rizado, que el de sus axilas sin brazos, expuestas al viento, era fino y negro, y que el de su entrepierna era negro y mullido. Un hombre con tres clases de pelo. Estha se preguntó cómo podía ser aquello posible. Se puso a pensar a quién preguntárselo.

La espera llenó a Rahel hasta sentir que iba a estallar. Miró su reloj. Las dos menos diez. Pensó en Julie Andrews y Christopher Plummer besándose con las caras inclinadas para que no chocaran sus narices. Se preguntó si la gente se besaría siempre con las caras inclinadas. Se puso a pensar a quién preguntárselo.

Entonces, de lejos, llegó un zumbido que se fue acercando al tráfico detenido hasta cubrirlo como un manto. Los conductores que habían estado estirando las piernas se subieron a sus vehículos y cerraron las puertas de un portazo. Los mendigos y los vendedores desaparecieron. En pocos minutos la carretera quedó desierta. A excepción de Murlidharan. Sentado con el desnudo trasero sobre el mojón recalentado. Impertérrito y solo un poco curioso.

Se oyó un gran jaleo y silbatos de policías.

Por detrás del tráfico detenido al otro lado de la barrera, apareció una columna de hombres con banderas y estandartes rojos acompañada de un murmullo que crecía y crecía.

—Subid las ventanillas —dijo Chacko—. Y conservad la calma. No nos harán nada.

—¿Por qué no te unes a ellos, camarada? —le dijo Ammu—. Yo conduciré.

Chacko no replicó. Un músculo se le tensó por debajo de la papada. Tiró el cigarrillo y subió el cristal de la ventanilla.

Chacko se autoproclamaba marxista. Llevaba a las mujeres guapas que trabajaban en la fábrica a su habitación y, con el pretexto de aleccionarlas sobre derechos laborales y leyes sindicales, flirteaba con ellas descaradamente. Las llamaba «camarada» e insistía en que lo hicieran a su vez para dirigirse a él (lo que les hacía soltar risillas nerviosas). Para gran bochorno de las interesadas y consternación de Mammachi, las forzaba a sentarse con él a la mesa y tomar el té.

Una vez llegó incluso a llevar a un grupo de trabajadoras a unas clases de sindicalismo que tenían lugar en Alleppey. Fueron en autobús y regresaron en barco. Volvieron felices, con pulseras de vidrio y flores en el pelo.

Ammu decía que todo aquello eran tonterías. Que no era más que un principito consentido que representaba su versión particular de *¡Camarada! ¡Camarada!* Una reencarnación pasada por Oxford de la mentalidad tradicional de los terratenientes. Un terrateniente que obligaba a aquellas mujeres, que dependían de él para vivir, a aceptar sus atenciones.

Los manifestantes se acercaban y Ammu subió su ventanilla. Estha la suya. Rahel la suya. (Con enorme esfuerzo, porque a la manivela se le había caído la pelotita negra).

De repente, el Plymouth azul cielo adquirió un aire de absurda opulencia en aquella carretera estrecha y llena de baches. Era como una obesa dama que avanzara encogiendo la barriga por un estrecho pasillo. Como Bebé Kochamma en la iglesia, dirigiéndose al pan y al vino.

—¡Bajad la vista! —dijo Bebé Kochamma cuando la cabeza de la manifestación estaba ya cerca del coche—. No los miréis a los ojos. Eso es lo que más los provoca.

El pulso le latía acelerado en el cuello.

En pocos minutos la carretera estuvo repleta de miles de manifestantes. Los coches eran como islas en un río de gente. El aire había enrojecido con las banderas, que descendían y volvían a subir cuando los manifestantes se agachaban para pasar por debajo de la barrera del paso a nivel y cruzaban las vías en una gran oleada roja.

El sonido de un millar de voces se extendió como un Ruidoso Paraguas por encima del tráfico congelado.

«Inquilab zindabad!».
«Thozhilali ekta zindabad!».

«¡Viva la Revolución!», gritaban. «¡Proletarios de todos los países, uníos!».

Ni el propio Chacko podía explicar de modo convincente el hecho de que el Partido Comunista tuviese muchísima más fuerza en Kerala que en cualquier otro lugar de la India, a excepción, tal vez, de Bengala.

Había varias teorías que competían para ofrecer una explicación. Una decía que se debía a la gran población cristiana que había en ese estado. El veinte por ciento de los habitantes de Kerala eran cristianos sirios, que se creían descendientes de los cien brahmanes convertidos al cristianismo por el apóstol santo Tomás cuando se dirigió hacia el este, después de la resurrección de Cristo. Se argumentaba, de modo bastante simplista, que la estructura del marxismo era un simple sustitutivo del cristianismo. Se reemplaza a Dios por Marx, a Satanás por la burguesía, al paraíso por una sociedad sin clases, a la Iglesia por el partido, y la forma y el propósito del trayecto son los mismos. Una carrera de obstáculos con un premio al final. Mientras que la mente hindú tenía que hacer unos ajustes más complejos.

El problema con esa teoría era que en Kerala los cristianos sirios eran, en su gran mayoría, los señores feudales, los ricos, los terratenientes (o los directores de fábricas de conservas), para los que el comunismo representaba un destino peor aún que la muerte. Siempre habían votado al Partido del Congreso.

Una segunda teoría sostenía que aquel hecho estaba relacionado con el alto nivel, en comparación, de alfabetización que tenía el estado. Podía ser. Solo que ese nivel relativamente elevado de alfabetización *se debía*, en gran parte, al movimiento comunista.

La verdadera razón era que el comunismo se había introducido en Kerala insidiosamente. Como un movimiento reformista que nunca cuestionó de modo abierto los valores tradicionales de una sociedad de castas en extremo tradicional. Los marxistas trabajaban desde *dentro* de las divisiones sociales; nunca las desafiaban, pero no se notaba que no lo hacían. Ofrecían un cóctel revolucionario. Una mezcla embriagadora de marxismo oriental e hinduismo ortodoxo, con un chorrito de democracia.

Aunque Chacko no estaba afiliado al partido, lo había apoyado desde el principio y había continuado haciéndolo a pesar de todos los altibajos por los que había pasado dicha organización.

Estudiaba en la Universidad de Delhi durante la euforia de 1957, cuando los comunistas ganaron las elecciones para la asamblea estatal de Kerala y Nehru tuvo que aceptar que formaran gobierno. El héroe de Chacko, el camarada E. M. S. Namboodiripad, el extravagante brahmán y alto sacerdote del marxismo en Kerala, se convirtió en el jefe del primer Gobierno comunista que subió al poder por las urnas en el mundo entero. De repente, los comunistas se encontraron en la extraordinaria posición, que los críticos calificaron de absurda, de tener que gobernar a un pueblo y al mismo tiempo fomentar la revolución. El camarada E. M. S. Namboodiripad desarrolló su propia teoría sobre cómo habría de hacerse. Chacko estudió su tratado *La transición pacífica hacia el comunismo* con una diligencia obsesiva de adolescente y una aprobación sin cuestionamientos de fanático ardiente. Exponía con todo detalle la política que pensaba aplicar el Gobierno del camarada E. M. S. Namboodiripad para realizar la reforma agraria, neutralizar a la policía, cambiar el sistema judicial y «frenar la política reaccionaria y contraria a los intereses del pueblo» del Gobierno central, en manos del Partido del Congreso.

Desgraciadamente, antes de que finalizara aquel año ya había acabado la parte pacífica de la transición pacífica.

Todas las mañanas, a la hora del desayuno, el Entomólogo Imperial ridiculizaba a su disputador hijo comunista leyéndole en voz alta las noticias periodísticas sobre los disturbios, las huelgas y los casos de brutalidad policial que convulsionaban a Kerala.

—¡Y bien, Carlos Marx! —decía con sorna Pappachi cuando Chacko se sentaba a la mesa—. ¿Y ahora qué vamos a hacer con esos malditos estudiantes? Esos memos estúpidos están haciendo campañas contra nuestro Gobierno del Pueblo. ¿Los aniquilamos? ¿No será que los estudiantes ya no pertenecen al Pueblo?

Durante los dos años siguientes la discordia política, alimentada por el Partido del Congreso y la Iglesia, desembocó en la anarquía. Para cuando Chacko acabó la licenciatura y se fue a estudiar a Oxford, Kerala estaba al borde de la guerra civil. Nehru destituyó al Gobierno comunista y anunció la convocatoria de elecciones. El Partido del Congreso retornó al poder.

El partido del camarada E. M. S. Namboodiripad no sería reelegido hasta 1967, casi diez años exactos después de su primera llegada al poder. Para entonces, formaba parte de una coalición entre los que eran ya dos partidos separados: el Partido Comunista de la India y el Partido Comunista de la India (Marxista). El PCI y el PCI(M). Cuando eso ocurrió, Pappachi ya había muerto. Chacko estaba divorciado. Conservas y Encurtidos Paraíso existía desde hacía siete años.

Kerala se tambaleaba a consecuencia de la hambruna y de un monzón que no llegaba. La gente moría. El problema del hambre tenía que ser por fuerza una de las prioridades más acuciantes para cualquier Gobierno.

Durante su segundo periodo en el poder, el camarada E. M. S. continuó aplicando su transición pacífica, pero de forma más sensata. Con lo que se ganó el odio del Partido Comunista Chino, que lo denunció por su «cretinismo parlamentario» y lo acusó de «proporcionar alivio a la gente, con lo que embotaba la conciencia del pueblo y lo distraía de la Revolución».

Pekín desvió su respaldo hacia la facción más nueva y militante del PCI(M), los naxalitas, que habían llevado a cabo una insurrección armada en Naxalbari, un pueblo de Bengala. Organizaron a los campesinos en grupos armados, se apropiaron de la tierra, expulsaron a los propietarios y establecieron tribunales populares para juzgar a los enemigos de la clase obrera. El movimiento naxalita se extendió por todo el país y sembró el terror en los corazones burgueses.

En Kerala los naxalitas contribuyeron a viciar con una breve inyección de miedo y nerviosismo una atmósfera ya de por sí amedrentada. Los asesinatos habían comenzado en el norte. En el mes de mayo de aquel año apareció en los periódicos una fotografía borrosa de un terrateniente de Palghat al que habían decapitado tras atarlo a una farola. Su cabeza se hallaba a cierta distancia del cuerpo, en medio de un charco oscuro que podía ser de agua o de sangre. Era difícil decidirlo, pues era una fotografía en blanco y negro. Tomada bajo la luz grisácea previa al amanecer.

Tenía los ojos abiertos, con expresión de sorpresa.

El camarada E. M. S. Namboodiripad (*Perro del Gobierno para unos, Títere Soviético para otros*) expulsó a los naxalitas de su partido y siguió dedicándose a utilizar la ira popular para propósitos parlamentarios.

La marcha que rodeó repentinamente al Plymouth azul cielo aquel día azul cielo de diciembre formaba parte de ese proceso. Había sido organizada por el Sindicato Marxista de Kerala. Los camaradas de Trivandrum irían en manifestación hasta la secretaría del partido para presentar el documento con las Demandas del Pueblo al camarada E. M. S. en persona. La orquesta elevaba una petición a su director. Pedían que a los trabajadores de los arrozales, cuya jornada laboral era de once horas y media al día (de siete de la mañana a seis y media de la tarde), se les diera una hora libre para el almuerzo. Que los salarios de las mujeres se incrementaran de una rupia y veinticinco paisas al día a tres rupias, y que el de los hombres se incrementara de dos rupias y cincuenta paisas al día a cuatro rupias y cincuenta paisas. También pedían que dejara de llamarse a los Intocables según el nombre de su casta. Pedían que *no* se les llamara Achoo *Parayan*, o Kelan *Paravan*, o Kuttan *Pulayan*, sino simplemente, Achoo, Kelan o Kuttan.

Los Reyes del Cardamomo, los Condes del Café y los Barones del Caucho, viejos compinches desde el internado, habían bajado de sus haciendas remotas y solitarias y bebían a pequeños sorbos cervezas heladas en el Club de Vela. Alzaban sus copas. «*Aunque la mona se vista de seda...*», decían entre risas para ocultar su creciente pánico.

Aquel día la manifestación estaba compuesta por militantes del partido, estudiantes y trabajadores. Tocables e Intocables. Cargaban sobre sus espaldas un barril de odio antiguo, prendido con una mecha reciente. Había una faceta de aquel odio que era naxalita y nueva.

A través de la ventanilla del Plymouth, Rahel se dio cuenta de que la palabra que más fuerte decían era *Zindabad*. Y de que las venas parecían saltárseles del cuello al pronunciarla. Y de que los brazos que sostenían las banderas y las pancartas eran nudosos y fuertes.

Dentro del Plymouth nadie se movía y hacía calor.

El miedo de Bebé Kochamma yacía enrollado en el suelo del coche como un cigarro húmedo y pegajoso. Aquello no era más que el comienzo. El miedo que con el paso de los años crecería hasta consumirla. Que la haría cerrar con llave puertas y ventanas. Que la haría tener dos líneas de nacimiento del pelo y dos bocas. El suyo era también un miedo antiguo, viejo como la humanidad. El miedo a que le quitaran lo que tenía.

Intentó contar las cuentas verdes de su rosario, pero no podía concentrarse. Una mano abierta golpeó una de las ventanillas del coche.

Un puño cerrado aporreó el recalentado capó azul cielo. Se abrió de golpe. El Plymouth parecía un animal azul y anguloso de un zoológico pidiendo que le dieran de comer.

Un bollo.

Un plátano.

Otro puño cerrado lo golpeó, y se cerró. Chacko bajó el cristal de su ventanilla y le gritó al hombre que lo había hecho:

—¡Gracias, *keto*! —dijo—. ¡*Valarey* gracias!

—No le estés tan agradecido, camarada —dijo Ammu—. Ha sido pura casualidad. No tenía ninguna intención de ayudarte. ¿Cómo *podía* saber que dentro de este viejo coche late un corazón auténticamente marxista?

—Ammu —dijo Chacko en tono tranquilo y deliberadamente despreocupado—, ¿no podrías hacer un pequeño esfuerzo para no verlo todo con tu cinismo de fracasada?

El silencio llenó el coche como si empapara una esponja. *Fracasada* cortó el aire como un cuchillo. El sol brilló con un suspiro estremecido. Ese era el problema con los parientes. Al igual que los médicos aviesos, sabían dónde hacer más daño al tocar.

Justo en aquel momento, Rahel vio a Velutha, el hijo de Vellya Paapen. A Velutha, su amigo más querido. A Velutha, que llevaba una bandera roja. Con camisa y *mundu* blancos y las venas del cuello hinchadas. Él, que jamás llevaba camisa.

Rahel bajó el cristal de su ventanilla en un segundo.

—¡Velutha! ¡Velutha! —le gritó.

Se quedó congelado durante un instante y escuchó con su bandera. Acababa de oír una voz familiar en circunstancias nada familiares. Rahel, de pie sobre el asiento del coche, se había proyectado fuera de la ventana del Plymouth como un cuerno de un herbívoro con forma de coche que se agitara libremente. Con una fuente atada con un «amor-en-Tokio» y unas gafas de sol de plástico rojo con montura amarilla.

—¡Velutha! *Ividay!* ¡Velutha!

Y a ella también se le hincharon las venas del cuello.

Velutha se deslizó de costado y desapareció rápidamente en el interior de la masa furiosa que lo rodeaba.

Dentro del coche, Ammu se volvió con una expresión de furia en los ojos. Golpeó las pantorrillas de Rahel, que era la única parte de su hija que estaba dentro del coche y podía golpear. Sus pantorrillas y sus pies morenos, enfundados en sandalias Bata.

—¡Haz el favor de portarte bien! —dijo Ammu.

Bebé Kochamma tiró de Rahel, que aterrizó sobre el asiento, sorprendida. Pensó que debía de haber un malentendido.

—¡Era Velutha! —explicó sonriendo—. ¡Y llevaba una bandera!

La bandera había sido para ella lo más impresionante de todo. Lo mejor que podía llevar un amigo.

—¡Eres una niña tonta y estúpida! —dijo Ammu.

Aquel enfado violento y repentino dejó a Rahel clavada en el asiento del coche. Estaba perpleja. ¿Por qué se había enfadado tanto Ammu? ¿Cuál era la razón?

—Pero ¡si *era* él! —dijo Rahel.

—¡Cállate! —dijo Ammu.

Rahel vio que a Ammu le transpiraban la frente y el labio superior, y que sus ojos se habían endurecido y parecían canicas. Como los de Pappachi en la foto de estudio hecha en Viena. (¡Cómo corría subrepticiamente la mariposa de Pappachi, igual que un rumor, por las venas de sus hijos!).

Bebé Kochamma subió el cristal de la ventanilla de Rahel.

Años más tarde, en la fresca y despejada mañana de un domingo de otoño en el norte del estado de Nueva York, mientras iba en tren desde Grand Central hasta Croton Harmon, aquella imagen le vino de pronto a la mente a Rahel. Aquella expresión en el rostro de Ammu. Como la pieza endiablada de un puzle. Como unos signos de interrogación que se deslizasen por las páginas de un libro sin encontrar nunca en qué frase colocarse.

Aquella mirada marmórea en los ojos de Ammu. El brillo de la transpiración sobre su labio superior. Y el escalofrío de aquel silencio repentino e hiriente.

¿Qué había significado todo aquello?

El tren dominical iba casi vacío. Al otro lado del pasillo, una mujer con las mejillas agrietadas por la intemperie y bigote tosía y escupía flemas que iba envolviendo en trocitos de papel que arrancaba de una pila de periódicos dominicales que llevaba sobre las rodillas. Colocaba los paquetitos en ordenadas hileras sobre el asiento vacío que había frente a ella como si estuviera organizando un tenderete de flemas. Y, mientras lo hacía, hablaba sola con tono agradable y tranquilizador.

La memoria era como aquella mujer del tren. Loca, porque se dedicaba a examinar cuidadosamente cosas oscuras, guardadas en un armario, para luego emerger con las más insólitas: una mirada fugaz, un sentimiento, el olor del humo, un limpiaparabrisas, los ojos marmóreos de una madre. Y, a la vez, bastante cuerda, porque dejaba enormes extensiones de oscuridad sin desvelar. Sin recordar.

La locura de su compañera de vagón reconfortaba a Rahel. La aproximaba más al útero trastornado de Nueva

York, y la apartaba de otra idea más terrible que la perseguía. *Un aroma metálico, como el de los pasamanos de acero de los autobuses y el olor de las manos de los cobradores de tanto aferrarse a ellos. Un hombre joven con la boca de un viejo.*

Fuera del tren, el Hudson brillaba y los árboles tenían los colores pardorrojizos del otoño. Casi hacía frío.

—Hay un pezón en el aire —le dijo bromeando Larry McCaslin a Rahel al tiempo que apoyaba suavemente la palma de la mano contra la intimación de protesta de un pezón helado que se proyectaba bajo la tela de su camiseta de algodón. Larry se preguntó por qué no sonrió al gastarle aquella broma.

Ella se preguntó por qué sería que siempre que pensaba en su hogar lo imaginaba con los colores de las maderas oscuras y barnizadas de los barcos y de los núcleos vacíos de las lenguas de fuego que titilaban en las lámparas de latón.

Era Velutha.

De eso Rahel estaba segura. Lo había visto. Y él la había visto. Lo habría reconocido en cualquier sitio y en cualquier momento. Y, si no hubiese llevado camisa, también lo habría reconocido de espaldas. Conocía su espalda. Había ido muchas veces sobre ella. Más veces de las que podía recordar. Tenía una marca de nacimiento de color pardo claro con la forma de una hoja puntiaguda y seca. Decía que era una hoja de la buena suerte, que hacía que los monzones llegaran a su debido tiempo. Una hoja pardusca sobre una espalda negra. Una hoja otoñal en la noche.

Una hoja de la buena suerte que no fue lo bastante propicia.

No se suponía que Velutha llegara a ser carpintero.

Le pusieron Velutha, que significa «blanco» en malayalam, porque era muy negro. Su padre, Vellya Paapen, era paraván. Sangrador de savia de palmera. Tenía un ojo de vidrio. Una vez que estaba trabajando un bloque de granito con un martillo le saltó una esquirla al ojo izquierdo y se lo perforó.

Cuando era pequeño, Velutha iba con Vellya Paapen a la entrada de servicio de la casa de Ayemenem a llevar los cocos que arrancaban de las palmeras de la finca. Pappachi no permitía que los paravanes entraran en la casa. Nadie lo hacía. No se les permitía tocar nada que los Tocables pudieran tocar. No se lo permitían los de las Castas Hindúes ni los de las Castas Cristianas. Mammachi les contó a Estha y a Rahel que se acordaba de la época en que, siendo niña, los paravanes tenían que retroceder de rodillas, borrando sus huellas con una escobilla, para que los brahmanes o los cristianos sirios no se volvieran impuros al pisar sin querer sus pisadas. En tiempos de la niñez de Mammachi no se permitía a los paravanes, igual que a los demás Intocables, andar por la vía pública, ni cubrirse la parte superior del cuerpo, ni usar paraguas. Cuando hablaban, tenían que taparse la boca con la mano, para evitar que su aliento contagiase su impureza a aquellos a quienes dirigían la palabra.

Al llegar los británicos a lo que hoy es Kerala, muchos paravanes, pelayas y pulayas (entre ellos Kelan, el abuelo de Velutha) se convirtieron al cristianismo e ingresaron en la Iglesia anglicana para escapar al flagelo de la Intocabilidad. Como incentivo adicional se les dio un poco de comida y de dinero. Se los conocía como los «cristianos del arroz». No les llevó mucho tiempo darse cuenta de que habían salido del fuego para caer en las brasas. Los obligaron a tener iglesias separadas, con ceremonias separadas y sacerdotes separados. Como favor especial se les otorgó incluso su propio obispo paria separado. Después de la independencia se encontraron con que no tenían acceso a las prestaciones estatales para los Intocables, como reservas de puestos de trabajo o derecho a obtener préstamos bancarios a bajo interés, ya que oficialmente estaban censados como cristianos y, por lo tanto, fuera del sistema de castas. Era algo así como tener que borrar las propias huellas sin escobilla. O, peor aún, que ni siquiera se les *permitiese* dejar huellas.

Mammachi fue la primera en notar, una vez en que se tomó unas vacaciones de Delhi y la Entomología Imperial, la increíble habilidad que mostraba Velutha con las manos. Velutha tenía entonces once años, unos tres menos que Ammu. Era como un pequeño mago. Podía hacer complicados juguetes (molinos en miniatura, sonajeros, joyeros diminutos) con cañas secas, así como barquitos perfectos con tronquitos de tapioca y figuritas con semillas de anacardo. Se los llevaba a Ammu y se los ofrecía sobre la palma de la mano (como le habían enseñado), para que no tuviera que tocarlo al cogerlos. Aunque era más joven que ella, la llamaba Ammukutty: Pequeña Ammu. Mammachi convenció a Vellya Paapen para que lo mandara a la escuela para Intocables que había fundado su suegro, el Pequeño Bendecido.

Velutha tenía catorce años cuando Johann Klein, un alemán de un gremio de carpinteros de Baviera, llegó a Kottayam a pasar tres años en la misión cristiana dirigiendo un taller con carpinteros de la zona. Todas las tardes, después de la escuela, Velutha cogía un autobús a Kottayam, donde trabajaba con Klein hasta que anochecía. Para cuando cumplió los dieciséis años había acabado la enseñanza secundaria y era un carpintero experto. Tenía sus propias herramientas de carpintería y una sensibilidad para el diseño claramente germana. A Mammachi le hizo una mesa de comedor estilo Bauhaus con doce sillas, todo de palo de rosa, y una chaise longue de madera de manjea de tipo tradicional bávaro. Para los festejos navideños organizados por Bebé Kochamma hacía un montón de alas de ángeles con armazón de alambre, que los niños se ponían en la espalda como si fueran mochilas, nubes de cartón entre las que aparecía el arcángel Gabriel y un pesebre desmontable para que en él naciera Cristo. Cuando el arco plateado del angelito que meaba en el jardín se secó inexplicablemente, fue Velutha el médico que le arregló la vejiga para que volviese a funcionar.

Aparte de ser un experto carpintero, Velutha era muy hábil con las máquinas. Mammachi (con la impenetrable lógica de los Tocables) solía decir que era una pena que fuese paraván, porque si no habría podido llegar a ingeniero. Reparaba radios, relojes, bombas de agua. Se ocupaba de la fontanería y la instalación eléctrica de la casa.

Cuando Mammachi decidió cerrar la galería trasera, fue Velutha el que diseñó e hizo una puerta plegable y corredera que más tarde haría furor en Ayemenem.

Velutha sabía más que nadie sobre todas las máquinas que había en la fábrica.

Cuando Chacko renunció a su puesto en Madrás y regresó a Ayemenem con una máquina Bharat para cerrar los botes herméticamente, fue Velutha el que la montó y la puso en marcha. Era él quien se ocupaba del mantenimiento de la nueva máquina de enlatado y de la rebanadora de piña automática. Y quien lubricaba la bomba de agua y el pequeño generador diésel. Y quien recubrió con planchas de aluminio, fáciles de limpiar, las superficies de cortar, y el que hizo las calderas a ras del suelo para hervir la fruta.

Sin embargo, Vellya Paapen, el padre de Velutha, era un paraván a la Vieja Usanza. Había vivido la época en la que tenían que retroceder de rodillas, y su gratitud hacia Mammachi y su familia por todo lo que habían hecho por él era tan ancha y profunda como un río crecido. Cuando tuvo el accidente con la esquirla de piedra, Mammachi se ocupó de todo y le pagó el ojo de cristal. No había podido saldar aquella deuda todavía y, aunque sabía que tampoco se esperaba que lo hiciera, y que nunca sería capaz de hacerlo, sentía que su ojo no le pertenecía. Su gratitud le ensanchó la sonrisa y le hizo doblar más la espalda.

Vellya Paapen temía por su hijo menor. No podía decir qué era lo que lo asustaba. No era nada que este hubiera dicho. O hecho. No era *lo que* decía, sino *cómo* lo decía. No era *lo que* hacía, sino *cómo* lo hacía.

Quizá era, simplemente, que nunca parecía dudar. Que manifestaba una injustificada seguridad en sí mismo. En la forma de andar. En la forma de mantener la cabeza erguida. En la tranquilidad con que sugería cosas sin que le preguntaran. O en la tranquilidad con que desechaba sugerencias sin dar la impresión de rebelarse.

Aunque aquellas cualidades eran perfectamente aceptables, tal vez incluso deseables, en los Tocables, Vellya Paapen pensaba que en un paraván podrían ser interpretadas como una insolencia (y lo serían, porque así era como *tenía que ser*).

Vellya Paapen trató de prevenir a Velutha. Pero, como no era capaz de expresar exactamente la causa de su preocupación, Velutha interpretó mal su confusa inquietud. Le pareció que a su padre le molestaba que hubiera estudiado y tuviera talento natural. Las buenas intenciones de Vellya Paapen pronto degeneraron en críticas continuas, discusiones y una frialdad cada vez más profunda entre padre e hijo. Para gran consternación de su madre, Velutha empezó a dejar de ir a casa. Trabajaba hasta tarde. Pescaba en el río y cocinaba sus capturas al aire libre. Dormía al raso, en la ribera.

Y un buen día desapareció. Durante cuatro años nadie supo dónde estaba. Se rumoreó que trabajaba en una obra para el Ministerio de la Vivienda y el Bienestar Social en Trivandrum. Y, más adelante, llegó el inevitable rumor de que se había convertido en naxalita. De que había estado en la cárcel. Alguien dijo que lo había visto en Quilon.

No hubo forma de contactar con él cuando Chella, su madre, murió de tuberculosis. Después Kuttappen, su hermano mayor, se cayó de un cocotero y se rompió la columna. Quedó paralítico e incapacitado para trabajar. Velutha se enteró del accidente un año después.

Hacía cinco meses que había vuelto a Ayemenem. Nunca hablaba de dónde había estado ni de lo que había hecho.

Mammachi volvió a contratarlo como carpintero de la fábrica y lo puso al frente del mantenimiento general. Aquello provocó un gran rencor entre los trabajadores Tocables porque, según ellos, se *suponía* que los paravanes no debían ser carpinteros. Y, sin la menor duda, se daba por sentado que no debía volverse a contratar a los paravanes pródigos.

Para mantener contentos a los demás trabajadores, y dado que sabía que nadie más lo contrataría como carpintero, Mammachi pagaba a Velutha menos de lo que habría pagado a un carpintero Tocable, pero más que a un paraván. Mammachi no le dejaba entrar en su casa (excepto cuando necesitaba que reparase o instalase algo). Pensaba que ya podía estarle bastante agradecido de que lo dejase entrar en el edificio de la fábrica y le permitiese tocar las mismas cosas que los Tocables. Decía que aquello ya era un gran paso adelante para un paraván.

Cuando regresó a Ayemenem después de estar varios años fuera, Velutha seguía teniendo la misma desenvoltura. La misma seguridad en sí mismo. Y entonces Vellya Paapen temió por él más que nunca. Pero calló. No dijo nada.

Al menos, hasta que el Terror se apoderó de él. Hasta que vio, noche tras noche, que una barquita cruzaba el río a golpe de remo. Hasta que la vio regresar al amanecer. Hasta que vio lo que su hijo Intocable había tocado. Más que tocado.

Poseído.

Amado.

Cuando el Terror se apoderó de él, Vellya Paapen fue a ver a Mammachi. Con el ojo hipotecado miraba fijamente. Con el propio, lloraba. Una mejilla le brillaba por las lágrimas. La otra permanecía seca. Movía la cabeza de un lado a otro, hasta que Mammachi le ordenó que parara. Todo su cuerpo temblaba, como si tuviera malaria. Mammachi le ordenó que dejara de temblar, pero no pudo, porque no se le pueden dar órdenes al miedo. Ni siquiera al de un paraván. Vellya Paapen le contó a Mammachi lo que había visto. Imploró el perdón de Dios por haber engendrado un monstruo. Se ofreció a matar a su hijo con sus propias manos. A destruir lo que había creado.

Bebé Kochamma escuchó las voces desde la habitación contigua y fue a ver qué pasaba. Se encontró frente a frente con el Dolor y el Conflicto, e íntimamente, en lo más profundo de su corazón, se regocijó.

Dijo (entre otras cosas): *¿Cómo es posible que haya aguantado su olor? ¿No os habéis dado cuenta de que los paravanes tienen un olor especial?*

Y se estremecía haciendo mucho teatro, como un niño al que le hacen comer espinacas a la fuerza. Prefería el olor de un jesuita irlandés al olor especial de un paraván.

Muchísimo más. Muchísimo más.

Velutha, Vellya Paapen y Kuttappen vivían en una pequeña choza de laterita, cerca de la casa de Ayemenen, río abajo. Para Esthappen y Rahel, a tres minutos corriendo por entre los cocoteros. Cuando Velutha se marchó, hacía muy poco tiempo que habían llegado a Ayemenem con Ammu, y eran demasiado pequeños para acordarse de él. Pero en los meses que siguieron a su regreso se convirtieron en los mejores amigos. Les habían prohibido ir a casa de Velutha, pero no obstante iban. Se quedaban sentados junto a él horas y horas, en cuclillas, como puntitos en medio de un lago de virutas de madera, preguntándose cómo se las arreglaba Velutha para saber siempre cuáles eran las formas que le aguardaban escondidas dentro de los trozos de madera. Les encantaba ver cómo la madera parecía reblandecerse y volverse tan maleable como la plastilina en sus manos. Les enseñaba a usar el cepillo. Su casa (cuando hacía un día bueno) olía a virutas de madera recién cepillada y a sol. A rojo curri de pescado cocido con leña de tamarindo negro. Según Estha, el mejor curri de pescado del mundo entero.

Fue Velutha el que le hizo a Rahel la caña de pescar más afortunada de todas las que tuvo, y el que les enseñó a ella y a Estha a pescar.

Y aquel día azul cielo de diciembre *era* Velutha a quien vio a través de sus gafas de sol rojas, que se manifestaba con una bandera roja en el paso a nivel en las afueras de Cochín.

Los silbatos agudos y metálicos de la policía perforaron el Ruidoso Paraguas que los cubría. A través de los agujeros irregulares abiertos en él, Rahel vio retazos de cielo rojo. Y, en el cielo rojo, milanos de un rojo intenso que revoloteaban en busca de ratas. En los ojos amarillos y hundidos de los milanos había una carretera y banderas rojas que se manifestaban. Y una camisa blanca sobre una espalda negra con una marca de nacimiento.

Que se manifestaba.

El terror, el sudor y los polvos de talco se mezclaron formando una pasta color malva entre los pliegues de la papada de Bebé Kochamma. La saliva se le coaguló formando pequeñas manchas blancas en las comisuras de la boca. Creía haber visto a un hombre en la manifestación que se parecía a una fotografía aparecida en los periódicos de un naxalita llamado Rajan, del que se rumoreaba que se había desplazado hacia el sur desde Palghat. Le pareció que la había mirado directamente.

Un hombre con una bandera roja y un rostro como un nudo abrió la puerta de Rahel porque no tenía echado el seguro. El hueco de la puerta se llenó de hombres que se habían detenido a mirar.

—¿Tienes calor, pequeña? —le preguntó a Rahel amablemente en malayalam el hombre que parecía un nudo. Y luego, en tono que no tenía nada de amable, añadió—: ¡Pues pídele a tu papá que te compre un aire acondicionado! —Y soltó una carcajada, encantado de su agudeza y su habilidad para estar a la altura de las circunstancias. Rahel le devolvió la sonrisa, feliz de que hubieran tomado a Chacko por su padre. Como una familia normal.

—¡No le contestes! —susurró Bebé Kochamma con voz ronca—. ¡Mira al suelo! ¡Tú solo mira al suelo!

El hombre de la bandera fijó su atención en ella. Bebé Kochamma miraba hacia abajo, hacia el suelo del coche. Como una novia tímida y asustada a la que hubieran casado con un desconocido.

—¡Hola, guapa! —dijo el hombre lentamente en inglés—. ¿Cuál es tu nombre, por favor?

Como Bebé Kochamma no contestó, se volvió hacia sus compañeros.

—No tiene nombre.

—¿Qué te parece Modalali Mariakutty? —sugirió uno, y soltó una risita. *Modalali* quiere decir terrateniente en malayalam.

—A, B, C, D, X, Y, Z —dijo otro, por decir algo.

Más estudiantes se apiñaron alrededor del coche. Todos llevaban en la cabeza pañuelos o toallas, en los que estaba impreso TINTE BOMBAY, para protegerse del sol. Parecían extras escapados del rodaje de la versión en malayalam de *El último viaje de Simbad.*

El hombre que parecía un nudo le entregó su bandera roja a Bebé Kochamma como si fuera un regalo.

—Toma —dijo—. Cógela.

Bebé Kochamma la cogió, aunque seguía sin mirarlo a la cara.

—¡Agítala! —le ordenó.

Tuvo que agitarla; no tenía otra alternativa. Olía a tela nueva y a tienda. Flamante y polvorienta. Intentó agitarla como si no lo estuviera haciendo.

—Y ahora ¡di *Inquilab zindabad*!

—*Inquilab zindabad!* —susurró Bebé Kochamma.

—Buena chica.

La multitud se rio a carcajadas. Se oyó un agudo silbato.

—*Okay!* —le dijo el hombre a Bebé Kochamma en inglés, como si hubiesen concluido un acuerdo comercial satisfactoriamente—. *Bye-bye!*

Cerró la puerta azul cielo de un portazo. Bebé Kochamma temblaba. La multitud reunida alrededor del coche se dispersó y siguió su camino.

Bebé Kochamma enrolló la bandera roja y la puso en la bandeja de detrás del asiento. Volvió a colocarse el rosario dentro de la blusa, donde lo guardaba junto a sus melones. Lo hizo con mucha prosopopeya, tratando de conservar en lo posible la dignidad.

Después que pasaron los últimos hombres, Chacko dijo que ya podían bajar las ventanillas.

—¿Estás segura de que era él? —le preguntó Chacko a Rahel.

—¿Quién? —dijo Rahel, repentinamente cautelosa.

—¿Estás segura de que era Velutha?

—¿Eh...? —dijo Rahel, que trató de ganar tiempo mientras intentaba descifrar las desesperadas señales mentales de Estha.

—Te he preguntado que si estás segura de que el hombre que viste era Velutha —repitió por tercera vez Chacko.

—Mmm... Mmmsí... Mmm... Mmmcasi —dijo Rahel.

—¿Estás casi segura? —dijo Chacko.

—No... Era casi Velutha —dijo Rahel—. Casi se parecía a él...

—¿Así que *no* estás segura?

—Casi no.

Rahel dirigió una rápida mirada a Estha en busca de aprobación.

—Tiene que haber sido él —dijo Bebé Kochamma—. Por algo estuvo en Trivandrum. Todos van allí y vuelven creyéndose unos grandes políticos.

Nadie pareció especialmente impresionado por su clarividencia.

—Deberíamos vigilarlo —dijo Bebé Kochamma—. Si empieza con agitaciones sindicales en la fábrica... Ya he notado algunos indicios, algunas groserías, ingratitud... El otro día le pedí que me ayudara a transportar unas piedras para mi arriate de guijarros y...

—Vi a Velutha en casa antes de que nos marcháramos —dijo Estha rápidamente—. Así que ¿cómo podía ser él?

—Espero que no lo fuera, por su propio bien —dijo Bebé Kochamma enigmáticamente—. Y la próxima vez, Esthappen, no me interrumpas cuando hablo.

Estaba molesta porque nadie le había preguntado qué era un arriate de guijarros.

Durante los días siguientes Bebé Kochamma centró en Velutha toda la furia acumulada por la humillación pública de la que había sido objeto. Le sacó punta como a un lápiz. Velutha fue creciendo dentro de su cabeza hasta llegar a encarnar la manifestación. Y al hombre que la había obligado a agitar la bandera roja. Y al hombre que la había bautizado Modalali Mariakutty. Y a todos los hombres que se habían reído de ella.

Empezó a odiarlo.

Por la forma como mantenía erguida la cabeza, Rahel se dio cuenta de que Ammu seguía enfadada. Miró su reloj. Las dos menos diez. Ningún tren todavía. Apoyó el mentón en el borde de la ventanilla. Sintió que el fieltro gris que protegía el vidrio de la ventanilla le presionaba la piel del mentón. Se quitó las gafas de sol para ver mejor la rana muerta aplastada sobre el asfalto. Estaba tan muerta y tan aplastada que parecía más una mancha con forma de rana en el asfalto que una rana de verdad. Rahel se preguntó si el camión de reparto de leche que había atropellado a la señorita Mitten la habría aplastado hasta dejarla convertida en una mancha con forma de señorita Mitten.

Con la seguridad de un verdadero creyente, Vellya Paapen les había asegurado a los gemelos que los gatos negros no existían. Decía que solo se trataba de agujeros negros con forma de gato en el universo.

Había tantas manchas en la carretera...

Manchas con forma de señorita Mitten aplastada en el universo.

Manchas con forma de rana aplastada en el universo.

Cuervos aplastados que habían intentado comerse las marcas con forma de rana aplastada en el universo.

Perros aplastados que se comían las manchas con forma de cuervos aplastados en el universo.

Plumas. Mangos. Escupitajos.

Durante todo el camino a Cochín.

El brillo del sol le daba directamente a Rahel a través de la ventanilla del Plymouth. Cerró los ojos y le devolvió su brillo. Incluso tras sus párpados cerrados la luz era brillante y caliente. El cielo era naranja y los cocoteros eran anémonas de mar que agitaban sus tentáculos e intentaban atrapar a una nube desprevenida y comérsela. Una serpiente transparente con motas y lengua bífida cruzaba flotando el cielo. Después un soldado romano transparente, sobre un caballo moteado. Lo que resultaba raro en los soldados romanos de los cómics, según Rahel, era que se tomaran tanto trabajo para ponerse armaduras y cascos y, sin embargo, fueran con las piernas desnudas. No tenía ningún sentido. Aunque les permitiera predecir los cambios de tiempo, o lo que fuera.

Ammu les había contado la historia de Julio César y de cómo fue apuñalado en el Senado por Bruto, su mejor amigo. Y de cómo cayó al suelo con cuchillos clavados en la espalda y dijo: «*Et tu, Brute?* Entonces, ¡muere, César!».

—Lo cual demuestra —decía Ammu— que no se puede confiar en nadie. Ni en la madre, ni en el padre, ni en el hermano, ni en el marido, ni en el mejor amigo. En nadie.

En cuanto a los niños, dijo (cuando se lo preguntaron) que había que esperar para saberlo. Dijo que era totalmente posible, por ejemplo, que Estha, al crecer, se convirtiera en un Cerdo Machista.

Por las noches, Estha se ponía de pie sobre su cama, envuelto en una sábana, y decía: «*Et tu, Brute?* Entonces, ¡muere, César!», y se dejaba caer sobre la cama sin doblar las rodillas, como si fuese un cadáver apuñalado. Kochu Maria, que dormía sobre una estera en el suelo, dijo que se iba a quejar a Mammachi.

—Decidle a vuestra madre que os lleve a casa de vuestro padre —dijo—. Allí podéis romper todas las camas que queráis. Estas no son vuestras camas. Esta no es *vuestra* casa.

Estha resucitaba de entre los muertos, se ponía de pie sobre la cama y decía: «*Et tu, Kochu Maria?* Entonces, ¡muere, Estha!», y volvía a morirse.

Kochu Maria estaba convencida de que *Et tu* era una obscenidad en inglés y esperaba el momento adecuado para quejarse de Estha a Mammachi.

La señora del coche de al lado tenía migas de bizcocho en la boca. Su marido encendió un cigarrillo torcido después de comerse el bizcocho. Soltó dos colmillos de humo por los agujeros de la nariz que le hicieron parecerse, durante un brevísimo instante, a un jabalí. La señora Jabalí le preguntó a Rahel cómo se llamaba, con una vocecita aniñada.

Rahel no le hizo caso e, inadvertidamente, hizo una pompa de saliva.

Ammu odiaba que hicieran pompas de saliva. Decía que le recordaban a Baba, su padre. Decía que solía hacer pompas de saliva y balancear las piernas. Según Ammu, así se comportaban los oficinistas, no los aristócratas.

Los aristócratas eran gente que no hacía pompas de saliva ni balanceaba las piernas. Ni hacían ruido al tragar la comida.

Aunque Baba no era oficinista, Ammu decía que a veces se comportaba como si lo fuera.

A veces, cuando estaban solos, Estha y Rahel jugaban a que eran oficinistas. Hacían pompas de saliva, balanceaban las piernas y fingían comer glugluteando como pavos. Se acordaban de su padre, al que habían conocido en el periodo de entreguerras, la de China y la de Pakistán. Una vez les había permitido dar unas caladas a su cigarrillo y después se molestó porque lo habían chupeteado y le dejaron el filtro húmedo de saliva.

—¡No es un maldito caramelo! —dijo, enfadado de verdad.

Se acordaban de sus enfados. Y de los de Ammu. Se acordaban de una vez en que sus padres los habían zarandeado de un lado a otro de la habitación, de Ammu a Baba y de Baba a Ammu, como bolas de billar. Ammu no paraba de empujar a Estha lejos de ella, diciendo: «Ahí lo tienes. Tú te quedas con uno, yo no puedo ocuparme de los dos». Tiempo después, cuando Estha le preguntó a Ammu sobre lo ocurrido, ella lo abrazó y le dijo que habían sido figuraciones suyas.

En la única foto que habían visto de su padre (y que Ammu solo les enseñó una vez), llevaba gafas y una camisa blanca. Parecía un jugador de críquet, estudioso y guapo. Con un brazo sostenía sobre sus hombros a Estha, que sonreía y apoyaba la barbilla sobre la cabeza de su padre. Con el otro brazo sostenía en vilo a Rahel, apretada contra su cuerpo. Las piernas le colgaban, y parecía enfurruñada y de mal humor. Alguien les había pintado unos parches rosados en las mejillas.

Ammu dijo que solo los había cogido en brazos para la foto y que, incluso en aquella ocasión, estaba tan borracho que tenía miedo de que se le cayesen. Ammu dijo que estaba a unos pasos de él, lista para atraparlos en el aire si los dejaba caer. De todos modos, y de no ser por las mejillas, Estha y Rahel pensaron que era una foto bonita.

—¡Para ya de hacer eso! —dijo Ammu tan alto que Murlidharan, que se había bajado del mojón para asomarse a mirar dentro del Plymouth, retrocedió sacudiendo los muñones, alarmado.

—¿Qué? —preguntó Rahel, pero inmediatamente se dio cuenta de qué. Su pompa de saliva—. Lo siento, Ammu.

—Con decir «lo siento» no se resucita a un muerto —dijo Estha.

—¡Pero bueno! —dijo Chacko—. ¡No le vas a ordenar qué tiene que hacer con su propia *saliva*!

—¡Tú métete en tus asuntos! —le contestó Ammu.

—Es que le trae recuerdos —le explicó Estha, el sabihondo, a Chacko.

Rahel se puso las gafas de sol. El mundo se tiñó de un color furioso.

—¡Quítate esas gafas ridículas! —dijo Ammu.

Rahel se quitó aquellas gafas ridículas.

—Los tratas de un modo fascista —dijo Chacko—. ¡Hasta los niños tienen sus derechos, por el amor de Dios!

—No uses el nombre de Dios en vano —dijo Bebé Kochamma.

—¡Si no es en vano! —dijo Chacko—. Lo uso para una buena causa.

—¡Deja de hacerte pasar por el Gran Salvador de los niños! —dijo Ammu—. A la hora de la verdad, no te importan nada. Ni ellos ni yo.

—¿Es que soy yo quien tiene que ocuparse de ellos? —dijo Chacko—. ¿Acaso son responsabilidad *mía*?

Dijo que, para él, Ammu, Estha y Rahel eran como llevar una piedra atada al cuello.

A Rahel le sudaba la parte posterior de las piernas. Le resbalaba la piel sobre el tapizado de cuero del asiento del coche. Estha y ella conocían lo de las piedras atadas al cuello. En *Rebelión a bordo*, cuando alguien moría en alta mar, lo envolvían en una sábana blanca y lo tiraban por la borda con una piedra atada al cuello, para que el cadáver no flotara. Estha no acababa de comprender cómo podían saber cuántas piedras tenían que cargar a bordo antes de zarpar.

Apoyó la cabeza sobre las rodillas.

Y se deshizo el tupé.

El traqueteo distante de un tren emergió de la carretera manchada de ranas. Las hojas de las batatas que crecían a ambos lados de la vía del tren empezaron a moverse, asintiendo en masa. *Sísísísísí.*

Los peregrinos calvos del autobús Beena Mol empezaron otro *bhajan*.

—Hay que ver a los hindúes estos... —dijo Bebé Kochamma con tono devoto—. No tienen ningún sentido de la *intimidad*.

—Tienen cuernos y el cuerpo lleno de escamas —dijo Chacko con sorna—. Y he oído decir que sus niños nacen de huevos.

Rahel tenía dos chichones en la frente, y Estha le dijo que le estaban saliendo cuernos. O por lo menos uno, ya que era medio hindú. No fue lo suficientemente rápida para preguntarle qué pasaba con *sus* cuernos. Porque todo lo que tuviera uno también lo tenía el otro.

El tren pasó a toda velocidad bajo una columna de denso humo negro. Lo formaban treinta y dos vagones de carga, cuyas puertas estaban llenas de hombres jóvenes, con el pelo cortado como si fuera un casco, que se dirigían a los confines de la Tierra para ver qué le pasaba a la gente que se caía desde allí. Los que se asomaran al borde y estiraran demasiado el cuello también se precipitarían al vacío. Hacia la palpitante oscuridad, con sus cortes de pelo vueltos del revés.

El tren desapareció con tanta rapidez que era difícil creer que hubieran esperado tanto para tan poco. Las hojas de las batatas continuaron asintiendo mucho rato después de que el tren hubiese desaparecido, como si estuvieran totalmente de acuerdo con él y no les cupiera ninguna duda.

Una tenue capa de polvillo de carbón bajó flotando como una bendición sucia y se posó suavemente sobre el tráfico.

Chacko puso el Plymouth en marcha. Bebé Kochamma intentó mostrarse alegre. Comenzó a cantar.

El reloj del vestíbulo
suena tristemente
y también las campanas
del campanario, talán, talán,
y en el cuarto de los niños
un absurdo pajarito
se asoma para decir...

Miró a Estha y a Rahel, esperando que contestaran *cucú.*

Pero no lo hicieron.

Se levantó una brisa automovilística. Árboles verdes y postes telefónicos desfilaron velozmente por las ventanillas. Sobre los cables que pasaban se deslizaban pájaros inmóviles como si fueran maletas que nadie recogiera en la cinta transportadora de un aeropuerto.

Una pálida luna diurna colgaba enorme del cielo e iba en la misma dirección que ellos. Era tan grande como la panza de un bebedor de cerveza.

3. Las lámparas son para los ricos, y las velas de sebo, para los pobres

La suciedad había cercado la casa de Ayemenem como un ejército medieval que avanzase sobre un castillo enemigo. Tapaba las grietas y se aferraba a los cristales de las ventanas.

Alrededor de las teteras zumbaban moscas enanas. En los floreros vacíos yacían insectos muertos.

El suelo estaba pegajoso. Las paredes, antaño blancas, se habían vuelto de un gris irregular. Las bisagras y los tiradores de latón de las puertas habían perdido el brillo y estaban grasientos. Los enchufes que no se usaban con frecuencia se habían atascado por la mugre. Las bombillas estaban cubiertas por una película aceitosa. Lo único que relucía eran las cucarachas gigantes, que iban raudas de acá para allá como los pasteles en una comedia de tartazos.

Bebé Kochamma había dejado de notar esas cosas hacía tiempo. Kochu Maria, que lo notaba todo, había dejado de preocuparse.

La chaise longue en la que se recostaba Bebé Kochamma tenía cáscaras de cacahuete incrustadas en los sietes de la raída tapicería.

En una manifestación inconsciente de democracia, impuesta por la televisión, señora y criada cogían inadvertidamente cacahuetes del mismo cuenco. Kochu Maria los engullía. Bebé Kochamma se los *llevaba a la boca* educadamente.

En el programa *Lo mejor de Donahue*, el público presente en el estudio estaba viendo un reportaje en el que un músico callejero negro cantaba *Somewhere Over the Rainbow* en una estación de metro. Cantaba con convicción, como si realmente se creyera la letra de la canción. Bebé Kochamma lo acompañaba con su voz fina y trémula espesada por la pasta de los cacahuetes. Sonreía al recordar la letra. Kochu Maria la miraba como si se hubiera vuelto loca y cogía más cacahuetes de los que le correspondían. Al atacar las notas más altas (el *where* de *somewhere*), el músico callejero echaba la cabeza hacia atrás y su paladar ondulado de color rosa llenaba la pantalla del televisor. Iba tan andrajoso como una estrella de rock, pero la falta de dientes y la palidez enfermiza de su piel hablaban claramente de una vida de privaciones y sin esperanzas. Cada vez que un tren llegaba o se iba, cosa que sucedía a menudo, tenía que dejar de cantar.

Luego se encendieron las luces del estudio y Donahue presentó en directo a aquel hombre, que, a una indicación convenida, retomó la canción exactamente en el mismo punto en que la había dejado (por el tren) y logró una conmovedora victoria de la Canción frente al Metro.

La siguiente interrupción, en mitad de su canción, fue cuando Phil Donahue le pasó un brazo por encima y le dijo: «Gracias. Muchas gracias».

Ser interrumpido por Phil Donahue era, por supuesto, totalmente diferente a ser interrumpido por el estruendo de un metro. Era un placer. Un honor.

El público del estudio aplaudió y lo miró con compasión.

El músico callejero estaba rebosante de Felicidad de Máxima Audiencia, y durante unos instantes las privaciones quedaron en segundo plano. Su sueño había sido cantar en el espectáculo de Donahue, dijo, sin darse cuenta de que también eso le había sido arrebatado.

Hay sueños grandes y sueños pequeños. «Las lámparas son para los ricos, y las velas de sebo, para los pobres», solía decir de los sueños un viejo *culi* de Bihar con el que se topaba Estha (indefectiblemente, año tras año) en la estación de ferrocarril cuando iba de excursión con el colegio.

Las lámparas son para los ricos, y las velas de sebo, para los pobres.

«Los focos intermitentes son para los afortunados, y las estaciones del metro, para los desgraciados», hubiera podido decir también.

Los maestros regateaban con él, que iba tras ellos, penosamente cargado con el equipaje de los chicos, con sus piernas arqueadas más arqueadas todavía, mientras los estudiantes imitaban, crueles, sus andares. Lo llamaban «Huevos entre Paréntesis».

Y cuando se alejaba, tambaleándose, con menos de la mitad del dinero, lo que no era ni la décima parte de lo que se merecía, hubiera podido añadir, finalmente: «Y, para el más desgraciado de todos, las venas varicosas».

Fuera la lluvia había cesado. El cielo gris comenzó a abrirse y las nubes se desgajaron en fragmentos apelotonados, como el relleno de un colchón de mala calidad.

Estha apareció en la puerta de la cocina calado hasta los huesos (y con aspecto de ser más sabio de lo que realmente era). Tras él refulgía el césped sin cortar. El cachorro estaba a su lado en los escalones. Las gotas de lluvia se deslizaban por el fondo curvo del oxidado canalón del tejado como las brillantes cuentas de un ábaco.

Bebé Kochamma levantó la mirada del televisor.

—Ahí viene —le anunció a Rahel sin molestarse en bajar la voz—. Mira. No dirá nada. Irá *directamente* a su habitación. Ya verás.

El cachorro, aprovechando la oportunidad, intentó organizar una entrada conjunta. Pero Kochu Maria dio unas fuertes palmadas en el suelo con las manos y dijo: «¡Eh, eh, *poda patti*!»

Así que el cachorro, prudentemente, desistió. Parecía estar acostumbrado.

—¡Mira, mira! —dijo Bebé Kochamma. Se la veía entusiasmada—. Ahora irá *directamente* a su habitación y se lavará la ropa. Es de un limpio exagerado... Y no dirá ni *una sola palabra.*

Tenía el aire de un guardabosques señalando a un animal en medio de la hierba. Estaba orgullosa de su perspicacia para predecir sus movimientos. De lo bien que conocía sus gustos y costumbres.

El cabello mojado de Estha estaba agrupado en mechones que parecían los pétalos invertidos de una flor. Entre ellos brillaban hileras de blanco cuero cabelludo. Por la cara y el cuello le caían riachuelos de agua. Se dirigió a su habitación.

Un halo de satisfacción apareció alrededor de la cabeza de Bebé Kochamma.

—¿Lo ves? —dijo.

Kochu Maria aprovechó la oportunidad para cambiar de canal y ver un poco de *Prime Bodies.*

Rahel siguió a Estha a su habitación. La habitación de Ammu. En otra época.

La habitación guardaba sus secretos. No revelaba nada. No había desorden de sábanas revueltas, ni descuido de zapatos quitados de cualquier manera y dejados en medio, ni una toalla húmeda colgada en el respaldo de una silla. Ni un libro a medio leer. Era como la habitación de un hospital inmediatamente después de haber salido de ella la enfermera. El suelo, limpio. Las paredes, blancas. El armario, cerrado. Los zapatos, ordenados. La papelera, vacía.

La obsesiva limpieza de la habitación era la única señal positiva de voluntad por parte de Estha. La única leve insinuación de que, quizá, tuviese un Proyecto Vital. Una especie de susurro que revelaba que no estaba dispuesto a subsistir de las sobras que le ofrecieran otros. En la pared, junto a la ventana, había una plancha sobre una tabla de planchar. Una pila de ropa arrugada esperaba, doblada, a que la planchasen.

El silencio flotaba en el aire como una pérdida secreta.

Los terribles fantasmas de juguetes imposibles de olvidar se agrupaban en las aspas del ventilador del techo. Una catapulta. Un koala de propaganda de Qantas, las líneas aéreas australianas (regalo de la señorita Mitten) con ojos de cristal con agujeros, como los botones, que colgaban de sus hilos. Un pato hinchable (que había estallado, quemado por el cigarrillo de un policía). Dos bolígrafos con calles silenciosas y autobuses rojos típicamente londinenses que flotaban, calle arriba y calle abajo, en su interior.

Estha abrió el grifo y el agua tamborileó en un barreño de plástico. Se desvistió en aquel cuarto de baño reluciente. Se despojó de sus tejanos empapados. Rígidos. Azul oscuro. Difíciles de quitar. Cruzando los brazos suaves, delgados y musculosos por delante del cuerpo, se quitó la camiseta de color fresa aplastada por la cabeza. No oyó a su hermana, que estaba en la puerta.

Rahel observó cómo se le metía para adentro el estómago y cómo se le elevaba la caja torácica mientras la camiseta mojada se iba despegando de la piel, húmeda y de color miel. El rostro, el cuello y un triángulo en forma de uve debajo de la garganta estaban más oscuros que el resto de su cuerpo. También los brazos tenían dos colores. Eran más pálidos en la parte que cubrían las mangas de la camiseta. Un hombre de piel parda oscura con ropa de color miel clara. Una chocolatina con una lámina intercalada de café. Pómulos altos y ojos de animal acorralado. Un pescador en un cuarto de baño de azulejos blancos, con secretos marinos en la mirada.

¿La habría visto? ¿Estaría realmente loco? ¿Sabría que ella estaba allí?

Estar desnudos el uno frente al otro nunca les había causado vergüenza, pero cuando vivían juntos no eran lo bastante mayores para saber qué era aquello.

Ahora lo eran. Lo bastante mayores.

Mayores.

Una edad en la que la muerte ya era un hecho posible.

Qué palabra tan divertida es *mayores*, pensó Rahel, y la repitió para sus adentros: *Mayores.*

Rahel en la puerta del cuarto de baño. Estrecha de caderas. («Con esas caderas, seguro que tendrán que hacerle una cesárea», le había dicho un ginecólogo borracho a su marido cuando estaban esperando el cambio en la gasolinera). Con una camiseta descolorida con el dibujo de un lagarto sobre un mapa. El cabello, largo y rebelde, con un destello rojo oscuro de henna, le caía en mechones desordenados por la espalda. El diamante incrustado en la aleta de la nariz destellaba. A veces. No siempre. Un delgado brazalete, de oro, con cabezas de serpiente, brillaba, como un círculo de luz naranja, alrededor de su muñeca. Unas serpientes delgadas que se susurraban algo, cabeza contra cabeza. El anillo de boda de su madre fundido. El vello suavizaba las marcadas líneas de sus brazos delgados y angulosos.

A primera vista parecía el vivo retrato de su madre. Pómulos altos. Hoyuelos profundos al sonreír. Pero era más alta, más fuerte, más delgada, más angulosa de lo que había sido Ammu. Menos atractiva, quizá, para aquellos a los que les gusta la redondez y la suavidad en las mujeres. Solo sus ojos eran indudablemente más hermosos. Grandes. Luminosos. Uno podía *ahogarse* en ellos, como dijo Larry McCaslin y como descubrió que, para su desgracia, no era una metáfora.

En la desnudez de su hermano, Rahel buscó señales de sí misma. En la configuración de las rodillas. En el arco del empeine. En el descenso de los hombros. En el ángulo donde el brazo se encontraba con el codo. En el modo en que las uñas de los pies se levantaban al final. En los huecos esculpidos a los lados de ambas nalgas, tensas y hermosas. Ciruelas de carne firme. Los traseros de los hombres nunca crecen. Al igual que las carteras de colegial, evocan al instante la niñez. Dos marcas de vacunas le brillaban como monedas en el brazo. Ella las tenía en el muslo.

Las niñas siempre las tienen en los muslos, solía decir Ammu.

Rahel miraba a Estha con la curiosidad de una madre que mira a su hijo mojado. Una hermana a su hermano. Una mujer a un hombre. Un gemelo a otro gemelo.

Se le ocurrieron dos ideas al mismo tiempo:

Que era un desconocido desnudo con el que se había topado por casualidad. Que era alguien a quien había conocido antes de que la vida comenzara. Alguien que la había guiado (nadando) para salir del adorable vientre de su madre.

Ambas cosas insoportables en su polaridad. En su irreconciliable distanciamiento.

Una gota de lluvia relucía en el extremo inferior del lóbulo de la oreja de Estha. Gruesa, plateada a la luz, como una pesada gota de mercurio. Rahel alargó la mano. Se la tocó. La quitó.

Estha no la miró. Se replegó en un silencio aún mayor. Como si su cuerpo tuviera el poder de dirigir sus sentidos hacia el interior (apelotonados, ovoides), alejándolos de la superficie de la piel, hasta algún recoveco más profundo e inaccesible.

El silencio se recogió las faldas y, como la Mujer Araña, trepó ágilmente por la resbaladiza pared del cuarto de baño.

Estha colocó su ropa mojada en el barreño y empezó a lavarla con un pedazo de jabón azul brillante que se deshacía en pequeños fragmentos.

4. El Cine Abhilash

El Cine Abhilash se anunciaba como la primera sala de Kerala con pantalla de cinemascope de 70 mm. Y, para que quedase aún más claro, el diseño de la fachada era una réplica en cemento de la pantalla curva del cinemascope. En la parte superior (letras de cemento, luces de neón) ponía CINE ABHILASH en inglés y malayalam.

En los lavabos ponía ÉL y ELLA. ELLA para Ammu, Rahel y Bebé Kochamma. ÉL solo para Estha, porque Chacko se había ido a comprobar sus reservas en el Hotel Reina de los Mares.

—¿Sabrás ir solo? —preguntó Ammu, preocupada.

Estha asintió.

Rahel entró detrás de Ammu y Bebé Kochamma en ELLA por una puerta de formica roja que se cerraba sola lentamente. Se volvió sobre el suelo de mármol resbaladizo de grasa para decirles adiós con la mano a Estha el Solitario (con un peine) y a sus zapatos beis puntiaguados. Estha esperó en el vestíbulo de mármol, sucio y con espejos que lo observaban aburridos, hasta que la puerta roja se llevó a su hermana. Luego se volvió y se dirigió a ÉL.

En ELLA Ammu sugirió que, para hacer pipí, Rahel no se sentara en la taza. Dijo que los aseos públicos están sucios. Como el dinero. Nunca se sabe quién los ha usado. Leprosos. Carniceros. Mecánicos. (Pus. Sangre. Grasa. Sustancias que vuelven impuro a quien las toca).

Una vez, Kochu Maria la llevó a la carnicería, y Rahel se dio cuenta de que el billete verde de cinco rupias que les devolvieron tenía una diminuta mota de carne roja. Kochu Maria la quitó con el pulgar. El jugo había dejado una mancha roja. Se guardó el dinero en el corpiño. Dinero sanguinolento con olor a carne.

Rahel era demasiado pequeña para mantenerse en equilibrio con las piernas abiertas sobre la taza, así que Ammu y Bebé Kochamma la sostuvieron con las piernas dobladas sobre sus brazos. Los pies, con las puntas hacia dentro, enfundados en unas sandalias Bata. Aupada por los aires con las bragas bajadas. Durante unos momentos no ocurrió nada, y Rahel levantó la mirada hacia su madre y su tía abuela bebé con pícaros signos de interrogación (y ahora, ¿qué?) en los ojos.

—Venga —dijo Ammu—. Psss...

Psss era el sonido del pipí. Mmm, el de la caca.

Rahel soltó una risita tonta. Ammu soltó una risita tonta. Bebé Kochamma soltó una risita tonta. Cuando empezó a salir el chorrito, corrigieron su postura aérea. A Rahel aquello no le daba vergüenza. Terminó y Ammu le pasó el papel higiénico.

—¿Quién va ahora, tú o yo? —le preguntó Bebé Kochamma a Ammu.

—Da igual —dijo Ammu—. Venga, ve tú.

Rahel le sostuvo el bolso. Bebé Kochamma se levantó el sari arrugado. Rahel estudió las enormes piernas de su tía abuela pequeña. (Años más tarde, durante una clase de historia en el colegio, al leer en voz alta «*El emperador Babur tenía la tez del color del trigo y unos muslos como pilares*», aquella escena aparecería ante ella como iluminada por un flash: Bebé Kochamma balanceándose como un gran pájaro sobre un retrete público. Con unas venas azuladas, como una red entretejida de bultitos, que le trepaban por las pantorrillas translúcidas. Con hoyuelos en las gordas rodillas. Llenas de pelos. ¡Pobrecitos piececillos diminutos, que tenían que cargar con semejante peso!). Bebé Kochamma esperó un momentín. Con la cabeza inclinada hacia delante. Con una sonrisa estúpida. Con los pechos colgando. Como melones dentro de la blusa. Echando el trasero, un poco levantado, hacia atrás. Cuando brotó el sonido, espumoso y borboteante, lo escuchó con los ojos. Un arroyo amarillo que corría rumoroso por un desfiladero entre montañas.

A Rahel le gustaba todo aquello. Sostener el bolso. Hacer pipí unas delante de otras. Como amigas. Entonces no podía comprender lo maravilloso que era sentir aquello. *Como amigas.* Nunca volverían a estar así, todas juntas. Ammu, Bebé Kochamma y ella.

Cuando Bebé Kochamma acabó, Rahel miró el reloj.

—¡Cuánto has tardado, Bebé Kochamma! —dijo—. Son las dos menos diez.

> *Friega, friega, estregadera* (pensó Rahel),
> *tres mujeres en una bañera.*
> *Espera un momento, dijo Lento.*

Creía que Lento era una persona. Lento Kurien. Lento Kutty. Lenta Mol. Lenta Kochamma.

Lento Kutty. Rápido Verghese. Y Kuriakose. Tres hermanos con caspa.

Ammu hizo un pipí como un susurro. Contra un lado de la taza, de modo que no se oyera el ruido. La dureza de su padre había abandonado sus ojos, que ahora volvían a ser los suyos. Al sonreír se le marcaban unos hoyuelos profundos y ya no parecía enfadada. Ni por lo de Velutha ni por las pompas de saliva.

Era una Buena Señal.

En ÉL, Estha el Solitario tenía que hacer pipí sobre las bolitas de naftalina y las colillas de cigarrillo del urinario. Hacer pipí en la taza habría sido como aceptar la derrota sin luchar. Pero era demasiado bajo para hacer pipí en el urinario. Necesitaba Altura. Buscó Altura, y, en un rincón de ÉL, la encontró. Una escoba sucia, una botella aplastada medio llena con un líquido lechoso (fenol) en el que flotaban unas cosas negras. Una fregona fláccida y dos latas de no-se-sabía-qué oxidadas. Podían ser de productos de Conservas y Encurtidos Paraíso. De trozos de piña en almíbar. O de rodajas. Rodajas de piña. Salvado el honor gracias a las latas de su abuela, Estha el Solitario colocó las latas de no-se-sabía-qué frente al urinario. Se alzó sobre ellas, un pie en cada una, e hizo pipí con cuidado, de modo que solo unas gotas cayeron fuera. Como un Hombre. Las colillas, antes húmedas, quedaron empapadas y girando en un remolino. Ahora sería difícil encenderlas. Cuando terminó, llevó las latas hasta el lavabo al pie del espejo. Se lavó las manos, se humedeció el pelo, y luego, dominado por el tamaño del peine de Ammu, que era demasiado grande para él, se reconstruyó el tupé con esmero. Se lo alisó peinándolo hacia atrás, después lo empujó hacia delante y, finalmente, lo inclinó hacia un lado con un movimiento giratorio. Volvió a meterse el peine en el bolsillo, se bajó de las latas y las puso de nuevo con la botella, la fregona y la escoba. Las saludó a todas con una inclinación de cabeza. A todo el tinglado: botella, escoba, latas y fregona fláccida.

—Saludo —dijo, y sonrió porque, cuando era más pequeño, tenía la impresión de que había que decir «Saludo» cuando se saludaba. Había que *decirlo* para hacerlo. «Saluda, Estha», le decían y él saludaba y decía «Saludo», y entonces la gente se miraba y se reía, y él se mosqueaba.

Estha el Solitario, el de dientes desiguales.

Una vez fuera, esperó a su madre, a su hermana y a su tía abuela. Cuando salieron, Ammu le preguntó: «¿Todo ha ido bien, Esthappen?».

Estha dijo: «Todo ha ido bien», y movió la cabeza con cuidado para no deshacerse el tupé.

¿Todo ha ido bien? Todo ha ido bien. Devolvió el peine al bolso de su madre. Ammu sintió un súbito arrebato de amor por su pequeño hijo, tan reservado y digno con sus zapatos beis puntiagudos, que había llevado a cabo su primera tarea de adulto. Le pasó amorosa los dedos por el pelo. Le deshizo el tupé.

El Hombre de la Linterna de acero marca Eveready dijo que la película ya había empezado, que se dieran prisa. Tuvieron que subir corriendo los rojos escalones cubiertos con la vieja alfombra roja. La roja escalera con rojas manchas de escupitajos de betel en el rojo rincón. El Hombre de la Linterna se levantó el *mundu* y lo sostuvo bajo los testículos con la mano izquierda. Mientras subía, los músculos de las pantorrillas se le ponían tensos como peludas balas de cañón bajo la piel ascendente. Sostenía la linterna con la mano derecha y se daba prisa mentalmente.

—Hace rato que ha empezado —dijo.

O sea que se habían perdido el comienzo. Se habían perdido la subida del cortinón de terciopelo ondulado con bombillas en los racimos de borlas amarillas. Habría ido subiendo despacio mientras sonaba *Baby Elephant Walk*, de *Hatari*, o *La marcha del coronel Bogey*.

Ammu llevaba a Estha de la mano. Bebé Kochamma, que subía pesadamente los escalones, llevaba de la mano a Rahel. Bebé Kochamma, inclinada por el peso de sus melones, no quería admitir, ni siquiera para sí, que estaba ansiosa por ver la película. Prefería sentir que lo hacía solamente por el bien de los niños. Guardaba en la cabeza una cuenta detallada de Cosas Que Había Hecho Por La Gente y Cosas Que La Gente No Había Hecho Por Ella.

Lo que más le gustaba eran las escenas de monjas que había al principio, y esperaba no habérselas perdido. Ammu les había explicado a Estha y a Rahel que lo que más le gusta a la gente suele ser aquello con lo que más se *Identifica*. Rahel suponía que ella se Identificaba con Christopher Plummer, que hacía el papel de capitán Von Trapp. Chacko no se Identificaba en absoluto con él, y lo llamaba «el gomoso del capitán Von Trapp».

Rahel parecía un mosquito bailando en un hilo. Volaba ingrávida. Dos escalones arriba. Dos escalones abajo. Y uno arriba. Por cada escalón rojo que subía Bebé Kochamma, Rahel subía cinco.

Popeye el marino soy,
(pim-pim)
a bordo de un barco voy,
(pim-pim)
la puerta abro
y al mar me caigo,
Popeye el marino soy.
(pim-pim)

Dos para arriba. Dos para abajo. Uno para arriba. Un salto, otro salto.

—Rahel —dijo Ammu—, todavía no has aprendido la lección, ¿verdad?

Pero Rahel la había aprendido: *La Excitación Siempre Acaba en Llanto*. (Pim-pim).

Llegaron al vestíbulo del anfiteatro. Pasaron por delante del mostrador de los refrescos, donde las naranjadas esperaban. Y las limonadas esperaban. Las naranjadas, de un naranja demasiado intenso. Las limonadas, de un amarillo limón demasiado intenso. Las chocolatinas, demasiado reblandecidas.

El Hombre de la Linterna abrió la pesada puerta del anfiteatro, que daba a una oscuridad donde zumbaban los ventiladores y crujían los cacahuetes. Olía a respiración humana y a aceite para el pelo. Y a alfombras viejas. Un olor mágico, a *Sonrisas y lágrimas*, que Rahel recordaba y atesoraba. Los olores, como la música, tienen el poder de evocar recuerdos. Inspiró profundamente y almacenó aquel olor para la posteridad.

Estha tenía las entradas. *Pequeño hombrecito soy. A bordo de un barco voy.* (Pim-pim).

El Hombre de la Linterna iluminó con su luz las entradas. Fila J, asientos 17, 18, 19 y 20. Estha, Ammu, Rahel,

Bebé Kochamma. Pasaron comprimiéndose por delante de gentes que, irritadas, movieron las piernas para acá y para allá a fin de hacerles sitio. Los asientos eran de esos que se levantan automáticamente. Bebé Kochamma sostuvo el de Rahel mientras se acomodaba. Como pesaba poco, el asiento se levantó y quedó encajada como si fuera el relleno de un bocadillo, de modo que miraba la pantalla entre las rodillas. Dos rodillas y una fuente. Estha, con más dignidad, se sentó al borde de su asiento.

Las sombras de los ventiladores se proyectaban a los lados de la pantalla en la zona que no ocupaba la película.

Se acabó la linterna. Que comience el Éxito Cinematográfico Mundial.

La cámara enfocó hacia arriba, al cielo austriaco azul cielo (del color del coche) inundado por el sonido claro y triste de las campanas de la iglesia.

Mucho más abajo, en el suelo del patio de la abadía, los adoquines brillaban. Unas monjas cruzaban el patio. Como lentos cigarros. Silenciosas monjas agrupadas en silencio alrededor de la Reverenda Madre, que nunca leía las cartas que escribían. Se apiñaban como hormigas alrededor de las migajas caídas de una tostada. Como cigarros alrededor de la Reina de los Cigarros. Sin pelos en las rodillas. Sin melones bajo las blusas. Y con aliento a menta. Tenían quejas que exponer a la Reverenda Madre. Quejas cantadas dulcemente sobre Julie Andrews, que seguía allá arriba, en las colinas, cantando *Las colinas cobran vida al son de la música* y que volvería a llegar tarde a misa.

A un árbol trepa y se araña la rodilla

se chivaban cantarinamente las monjas.

El hábito se ha rasgado,
de camino a misa un vals ha bailado,
y en la escalera ha silbado.

Parte del público empezó a volverse.

—¡Chis! —decían.

¡Chis, chis, chis!

Y debajo de su toca
lleva el pelo rizado.

Había una voz que no salía de la película. Una voz que se oía con toda claridad y cortaba la oscuridad en que zumbaban los ventiladores y crujían los cacahuetes. Había una monja entre el público. Las cabezas giraron como tapones de botella. Las nucas con pelo negro se convirtieron en rostros con bocas y bigotes. Bocas silbantes con dientes como los de los tiburones. Muchas. Como sellos de correos en una tarjeta postal.

—¡Chis! —dijeron todas a la vez.

Era Estha el que cantaba. Una monja con tupé. Una monja a lo Elvis Pelvis. No podía evitarlo.

—¡Que se vaya! —dijeron las bocas cuando dieron con él.

Que se calle o que se vaya. Que se vaya o que se calle.

El público era un hombre hecho y derecho. Estha, un hombrecito con las entradas en la mano.

—¡Estha, por el amor de Dios, *cállate*! —susurró Ammu, furiosa.

Así que Estha se *calló*. Las bocas y los bigotes giraron y desaparecieron. Pero, luego, sin previo aviso, volvió la canción, y Estha no pudo evitar cantarla.

—Ammu, ¿puedo salir y cantarla fuera? —dijo Estha (antes de que su madre le diera una bofetada)—. Volveré cuando haya terminado la canción.

—Pero no esperes que vuelva a llevarte al cine —dijo Ammu—. Nos estás *avergonzando*.

Pero Estha no podía evitarlo. Se levantó para salir. Por delante de Ammu, enfadada. Por delante de Rahel, concentrada entre sus rodillas. Por delante de Bebé Kochamma. Por delante del público, que tuvo que mover las piernas de nuevo. Para acá y para allá. La señal roja que había sobre la puerta decía SALIDA con una luz roja. Estha SALIÓ.

En el vestíbulo, las naranjadas esperaban. Las limonadas esperaban. Las chocolatinas reblandecidas esperaban. Los sofás azul eléctrico de gomaespuma y cuero esperaban. Los carteles de PRÓXIMAMENTE EN PANTALLA esperaban.

Estha el Solitario se sentó en el sofá azul eléctrico de gomaespuma y cuero, en el vestíbulo del anfiteatro del Cine Abhilash, y se puso a cantar. Con una voz de monja tan clara como el agua clara.

¿Cómo hacer que se detenga
y lograr que a los consejos se atenga?

El hombre que estaba durmiendo sobre una fila de taburetes tras el Mostrador de los Refrescos, a la espera del intermedio, se despertó. Miró con ojos legañosos a Estha el Solitario, con sus zapatos beis puntiagudos y su tupé deshecho. Se puso a limpiar el mostrador de mármol con un trapo de color mugre. Y esperó. Y, mientras esperaba, limpiaba. Y, mientras limpiaba, esperaba. Y miraba a Estha, que cantaba:

¿Cómo detener una ola sobre la arena?
¿Cómo resolver un problema como Mariíiia?

—¡Eh! *Eda cherukka!*—dijo el Hombre de la Naranjada y la Limonada, con voz ronca y espesa por el sueño—. ¿Se puede saber qué demonios estás haciendo?

Esther cantaba en inglés:

¿Cómo coger
un rayo de luna
con la mano?

—¡Eh! —dijo el Hombre de la Naranjada y la Limonada—. Oye, es mi Hora de Descanso. Dentro de un momento me tocaba despertarme y trabajar. Así que no deberías estar aquí cantando canciones en inglés. ¡Cállate!

El reloj de oro que llevaba en la muñeca estaba casi oculto por los pelos rizados de su antebrazo. La cadena de oro que le colgaba del cuello estaba casi oculta por los pelos de su pecho. Llevaba la camisa blanca de terylene desabrochada hasta el punto en que empezaba la protuberancia de su vientre. Tenía el aspecto de un oso enjoyado y con malas pulgas. Tras él había espejos para que la gente se mirara mientras compraba bebidas y refrescos fríos. Para recolocarse los tupés y arreglarse los moños. Los espejos miraban a Estha.

—Podría presentar una Queja Por Escrito contra ti —le dijo el Hombre a Estha—. ¿Te gustaría que lo hiciera? ¿Que presentara una Queja Por Escrito?

Estha dejó de cantar y se puso de pie para volver a su sitio.

—Ahora que ya estoy levantado —dijo el Hombre de la Naranjada y la Limonada—, ahora que ya me has despertado en mi Hora de Descanso, ahora que ya me has *fastidiado*, por lo menos, ven a beberte algo. Es lo menos que puedes hacer.

Tenía el rostro fofo e iba sin afeitar. Sus dientes como teclas de piano amarillentas miraban al pequeño Elvis la Pelvis.

—No, gracias —dijo Elvis educadamente—, mi familia me espera. Y se me ha acabado el dinero de la paga.

—*¿El dinero de la paga?* —dijo el Hombre de la Naranjada y la Limonada con aquellos dientes que lo seguían mirando—. ¡Primero canciones en inglés y ahora *me sales con el dinero de la paga*! ¿Tú dónde vives? ¿En la luna?

Estha giró sobre sus talones para marcharse.

—¡Espera un momento! —dijo el Hombre de la Naranjada y la Limonada con brusquedad—. Solo un momento —repitió más amable—. Creo haberte hecho una pregunta.

Sus dientes amarillos eran como imanes. Miraban, sonreían, cantaban, olían, se movían. Hipnotizaban.

—Te he preguntado dónde vives —dijo tejiendo su sucia telaraña.

—En Ayemenem —dijo Estha—. Vivo en Ayemenem. Mi abuela es la dueña de Conservas y Encurtidos Paraíso. Es socia comanditaria.

—¿Ah, sí? —dijo el Hombre de la Naranjada y la Limonada—. ¿Y también se acuesta en comandita? —Se rio con una risa pícara que Estha no pudo entender—. Bueno, da igual. Aún no lo entiendes. Ven y bebe algo. Toma un refresco gratis. Ven, ven aquí y cuéntame todo eso de tu abuela.

Estha se acercó. Atraído por los dientes amarillos.

—Ven aquí. Detrás del mostrador —le dijo el Hombre de la Naranjada y la Limonada. Bajó la voz hasta convertirla en un susurro—. Tiene que ser un secreto, porque no me está permitido servir bebidas antes del intermedio. Es una norma de la dirección. —Y, tras una pausa, añadió—: Una norma muy discutible.

Estha fue detrás del mostrador para que le diera el refresco gratis. Vio los tres taburetes altos que el Hombre de la Naranjada y la Limonada había colocado en fila para dormir. La madera estaba brillante de tanto uso.

—Ahora ten la amabilidad de cogerme esto —le dijo el Hombre de la Naranjada y la Limonada, y le puso en la mano su pene, que acababa de sacarse de debajo del *dhoti** de muselina blanca—. Te voy a dar el refresco. ¿De naranja o de limón?

Estha se lo sostuvo porque no podía hacer otra cosa.

—¿Naranja? ¿Limón? —dijo el Hombre—. ¿O naranja y limón?

---

* Prenda de la indumentaria masculina india que consiste en un pedazo largo y estrecho de tela que se enrolla a la cintura a modo de calzoncillos. *(N. de las T.)*

—Limón, por favor —contestó Estha, muy educado.

Le alcanzó una fría botella y una pajita. Así que Estha cogía con una mano una botella y, con la otra, un pene. Duro, caliente, venoso. No era un rayo de luna.

La mano del Hombre de la Naranjada y la Limonada se cerró sobre la de Estha. Tenía la uña del dedo gordo larga como la de una mujer. Movió la mano de Estha para arriba y para abajo. Al principio, despacio. Después, más deprisa.

El refresco de limón estaba frío y dulce. El pene, caliente y duro.

Las teclas de piano observaban.

—Así que tu abuela dirige una fábrica —dijo el Hombre de la Naranjada y la Limonada—. ¿Y qué fabrica?

—Muchas cosas —dijo Estha sin mirarlo, con la pajita en la boca—. Zumos, conservas, encurtidos, mermeladas, curri en polvo, piña en rodajas.

—Muy bien —dijo el Hombre de la Naranjada y la Limonada—. Estupendo.

Su mano apretó con más fuerza la de Estha. Una mano fuerte y sudorosa. Y la movió más deprisa aún.

Rápido, rápido, rápido,
corren las ruedas del ferrocarril.
Erre con erre, cigarro,
erre con erre, carril.

A través de la pajita de papel reblandecida (y casi aplastada por la saliva y el miedo) subía la dulzura líquida del limón. Al soplar por la pajita (mientras le movían la otra mano), Estha hacía pompas dentro de la botella. Pompas dulces de limón de una bebida que no podía beberse. Mentalmente, se puso a hacer una lista de los productos de su abuela:

ENCURTIDOS	ZUMOS	MERMELADAS
Mango	*Naranja*	*Plátano*
Pimientos verdes	*Uva*	*Frutas variadas*
Calabaza amarga	*Piña*	*Pomelo*
Ajo	*Mango*	
Lima salada		

Y entonces aquel rostro fofo y barbudo se contrajo en una mueca y Estha sintió la mano húmeda, caliente y pegajosa. Llena de clara de huevo. Clara de huevo blanca. Poco cocida.

La limonada estaba fría y dulce. El pene estaba blando y empezó a arrugarse, como un monedero de cuero vacío. Con el trapo color mugre el hombre le limpió la otra mano a Estha.

—Anda, acábate el refresco —dijo, y le dio un pellizco afectuoso en una nalga. Ciruelas de carne firme dentro de unos pantalones tubo. Zapatos beis puntiagudos—. No hay que desperdiciarlo. Piensa en todos esos pobres que no tienen nada para comer ni para beber. Tienes suerte, eres un chico rico, con paga y la fábrica de tu abuela que heredar. Deberías darle gracias a Dios por no tener preocupaciones. Anda, acábate el refresco.

Y así, tras el mostrador de los refrescos, en el vestíbulo del anfiteatro del Cine Abhilash, la sala con la primera pantalla de 70 mm de cinemascope de Kerala, Esthappen Yako se acabó su botella gratis de miedo gaseoso con sabor a limón. Su limón demasiado amarillo limón, demasiado frío, demasiado dulce. El gas le subía por la nariz. Pronto le darían otra botella (de miedo gratuito y gaseoso). Pero eso aún no lo sabía. Mantuvo la otra mano, la pegajosa, alejada del cuerpo.

Se suponía que no debía tocar nada con ella.

Cuando Estha se acabó el refresco, el Hombre de la Naranjada y la Limonada le dijo:

—¿Has acabado? ¡Buen chico!

Cogió la botella vacía y la pajita aplastada y envió a Estha de nuevo a *Sonrisas y lágrimas*.

Cuando volvió a entrar en la oscuridad con olor a aceite para el pelo, seguía con la Otra Mano cuidadosamente separada del cuerpo (con la palma hacia arriba, como si estuviera sosteniendo una naranja imaginaria). Se deslizó por delante del público (que movió las piernas para acá y para allá), por delante de Bebé Kochamma, por delante de Rahel (aún inclinada hacia atrás), por delante de Ammu (aún enfadada) y se sentó, sosteniendo aún la imaginaria naranja pegajosa.

Allí estaba el gomoso capitán Von Trapp. Christopher Plummer. Arrogante. Duro de corazón. Con una boca que parecía un tajo. Y un silbato de policía estridente y acerado. Un capitán con siete hijos. Niños limpios como un paquete de bolitas de menta. Hacía como si no los quisiese, pero los quería. Sí que los quería. Él la quería (a Julie Andrews), ella lo quería, ellos querían a los niños, los niños los querían. Todos se querían. Eran niños limpios, blancos, y sus camas tenían blandos edredones.

La casa en la que vivían tenía un estanque y jardines y una escalinata ancha y puertas y ventanas blancas, y cortinas de flores.

Los niños limpios y blancos tenían miedo de los truenos. Hasta los más mayores. Para tranquilizarlos, Julie Andrews los metía a todos en su limpia cama y les cantaba una limpia canción que hablaba de algunas de sus cosas favoritas. Estas eran algunas de sus cosas favoritas:

1) Las niñas con vestidos blancos y lazos azules de satén.
2) Los gansos salvajes que volaban con la luna en las alas.
3) Las brillantes teteras de cobre.
4) Los timbres de las puertas y los cascabeles de los trineos y los escalopes a la vienesa con fideos.
5) Etcétera.

Y luego, dentro de las cabecitas de ciertos gemelos heterocigóticos que estaban entre el público del Cine Abhilash, surgieron algunas preguntas que necesitaban respuesta, o sea:

a) *¿Balanceaba la pierna el gomoso capitán Von Trapp?*
No.

b) *¿Hacía el gomoso capitán Von Trapp pompas con saliva?*
Casi seguro que no.

c) *¿Hacía ruido al comer?*
No.

Ay, capitán Von Trapp, capitán Von Trapp, ¿podría querer al niño de la naranja que estaba en aquella sala olorosa?

Aunque acabara de cogerle el pito con la mano al Hombre de la Naranjada y la Limonada, ¿podría quererlo?

Y a su hermana gemela, que se inclinaba con el pelo recogido en una fuente con un «amor-en-Tokio», ¿podría quererla?

El capitán Von Trapp, a su vez, tenía ciertas preguntas que hacer:

a) *¿Son niños blancos y limpios?*
No. *(Pero Sophie Mol sí).*

b) *¿Hacen pompas con saliva?*
Sí. *(Pero Sophie Mol no).*

c) *¿Balancean las piernas como los oficinistas?*
Sí. *(Pero Sophie Mol no).*

d) *¿Alguna vez ha cogido alguno de ellos el pito de un desconocido?*
Mmm... Mmmsí. *(Pero Sophie Mol no).*

—Pues entonces, lo siento —dijo el gomoso capitán Von Trapp—, es algo que está fuera de toda duda. No puedo quererlos. No puedo ser su Baba. ¡Ah, no!

El gomoso capitán Von Trapp no podía.

Estha se inclinó hacia delante y apoyó la cabeza sobre las rodillas.

—¿Qué te pasa? —dijo Ammu—. Si vuelves a hacer el tonto, te llevo directo a casa. Haz el favor de sentarte bien. Y mira la película, que para eso te hemos traído.

Acábate el refresco.

Mira la película.

Piensa en los pobres.

Tienes suerte, eres un chico rico con paga. Sin preocupaciones.

Estha se enderezó y miró. Tenía un peso en el estómago. Tenía una sensación de oleadas verdes, de aguas espesas, de grumos, de algas marinas, de cosas que flotan, de vacío y de lleno.

—Ammu... —dijo.

—¿Y ahora *qué* pasa?

Un «qué» dicho bruscamente, ladrado, escupido.

—Tengo ganas de vomitar —dijo Estha.

—¿Solo tienes ganas o vas a vomitar? —La voz de Ammu mostraba preocupación.

—No sé...

—¿Quieres que vayamos a intentarlo? —dijo Ammu—. Te sentirás mejor.

—Vale —dijo Estha.

¿Vale? Vale.

—¿Adónde vais? —quiso saber Bebé Kochamma.

—Estha va a intentar vomitar —contestó Ammu.

—¿Adónde vais? —preguntó Rahel.

—Tengo ganas de vomitar —dijo Estha.

—¿Puedo ir a mirar?

—No —dijo Ammu.

Otra vez hubo que pasar por delante del público (piernas para acá y para allá). La vez anterior para cantar. En esta ocasión para vomitar. Salir por la SALIDA. Fuera, en el vestíbulo de mármol, el Hombre de la Naranjada y la Limonada estaba comiéndose un caramelo. Su mejilla se inflaba con el caramelo móvil. Hacía unos ruiditos suaves, de chupeteo, como el desagüe de un lavabo. Sobre el mostrador estaba el envoltorio verde de la marca Parry. Para aquel hombre los caramelos eran gratis. Tenía una fila de tarros mugrientos llenos de caramelos gratis. Limpiaba el mostrador de mármol con el trapo de color mugre que llevaba en la mano peluda sobre la que se veía el reloj. Al ver a la luminosa mujer de hombros bruñidos y al niñito, una sombra le cruzó por el rostro. Después sonrió con su sonrisa de piano portátil.

—¿Ya de vuelta? —dijo.

Estha tenía arcadas. Ammu lo llevó en volandas al cuarto de baño del anfiteatro. A ELLA.

Allí lo sostuvo entre el lavabo sucio y su propio cuerpo. Con las piernas colgando. El lavabo tenía grifos cromados y manchas de óxido. Y un entramado pardusco de grietas delgadas, muy enmarañadas, como si fuera el plano de alguna ciudad grande e intrincada.

Estha tuvo varias arcadas, pero no le salía nada. Solo pensamientos. Flotaban hacia fuera y volvían flotando para adentro. Ammu no podía verlos. Se cernían como nubes de tormenta sobre la ciudad-lavabo. Pero los hombres-lavabo y las mujeres-lavabo seguían ocupándose de sus asuntos de lavabo habituales. Coches-lavabo y autobuses-lavabo pasaban zumbando. La vida-lavabo continuaba.

—¿No? —preguntó Ammu.

—No —contestó Estha.

¿No? No.

—Pues lávate la cara —dijo Ammu—. El agua siempre sienta bien. Lávate la cara y vamos a tomar una limonada con gas.

Estha se lavó la cara y las manos, y la cara y las manos. Tenía las pestañas húmedas y apelotonadas.

El Hombre de la Naranjada y la Limonada dobló el envoltorio verde del caramelo y abrió el pliegue con la uña larga del dedo gordo. Con una revista enrollada dejó sin sentido a una mosca y, delicadamente, la fue empujando hacia el borde de la barra hasta que cayó al suelo y allí se quedó de espaldas, moviendo sus débiles patitas.

—Es un chico encantador —le dijo a Ammu—. Canta muy bien.

—Es mi hijo —dijo Ammu.

—¿En serio? —dijo el Hombre de la Naranjada y la Limonada mirando a Ammu con los dientes—. ¿En serio? ¡No parece tener edad para ser su madre!

—No se encuentra bien —dijo Ammu—. Creo que beber algo fresco le hará sentirse mejor.

—Claro —dijo el hombre—. Claro, claro. ¿Naranjada y limonada? ¿Limonada y naranjada?

Terrible y temida pregunta.

—No, gracias —dijo Estha mirando a Ammu. Oleadas verdes, algas marinas, vacío y lleno.

—Y usted, ¿qué desea? —le preguntó el Hombre de la Naranjada y la Limonada a Ammu—. ¿Coca-Cola? ¿Fanta? ¿Helado? ¿Batido?

—No, nada, gracias —dijo Ammu. Una mujer luminosa, con hoyuelos muy marcados en las mejillas.

—Tenga —dijo el hombre, y alargó la mano con un puñado de caramelos, como una azafata generosa—. Esto es para su hombrecito.

—No, gracias —dijo Estha mirando a Ammu.

—Cógelos, Estha —dijo Ammu—, no seas grosero.

Estha los cogió.

—Di «gracias» —dijo Ammu.

—Gracias —dijo Estha (por los caramelos, por la clara de huevo blanquecina).

—De nada —contestó en inglés el Hombre de la Naranjada y la Limonada—. Bueno, bueno —añadió en malayalam—, su hijo me ha dicho que son de Ayemenem.

—Sí —contestó Ammu.

—Voy por allí con frecuencia —dijo el Hombre de la Naranjada y la Limonada—. La familia de mi mujer es de

Ayemenem. Sé dónde está su fábrica. Conservas y Encurtidos Paraíso, ¿verdad? Me lo ha dicho su hijo.

Sabía dónde encontrar a Estha. Eso era lo que quería decir. Era un aviso.

Ammu vio que los ojos de su hijo brillaban, como si tuviera fiebre.

—Tenemos que irnos —dijo—. Espero que no se haya puesto enfermo. Su prima llega mañana —le explicó a aquel hombre que mostraba tanta amabilidad como si fuera tío suyo, y luego añadió, sin darle importancia—: De Londres.

—¿De Londres?

Un destello nuevo, de respeto, brilló en los ojos de aquel hombre ante una familia con conexiones londinenses.

—Estha, quédate aquí, con este señor. Voy a buscar a Bebé Kochamma y a Rahel —dijo Ammu.

—Ven —dijo el hombre—. Ven y siéntate conmigo en un taburete.

—¡No, Ammu, no! ¡No, Ammu, no! ¡Quiero ir contigo!

Ammu, sorprendida por la vehemencia de su hijo, que, por lo general, era un niño tranquilo, se disculpó ante el Hombre de la Naranjada y la Limonada.

—Normalmente no es así. Vamos, Esthappen.

El olor de la sala al volver a entrar en ella. Sombras de ventiladores. Nucas. Cuellos. Collares. Pelo. Moños. Trenzas. Colas de caballo.

Una fuente con un «amor-en-Tokio». Una niñita y una exmonja.

Los siete hijos mentolados del capitán Von Trapp se habían dado su baño mentolado, estaban en una hilera mentolada con el pelo repeinado y cantaban con voces mentoladas y obedientes a la mujer con la que su padre estaba a punto de casarse. La rubia baronesa que brillaba como un diamante.

Las colinas cobran vida
con el son de la música.

—Tenemos que irnos —les dijo Ammu a Bebé Kochamma y a Rahel.

—¿Por qué, Ammu? —dijo Rahel—. ¡Si todavía no ha llegado lo *más importante*! ¡Si todavía no la ha *besado*! ¡Si todavía no ha hecho trizas la bandera nazi! ¡Si todavía no los ha *traicionado* Rolf, el cartero!

—Estha está malo —dijo Ammu—. Vamos.

—¡Si todavía no han llegado los soldados nazis!

—Vamos —dijo Ammu—. Levántate.

—¡Si todavía no han cantado *Allá arriba, en la colina, había un cabrero solitario*...!

—Estha tiene que estar bueno para cuando llegue Sophie Mol, ¿no es verdad? —dijo Bebé Kochamma.

—Pues no —dijo Rahel, más bien para sí.

—¿Qué has dicho? —preguntó Bebé Kochamma, que había captado el sentido, pero no había entendido las palabras.

—Nada —contestó Rahel.

—Te he *oído* —dijo Bebé Kochamma.

Fuera de la sala, aquel hombre tan amable que parecía tío de Ammu estaba reorganizando sus mugrientos tarros. Limpiaba con su trapo de color mugre los cercos que había dejado el agua que rezumaba de los refrescos en su mostrador de mármol. Lo preparaba todo para el intermedio. Era un Hombre de la Naranjada y la Limonada muy Limpio. Tenía un corazón de azafata de línea aérea atrapado en un cuerpo de oso.

—Así que ya se van —dijo.

—Sí —contestó Ammu—. ¿Dónde podemos coger un taxi?

—Al salir, calle arriba, a la izquierda —dijo mirando a Rahel—. Ah, no me había dicho que también tenía una chiquilla. —Entonces cogió un caramelo y añadió—: Toma, guapa, es para ti.

—Toma los míos —dijo Estha vivamente, porque no quería que Rahel se acercara a aquel hombre.

Pero Rahel ya había empezado a caminar hacia él. Al acercársele, el hombre le sonrió, y algo en aquella sonrisa de piano portátil, algo en aquella mirada fija que le dirigió, hizo que se detuviera. Era la cosa más espantosa que había visto jamás. Se volvió a mirar a Estha.

Y se alejó del hombre peludo.

Estha le apretó la mano al darle sus caramelos Parry, y Rahel notó que tenía los dedos calientes por la fiebre y las yemas frías como la muerte.

—Adiós, guapo —le dijo el hombre a Estha—. A lo mejor nos veremos en Ayemenem.

Así que, de nuevo, los rojos escalones. Esta vez Rahel se resistía a marcharse. Despacio. No, no quiero irme. Una tonelada de ladrillos atada con una correa.

—¡Qué amable es el Hombre de la Naranjada y la Limonada! —dijo Ammu.

—¡Bah! —dijo Bebé Kochamma.

—Aunque no parezca simpático, ha sido extraordinariamente amable con Estha —dijo Ammu.

—¿Por qué no te casas con él, pues? —dijo Rahel, enfurruñada.

En la roja escalera el tiempo se detuvo. Estha se detuvo. Bebé Kochamma se detuvo.

—¡Rahel! —dijo Ammu.

Rahel se quedó helada. Lamentaba profundamente lo que había dicho. No sabía de dónde habían brotado aquellas palabras. No sabía que las tenía dentro. Pero ahora habían salido y ya no volverían a entrar. Se paseaban por aquella escalera roja como los funcionarios por una oficina gubernamental. Algunas estaban de pie y otras sentadas, balanceando las piernas.

—Rahel —dijo Ammu—, ¿te das cuenta de lo que acabas de hacer?

Unos ojos llenos de miedo y una fuente miraron a Ammu.

—No te voy a hacer nada. No tengas miedo —dijo Ammu—. Solo contéstame: ¿te das cuenta?

—¿De qué? —dijo Rahel con la voz más suave que tenía.

—¿Te das cuenta de lo que acabas de hacer? —dijo Ammu.

Unos ojos llenos de miedo y una fuente miraron a Ammu.

—¿Sabes lo que pasa cuando le haces daño a alguien? —dijo Ammu—. Cuando le haces daño a alguien, empieza a quererte menos. Eso es lo que pasa cuando dices palabras que ofenden. Haces que la gente te quiera un poco menos.

Una fría mariposa con un pelambre dorsal de una densidad inusual se posó ligera sobre el corazón de Rahel. En los puntos en que la tocaron sus patitas heladas se le puso la carne de gallina. Seis puntos con carne de gallina en su corazón que ofendía.

Su Ammu la quería un poco menos.

Y salieron y fueron calle arriba, a la izquierda. La parada de taxis. Una madre dolida, una exmonja, un niño acalorado y una niña helada. Seis puntos con carne de gallina y una mariposa.

El taxi olía a sueño. A ropa vieja enrollada. A toallas húmedas. A sobaco. Después de todo, era la casa del taxista. Donde vivía. El único sitio que tenía para almacenar sus olores. Los asientos habían sido asesinados. Destripados. Una franja de gomaespuma amarilla sucia sobresalía y temblaba en el respaldo como un gran hígado con ictericia. El conductor tenía ese aire de vigilancia constante de los pequeños roedores. Tenía la nariz aguileña y llevaba bigotito. Era tan bajo que miraba la calle a través del volante. A los coches que se cruzaban con aquel taxi debía de parecerles que llevaba pasajeros, pero no conductor. Conducía deprisa, de manera agresiva, se metía como una flecha en cualquier espacio libre y obligaba a los demás coches a salirse de su carril. Aceleraba en los pasos de cebra y se saltaba los semáforos.

—¿Por qué no se pone una almohada, o un cojín, o algo así? —le sugirió Bebé Kochamma con su tono de voz más simpático—. Vería mejor.

—¿Por qué no se mete en sus asuntos, señora? —le sugirió el taxista con su tono de voz menos simpático.

Al pasar junto al mar, de agua color tinta, Estha sacó la cabeza por la ventanilla. Sintió el gusto cálido y salado de la brisa en la boca. Sintió cómo le levantaba el pelo. Sabía que, si Ammu se enteraba de lo que había hecho con el Hombre de la Naranjada y la Limonada, también lo querría menos. Mucho menos. Sintió otra vez la náusea de la vergüenza arremolinándose, oprimiéndole, revolviéndole el estómago. Echaba de menos el río. Porque el agua siempre ayuda.

La pegajosa noche de neón pasaba a toda velocidad por la ventanilla del taxi. Dentro hacía calor y todo estaba en silencio. Bebé Kochamma parecía excitada y feliz. Le encantaba que hubiera malestar, pero no causarlo. Cada vez que un perro callejero bajaba a la calzada, el conductor hacía sinceros esfuerzos por matarlo.

La mariposa del corazón de Rahel extendió sus aterciopeladas alas, y un escalofrío la estremeció hasta los huesos.

En el aparcamiento del Hotel Reina de los Mares, el Plymouth azul cielo chismorreaba con otros coches más pequeños. *Bla, bla, bla, bla, bla, bla.* Era una gran dama en una fiesta de señoras de clase media. Con los alerones excitados.

—Habitaciones 313 y 327 —dijo el hombre de la recepción—. Sin aire acondicionado y con dos camas. No se puede utilizar el ascensor porque lo están reparando.

Al botones que los guio hasta sus habitaciones —que no era precisamente un jovencito— le faltaban dos botones de la raída chaquetilla granate y se le veía la ropa interior, de color gris. Tenía los ojos tristones, quizá por verse obligado a llevar aquel estúpido gorrito ladeado y el barboquejo de plástico apretado que se le hundía en la colgante papada. Era una crueldad innecesaria hacer que un hombre tan mayor llevara un ridículo gorrito ladeado, así como decidir arbitrariamente, en contra de la opinión del paso del tiempo, cómo debían colgarle las carnes de la barbilla.

Había más escalones rojos que subir. La alfombra roja del vestíbulo del cine parecía seguirlos a todas partes. Como si fuera una alfombra mágica.

Chacko estaba en su cuarto. Lo pescaron en pleno festín: pollo asado, patatas fritas, maíz, sopa de pollo, dos *parathas* y helado de vainilla con salsa de chocolate. La salsa, en una salsera. Chacko solía decir que su ambición máxima era morirse de un atracón. Mammachi decía que eso era signo inequívoco de una desdicha reprimida. Chacko decía que no. Que era Pura Gula.

Se quedó perplejo al ver a todo el mundo de vuelta tan pronto, pero hizo como si nada y continuó comiendo.

El plan original era que Estha durmiera con Chacko, y Rahel con Ammu y Bebé Kochamma. Pero ahora que Estha no estaba bien, y que las raciones de Amor se habían redistribuido (Ammu la quería un poco menos), Rahel tendría que dormir con Chacko, y Estha, con Ammu y Bebé Kochamma.

Ammu sacó el pijama y el cepillo de dientes de Rahel de la maleta y los puso sobre la cama.

—Aquí tienes —dijo Ammu.

Dos clics para cerrar la maleta.

Clic y clic.

—Ammu —dijo Rahel—, ¿tengo que quedarme sin cenar como castigo?

Estaba dispuesta a hacer un cambio de castigo: quedarse sin cenar a cambio de que Ammu la quisiera como antes.

—Como prefieras —dijo Ammu—. Pero te aconsejo que cenes. Si es que quieres crecer. Quizá podrías compartir el pollo con Chacko.

—Quizá sí y quizá no —dijo Chacko.

—¿Y qué pasa con el castigo? —preguntó Rahel—. ¡No me has puesto ningún castigo!

—Hay cosas que traen su propio castigo —dijo Bebé Kochamma, como si le estuviera explicando a Rahel un problema aritmético que no entendiera.

Hay cosas que traen su propio castigo. Son como los dormitorios que tienen armarios empotrados. Pronto todos ellos aprenderían más cosas sobre los castigos. Que los hay de diferentes tamaños. Que algunos son tan grandes como armarios que tuvieran dormitorios empotrados. Se podría pasar toda una vida dentro de ellos, vagando por sus estantes a oscuras.

El beso de buenas noches de Bebé Kochamma dejó un rastro de saliva en la mejilla de Rahel. Se limpió restregándosela contra el hombro.

—Buenas noches, que Dios te bendiga —dijo Ammu. Pero lo dijo dándole la espalda. Ya había salido de la habitación.

—Buenas noches —dijo simplemente Estha, demasiado enfermo para estar cariñoso con su hermana.

Rahel la Solitaria los vio alejarse por el pasillo del hotel como fantasmas silenciosos pero corpóreos. Dos grandes y uno pequeño, con zapatos beis puntiagudos. La roja alfombra amortiguaba el sonido de sus pasos.

Rahel permaneció en la puerta de la habitación del hotel, embargada de tristeza.

Tenía dentro la tristeza de que Sophie Mol iba a llegar. La tristeza de que Ammu la quería un poco menos. Y la tristeza del presentimiento de que el Hombre de la Naranjada y la Limonada le había hecho algo a Estha en el Cine Abhilash.

Un viento punzante sopló sobre sus ojos secos y doloridos.

Chacko puso una pata de pollo y algunas patatas fritas en un platito para Rahel.

—No, gracias —dijo Rahel con la esperanza de que, si se imponía ella misma un castigo, Ammu le levantara el suyo.

—¿Y qué tal un poco de helado con salsa de chocolate? —preguntó Chacko.

—No, gracias —contestó Rahel.

—Muy bien —dijo Chacko—, pero no sabes lo que te pierdes.

Y se acabó el pollo y luego el helado.

Rahel se puso el pijama.

—Por favor, no me digas por qué te han castigado —dijo Chacko—. No podría soportarlo. —Estaba rebañando la última gota de la salsa de chocolate de la salsera con un trozo de *paratha*. Su desagradable postre de después del postre—. ¿Por qué ha sido? ¿Te has rascado las picaduras de mosquito hasta que te ha salido sangre? ¿No le has dicho «gracias» al taxista?

—Mucho peor que eso —dijo Rahel, leal a Ammu.

—No me lo digas —dijo Chacko—, no quiero saberlo.

Llamó al timbre del servicio de habitaciones y apareció un cansino camarero para retirar los platos y los huesos. Intentó atrapar los olores de la cena, pero se escaparon y treparon a las cortinas marrones y gastadas del hotel.

Una sobrina sin cenar y su tío bien cenado se lavaban los dientes juntos en el cuarto de baño del Hotel Reina de los Mares. Ella, un condenado triste y rechonchito, en pijama a rayas y con una fuente con un «amor-en-Tokio». Él, en camiseta de algodón y calzoncillos. La camiseta, tensa y tirante sobre el redondo estómago como una segunda piel, se aflojaba sobre la depresión del ombligo.

Cuando Rahel, en lugar de mover el cepillo con la pasta, lo mantuvo inmóvil y movió la cabeza y con ella los dientes, no le dijo que no se hacía así.

No era un fascista.

Se turnaron para escupir. Mientras la pasta de dientes que había escupido iba resbalando por un lado del lavabo, Rahel la escudriñaba para ver si descubría algo raro.

¿Qué colores y qué extrañas criaturas habrían sido expelidos de sus espacios interdentales?

Aquella noche, ninguno. Nada inusual. Solamente burbujas de pasta de dientes.

Chacko apagó la Luz del Techo.

Ya en la cama, Rahel se quitó el «amor-en-Tokio» y lo colocó junto a las gafas de sol. Su fuente se bajó un poco, pero siguió en pie.

Chacko estaba en su cama, iluminado por la luz de la lamparita de la mesilla de noche. Era un gordo sobre un escenario oscuro. Alargó el brazo hasta su arrugada camisa, que estaba a los pies de la cama. Sacó la cartera del bolsillo y miró la fotografía de Sophie Mol que Margaret Kochamma le había enviado hacía dos años.

Rahel lo miró, y su fría mariposa volvió a desplegar las alas. Lentamente para afuera. Lentamente para adentro. El indolente parpadeo de un depredador.

Las sábanas eran ásperas, pero estaban limpias.

Chacko cerró la cartera y apagó la luz. Encendió un Charminar en medio de la oscuridad y se preguntó cómo sería ahora su hija. Nueve años. Cuando la vio por última vez estaba todavía colorada y arrugada. Era una cosita apenas humana. Tres semanas después de que Margaret, su mujer, su único amor, le hablara llorando de Joe.

Margaret le dijo que ya no podía seguir viviendo con él. Que necesitaba tener un espacio propio. Como si Chacko hubiera estado utilizando los estantes del armario *de ella* para *su* ropa. Lo cual, conociéndolo, era muy probable.

Le dijo que quería el divorcio.

Aquellas últimas noches de tortura, antes de marcharse de su casa, Chacko se deslizaba fuera de la cama con una linterna para ver a su niña dormida. Para aprendérsela. Para imprimírsela en la memoria. Para asegurarse de que, cuando pensara en ella, la imagen evocada sería exacta. Se aprendió de memoria el suave vello castaño de su cráneo aún blando. La forma de su boquita fruncida en constante movimiento. Los espacios entre los dedos de los pies. El esbozo de un lunar. Y, después, sin quererlo, se encontró buscando en su niña algún parecido con Joe. La niña le agarró el dedo índice mientras llevaba a cabo aquel estudio insensato, apesadumbrado y motivado por los celos, a la luz de la linterna. El ombligo sobresalía de su saciada tripita de satén como si fuera un monumento abovedado en la cumbre de una colina. Chacko aplicó la oreja encima y escuchó, asombrado, los ruidos del interior. Mensajes enviados de acá para allá. Órganos nuevos acostumbrándose los unos a los otros. Un Gobierno nuevo que establecía sus organismos, determinaba la división de tareas, decidía quién debía hacer cada cosa.

Olía a leche y a pipí. A Chacko le asombró comprobar que alguien tan pequeño, tan indefinido, que no se parecía a nadie, pudiera acaparar toda la atención, el amor y la *cordura* de un hombre adulto.

Al abandonar su casa sintió que le habían arrancado algo. Algo importante.

Y ahora Joe había muerto. En un accidente de carretera. Estaba tan muerto como el pomo de una puerta. En el universo había un agujero con forma de Joe.

En la fotografía que Chacko había estado mirando, Sophie Mol tenía siete años. Era blanca y azul. De labios rosados. Ninguno de sus rasgos manifestaba que fuera cristiana ortodoxa siria. Aunque Mammachi, tras mirar con atención la fotografía, insistió en que tenía la nariz de Pappachi.

—Chacko... —dijo Rahel desde su cama, que estaba en la sombra—. ¿Puedo preguntarte una cosa?

—Pregúntame dos —contestó Chacko.

—Chacko, ¿quieres a Sophie Mol más que a nada en el mundo?

—Es mi hija —dijo Chacko.

Rahel se quedó pensando en ello.

—Chacko, ¿la gente *tiene* que querer *necesariamente* a sus hijos más que a nada en el mundo?

—No hay reglas fijas —dijo Chacko—, pero es lo habitual.

—Chacko, y, por ejemplo, solo *por ejemplo*: ¿es posible que Ammu quiera a Sophie Mol más que a Estha y a mí, o que tú me quieras a mí más que a Sophie Mol, *por ejemplo*?

—En la naturaleza humana todo es posible —dijo Chacko en tono de leer en voz alta. Y después, dirigiéndose a la oscuridad, súbitamente ajeno a su pequeña sobrina de pelo en forma de fuente, continuó diciendo—: Amor. Locura. Esperanza. Júbilo infinito.

De las cuatro cosas que eran posibles en la naturaleza humana, Rahel pensó que la que sonaba más triste era el *júbilo Infiniiito*. Quizá por el tono con que lo había dicho Chacko.

Júbilo Infiniiito. Sonaba a iglesia. Como un pez triste lleno de aletas.

Una fría mariposa levantó una fría patita.

El humo del cigarrillo serpenteaba adentrándose en la noche. Y el hombre gordo y la niña pequeña permanecían tumbados y despiertos en silencio.

Unas habitaciones más allá, mientras su tía abuela roncaba, Estha se despertó.

Ammu estaba dormida y parecía preciosa iluminada por las franjas de luz azul que llegaban desde la calle a través de la ventana, cruzada por franjas azules. Sonreía con la sonrisa de quien sueña con delfines y un azul intenso a franjas. Era una sonrisa que no indicaba que la persona a la que pertenecía era una bomba que esperaba el momento de estallar.

Estha el Solitario se dirigió tambaleándose hacia el cuarto de baño. Vomitó un líquido claro, amargo, alimonado, espumoso. El regusto acre del primer encuentro de un Pequeño Hombrecito con el Miedo. (Pim-pim).

Se sintió un poco mejor. Se puso los zapatos, salió de la habitación arrastrando los cordones por el pasillo y se quedó plantado ante la puerta de Rahel.

Rahel se subió a una silla y la abrió.

Chacko no se molestó en preguntarse cómo era posible que supiera que Estha estaba al otro lado de la puerta. Ya se había acostumbrado a las cosas extrañas que a veces pasaban entre ellos.

Estaba tumbado como una ballena varada sobre la estrecha cama del hotel y se preguntaba, simplemente para pasar el rato, si habría sido Velutha a quien vio Rahel. No lo creía probable. Velutha tenía muchas posibilidades. Era un paraván con futuro. Se preguntó si Velutha estaría afiliado al Partido Comunista. Y si habría estado en contacto con el camarada K. N. M. Pillai en los últimos tiempos.

A comienzos de año las ambiciones políticas del camarada Pillai habían recibido un impulso inesperado. Dos miembros locales del partido, el camarada J. Kattukaran y el camarada Guhan Menon, habían sido expulsados, sospechosos de ser naxalitas. Los pronósticos apuntaban a que uno de ellos, el camarada Guhan Menon, sería el candidato del partido por el distrito de Kattayam en las elecciones para la asamblea legislativa que se celebrarían el siguiente mes de marzo. Su expulsión del partido creaba un vacío que un gran número de esperanzados competían por llenar. Entre ellos, el camarada K. N. M. Pillai.

El camarada Pillai había comenzado a observar todo lo que sucedía en Conservas y Encurtidos Paraíso con el mismo entusiasmo que pone un suplente en un partido de fútbol. Lograr que se sindicaran unos cuantos trabajadores más, aunque fueran pocos, en el distrito electoral del que pronto esperaba ser elegido diputado sería un comienzo excelente para su viaje hacia la asamblea legislativa.

Hasta entonces, en Conservas y Encurtidos Paraíso lo de gritarse unos a otros *¡Camarada! ¡Camarada!* (como decía Ammu) solo había sido un juego inocente y fuera de las horas de trabajo. Pero, si se forzaban las cosas y Chacko dejaba de llevar la batuta, todo el mundo (excepto él) sabía que la fábrica, que tenía muchas deudas, se enfrentaría a grandes dificultades para sobrevivir.

Como la situación financiera era mala, se pagaba a los trabajadores por debajo de los mínimos establecidos por el sindicato. Por supuesto, había sido el propio Chacko quien les explicó la situación, y les prometió que, en cuanto las cosas mejorasen, se revisarían los sueldos. Creía que confiaban en él y que sabían que se tomaba a pecho sus intereses.

Pero había alguien que pensaba de otro modo. Por la noche, después de que acabaran su turno en la fábrica, el camarada K. N. M. Pillai abordaba a los trabajadores de Conservas y Encurtidos Paraíso y los llevaba a su imprenta. Con su voz aflautada y atiplada los apremiaba a que pasaran a la acción. En sus discursos mezclaba inteligentemente los asuntos de interés local con la grandilocuente retórica maoísta, que en malayalam sonaba más profusa y rebuscada si cabe.

—Pueblos del mundo —gorjeaba—, tenéis que ser valientes y *atreveros* a luchar. Avanzad oleada tras oleada, *desafiad* las dificultades, y entonces el mundo entero pertenecerá al pueblo y caerán los monstruos de todo tipo. Exigid lo que os pertenece por derecho: una paga de beneficios anual, un fondo de pensiones, un seguro de accidentes.

Como estos discursos eran, en buena medida, un ensayo para cuando el camarada Pillai se dirigiera, ya como miembro de la asamblea legislativa, a masas formadas por millones de personas, había en ellos algo fuera de lugar en el tono y la cadencia. Su voz estaba repleta de verdes arrozales y de banderas rojas que se agitaban formando arcos en medio de cielos azules, en vez de estar impregnada del calor de un cuartucho pequeño y el olor a tinta de imprenta.

El camarada K. N. M. Pillai nunca se puso abiertamente en contra de Chacko. Siempre que se refería a él en sus arengas, ponía cuidado en despojarlo de cualquier atributo humano y presentarlo como un funcionario abstracto que formaba parte de un esquema más amplio. Una construcción teórica. Un peón del monstruoso complot burgués para acabar con la revolución. Nunca se refirió a él por su nombre, sino llamándolo «la dirección de la empresa». Como si Chacko fuera varias personas. Aparte de que, tácticamente, era lo acertado, esa disyunción de la persona del cargo que ocupaba ayudaba al camarada Pillai a no tener remordimientos de conciencia a causa de sus propios negocios con Chacko. El contrato para imprimir las etiquetas de Conservas y Encurtidos Paraíso le producía unos beneficios a los que no podía renunciar. Se decía a sí mismo que Chacko, su cliente, y Chacko, la dirección de la empresa, eran dos cosas diferentes. Completamente separadas, por supuesto, del camarada Chacko.

El único obstáculo en los planes del camarada K. N. M. Pillai era Velutha. De todos los trabajadores de Conservas y Encurtidos Paraíso, era el único miembro del partido con carnet, y eso le daba al camarada Pillai un aliado con el que habría preferido no tener que contar. Sabía que los trabajadores Tocables de la fábrica sentían resentimiento contra Velutha por viejas razones. El camarada Pillai daba rodeos para evitar aquel escollo, a la espera de la oportunidad de poder salvarlo.

Estaba en contacto permanente con los trabajadores. Se impuso como tarea personal averiguar exactamente todo lo que ocurría en la fábrica. Ridiculizaba a los obreros por aceptar aquellos salarios cuando su *propio* Gobierno, el Gobierno popular, estaba en el poder.

Cuando Punnachen, el contable, que le leía a Mammachi los periódicos todas las mañanas, le llevó la noticia de que entre los trabajadores se hablaba de pedir un aumento de sueldo, se puso furiosa.

—Diles que lean los periódicos. Hay carestía. No hay trabajo. La gente se muere de hambre. Deberían estar agradecidos de tener *un* empleo.

Cada vez que en la fábrica ocurría algo digno de mención, las noticias siempre eran comunicadas a Mammachi y no a Chacko. Tal vez porque Mammachi se adecuaba al esquema convencional de las cosas. Era una *modalali*. E interpretaba su papel. Sus respuestas, por ásperas o duras que fuesen, eran directas y predecibles. Chacko, por su parte, aunque era el hombre de la casa y decía «*mis* encurtidos, *mi* mermelada, *mi* curri en polvo», estaba tan ocupado cambiando de chaqueta que difuminaba los frentes de combate.

Mammachi intentó advertir a Chacko. La escuchó, pero sin prestar atención realmente a lo que decía. De modo que, a pesar de los primeros amagos de descontento en las instalaciones de Conservas y Encurtidos Paraíso, Chacko, que ensayaba la revolución, continuó aquel juego particular de llamar a los demás *¡Camarada! ¡Camarada!*

Aquella noche, en su estrecha cama del hotel, pensó medio dormido en adelantarse al camarada Pillai y organizar una especie de sindicato privado para sus trabajadores. Convocaría elecciones. Haría que votasen. Podrían establecer turnos para ser elegidos delegados sindicales. Sonrió ante la idea de mantener una rueda de negociaciones con la camarada Sumathi o, mejor aún, con la camarada Lucykutty, que tenía el pelo mucho más bonito.

Sus pensamientos retornaron a Margaret Kochamma y a Sophie Mol. Intensos anillos de amor oprimieron su pecho hasta que le costó respirar. Siguió tumbado despierto, contando las horas que faltaban para ir al aeropuerto.

En la cama contigua, su sobrina y su sobrino dormían abrazados. Un gemelo caliente y otro frío. Él y ella. Nosotros. En cierto modo, no eran totalmente ajenos a los presagios del funesto destino que les esperaba.

Soñaban con su río.

Con los cocoteros que se inclinaban hacia él y miraban, con ojos de coco, deslizarse las barcas. Río arriba por las mañanas. Río abajo al atardecer. Y con el sombrío sonido apagado de las pértigas de bambú de los barqueros al chocar contra la madera oscura y barnizada de los cascos.

El agua estaba tibia. Era verde grisáceo. Parecía de ondulante seda.

Con peces dentro.

Con el cielo y los árboles dentro.

Y, por la noche, con la titilante luna amarilla dentro.

Cuando los olores de la cena se cansaron de esperar, bajaron de las cortinas y se escaparon a través de las ventanas del Hotel Reina de los Mares para bailar toda la noche sobre el mar con olor a cena.

Eran las dos menos diez.

5. El territorio de Dios

Años más tarde, cuando Rahel regresó al río, este la saludó con una sonrisa de calavera, agujeros donde hubo dientes y una mano levantada sin fuerza desde la cama de un hospital.

Dos cosas habían ocurrido.

El río había menguado. Y ella había crecido.

Río abajo se había construido una presa a cambio de los votos del lobby de los arroceros, que tenía mucha influencia. La presa regulaba la entrada de aguas saladas provenientes de las marismas que se abren al mar de Omán. Así que ahora tenían dos cosechas al año en vez de una sola. Más arroz por el precio de un río.

A pesar de que era junio y llovía, el río no era más que una cloaca caudalosa. Una estrecha cinta de agua espesa que lamía cansinamente los bancos de lodo de las dos orillas, tachonada con el ocasional brillo plateado de algún pez muerto. Estaba invadido por una maleza espesa cuyas raíces pardas y peludas se mecían como finos tentáculos bajo el agua. Por entre la maleza caminaban jacanas de alas de bronce. Con las patas separadas. Precavidas.

En otro tiempo el río tuvo el poder de provocar miedo. De cambiar vidas. Pero ahora le habían arrancado los dientes, se le había agotado el espíritu. No era más que una cinta verdusca, lenta y enfangada, que trasladaba desperdicios fétidos al mar. Por su superficie viscosa y cubierta de maleza cruzaban bolsas de plástico brillante empujadas por el viento como volanderas flores subtropicales.

Las gradas de piedra, que antaño llevaban a los bañistas directamente al agua y a los Pescadores a los peces, estaban ahora al descubierto y no llevaban a ninguna parte, como un monumento absurdo que no conmemorase nada. Entre las grietas se abrían camino los helechos.

Al otro lado del río, los empinados bancos de lodo se convertían bruscamente en bajas paredes de barro que rodeaban míseras chabolas. Los niños se sentaban al borde, con el trasero colgando, y defecaban directamente en el lodo del lecho del río, que engullía sus excrementos con un sonido de chapoteo y succión. Los más pequeños hacían resbalar churretes de color mostaza pared abajo. A veces, por la tarde, el río crecía para aceptar las ofrendas del día y arrastrarlas hasta el mar, dejando una estela de líneas ondulantes de espuma gruesa, de color blanco sucio. Río arriba, pulcras madres lavaban ropas y cacharros en aguas que salían sin depurar de las fábricas. La gente se bañaba. Torsos que parecían separados del resto del cuerpo se enjabonaban dispuestos en hilera, como bustos oscuros, sobre una estrecha cinta verdusca y ondulante.

En los días cálidos el olor a excrementos ascendía desde el río y se cernía sobre Ayemenem como un sombrero.

También a ese lado del río, tierra adentro, una cadena de hoteles de cinco estrellas había comprado el Corazón de las tinieblas.

Ya no se podía llegar a la Casa de la Historia (donde en otro tiempo susurraron antepasados cuyo aliento olía a mapas amarillentos y que tenían las uñas de los pies duras) desde el río. Le había vuelto la espalda a Ayemenem. Los clientes del hotel eran conducidos directamente hasta allí desde Cochín a través de las marismas. Llegaban en lanchas rápidas que abrían una uve de espuma en el agua y dejaban tras de sí una película irisada de gasolina.

La vista desde el hotel era preciosa, pero también allí el agua era espesa y estaba contaminada. Había carteles que decían, con una caligrafía muy elegante: PROHIBIDO BAÑARSE. Construyeron un alto muro para que tapara la vista de las chabolas y evitara que invadieran la hacienda de Kari Saipu. En cuanto al mal olor, poco podía hacerse.

Pero tenían una piscina para nadar. Y japuta fresca con *tandoori* y *crêpes suzette* en el menú.

Los árboles seguían siendo verdes y el cielo seguía siendo azul, lo cual tenía su importancia. Así que no se arredraron y comenzaron a promocionar su maloliente paraíso —EL TERRITORIO DE DIOS, lo llamaban en sus folletos—, porque aquellos listos hoteleros sabían que el mal olor, como la pobreza, era una simple cuestión de costumbre. Una cuestión de disciplina. De rigor y aire acondicionado. Nada más.

La casa de Kari Saipu, renovada y pintada, se había convertido en la pieza central de un elaborado complejo, cruzado por canales artificiales y puentes para conectar unas zonas con otras. En el agua se balanceaban barquitas. La vieja casa colonial, con su amplia galería y sus columnas dóricas, estaba rodeada de casas de madera más pequeñas y aún más viejas —casas solariegas— que la cadena hotelera había comprado a viejas familias y había trasladado al Corazón de las tinieblas. Juguetes con Historia para que jugaran dentro los turistas ricos. Como las gavillas en el sueño de José, o como una multitud de nativos anhelantes presentando peticiones a un magistrado inglés, las viejas casas se habían colocado alrededor de la Casa de la Historia en actitud respetuosa. El hotel se llamaba La Herencia.

A los del hotel les gustaba contarles a los clientes que la casa de madera más antigua, con su gran despensa hermética revestida con paneles, que podía almacenar suficiente arroz para alimentar a un ejército durante un año, había sido el hogar de los antepasados del camarada E. M. S. Namboodiripad, el «Mao Tse-tung de Kerala», según explicaban a los no iniciados. Los muebles y los adornos que habían llegado con la casa estaban expuestos. Un paraguas rojo, un sofá de mimbre, un arca de madera de las que se aportan en las dotes. Había unos carteles aclaratorios que decían PARAGUAS TRADICIONAL DE KERALA y ARCA DE DOTE TRADICIONAL.

De modo que así estaban las cosas, la Historia y la Literatura habían sido reclutadas por el comercio. Kurtz y Karl Marx iban de la mano a dar la bienvenida a los clientes ricos al bajar del barco.

La casa del camarada Namboodiripad funcionaba como comedor del hotel; allí turistas semibronceados en traje de baño bebían a sorbitos agua de coco tierno (servida en el propio coco) y viejos comunistas, que en la actualidad trabajaban como porteadores de sonrisas vestidos con trajes regionales de colorines, se inclinaban ligeramente tras las bandejas con las bebidas.

Por las noches (para conseguir un Toque Regional) a los turistas se les ofrecían actuaciones abreviadas de kathakali («Que no requieran demasiada concentración», les decían los del hotel a los bailarines). De ese modo las viejas historias se veían empobrecidas y amputadas. Las seis horas de una obra clásica quedaban reducidas a una actuación de veinte minutos.

Las actuaciones se llevaban a cabo junto a la piscina. Mientras los percusionistas percutían y los bailarines bailaban, los clientes del hotel jugaban con sus niños en el agua. Mientras Kunti revelaba su secreto a Karna a la orilla del río, parejas de enamorados se ponían aceite bronceador unos a otros. Y, mientras algunos padres jugaban con sus núbiles hijas adolescentes a juegos sexuales sublimados, Poothana daba de mamar al joven Krishna de su pecho emponzoñado y Bhima le arrancaba las entrañas a Dushasana y bañaba los cabellos de Draupadi en su sangre.

La galería trasera de la Casa de la Historia (adonde llegó un grupo de policías Tocables, donde estalló un pato inflable) había sido cerrada y convertida en la bien ventilada cocina del hotel. Ahora lo peor que podía encontrarse allí eran brochetas y natillas con caramelo. El Terror había pasado. Vencido por el olor a comida. Silenciado por el canturreo de los cocineros. Por el alegre repiqueteo del cuchillo al picar ajos y jengibre. Por el vaciado de vísceras de mamíferos pequeños, cerdos y cabritos. Por el troceado de la carne en dados. Por el sonido de quitarle las escamas al pescado.

Algo yacía enterrado en el suelo. Bajo la hierba. Bajo veintitrés años de lluvias de junio.

Una pequeña cosa olvidada.

Nada que nadie fuera a echar de menos.

Un reloj de plástico con la hora pintada.

Señalaba las dos menos diez.

Una pandilla de niños seguía a Rahel en su paseo.

—¡Hola, hippie! —le dijeron con veinticinco años de retraso—. ¿Cómo te llamas?

Luego alguien le tiró una piedrecilla y la niñez de Rahel huyó, agitando sus delgados brazos.

En el camino de vuelta, deambulando alrededor de la casa de Ayemenem, Rahel fue a dar a la calle principal. También allí las casas habían brotado como hongos, pero el hecho de que estuvieran situadas bajo los árboles y de que los estrechos senderos que partían de la calle principal y conducían hasta ellas no fueran aptos para los vehículos a motor era lo que daba a Ayemenem cierta semblanza de tranquilidad rural. Pero lo cierto era que había aumentado de población hasta alcanzar el tamaño de una pequeña ciudad. Tras la frágil fachada de verdor vivía una multitud que podía congregarse de manera casi instantánea. Para apalear a un conductor de autobús imprudente hasta matarlo. Para destrozar el parabrisas de un coche que se aventurara a circular cuando se celebraba un mitin de la Oposición. Para robarle a Bebé Kochamma la insulina importada y los bollos de crema que llegaban directamente desde la Mejor Confitería de Kottayam.

El camarada K. N. M. Pillai estaba de pie en la parte exterior de la Imprenta La Buena Suerte, junto al murito medianero, hablando con un hombre que estaba al otro lado. El camarada Pillai tenía los brazos cruzados sobre el pecho y se sujetaba posesivamente las axilas como si alguien se las hubiera pedido prestadas y acabara de negarse a dejárselas. El hombre que estaba al otro lado del murito hojeaba con aire de falso interés un montón de fotografías que estaban en un sobre de plástico. Las fotografías eran en su mayor parte retratos de Lenin, el hijo del camarada K. N. M. Pillai, que vivía en Delhi y trabajaba —realizando los arreglos de pintura, fontanería y electricidad— para las embajadas de Holanda y Alemania. Para apaciguar cualquier temor que sus clientes pudieran albergar acerca de sus tendencias políticas, había alterado ligeramente su nombre. Ahora se llamaba Levin. P. Levin.

Rahel intentó pasar por delante sin que la vieran. Pero era absurdo imaginar que pudiera lograrlo.

—*Aiyyo!* ¡Rahel, chica! —dijo el camarada K. N. M. Pillai, que la reconoció al instante—. *Orkunnilley?* ¿Y el camarada tío?

—*Oower* —contestó Rahel.

¿Se acordaba de él?

Por supuesto que se acordaba.

La pregunta y la respuesta no eran más que el preámbulo de buena educación para iniciar una charla. Ambos, ella y él, sabían que hay cosas que pueden olvidarse y otras que no, que quedan en los estantes polvorientos cual pájaros disecados con ojos siniestros que miran de soslayo.

—Bueno, bueno... —dijo el camarada Pillai—. Creo que ahora vives en América.

—No —dijo Rahel—. Vivo aquí.

—Claro, claro —dijo el camarada Pillai con tono impaciente—, pero, cuando no vives aquí, vives en América, supongo.

El camarada Pillai abrió los brazos y dejó al descubierto sus tetillas, que miraron a Rahel como los ojos tristes de un sambernardo por encima del murito medianero.

—¿La reconoces? —le preguntó el camarada Pillai al hombre que sostenía las fotografías señalando a Rahel con la barbilla.

El hombre no la había reconocido.

—Es la hija de la hija de Kochamma, la de Conservas y Encurtidos Paraíso —dijo el camarada Pillai.

El hombre puso cara de estar en la inopia. Evidentemente, era forastero. Y no comía conservas. El camarada Pillai intentó otro camino.

—¿Recuerdas al Pequeño Bendecido? —le preguntó. El patriarca de Antioquía apareció breves instantes en el cielo y saludó agitando su mano marchita.

Las cosas empezaron a encajar. El hombre que sostenía las fotografías asintió con entusiasmo.

—¿Recuerdas al hijo del Pequeño Bendecido? Benaan John Ipe. El que estuvo en Delhi —dijo el camarada Pillai.

—*Oower, oower, oower* —dijo el hombre.

—Pues esta es la hija de su hija. Vive en América.

El hombre que asentía asintió ahora con más vehemencia al establecer mentalmente quiénes eran los antepasados de Rahel.

—*Oower, oower, oower.* Y ahora vive en América, ¿verdad?

No era una pregunta. Era pura admiración.

Recordó vagamente un tufillo a escándalo. Había olvidado los detalles, pero recordaba que se trató de un asunto de sexo y muerte mezclados. Había salido en los periódicos. Tras un momento de silencio y otra tanda de gestos de asentimiento, el hombre le devolvió el sobre de las fotografías al camarada Pillai.

—Muy bien, camarada, he de marcharme.

Tenía que coger un autobús.

—Bueno... —La sonrisa del camarada Pillai se hizo más amplia al concentrar toda su atención en Rahel como un reflector. Tenía las encías de un color rosa extraordinario como recompensa a toda una vida de vegetarianismo a ultranza. Era de esos hombres de los que cuesta imaginar que alguna vez fueron niños. O bebés. Parecía como si hubiera nacido siendo ya un hombre de mediana edad. Con entradas en la frente.

—¿Y tu marido? —quiso saber.

—No ha venido.

—¿No tienes ninguna foto?

—No.

—¿Y cómo se llama?

—Larry. Lawrence.

—*Oower.* Lawrence.

El camarada Pillai asintió como si estuviera de acuerdo. Como si, de haber podido elegir, se hubiera decidido justamente por ese nombre.

—¿Descendencia?

—No.

—Tomáis precauciones, supongo. ¿O estás embarazada?

—No.

—Pues hay que tener un hijo. Niño o niña, lo que sea —dijo el camarada Pillai—. Dos ya es opcional.

—Estamos divorciados —dijo Rahel con la esperanza de que se quedara mudo de la impresión.

—¿Di-vor-cia-dos? —Elevó el tono de voz con cada sílaba hasta llegar a un registro muy agudo. Y pronunció esa palabra como si se tratara de algo ominoso—. Eso es un gran infortunio —dijo, cuando se recobró, con una solemnidad nada propia de él—. Un gran infortunio.

El camarada Pillai pensó que tal vez aquella generación estuviese pagando las consecuencias de la decadencia burguesa de sus antepasados.

El uno, loco. La otra, divorciada. Probablemente estéril.

Tal vez *aquella* fuese la verdadera revolución. Que la burguesía cristiana hubiera empezado a extinguirse.

El camarada Pillai bajó la voz como si hubiera gente escuchando, aunque no había nadie cerca.

—¿Y tu hermano? —preguntó en un susurro confidencial—. ¿Qué tal está?

—Muy bien —dijo Rahel—. Está muy bien.

Muy bien. Delgado y del color de la miel. Se lava la ropa con jabón que se desmenuza.

—*Aiyyo paavam!* —susurró el camarada Pillai, y sus tetillas se pusieron mustias con simulada consternación—. ¡Pobrecillo!

Rahel se preguntó por qué le hacía preguntas tan íntimas si luego desechaba por completo sus respuestas. Era evidente que no esperaba que le dijera la verdad, pero ¿por qué no se molestaba al menos en fingir lo contrario?

—Lenin vive en Delhi —soltó por fin el camarada Pillai, incapaz de guardarse lo orgulloso que estaba—. Trabaja para varias embajadas. ¡Mira!

Le alargó el sobre de celofán a Rahel. La mayoría de las fotografías eran de Lenin y su familia. Su mujer, su niño, su nueva scooter Bajaj. Había una en que Lenin le estrechaba la mano a un hombre muy bien vestido, de piel muy rosada.

—Es el primer secretario del Partido Socialista Unificado de la República Democrática Alemana —dijo el camarada Pillai.

En las fotografías, Lenin y su mujer tenían aire de estar contentos. Como si tuvieran un frigorífico nuevo en el salón y hubieran dado la entrada para la compra de una vivienda de protección oficial.

Rahel recordó el incidente que había hecho que Lenin se convirtiera en alguien con identidad propia, el momento en que Estha y ella dejaron de verlo como un simple pliegue del sari de su madre. Estha y ella tenían cinco años, y Lenin, unos tres o cuatro. Se encontraron en la clínica del doctor Verghese Verghese (el pediatra y manoseador de madres más importante de Kottayam). Rahel estaba con Ammu y Estha (que había insistido en ir con ellas). Lenin estaba con Kalyani, su madre. Tanto Rahel como Lenin tenían el mismo problema: un Cuerpo Extraño Alojado en la Nariz. Ahora parecía una coincidencia extraordinaria, pero en su momento no había tenido nada de insólito. Era curioso cómo podían encontrarse connotaciones políticas hasta en lo que los niños eligen para meterse en la nariz. Ella, nieta de un Entomólogo Imperial; él, hijo de un trabajador militante de base del Partido Comunista. Ella, una cuenta de cristal; él, un garbanzo verde.

La sala de espera estaba repleta.

Desde detrás de la cortina de la consulta del médico llegaba un murmullo de voces siniestras, interrumpido por los alaridos de niños salvajemente atacados. El sonido de algo de cristal al dar sobre algo metálico, y el susurro y el borboteo del agua hirviendo. Un niño jugaba con la placa de madera clavada en la pared (*El doctor* ESTÁ. *El doctor* NO ESTÁ). Subía y bajaba la chapa de latón que lo indicaba. Un bebé febril hipaba en el regazo de su madre. El lento ventilador del techo cortaba el aire espeso y cargado de miedo y formaba con él una espiral infinita que serpenteaba lentamente hasta el suelo como una peladura de patata interminable.

Nadie leía las revistas.

Por debajo de la cortinilla que cubría el hueco de la puerta que daba directamente a la calle llegaba el incesante tris tras de pies incorpóreos en chanclas. El ruidoso mundo despreocupado de los que no tenían Nada Alojado en la Nariz.

Ammu y Kalyani se intercambiaron los niños. Levantaron narices, echaron cabezas hacia atrás y las giraron hacia la luz por si una madre podía ver algo que se le hubiera escapado a la otra. Tras no haber conseguido ningún resultado, Lenin, vestido como si fuera un taxi —camisa amarilla y ceñidos pantalones cortos negros—, volvió al regazo de nailon de su madre (y a su paquete de chicles). Se sentó sobre las flores del sari y desde aquella posición de poder inexpugnable contempló la escena impasible. Se metió el dedo índice de la mano izquierda en el orificio de la nariz que no tenía taponado y respiró ruidosamente por la boca. Llevaba el pelo repeinado con aceite ayurvédico, con la raya impecable. Los chicles eran para *tenerlos* hasta que lo viera el médico; solo después podría consumirlos. Todo le parecía estupendo. Tal vez era aún un poco demasiado pequeño para saber que la Atmósfera de la Sala de Espera, más los Gritos de detrás de la cortina, hubieran debido dar como resultado lógico un Saludable Miedo al Dr. V. V.

Una rata de lomo peludo viajaba sin cesar de la consulta del médico a la parte baja del armario de la sala de espera.

Una enfermera aparecía y desaparecía detrás de la cortina a tiras de la puerta del médico blandiendo unas armas extrañas: un vial diminuto. Una lámina rectangular de cristal con sangre. Un tubo de ensayo con orina espumosa que miraba a contraluz. Una bandeja de acero inoxidable con agujas hervidas. Los pelos de sus piernas, semejantes a finos alambres, estaban enrollados y aplastados contra las medias blancas translúcidas. Los tacones cuadrados de sus sandalias blancas estaban desgastados por la parte interior, lo que hacía que torciera los pies hacia dentro, uno contra otro. Unas horquillas negras relucientes, como culebras estiradas, sujetaban el almidonado gorro de enfermera a su pelo aceitado.

Parecía tener filtros contra las ratas en las gafas, porque no advertía la presencia del roedor de lomo peludo ni siquiera cuando pasaba a toda velocidad justo por delante de sus pies. Decía los nombres con voz grave, como de hombre: «A. Ninan... S. Kusumalatha... B. V. Roshini... N. Ambady», sin hacer caso del aire alarmado que bajaba en espiral.

Estha tenía los ojos como platos por el miedo. Estaba hipnotizado por el cartel de *El doctor* ESTÁ, *El doctor* NO ESTÁ.

Rahel sintió que le subía una oleada de pánico.

—Ammu, vamos a probar otra vez.

Ammu le sujetó la nuca con una mano. Con el pulgar envuelto en el pañuelo taponó el agujero de la nariz en el que no tenía nada. Todos los ojos de la sala de espera estaban clavados en Rahel. Iba a ser la actuación estelar de su vida. Estha puso cara de estar también preparado para soplar por la nariz. Arrugó la frente e inspiró profundamente.

Rahel hizo acopio de todas sus fuerzas. *¡Por favor, Dios mío, por favor, haz que salga!* Sopló desde las plantas de los pies y desde el fondo del corazón en el pañuelo de su madre.

Y, entre un torrente de mocos y alivio, la cosa emergió. Era una cuentita de cristal malva en un reluciente lecho de limo. Tan orgullosa como una perla en una ostra. Los niños se apiñaron alrededor para admirarla. El chiquillo que había estado jugando con el cartel miró con desdén.

—Yo también puedo hacer eso —proclamó.

—Inténtalo, y verás qué bofetada te doy —dijo su madre.

—Señorita Rahel —dijo en voz alta la enfermera mirando alrededor.

—Lo ha expulsado —le dijo Ammu a la enfermera—. Lo ha expulsado.

Y levantó como un trofeo el arrugado pañuelo.

La enfermera no entendía a qué se refería.

—Todo solucionado, así que nos vamos —dijo Ammu—. Ha expulsado la cuenta.

—El siguiente —dijo la enfermera y entornó los ojos tras sus gafas con filtros contra ratas. (Cada loco con su tema, pensó para sus adentros)—. S. V. S. Kurup.

El chiquillo desdeñoso lanzó un alarido mientras su madre lo empujaba para que entrase en la consulta.

Rahel y Estha abandonaron la clínica con aire triunfal. El pequeño Lenin se quedó a la espera de que el doctor Verghese Verghese le introdujera fríos artilugios de acero en el orificio de la nariz y le metiera mano a su madre.

Así era Lenin, entonces.

Y ahora tenía una casa, y una scooter Bajaj, y mujer, y *descendencia.*

Rahel devolvió el sobre con las fotografías al camarada Pillai e intentó marcharse.

—Un minuto —dijo el camarada Pillai.

Era como un exhibicionista detrás de un seto. Seducía a la gente con sus tetillas y la forzaba a ver las fotos de su hijo. Fue pasando las fotografías del paquete (todo un recorrido gráfico por la vida de Lenin en un minuto) hasta llegar a la última.

—*Orkunnundo?*

Era una fotografía antigua, en blanco y negro. Una de las que había hecho Chacko con la cámara Rolleiflex que le trajo Margaret Kochamma como regalo de Navidad. En ella estaban los cuatro: Lenin, Estha, Sophie Mol y Rahel, de pie en la galería delantera de la casa de Ayemenem. Detrás de ellos, los adornos navideños de Bebé Kochamma colgaban del techo formando ondas. Una estrella de cartón pendía de una bombilla. Lenin, Estha y Rahel parecían animalillos amedrentados bajo la luz de los faros de un coche. Las rodillas, muy juntas; las sonrisas, congeladas en el rostro; los brazos, colgando a los lados del cuerpo como clavados con alfileres; el pecho, totalmente de frente al fotógrafo. Como si estar de lado fuera pecado.

Solo Sophie Mol, con petulancia del Primer Mundo, se había preparado especialmente para la foto de su padre biológico. Se había levantado los párpados de tal modo que sus ojos parecían pétalos de carne surcados por venillas rosa (de color gris en la fotografía en blanco y negro). Se había colocado una dentadura postiza hecha con la peladura amarilla de una lima, a través de la cual sacaba la lengua, en cuya punta se había encajado el dedal de plata de Mammachi. (Lo había secuestrado el día de su llegada y juró que durante las vacaciones solo utilizaría como vaso aquel dedal). Llevaba una vela encendida en cada mano y una pernera del pantalón vaquero acampanado subida para que se le viera la rodilla, blanca y huesuda, en la que había una cara pintada. Minutos antes de que les hicieran la fotografía había acabado de explicarles con mucha paciencia a Estha y Rahel (desechando cualquier evidencia de lo contrario, fotografías, recuerdos) que existían bastantes posibilidades de que fueran bastardos y lo que significaba «bastardo». Lo cual había incluido una compleja, pero más bien inexacta, descripción de lo que eran las relaciones sexuales. «Mirad, lo que hacen es...».

Eso ocurrió pocos días antes de que muriera.

Sophie Mol.

Que bebía de un dedal.

Que daba volteretas en su ataúd.

Llegó en el vuelo Bombay-Cochín. Ensombrerada, acampanada y Querida desde el Principio.

6. Los canguros de Cochín

Rahel estaba en el aeropuerto de Cochín con sus bragas nuevas de topos, que aún tenían el apresto. Se habían hecho todos los ensayos. Era el Día del Estreno. La culminación de la semana del *¿Qué Va a Pensar Sophie Mol?*

Por la mañana, en el Hotel Reina de los Mares, Ammu —que por la noche había soñado con delfines y un azul intenso— ayudó a Rahel a ponerse el vaporoso Vestido para ir al Aeropuerto. Era una de esas incomprensibles aberraciones que le gustaban a Ammu, una nube de tieso encaje de color amarillo con diminutas lentejuelas plateadas y un lazo en cada hombro. La falda, con volantes, estaba sostenida con enaguas para que tuviera vuelo. Rahel estaba preocupada porque no hacía juego con sus gafas de sol.

Ammu sostuvo las tersas bragas a juego y Rahel, apoyando las manos en los hombros de Ammu, se metió en ellas (pierna izquierda, pierna derecha) y le dio a Ammu un beso en cada hoyuelo (mejilla izquierda, mejilla derecha). El elástico resonó suavemente contra su tripita.

—Gracias, Ammu —dijo Rahel.

—¿Gracias? ¿Por qué?

—Por el vestido nuevo y las bragas —dijo Rahel.

Ammu sonrió.

—De nada, corazón —contestó, pero en tono triste.

De nada, corazón.

La mariposa que estaba sobre el corazón de Rahel alzó una patita velluda y luego la volvió a posar. La patita estaba fría. *Su madre la quería un poco menos.*

La habitación del Reina de los Mares olía a huevos y a café hecho en cafetera de filtro.

De camino al coche, Estha llevaba el termo Águila con agua del grifo y Rahel llevaba el termo Águila con agua hervida. Los termos Águila tenían dibujadas unas águilas con las alas desplegadas y que sostenían un globo terráqueo con las garras. Los gemelos creían que las águilas del termo se pasaban el día vigilando el mundo y la noche volando alrededor de los termos. Volaban tan silenciosas como las lechuzas, con la luna reflejada en las alas.

Estha lucía una camisa roja de manga larga con el cuello muy puntiagudo y pantalones negros muy ceñidos. Su tupé tenía un aspecto crujiente y sorprendido. Como clara de huevo bien batida.

Estha —hay que admitir que con cierta razón— dijo que Rahel tenía pinta de tonta con aquel vestido para ir al aeropuerto. Rahel le dio una bofetada, y él se la devolvió.

En el aeropuerto no se hablaron.

Chacko, que habitualmente llevaba un *mundu*, aquel día se había puesto un traje ajustado muy gracioso y mostraba una sonrisa radiante. Ammu le colocó derecha la corbata, que no hacía juego con el traje y estaba ladeada. La corbata había desayunado y estaba satisfecha.

Ammu le dijo: «Pero ¿qué le ha sucedido de repente a nuestro Hombre del Pueblo?». Lo dijo con los hoyuelos que se le formaban al sonreír, porque Chacko estaba que reventaba. Contentísimo.

Chacko no le dio una bofetada.

Así que no se la devolvió.

En la floristería del Reina de los Mares Chacko compró dos rosas rojas que llevó con sumo cuidado.

Orondo.

Cariñoso.

La tienda del aeropuerto, que dirigía la Corporación para el Desarrollo del Turismo en Kerala, estaba a rebosar de maharajás de Air India (tamaño pequeño, mediano y grande), elefantes de madera de sándalo (tamaño pequeño, mediano y grande) y máscaras de bailarines de kathakali en papel maché (tamaño pequeño, mediano y grande). Un olor dulzón a madera de sándalo y a axilas cubiertas con camisetas de algodón (tamaño pequeño, mediano y grande) flotaba en el aire.

En la sala de espera de llegadas había cuatro canguros de cemento de tamaño natural con bolsas de cemento donde ponía UTILÍZAME. En las bolsas, en vez de canguritos de cemento, había colillas de cigarrillos, cerillas usadas, chapas de botella, cáscaras de cacahuete, vasos de papel arrugados y cucarachas.

Las rojas manchas de los escupitajos de betel salpicaban los vientres de los canguros como si fueran heridas recientes.

Los canguros del aeropuerto tenían sonrientes bocas rojas.

Y orejas con ribetes de color rosa.

Parecía que, si se les apretaba la panza, dirían «Ma-má» con ese tono de los juguetes que se están quedando sin pilas.

Cuando el avión de la línea Bombay-Cochín en que iba Sophie Mol apareció en el cielo color azul cielo, la multitud se apretujó contra la barandilla de hierro para ver mejor.

La sala de espera de llegadas era un apiñamiento de cariño y emoción porque a bordo del vuelo Bombay-Cochín llegaban los emigrantes que volvían del extranjero.

Sus familias habían ido a esperarlos. Desde todos los puntos de Kerala. Haciendo largos viajes en autobús. Desde Ranni, desde Kumili, desde Vizhinjam, desde Uzhavoor. Algunos habían pasado la noche acampados en el aeropuerto y se habían llevado su propia comida. Y tapioca frita y *chakka velaichathu* para el camino de vuelta.

Estaban todos: las *ammoomas* sordas, los *appoopans* artríticos y cascarrabias, las esposas que suspiraban, los tíos intrigantes, los niños con cagalera. Las novias para que les volvieran a dar el visto bueno. El marido de la maestra, que seguía esperando el visado para Arabia Saudí. Las hermanas del marido de la maestra, que esperaban sus dotes. La esposa embarazada del encofrador.

—La mayoría de esta gentuza es de la casta de los barrenderos —dijo Bebé Kochamma con gesto adusto, y miró hacia otro lado mientras una mamá, que no quería abandonar el Buen Puesto conseguido junto a la barandilla, ponía a su niño a hacer pipí metiéndole el pito en una botella vacía. El crío sonreía y saludaba con la mano a la gente que había alrededor.

—Chis... —hizo su madre. Al principio con tono persuasivo, después furiosa. Pero el niño se creía que era el papa. Sonreía y saludaba y volvía a sonreír y a saludar. Con el pito en la botella.

—No olvidéis que sois embajadores de la India —les dijo Bebé Kochamma a Rahel y a Estha—. Vosotros le vais a dar la Primera Impresión sobre vuestra patria.

Embajadores Gemelos Bivitelinos. Su Excelencia el Embajador E(lvis). Pelvis y Su Excelencia la Embajadora I(nsecto). Palo.

Rahel, con su vestido de encaje rígido y su fuente con un «amor-en-Tokio», parecía un Hada de Aeropuerto de pésimo gusto. Estaba encerrada entre caderas sudorosas (como volvería a ocurrirle en un entierro en una iglesia amarilla) y entusiasmo adusto. Tenía la mariposa de su abuelo posada sobre el corazón. Desvió la mirada del ruidoso pájaro de acero del cielo azul cielo que llevaba dentro a su prima y lo que vio fue canguros de boca roja, con sonrisa de rubí, que se movían cementosamente por el suelo del aeropuerto:

Tacón, punta,
tacón, punta.

Con grandes pies planos.

Y con la basura del aeropuerto en las bolsas de llevar a sus canguritos bebé.

El más pequeño alargaba el cuello como la gente de las películas inglesas cuando se afloja la corbata después de salir de la oficina. La cangura mediana revolvía en su bolsa a la búsqueda de alguna colilla grande de cigarrillo para fumársela. Encontró una nuez en una bolsa de plástico opaca y la partió con los dientes delanteros como si fuera un roedor. El canguro más grande bamboleaba el cartel que decía LA CORPORACIÓN PARA EL DESARROLLO DEL TURISMO EN KERALA LE DA LA BIENVENIDA, con un bailarín de kathakali haciendo un *namasté*. Otro cartel, que no bamboleaba ningún canguro, decía SODINEVNEIB A AL ATSOC ED SAL SAICEPSE ED AL AIDNI.

A toda prisa, la embajadora Rahel hizo un túnel por entre la gente apiñada hasta donde estaba su hermano y coembajador.

¡Mira, Estha, mira!

El Embajador Estha no miró. No quería mirar. Estaba mirando el traqueteo del avión en el momento del aterrizaje, con su termo Águila con agua corriente colgado al cuello y un sentimiento de vacío y de lleno: el Hombre de la Naranjada y la Limonada sabía dónde encontrarlo. En la fábrica de Ayemenem. En las riberas del Meenachal.

Ammu miraba con su bolso.

Chacko, con sus rosas.

Bebé Kochamma, con su lunar protuberante en el cuello.

Y luego la gente del Bombay-Cochín empezó a salir. Del aire fresco al aire caliente. Gente entumecida que se desentumecía camino a la sala de espera de llegadas.

Y allí estaban, los emigrantes que volvían, con sus trajes de lavar y poner y sus gafas de sol irisadas. Con la solución a la extrema pobreza en sus maletas Aristocrat. Con tejados de cemento para sus casas de techo de paja y calentadores para los cuartos de baño de sus padres. Con redes de alcantarillado y fosas sépticas. Con faldas maxi y tacones altos. Con mangas abullonadas y lápiz de labios. Con batidoras-trituradoras y flashes automáticos para sus cámaras fotográficas. Con llaves que contar y armarios que cerrar. Con hambre de *kappa* y de *meen vevichathu*, que hacía tanto que no comían. Con cariño y una ligera capa de vergüenza de que sus familiares que habían ido a recibirlos fueran tan... tan... tan palurdos. *¡Mira cómo van vestidos! Seguro que tienen ropa más adecuada para venir al aeropuerto. ¿Por qué tendrán los de Kerala unas dentaduras tan horribles?*

¡Y el aeropuerto! Si parece más bien una estación de autobuses. Hay palomina por todo el edificio. ¡Oh, qué manchas de escupitajos tienen los canguros!

¡Ay! La India se está yendo a la ruina.

Cuando los viajes larguísimos en autobús y la noche pasada en el aeropuerto se encontraron con el cariño y la ligera capa de vergüenza, aparecieron pequeñas fisuras que habían de crecer y crecer y, antes de que se dieran cuenta, los Emigrantes que Volvían se encontrarían con que les habían dejado fuera de la Casa de la Historia y con que sus sueños habían sido resoñados.

Y entonces, allí, entre los trajes de lavar y poner y las maletas resplandecientes, apareció Sophie Mol.

Que bebía de un dedal.

Que daba volteretas en su ataúd.

Venía andando por el pasillo con el olor a Londres en el pelo. Con el vuelo de los pantalones amarillos aleteando alrededor de sus tobillos. Con el largo cabello flotando bajo su sombrero de paja. Una mano en la de su madre. La otra, balanceándose como la de los soldados (izquierda, izquierda, izquierda, derecha, izquierda).

Era una niña
alta y delgada.
Parecía
un hada.
Y su pelo,
y su pelo
era color caramelo (izquierda, izquierda, derecha).
Era una niña...

Margaret Kochamma le dijo que parara.
Así que paró.

—Rahel, ¿la ves? —preguntó Ammu.

Se volvió y vio a su hija, la de las crujientes bragas, comunicándose con los marsupiales de cemento. Fue a buscarla y, con una regañina, se la llevó adonde estaban los demás. Chacko dijo que no se la podía poner sobre los hombros porque ya sostenía algo: dos rosas rojas.

Orondo.

Cariñoso.

Cuando Sophie Mol entró en la sala de espera de llegadas, Rahel, llevada por la emoción y el resentimiento, pellizcó fuerte a Estha y le clavó las uñas. Estha le retorció la piel de la muñeca girando las dos manos, una en dirección contraria de la otra. A Rahel se le puso la piel colorada y le dolió mucho. Se la chupó y le supo salada. La saliva le dio una sensación de alivio y frescor.

Ammu no se dio cuenta de todo aquello.

Al otro lado de la gran barandilla de hierro que separaba a los que Esperaban de los Esperados, a los que Saludaban de los Saludados, Chacko, con una sonrisa radiante, a punto de reventar dentro de su traje y con la corbata ladeada, saludó a su nueva hija y a su exmujer.

Estha dijo para sus adentros: «Saludo».

—¿Qué tal, señoras? —dijo Chacko en tono de Leer en Voz Alta (el tono de voz de la noche anterior, con el que dijo «Amor. Locura. Esperanza. Júbilo infinito»)—. ¿Cómo ha ido el viaje?

Y el Aire estaba plagado de pensamientos y Cosas que Decir. Pero en momentos como esos solo se dicen Pequeñas Cosas. Las Grandes Cosas permanecen dentro, sin decirse.

—Di «hola» y «cómo estás» —le dijo Margaret Kochamma a Sophie Mol.

—Hola y cómo estás —les dijo Sophie Mol a todos en particular, desde el otro lado de la barandilla de hierro.

—Una para ti y otra para ti —dijo Chacko al ofrecer sus rosas.

—¿Y las gracias? —le dijo Margaret Kochamma a Sophie Mol.

—¿Y las gracias? —le dijo Sophie Mol a Chacko imitando la entonación de su madre.

Margaret Kochamma la zarandeó un poquito, por impertinente.

—¡Bienvenidas! —dijo Chacko—. Y ahora permitidme que os presente a todos. —Y, después, sobre todo para que lo oyeran los que contemplaban la escena a su alrededor, porque, en realidad, Margaret Kochamma no necesitaba presentación, dijo—: Margaret, mi mujer.

Margaret Kochamma sonrió y señaló con su rosa hacia Chacko. *¡Exmujer, Chacko!* Sus labios formaron esas palabras, aunque su voz no las dijera.

Cualquier persona podía darse cuenta de que Chacko estaba orgulloso y feliz de haber tenido una mujer como Margaret. Blanca, con un vestido de flores que le dejaba las piernas al descubierto. Y pecas en la espalda y los brazos.

Pero el aire que la envolvía era triste y, tras sus ojos sonrientes, el dolor era reciente e intenso. Por un calamitoso accidente de coche. Por un agujero con forma de Joe en el universo.

—¡Hola a todos! —dijo—. Me siento como si os conociera desde hace años.

¡Olatodos!

—Sophie, mi hija —dijo Chacko con una risilla nerviosa de preocupación por si Margaret Kochamma decía «exhija». Pero no lo dijo. Era una risa fácil de entender, no como la risa del Hombre de la Naranjada y la Limonada que Estha no había podido entender.

—¡Hola! —dijo Sophie Mol.

Era más alta que Estha. Y más corpulenta. Tenía los ojos azules, de un azul grisáceo. Y su piel pálida era del color de la arena de la playa. Pero su pelo ensombrerado era precioso, de un castaño oscuro rojizo. Y sí (¡oh, sí!), tenía la nariz de Pappachi esperando dentro de la suya. Una nariz de Entomólogo Imperial dentro de la nariz. Una nariz de amante de las mariposas. Llevaba un bolsito a la última moda Made-in-England que adoraba.

—Mi hermana Ammu —dijo Chacko.

Ammu dijo un «Hola» de adulto a Margaret Kochamma y un «Ho-la» infantil a Sophie Mol. Rahel miró con ojos de lince intentando calibrar cuánto quería Ammu a Sophie Mol, pero no consiguió averiguarlo.

Una carcajada como una brisa repentina recorrió la sala de espera de llegadas. Adoor Basi, el actor más conocido y querido del cine malayalam, acababa de llegar (Bombay-Cochín). Agobiado por los innumerables paquetitos, imposibles de manejar, que llevaba, y por la abrumadora adulación popular, se había creído en la obligación de hacer una representación. Dejaba caer los paquetes y decía una y otra vez: «*Ende Deivomay! Eee sadhanangal!*».

Estha, encantado, soltó una sonora carcajada.

—¡Mira, Ammu, a Adoor Basi se le caen las cosas! ¡No puede ni llevarlas!

—Lo hace a propósito —dijo Bebé Kochamma en inglés con un extraño acento británico, nuevo en ella—. No le hagas caso. Es *actor de cine* —les explicó a Margaret

Kochamma y Sophie Mol. Lo dijo de tal modo que parecía que aquel hombre se llamaba Actorde y se apellidaba Cine—. Intenta atraer la atención —añadió, resuelta a no hacer caso de él.

Pero Bebé Kochamma estaba equivocada. Adoor Basi *no* intentaba atraer la atención. Solo intentaba ser digno de la atención que le prestaban.

—Mi tía Bebé —dijo Chacko.

Sophie Mol se quedó perpleja. Miró a Bebé Kochamma con enorme interés. Había oído hablar de vaquitas bebé y de perritos bebé. Y de ositos bebé, claro. (Pronto le enseñaría a Rahel un murciélago bebé). Pero lo de una *tía bebé* le causaba confusión.

—Hola, Margaret, y hola, Sophie Mol —dijo Bebé Kochamma.

Y luego dijo que Sophie Mol era tan guapa que le recordaba a un duendecillo del bosque. A Ariel.

—¿Sabes quién es Ariel? —le preguntó Bebé Kochamma a Sophie Mol—. ¿El de *La tempestad*?

Sophie Mol dijo que no.

—¿El de «De donde liba la abeja, libo yo»? —preguntó Bebé Kochamma.

Sophie Mol dijo que no.

—¿El de «Y en el cáliz de una prímula me tumbo»?

Sophie Mol dijo que no.

—¿El de *La tempestad* de Shakespeare? —insistió Bebé Kochamma.

Naturalmente, lo decía, sobre todo, para presentar sus credenciales a Margaret Kochamma. Para demostrarle que no pertenecía a la casta de los barrenderos.

—Está tratando de impresionarlas —susurró el Embajador E. Pelvis al oído de la Embajadora I. Palo.

A la Embajadora Rahel se le escapó una risilla en forma de burbuja verde azulada (del color de las moscas de la fruta) que reventó en el aire cálido del aeropuerto haciendo «paf».

Bebé Kochamma la vio y se dio cuenta de que era Estha quien había empezado.

—Y ahora, los VIP —dijo Chacko (todavía en tono de Leer en Voz Alta)—. Mi sobrino Esthappen.

—Elvis Presley —dijo Bebé Kochamma como venganza—. Me temo que aquí la moda llega con un poco de retraso.

Todos miraron a Estha y se rieron.

Desde las suelas de los zapatos beis puntiagudos al Embajador Estha le fue subiendo una sensación de rabia que se le detuvo alrededor del corazón.

—¿Cómo estás, Esthappen? —dijo Margaret Kochamma.

—Bien, gracias —dijo Estha con voz malhumorada.

—Estha —dijo Ammu en tono cariñoso—, cuando alguien te pregunta cómo estás debes responder «Bien, gracias, *¿y tú?*», y no solo «Bien, gracias». Así que di «Bien, gracias, *¿y tú?*».

El Embajador Estha miró a Ammu.

—Vamos —dijo Ammu—, di «Bien, gracias, *¿y tú?*».

Los ojos somnolientos de Estha eran testarudos.

—¿No has oído lo que te he dicho? —le dijo Ammu en malayalam.

El Embajador Estha sintió los ojos azules, de un azul grisáceo, fijos en él, y también la nariz de Entomólogo Imperial. Pero no estaba de humor para decir «Bien, gracias, *¿y tú?*».

—¡Esthappen! —dijo Ammu. Y le fue subiendo una sensación de rabia que se le detuvo alrededor del corazón. Una sensación de Rabia Mucho Mayor Que La Necesaria. En cierto modo, se sentía humillada por aquella sublevación pública dentro de su jurisdicción. Había deseado una representación sin tropiezos. Un premio para sus niños en el Concurso de Comportamiento Indobritánico.

—Por favor, ahora no. Luego —le dijo Chacko a Ammu en malayalam.

Y los ojos furiosos de Ammu, clavados en Estha, dijeron *Está bien. Luego.*

Y «luego» se convirtió en una palabra terrible, amenazadora, escalofriante.

Luego.

Como una campana de sonido grave en un pozo cubierto de musgo. Fría y peluda. Como las patitas de una mariposa nocturna.

La Representación se había malogrado. Como los encurtidos con el monzón.

—Y mi sobrina... —dijo Chacko—. ¿Dónde está Rahel?

Miró a su alrededor, pero no la vio. La Embajadora Rahel, incapaz de enfrentarse a tantos cambios en su vida, se había envuelto como una salchicha en una sucia cortina del aeropuerto y no quería salir de allí. Era una salchicha con sandalias Bata.

—No le hagáis caso —dijo Ammu—. Solo quiere llamar la atención.

Ammu también estaba equivocada. Lo que Rahel intentaba era que no le prestasen la atención que se merecía.

—Hola, Rahel —le dijo Margaret Kochamma a la sucia cortina del aeropuerto.

—Bien, gracias, *¿y tú?* —refunfuñó la sucia cortina.

—¿No vas a salir a decir hola? —dijo Margaret Kochamma con la voz amable de una maestra de escuela. (Como la de la señorita Mitten antes de que viera a Satanás en sus ojos).

La Embajadora Rahel no salía de la cortina porque no podía. Y no podía porque no podía. Porque Todo iba mal y pronto llegaría el Luego para Estha y para ella.

Todo estaba lleno de mariposas nocturnas peludas; y de mariposas heladas; y de campanas de sonido grave; y de musgo.

Y había un alechuza.

La sucia cortina del aeropuerto era un consuelo y una oscuridad y un escudo.

—No le hagáis caso —repitió Ammu con una sonrisa forzada.

La mente de Rahel estaba llena de piedras atadas al cuello con los ojos azules, de un azul grisáceo.

Ahora Ammu la querría aún menos. Y Chacko tendría que dar la cara.

—Aquí llegan los equipajes —dijo Chacko alegremente, contento de poder escapar—. Ven, Sophiekins, vamos a recoger tu maleta.

Sophiekins.

Estha miró cómo caminaban a lo largo de la barandilla, abriéndose paso entre la multitud, que se echaba a un lado intimidada por el traje de Chacko y su corbata ladeada y su aspecto general de que iba a reventar de contento. Debido al gran tamaño de su vientre, Chacko se movía siempre como si estuviera subiendo una colina. Superando con entusiasmo las resbaladizas y empinadas cuestas de la vida. Él iba por el lado de acá de la barandilla, y Margaret Kochamma y Sophie Mol, por el de allá.

Sophiekins.

El hombre que estaba sentado con gorra y charreteras, también intimidado por el traje y la corbata ladeada de Chacko, le permitió que entrase en la zona de recogida de equipajes.

Cuando ya no hubo barandilla entre ellos, Chacko le dio un beso a Margaret Kochamma y, después, cogió a Sophie Mol en brazos.

—La última vez que hice esto mis esfuerzos se vieron recompensados con una mojadura en la camisa —dijo riéndose. La abrazó y la abrazó y la volvió a abrazar. Y besó sus ojos azules, de un azul grisáceo, su nariz de entomólogo y su pelo castaño rojizo ensombrerado.

Entonces Sophie Mol le dijo a Chacko:

—Mmm... Perdona, ¿podrías bajarme? No... No estoy acostumbrada a que me lleven en brazos.

Así que Chacko la bajó.

El Embajador Estha vio (con ojos porfiados) que, de pronto, a Chacko el traje le iba más flojo, parecía menos a punto de reventar.

Y, mientras Chacko recogía las maletas, en la ventana que cubría la sucia cortina, el Luego se convirtió en Ahora.

Estha vio cómo el lunar del cuello de Bebé Kochamma se rechupeteaba los dedos y palpitaba de emoción anticipada, *pum, pum, pum, pum*, y cambiaba de color como un camaleón. Pum, verde, pum, azul oscuro, pum, amarillo mostaza.

Se la van a cargar, se la van a cargar,
hoy tenemos gemelos para merendar.

—Bueno —dijo Ammu—. ¡Ya está bien! Os lo digo a los dos. Y tú, Rahel, ¡*sal* de ahí!

Dentro de la cortina, Rahel cerró los ojos y pensó en el río de aguas verdes, en los peces silenciosos que nadaban en el fondo y en las alas de tul de las libélulas (que podían ver lo que ocurría detrás de ellas) al sol. Pensó en la caña de pescar que le había hecho Velutha. De bambú amarillento con un flotador que se hundía cada vez que un pez tonto se ponía a investigar. Pensó en Velutha y deseó que estuviera con ella.

Y, después, Estha la desenrolló. Los canguros de cemento la estaban mirando.

Ammu los miró. El Aire estaba en silencio, a excepción del sonido del cuello palpitante de Bebé Kochamma.

—¿Os parece bonito...? —dijo Ammu.

Era toda una pregunta.

Y no tenía respuesta.

El Embajador Estha bajó los ojos y vio que sus zapatos (desde donde le subía la sensación de rabia) seguían beis y puntiagudos. La Embajadora Rahel bajó los ojos y vio que dentro de sus sandalias Bata los dedos de sus pies trataban de despegarse para irse con los pies de otra persona y no podía detenerlos. Pronto se quedaría sin dedos y le pondrían un vendaje como el del leproso del paso a nivel.

—Si volvéis a desobedecerme en público *una sola vez* más —dijo Ammu—, y *digo una sola vez* más, os mandaré a un sitio donde aprenderéis pero que muy bien cómo hay que comportarse. ¿Ha quedado claro?

Cuando Ammu estaba realmente furiosa, siempre decía «Pero que muy bien». «Pero que muy bien» debía de ser un bien muy grande, pero a sus hijos les daba pavor oír aquella expresión.

—¿Ha quedado claro? —repitió Ammu.

Unos ojos llenos de miedo y una fuente miraron a Ammu.

Unos ojos somnolientos y un tupé sorprendido miraron a Ammu.

Dos cabezas asintieron tres veces.

Sí. Había quedado claro.

Pero Bebé Kochamma no estaba satisfecha de que una situación tan llena de potencial se zanjase de aquel modo. Sacudió la cabeza.

—¿Y ya está? —dijo.

¿Y ya está?

Ammu se volvió hacia ella, y aquel movimiento conllevaba una pregunta.

—No conseguirás nada —dijo Bebé Kochamma—. Estos niños son malos, son maleducados, son mentirosos. Cada vez son más salvajes. No puedes dominarlos.

Ammu se volvió de nuevo hacia Estha y Rahel y sus ojos eran unas joyas empañadas por lágrimas.

—Todo el mundo dice que los niños necesitan un Baba. Pero yo digo que no. Que mis niños *no*. ¿Sabéis por qué?

Dos cabecitas asintieron.

—¿Por qué? Decídmelo.

Y no al unísono, pero casi, Esthappen y Rahel dijeron:

—Porque tú eres nuestra Ammu y nuestro Baba y nos quieres el Doble.

—Más que el Doble —dijo Ammu—. Así que recordad lo que os he dicho. La opinión que se forma la gente tiene mucho valor, y, cuando me desobedecéis en público, *todo el mundo* se lleva una impresión equivocada de vosotros.

—¡Vaya par de Embajadores habéis sido! —dijo Bebé Kochamma.

El Embajador E. Pelvis y la Embajadora I. Palo bajaron las cabezas.

—Y otra cosa, Rahel —continuó diciendo Ammu—, creo que ya es hora de que aprendas la diferencia entre *limpio* y *sucio*. Especialmente en un país como este.

La Embajadora Rahel bajó los ojos.

—Tu vestido está, quiero decir «estaba», *limpio* —dijo Ammu—. Esa cortina está *sucia*. Esos canguros están *sucios*. Tus manos están *sucias*.

Rahel estaba asustada de lo alto que Ammu decía *limpio* y *sucio*. Como si estuviera hablando con un sordo.

—Y ahora quiero que vayáis y saludéis *como es debido* —dijo Ammu—. ¿Vais a hacerlo o no?

Dos cabecitas asintieron dos veces.

El Embajador Estha y la Embajadora Rahel se dirigieron hacia Sophie Mol.

—¿Adónde crees que mandan a la gente para que se comporte «Pero Que Muy Bien»? —le preguntó Estha a Rahel muy bajito.

—Al Gobierno —respondió Rahel muy bajito, porque lo sabía.

—Hola, ¿cómo estás? —le dijo Estha a Sophie Mol lo suficientemente alto como para que Ammu lo oyese.

—Corta el rollo, cara bollo —le contestó Sophie Mol a Estha muy bajito. Se lo había enseñado una compañera de clase pakistaní.

Estha miró a Ammu.

La mirada que Ammu le devolvió quería decir *No importa lo que hagan los demás si tú has hecho lo que debes.*

Mientras cruzaban el aparcamiento del aeropuerto, el calor se deslizó por sus ropas y humedeció de sudor las crujientes bragas. Los niños iban detrás de los mayores, zigzagueando entre los coches aparcados y los taxis.

—¿A vosotros os pega vuestra madre? —preguntó Sophie Mol.

Rahel y Estha, que no estaban seguros de la intención de la pregunta, no contestaron.

—La mía sí —dijo Sophie Mol como una invitación a que hablaran—. La mía hasta me da bofetadas.

—La nuestra no —dijo Estha.

—¡Qué suerte! —dijo Sophie Mol.

Qué suerte, eres un chico rico con paga y la fábrica de la abuela que heredar. Sin preocupaciones.

Pasaron por delante del Sindicato de Trabajadores del Aeropuerto, donde estaban haciendo una huelga de hambre simbólica de un día. Y por delante de la gente que miraba a los del Sindicato de Trabajadores del Aeropuerto que hacían una jornada de huelga de hambre simbólica.

Y por delante de la gente que miraba a la gente que miraba a la gente.

Un cartel pequeño que colgaba de un árbol grande decía ¿PROBLEMAS DE VENÉREAS? CONSULTE AL DR. O. K. ALEGRÍA.

—¿Tú a quién quieres Más en el Mundo? —le preguntó Rahel a Sophie Mol.

—A Joe —dijo Sophie Mol sin titubear—. Es mi papá. Se murió hace dos meses. Hemos venido a reponernos del shock.

—Pero tu papá es Chacko —dijo Estha.

—Chacko no es más que mi *auténtico* papá —dijo Sophie Mol—, pero mi papá de verdad es Joe. Nunca me pega, bueno, casi nunca.

—¿Cómo puede pegarte, si está muerto? —le preguntó Estha muy atinadamente.

—Y *vuestro* papá, ¿dónde está? —quiso saber Sophie Mol.

—Está... —Y Rahel miró a Estha buscando ayuda.

—... en otro sitio —dijo Estha.

—¿Quieres que te diga mi lista? —le preguntó Rahel a Sophie Mol.

—Si quieres... —contestó Sophie Mol.

La «lista» de Rahel era un intento de poner orden en medio del caos. La revisaba constantemente, debatiéndose siempre entre el amor y el deber. No era, ni mucho menos, un indicador real de sus sentimientos.

—A los que más, a Ammu y a Chacko —dijo Rahel—. Luego, a Mammachi...

—Es nuestra abuela —explicó Estha.

—¿*Más* que a tu hermano? —le preguntó Sophie Mol.

—Nosotros no contamos —dijo Rahel—, y además Estha puede cambiar. Lo ha dicho Ammu.

—¿Qué quieres decir? ¿Cambiar a qué? —preguntó Sophie Mol.

—A Cerdo Machista —dijo Rahel.

—Pues no creo —dijo Estha.

—Bueno, da igual, y, después de Mammachi, a Velutha, y después...

—¿Quién es Velutha? —quiso saber Sophie Mol.

—Es un hombre al que queremos mucho —dijo Rahel—, y, después de Velutha, a ti.

—¿A mí? ¿Y por qué me quieres? —dijo Sophie Mol.

—Porque somos primas hermanas, o sea que tengo que quererte —dijo Rahel. Una mentira piadosa.

—Pero si ni siquiera me conoces —dijo Sophie Mol—, y además yo no te quiero.

—Pero me querrás cuando me conozcas —dijo Rahel, confiada.

—Lo dudo —dijo Estha.

—¿Por qué? —preguntó Sophie Mol.

—Porque sí —dijo Estha—. Y, además, probablemente Rahel va a ser enana.

Como si querer a un enano fuera algo que quedase fuera de toda posibilidad.

—¡No es verdad! —dijo Rahel.

—¡Sí es verdad! —dijo Estha.

—¡No es verdad!

—¡Sí es verdad!

—¡No es verdad!

—¡Sí es verdad! Mira, somos gemelos —explicó Estha a Sophie Mol—, y ya ves que es mucho más baja que yo.

Rahel no tuvo más remedio que coger aire, sacar pecho y ponerse junto a Estha, espalda contra espalda, en el aparcamiento del aeropuerto, para que Sophie Mol viera que no era mucho más baja que él.

—Puede que solo vayas a ser una persona diminuta —sugirió Sophie Mol—. Es más que ser enana y menos que... una Persona Normal.

El silencio que siguió era reflejo de la inseguridad provocada por aquella componenda.

En la puerta de acceso a la sala de espera de llegadas una silueta en la sombra, con la boca roja y forma de canguro, le dijo adiós con una pata de cemento a Rahel. Besos de cemento zumbaron por el aire como pequeños helicópteros.

—¿Sabéis contonearos al andar? —quiso saber Sophie Mol.

—No. En la India no nos contoneamos —dijo el Embajador Estha.

—Pues en Inglaterra sí —dijo Sophie Mol—. Todas las modelos se contonean en la tele. Mirad, es muy fácil.

Y los tres, capitaneados por Sophie Mol, cruzaron el aparcamiento del aeropuerto contoneándose con el balanceo de las modelos, con dos botellas Águila y un bolsito a la última moda Made-in-England brincándoles en las caderas. Enanitos húmedos de sudor que caminaban como personas mayores.

Unas sombras los seguían. Aviones de plata en un cielo azul iglesia, como mariposas nocturnas atraídas por un haz de luz.

El Plymouth azul cielo con alerones tuvo una sonrisa para Sophie Mol. Una sonrisa de tiburón con parachoques cromado.

La sonrisa automovilística de Conservas y Encurtidos Paraíso.

Al ver la baca del coche con los botes de conservas pintados y la lista de los productos Paraíso, Margaret Kochamma dijo:

—¡Oh, Dios mío! Me siento como si fuera a meterme en un anuncio.

Decía «¡Oh, Dios mío!» muy a menudo.

¡Oh, Dios mío! ¡Oh, Dios mío! ¡Oh, Dios mío!

—No sabía que teníais rodajas de piña —dijo—. A Sophie le encanta la piña, ¿verdad, Soph?

—A veces sí y a veces no —dijo Soph.

Margaret Kochamma se subió de un salto en el anuncio con sus pecas de la espalda y sus pecas de los brazos y su vestido de flores que dejaba las piernas al descubierto.

Sophie Mol se sentó delante, entre Chacko y Margaret Kochamma, con el sombrero asomando por encima del respaldo del asiento del coche. Porque era su hija.

Rahel y Estha se sentaron en el asiento de atrás.

El equipaje iba en el maletero.

Maletero era una palabra preciosa. *Fortachón* era una palabra horrible.

Cerca de Ettumanoor pasaron junto a un elefante sagrado muerto. Se había electrocutado con un cable de alta tensión que había caído sobre la carretera. Un técnico municipal de Ettumanoor supervisaba los trabajos para retirar el cadáver. Había que ser muy cuidadoso, porque la decisión que se tomase serviría de precedente para las futuras retiradas de paquidermos sagrados muertos por electrocución. Era un asunto que no debía tratarse a la ligera. Había un coche de bomberos y algunos bomberos que no sabían muy bien qué hacer. El técnico municipal tenía unos impresos y gritaba mucho. Había un carrito de Helados Alegría y un hombre que vendía cacahuetes en cucuruchos de papel estrechos, hábilmente diseñados para que no cupieran en ellos más de ocho o nueve cacahuetes.

—¡Mirad, un elefante muerto! —dijo Sophie Mol.

Chacko se detuvo para preguntar si no sería por casualidad Kochu Thomban (Colmillo Pequeño), el elefante del templo de Ayemenem que todos los meses iba un día a la Casa de Ayemenem a que le dieran un coco. Pero le dijeron que no.

Aliviados al saber que se trataba de un elefante desconocido, continuaron la marcha.

—¡*Grasias* a Dios! —dijo Estha.

—¡*Gracias* a Dios, Estha! —lo corrigió Bebé Kochamma.

Durante el camino, Sophie Mol aprendió a reconocer los primeros efluvios del hedor que anunciaba que se aproximaba un cargamento de caucho en bruto y a taparse la nariz hasta mucho después de que el camión que lo transportaba hubiese pasado.

Bebé Kochamma propuso que cantaran una canción.

Estha y Rahel tuvieron que cantar en inglés con voces obedientes. Alegres. Como si no les hubieran obligado a ensayar durante toda la semana. El Embajador E. Pelvis y la Embajadora I. Palo.

BendIIIto sea el SeñOOOr por siEEEmpre,
bendIIIto sea y alabAAAdo.

Su pro-nun-cia-CIÓN era perfecta.

El Plymouth atravesaba a toda velocidad el calor verdoso del mediodía promocionando conservas en el techo y con el cielo azul cielo en los alerones.

Justo en las afueras de Ayemenem chocaron con una mariposa de color verde col (o tal vez fue la mariposa la que chocó con ellos).

7. Cuaderno de ejercicios

En el estudio de Pappachi la colección de mariposas diurnas y mariposas nocturnas se había desintegrado hasta convertirse en montoncitos de polvo iridiscente que cubría la parte de abajo de los expositores de cristal, y los alfileres que las atravesaban habían quedado desnudos. Algo cruel. Los hongos y el abandono habían invadido la habitación. Un viejo hula-hoop de color verde neón colgaba de un gancho de madera que había en la pared como un enorme halo de santo desechado. Una hilera de hormigas negras relucientes cruzaba el antepecho de la ventana con los traseros levantados como una fila de chicas de revista, todas acompasadas, en un musical de Busby Berkeley. Sus siluetas se recortaban contra el sol. Lustrosas y bellas.

Rahel (sobre un taburete puesto encima de la mesa) revolvía una estantería de libros con los cristales sucios y opacos. Las pisadas de sus pies descalzos se podían apreciar claramente sobre el polvo del suelo. Iban desde la puerta hasta la mesa (arrastrada hasta la librería) y hasta el taburete (arrastrado hasta la mesa y subido encima de ella). Buscaba algo. Ahora su vida tenía forma y tamaño. Bajo los ojos tenía ojeras en forma de media luna y había duendecillos en su horizonte.

En el estante más alto las tapas de cuero del conjunto de volúmenes de Pappachi *La riqueza entomológica de la India* se habían despegado y se habían ido abombando hasta parecer amianto ondulado. Los lepismas habían hecho madrigueras entre las páginas, habían perforado túneles de una especie a otra y habían convertido en encaje amarillento lo que antaño fue una información organizada.

Rahel fue tanteando detrás de la fila de libros y sacó varias cosas que estaban escondidas.

Una concha marina lisa y otra rugosa.

Un estuche de plástico para lentes de contacto y una pipeta naranja.

Un crucifijo de plata que colgaba en el extremo de una sarta de cuentas: el rosario de Bebé Kochamma.

Lo puso contra la luz. Cada una de las cuentas atrapó, avariciosa, una porción de sol.

En el rectángulo que el sol iluminaba sobre el suelo del estudio se reflejó una sombra. Rahel se volvió hacia la puerta con su sarta de cuentas de luz.

—Fíjate. Aún sigue aquí. Lo robé después de que fueras Devuelto.

La palabra le había salido sin esfuerzo. *Devuelto.* Como si para eso sirvieran los gemelos. Para que los prestasen y los devolviesen. Como los libros de una biblioteca.

Estha no levantó la mirada. Tenía la cabeza repleta de trenes. Su cuerpo hacía de pantalla a la luz que entraba por la puerta. Un agujero con forma de Estha en el universo.

Detrás de los libros los dedos asombrados de Rahel encontraron algo más. Otra urraca había tenido la misma ocurrencia. Lo sacó y le quitó el polvo con la manga de la camisa. Era un paquete plano envuelto en plástico transparente y cerrado con cinta adhesiva. Dentro, un trocito de papel blanco decía ESTHAPPEN Y RAHEL. Con la letra de Ammu.

El paquete contenía cuatro cuadernos destrozados. En las tapas ponía CUADERNO DE EJERCICIOS y, más abajo, NOMBRE, COLEGIO/INSTITUTO, CLASE, MATERIA. En dos de ellos estaba su nombre, y en los otros dos, el de Estha.

En la parte interior de la tapa de detrás de uno de ellos alguien había escrito con caligrafía infantil. Por la forma laboriosa de cada letra y el espacio irregular entre las palabras se deducía el esfuerzo por controlar un lápiz errático y con voluntad propia. Por contraste, los sentimientos eran evidentes: *Odio a la señorita Mitten* y *Creo que tiene las blagas* ROTAS.

En la tapa Estha había borrado su apellido frotando con saliva y se había llevado parte del papel. Encima había escrito a lápiz *Desconocido*. Esthappen Desconocido. (La decisión sobre qué apellido iban a usar estaba pospuesta hasta que Ammu decidiera entre el de su marido y el de su padre). Junto a CLASE había puesto *primero* y, junto a MATERIA, *Redacciones*.

Rahel estaba sentada con las piernas cruzadas (en el taburete que estaba sobre la mesa).

—Esthappen Desconocido —dijo.

Abrió el cuaderno y leyó en voz alta.

> *«Cuando Ulises volvió a casa, su hijo fue y le dijo padre creí que no ibas a volver. han venido muchos prénçipes y todos se querían casar con Pene Lope, pero Pene Lope decía que me casaré con el hombre que pueda atravesar los doce anillos. y todos fallaron. y ulises fue al palacio vestido de pordiosero y preguntó que si podía probar y todos los hombres se rieron de él y le dijeron si nosotros no podemos, pues tú tampoco. y el hijo de ulises dijo que se callaran y le dejaran probar y él cogió el arco y disparó justo entre los doce anillos»*.

Debajo había correcciones de alguna lección anterior.

Aprendido Ninguno Carruajes Puente Porteador Sujeto
Aprendido Ninguno Carruajes Puente Porteador Sujeto
Aprendido nenguno
Aprendido Niuno

Una sonrisa se enroscó en los bordes de la voz de Rahel.

—El orden ante todo —dijo.

Ammu había trazado una línea ondulante a lo largo de la página con un lápiz rojo y había escrito: *¿Y el margen? ¡Haz el favor de unir las letras!*

«Cuando vamos por la calle en la ciudad tenemos que ir siempre por la acera. *Si vamos por la acera no hay coches que causen acidentes, pero por la calle principal hay un trafico muy peligroso que te puede atropellar y puedes* perder el conocimiento *o qedarte* cojo. *Si te rompes la cabeza o la nuca es una* desgracia *muy grande. los policías dirigen el trafico para que no haya demasiados* inválidos *que tengan que ir al ospital. Para bajarse del autobús solo podemos bajarnos después de decirselo al* cobrador *o nos podemos hacer* heridas *y dar mucho trabajo a los médicos. El trabajo de conductor es muy* peligroso. *Su familia está muy angustiada porque el conductor puede morirse».*

—¡Qué chico más morboso! —le dijo Rahel a Estha. Y, al volver la página, algo le atenazó la garganta, le quitó la voz, se la sacudió y se la devolvió sin sonrisa en los bordes. La siguiente redacción de Estha se titulaba *Pequeña Ammu.*

Con las letras unidas. Con las mayúsculas más altas y con rabitos ensortijados. La sombra que se recortaba en el hueco de la puerta estaba muy quieta.

«El sábado fuimos a una librería de Kottayam a comprar un regalo a Ammu porque su cumpleaños es el 17 de noveimbre. Le compamos un Diario y lo escondimos en el amario y luego empezó a ser de noche. Y entonces le dijimos que si quieres ver tu regalo y ella dijo sí que quiero verlo. y escribimos en el papel Para nuestra pequeña Ammu con el cariño de Estha y Rahel y se lo dimos a Ammu y ella dijo qué regalo tan bonito es justo lo que quería y luego estuvimos ablando un poco y hablamos del Diario y luego le dimos un beso y nos fuimos a la cama.

Rahel y yo estuvimos ablando y luego nos dormimos y tuvimos un sueño.

Y luego me levanté y tenía mucha sed y fui al cuarto de Ammu y le dije tengo sed. Y Ammu me dio agua y luego me iba a mi cama y Ammu me llamó y me dijo quedate a dormir conmigo y me acurruqué a su espalda y estuve hablando con ella y me dormí. Y luego me levanté y volvimos a ablar y luego tuvimos una fiesta a media noche. y tomamos naranja y cafe y plátano. y luego vino Rahel y nos comimos otros dos plátanos más y le dimos un beso a Ammu porque ya era su cumpleaños y luego le cantamos cumpleañosfeliz. Y luego por lamañana Ammu nos dio vestidos nuevos de regalo, a Rahel de maharaní y a mi de Nehru».

Ammu había corregido las faltas de ortografía y debajo de la redacción había escrito: *Si estoy Hablando con alguien, solo puedes interrumpirme si es algo muy urgente. Y si tienes que interrumpirme, has de decir «Perdón». Si no haces caso de estas instrucciones, te castigaré muy severamente. Corrige los errores, por favor.*

Pequeña Ammu.

Que nunca corrigió *sus* errores.

Que tuvo que hacer las maletas y marcharse. Porque no tenía derecho a nada. Porque Chacko le dijo que ya había destruido demasiadas cosas.

Que regresó a Ayemenem con asma y un ruido en el pecho que parecía un hombre gritando desde lejos.

Estha nunca la vio así.

Desvariando. Enferma. Triste.

La última vez que Ammu volvió a Ayemenem, a Rahel la acababan de expulsar del Convento de Nazaret (por decorar cacas de vaca y tropezarse deliberadamente con sus compañeras mayores). Ammu se había quedado sin el último de una serie de empleos —recepcionista en un hotelucho de mala muerte— porque se había puesto enferma y había faltado demasiados días a trabajar. Le dijeron que el hotel no podía afrontar el gasto. Necesitaban una recepcionista que tuviera mejor salud.

En aquella última visita, Ammu se pasó la mañana con Rahel en su cuarto. Con las últimas monedas de su exiguo sueldo había comprado a su hija unos regalitos que había envuelto en papel marrón con corazones de papel pegados: un paquete de cigarrillos de chocolate, una cajita pequeña de lápices Phantom y un cómic. Eran regalos para una niña de siete años. Rahel tenía casi once. Era como si Ammu creyera que, si se negaba a aceptar el paso del tiempo, si deseaba que el tiempo se detuviese en las vidas de sus gemelos, el tiempo se detendría. Como si la mera fuerza de voluntad fuese suficiente para mantener en suspenso la niñez de sus hijos hasta que tuviera dinero para llevárselos a vivir con ella. Entonces podrían retomar todo donde lo dejaron. Comenzar de nuevo desde los siete años. Ammu le contó a Rahel que también le había comprado un cómic a Estha y que lo guardaría hasta que consiguiera otro trabajo y ganase lo suficiente para alquilar una habitación en la que estar los tres juntos. Entonces iría a Calcuta a buscar a Estha y se lo daría. Le dijo que ese día no estaba lejano, podía ser en *cualquier* momento, que pronto el asunto del alquiler no sería un problema porque había presentado una solicitud para trabajar en las Naciones Unidas y se irían todos a vivir a La Haya con una niñera holandesa que los cuidaría. O si no, decía Ammu, podía quedarse en la India y hacer lo que siempre había pensado, abrir una escuela. Decía que elegir entre dedicarse a la educación o hacer un trabajo para las Naciones Unidas no era fácil, pero lo importante era recordar que tener la posibilidad de elegir ya constituía un gran privilegio.

Por el momento, hasta que tomara una decisión, seguiría guardando el regalo de Estha.

Aquella mañana Ammu habló incesantemente. Le preguntaba muchas cosas a Rahel, pero no le dejaba contestar. Si Rahel intentaba decir algo, Ammu la interrumpía con una idea diferente o con otra pregunta. Parecía aterrorizada ante cualquier respuesta de persona adulta que pudiera darle su hija y descongelara el tiempo congelado. El miedo la había vuelto locuaz, y pretendía mantenerlo a raya con su parloteo.

Estaba hinchada por la cortisona, tenía la cara redonda, no era la madre esbelta que Rahel había conocido. La piel se le había puesto tirante sobre las mejillas mofletudas, con el brillo y la textura de las cicatrices típicas de las vacunaciones ya antiguas, y, cuando sonreía, parecía que los hoyuelos le doliesen. Su pelo rizado había perdido el brillo y colgaba a los lados de su rostro hinchado como una cortina raída. Para ayudarse a respirar llevaba un inhalador de cristal en su bolso gastado por el uso. Un inhalador Brown Brovon. Cada vez que inspiraba era como si le ganase una batalla al puño de acero que intentaba exprimirle el aire de los pulmones. Rahel miraba cómo respiraba su madre. Cada vez que inhalaba, los huecos que tenía junto a las clavículas se hacían más profundos y se llenaban de sombras.

Ammu escupió una flema en el pañuelo y se lo enseñó a Rahel.

—Siempre hay que comprobar cómo son —susurró con voz ronca, como si las flemas fueran la respuesta a un problema aritmético en una hoja de papel que hubiera que revisar antes de entregar—. Si son blancas, quiere decir que no están maduras. Si son amarillas y huelen a podrido, están maduras y listas para expectorar. Las flemas son como la fruta: o están maduras, o verdes. Hay que saber diferenciarlas.

Durante el almuerzo eructó como un camionero y pidió perdón en un tono de voz grave y poco natural. Rahel notó que en las cejas tenía unos pelos gruesos, nuevos, largos, como las antenas de un artrópodo. Ammu sonrió al silencio que la rodeaba en la mesa mientras separaba un trozo de emperador frito de la espina, y dijo que se sentía como una señal de carretera con cagadas de pájaro. Tenía un brillo extraño, febril, en la mirada.

Mammachi le preguntó que si bebía y le sugirió que fuese a visitar a Rahel lo menos posible.

Ammu se levantó de la mesa y, sin decir una sola palabra, se fue. Ni tan siquiera dijo adiós.

—Ve a despedirte —le dijo Chacko a Rahel.

Hizo oídos sordos. Siguió comiendo el pescado. Se acordó de lo de las flemas y casi la hizo vomitar. Entonces odió a su madre. La *odió*.

No volvió a verla.

Ammu murió en un lúgubre cuartucho de la Pensión Bharat de Alleppey, adonde había ido para una entrevista para un empleo de secretaria. Murió sola. Con un ruidoso ventilador de techo por compañía y sin Estha que hablara con ella, acurrucado a su espalda. Tenía treinta y un años. No era joven ni vieja, pero a esa edad la muerte ya era un hecho posible.

Por la noche se despertó para escapar de un sueño que se había vuelto habitual, recurrente, en el que unos policías se le acercaban con unas tijeras para cortarle el pelo. Eso les hacían en Kottayam a las prostitutas cuando las cogían en el bazar. Las marcaban para que todo el mundo supiera lo que eran. *Veshyas.* Para que los policías nuevos no tuvieran problemas a la hora de identificar a quiénes había que perseguir. Ammu siempre se fijaba en ellas en el mercado, en aquellas mujeres con la mirada perdida y la cabeza afeitada, en un país en el que la melena larga y aceitada era privilegio de las mujeres decentes.

Aquella noche, en la pensión, Ammu se sentó en aquella cama extraña de aquella habitación extraña de aquella ciudad extraña. No sabía dónde estaba, no reconocía nada de lo que había alrededor. Solamente el miedo le resultaba familiar. El hombre que tenía dentro empezó a gritar desde lejos. Y en aquella ocasión el puño de acero no soltó su presa. Las sombras se amontonaron como murciélagos en los hoyuelos que lucía junto a las clavículas.

El encargado de la limpieza la encontró por la mañana. Apagó el ventilador.

Tenía una bolsa azul oscuro bajo un ojo, hinchada igual que una burbuja. Como si el ojo hubiera intentado llevar a cabo el trabajo que los pulmones no podían hacer. En algún momento, cerca de la medianoche, el hombre que vivía en su pecho había dejado de gritar desde lejos. Un pelotón de hormigas transportaba una cucaracha muerta tranquilamente por debajo de la puerta, como para demostrar qué es lo que hay que hacer con los cadáveres.

En la iglesia se negaron a enterrar a Ammu. Por varias razones. Así que Chacko alquiló una furgoneta para transportar el cuerpo al crematorio eléctrico, el de los pobres. A los ricos los incineraban en una pira de madera. La envolvieron en una sábana sucia y la colocaron sobre una camilla. Rahel pensó que parecía un senador romano. *Et tu, Ammu!*, se dijo mentalmente, y sonrió al recordar a Estha.

Era una cosa muy extraña ir conduciendo por calles luminosas y llenas de ajetreo con un senador romano muerto en el suelo de la furgoneta. Hacía que el azul del cielo fuera más azul. Más allá de las ventanillas, la gente, que parecía muñecos de papel recortados, seguía con sus vidas de muñecos de papel recortados. La vida real estaba en la furgoneta. Donde estaba la muerte real. Con los baches de la carretera, el cuerpo de Ammu saltaba y se iba deslizando fuera de la camilla. Su cabeza chocó con uno de los pernos del suelo, pero no hizo un gesto de dolor ni se despertó. En la cabeza de Rahel sonaba un zumbido, y durante el resto de aquel día Chacko tuvo que gritar para que le prestara atención.

El crematorio presentaba el mismo aspecto sucio y desvencijado de las estaciones de tren, solo que estaba desierto. No había trenes, no había multitudes. Allí solo se incineraba a los mendigos, a los que no tenían familia y a los presos. La gente que moría sin nadie que se acurrucase a su espalda y le hablase. Cuando le llegó el turno a Ammu, Chacko cogió fuerte la mano de Rahel. Ella no quería que la cogieran de la mano, así que aprovechó que la tenía sudorosa por el calor del crematorio para soltarse. Nadie más de la familia estuvo presente.

La puerta de acero del horno se abrió y el mudo murmullo del fuego eterno se convirtió en un rugido rojo. El calor se abalanzó sobre ellos como una bestia salvaje muerta de hambre. Y entonces le dieron a Ammu, la Ammu de Rahel, para comer. Su pelo, su piel, su sonrisa. Su voz. El modo en que utilizaba a Kipling para amar a sus hijos antes de meterlos en la cama: *Somos de la misma sangre, vosotros y yo*. Su beso de buenas noches. El modo en que los mantenía con la cara quieta (apretándoles las mejillas y haciéndoles poner boquita de pez) con una mano mientras con la otra los peinaba y les hacía la raya. El modo en que le sostenía las bragas a Rahel para que se metiera en ellas. *La pierna izquierda, la pierna derecha.* Todo eso se lo dieron a la bestia para comer y quedó satisfecha.

Ella había sido su Ammu y su Baba y los había querido el Doble.

La puerta del horno resonó al cerrarse. No hubo lágrimas.

El encargado del crematorio había salido calle abajo a tomarse un té y tardó veinte minutos en volver. Eso fue lo que Chacko y Rahel tuvieron que esperar para que les dieran un recibo de color rosa a cambio del cual les entregarían los restos de Ammu. Sus cenizas. Los granitos de arena de sus huesos. Los dientes de su sonrisa. Todo lo que ella fue, comprimido en un pequeño recipiente de arcilla. El recibo número Q498673.

Rahel le preguntó a Chacko cómo se las arreglaban los del crematorio para saber de quién eran las diferentes cenizas. Le contestó que algún sistema tendrían.

Si Estha hubiera estado con ellos, habría guardado el recibo. Él era el guardián de los papeles. El custodio natural de billetes de autobús, recibos de banco, comprobantes de caja, matrices de talonarios de cheques. Pequeño Hombrecito era. A bordo de un barco iba. (Pim-pim).

Pero Estha no estaba con ellos. Todos habían decidido que era mejor así. Le escribieron. Mammachi dijo que Rahel también debía escribirle. ¿Escribirle qué? *Querido Estha: ¿Qué tal estás? Yo estoy bien. Ammu murió ayer.*

Rahel no le escribió. Hay cosas que uno no puede hacer, como escribir una carta a una parte de sí mismo. A sus pies, o a su pelo. O a su corazón.

En el estudio de Pappachi, Rahel (ni vieja ni joven), con el polvo del suelo en los pies, levantó la vista del Cuaderno de ejercicios y vio que Esthappen Desconocido se había marchado.

Se bajó (del taburete, de la mesa) y salió a la galería.

Vio cómo la espalda de Estha desaparecía por la puerta del jardín.

Era media mañana y estaba a punto de llover otra vez. El verdor —en aquellos últimos instantes de luz extraña y resplandeciente, antes de que cayera el agua— era intensísimo.

Un gallo cacareó a lo lejos y su voz se partió en dos. Como una suela que se hubiera desprendido de un zapato viejo.

Rahel estaba allí con sus Cuadernos de ejercicios destrozados. En la galería delantera de una vieja casa, bajo una cabeza de bisonte con ojos como botones, donde años atrás, el día que llegó Sophie Mol, se representó el *¡Bienvenida a casa, querida Sophie Mol!*

Las cosas pueden cambiar en un solo día.

8. ¡Bienvenida a casa, querida Sophie Mol!

La casa de Ayemenem era una antigua mansión, noble y señorial, que mantenía las distancias. Como si no tuviera nada que ver con la gente que vivía en ella. Como un viejo de ojos legañosos que contempla los juegos de los niños y lo único que ve en la euforia de sus gritos y en su entusiasta entrega a la vida es la fugacidad.

El pronunciado tejado de tejas se había ido oscureciendo y cubriendo de musgo por las lluvias y el paso del tiempo. Los marcos triangulares de madera encajados en los gabletes tenían intrincadas tallas, y la luz que se filtraba a través de ellos y formaba dibujos sobre el suelo estaba llena de secretos. Lobos, flores, iguanas. Formas que cambiaban a medida que el sol se movía por el cielo. Y morían puntualmente al anochecer.

Las puertas no constaban de dos, sino de cuatro paneles de madera de teca. De tal modo que, en los viejos tiempos, las damas podían mantener cerrada la mitad inferior, apoyar los codos en ella como en un alféizar y regatear con los vendedores que llegaban a la casa, sin mostrarse de cintura para abajo. En teoría, podían comprar alfombras o pulseras con el pecho cubierto y el trasero al aire. En teoría.

Nueve empinados escalones unían el camino para coches con la galería delantera de la casa. Aquella elevación le otorgaba la dignidad de un escenario, y todo lo que allí pasaba adquiría el aura y la importancia de una representación teatral. Desde la galería se dominaban el jardín ornamental de Bebé Kochamma y el camino de gravilla para coches que lo rodeaba serpenteando cuesta arriba hasta acabar al pie de la pequeña colina sobre la que se alzaba la casa.

Era una galería muy ancha, fresca incluso al mediodía, cuando el sol estaba más abrasador.

Cuando se hizo el suelo de cemento rojo, se le echó dentro la clara de casi novecientos huevos. Eso le daba un brillo intenso.

Debajo de la cabeza de bisonte disecada, con ojos como botones, que tenía los retratos de su suegro y su suegra a ambos lados, estaba sentada Mammachi en una silla baja de mimbre y junto a una mesa de mimbre sobre la que había un florero verde donde se inclinaba un único tallo de orquídeas de color púrpura.

La tarde era tranquila y calurosa. El Aire esperaba detenido.

Mammachi sostenía un reluciente violín bajo el mentón. Llevaba unas gafas de sol oscuras estilo años cincuenta, de montura negra y extremos puntiagudos con falsos brillantitos incrustados. Vestía un sari almidonado y perfumado de color hueso y oro. Los pendientes de diamantes brillaban en sus orejas como candelabros diminutos. Los anillos de rubíes le iban grandes. Tenía un cutis fino y pálido, arrugado como la película de nata que se forma en la leche al enfriarse y salpicado de minúsculos lunares rojos. Era preciosa. Anciana, majestuosa, fuera de lo común.

Una Madre Viuda y Ciega con un violín.

Cuando era más joven, con habilidad y previsión, Mammachi había ido guardando todo el pelo que se le caía en una bolsita bordada que atesoraba en su tocador. Cuando reunió una cantidad suficiente, hizo con él un moño rodeado de una redecilla que guardaba bajo llave en un armario junto a sus joyas. Cuando se hizo mayor y su cabellera empezó a ser menos abundante y plateada, se ponía el moño negro azabache prendido a su cabecita blanca, para darle más volumen. A su modo de ver, aquello era perfectamente aceptable, ya que todo el pelo era suyo. Por la noche, cuando se quitaba el moño, dejaba que sus nietos le hicieran una trenza con el poco pelo que le quedaba en la cabeza, hasta convertirlo en una cola de rata gris, aceitada y sujeta con una goma en la punta. Uno le trenzaba el pelo mientras el otro contaba sus incontables lunares. Por turnos.

En el cuero cabelludo, cuidadosamente ocultas bajo la escasa cabellera, Mammachi tenía protuberancias con forma de medialuna. Cicatrices de antiguas palizas de un antiguo matrimonio. Cicatrices del florero de latón.

Tocaba el *Lentement*: un movimiento de la suite en re de la *Música acuática* de Haendel. Detrás de las puntiagudas gafas oscuras, tenía cerrados los ojos, ya inservibles, pero podía ver cómo la música abandonaba su violín y se elevaba igual que humo hacia la tarde.

Por dentro, su cabeza era como una habitación con cortinas oscuras corridas en un día luminoso.

Mientras tocaba, su mente retrocedió hacia la época de su primera partida de botes de encurtidos profesionales. ¡Qué hermosos le habían parecido! Tenía los botes, precintados, sobre una mesa cerca de la cabecera de su cama, para poder tocarlos nada más despertarse por la mañana. Se había acostado temprano y se despertó poco después de la medianoche. Los buscó a tientas y, al tocarlos, sus ansiosos dedos quedaron recubiertos de una película de aceite. Los botes de encurtidos nadaban en un charco de aceite. Había aceite por todas partes. En un círculo debajo del termo. Debajo de la Biblia. Cubría toda su mesilla de noche. Los mangos habían absorbido el aceite y se habían hinchado, y los botes se salían.

Mammachi consultó el libro que Chacko le había comprado, *La elaboración de conservas caseras*, pero no ofrecía ninguna solución. Entonces dictó una carta para el cuñado de Annamma Chandy, que era el director regional de Encurtidos Padma en Bombay. Este le recomendó que aumentara la proporción del conservante que utilizaba y de la sal. Aquello mejoró algo las cosas, pero no solucionó el problema totalmente. Incluso entonces, al cabo de tantos años, los botes de encurtidos de Conservas y Encurtidos Paraíso perdían un poco de aceite. Era casi imperceptible, pero goteaban y, tras viajes largos, las etiquetas se ponían aceitosas y transparentes. Y, en cuanto a su contenido, continuaba siendo un poquito demasiado salado.

Mammachi se preguntó si alguna vez conseguiría dominar el arte de la perfecta conservación, y si a Sophie Mol le gustaría el zumo de uva frío. Un vaso de zumo color púrpura.

Entonces pensó en Margaret Kochamma, y las notas líquidas y lánguidas de la música de Haendel se tornaron agudas y furiosas.

Mammachi nunca había visto a Margaret Kochamma, pero, de todos modos, la odiaba. *La hija de un tendero* era la denominación con que Margaret Kochamma estaba etiquetada en la cabeza de Mammachi. Así estaba organizado su mundo. Si la invitaban a una boda en Kottayam, se pasaba todo el tiempo cotilleando con quienquiera que la acompañase: «El abuelo materno de la novia era el carpintero de mi padre. ¿Kunjukutty Eapen? La hermana de su bisabuela no era más que una comadrona de Trivandrum. La familia de mi marido era dueña de estos terrenos».

Claro que Mammachi habría odiado a Margaret Kochamma incluso aunque hubiera sido la heredera del trono de Inglaterra. A Mammachi no solo le disgustaba su origen plebeyo. La odiaba porque era la mujer de Chacko. La odiaba porque lo había abandonado. Pero la habría odiado aún más si hubiera seguido casada con él.

El día en que Chacko impidió que Pappachi le pegase (y en que Pappachi hizo trizas su mecedora para desfogarse), Mammachi metió todos sus sentimientos de esposa en una maleta y se la encomendó a Chacko para que la cuidara. De ahí en adelante se convirtió en el depositario de todos sus sentimientos de mujer. En su Hombre. Su único Amor.

Estaba al tanto de sus relaciones libertinas con las mujeres de la fábrica, pero ya no se sentía herida por ello.

Cuando Bebé Kochamma sacó el tema a relucir, Mammachi se puso tensa y se le crisparon los labios.

—Es lógico que un Hombre tenga sus Necesidades —dijo con severidad.

Lo sorprendente es que Bebé Kochamma aceptó aquella explicación, y la noción enigmática e íntimamente emocionante de que los Hombres tenían sus Necesidades adquirió una carta de naturaleza implícita dentro de la casa de Ayemenem. Ni Mammachi ni Bebé Kochamma vieron ninguna contradicción entre la mente comunista de Chacko y su libido feudal. Lo único que las preocupaba eran los naxalitas, porque se decía que habían obligado a hombres de Buenas Familias a casarse con sirvientas a las que habían dejado embarazadas. Por supuesto, no tenían ni la más remota sospecha de que, cuando se disparase el misil (el que aniquilaría para siempre el Buen Nombre de su familia), provendría de donde menos lo podían esperar.

Mammachi mandó construir una entrada independiente para el dormitorio de Chacko, que estaba en el extremo oriental de la casa, a fin de que quienes satisfacían sus «necesidades» no tuvieran que *cruzar* la mansión. Mammachi les daba dinero a escondidas para tenerlas contentas. Ellas lo aceptaban porque lo necesitaban. Tenían hijos pequeños y padres mayores. O maridos que se gastaban su salario en los tenderetes donde vendían vino de palma. Aquel arreglo convenía a Mammachi porque, según su modo de ver, el pagar hacía que las cosas *quedaran claras*. Separaba el sexo del amor y las Necesidades de los Sentimientos.

Sin embargo, Margaret Kochamma era harina de otro costal. Dado que no tenía medios para averiguarlo (aunque le ordenó a Kochu Maria que examinara las sábanas para ver si encontraba manchas), a Mammachi solo le cabía esperar que no intentara reanudar sus relaciones sexuales con Chacko. Mientras Margaret Kochamma estuvo en Ayemenem, Mammachi logró contener algo sus incontenibles sentimientos deslizando dinero dentro de los bolsillos de los vestidos que Margaret Kochamma dejaba en el cesto de la ropa sucia. La interesada nunca devolvió el dinero, simplemente, porque no llegaba a sus manos. Aniyan, el *dhobi*, se encargaba de vaciar cada día sus bolsillos. Mammachi lo sabía, pero prefería interpretar el silencio de Margaret Kochamma como una aceptación tácita de un pago a cambio de los favores que imaginaba que le brindaba a su hijo.

Así que Mammachi tenía la satisfacción de poder considerar a Margaret Kochamma como otra puta más, Aniyan, el *dhobi*, estaba contento con su propina diaria y, por supuesto, Margaret Kochamma permanecía felizmente ajena a todo el tinglado.

Encaramado en lo más alto del pozo, un sucio cuclillo gritaba *uuuop, uuuop* y agitaba las alas de color rojo oxidado.

Un cuervo robó un trozo de jabón que le llenó el pico de espuma.

En la cocina, oscura y llena de humo, la diminuta Kochu Maria estaba de puntillas decorando la tarta de dos pisos que ponía BIENVENIDA A CASA, QUERIDA SOPHIE MOL. Aunque en aquella época la mayoría de las mujeres cristianas sirias ya usaban saris, Kochu Maria todavía llevaba inmaculados *chattas* blancos de manga corta y escote en uve y *mundus* blancos que se recogía a la espalda formando una especie de crujiente abanico que le caía sobre el trasero. El abanico de Kochu Maria quedaba medio oculto por el delantal de criada de cuadritos azules y blancos y con volantes, que, por más que resultaba absurdo y fuera de lugar, Mammachi insistía en que llevase dentro de la casa.

Tenía unos antebrazos cortos y regordetes, los dedos de las manos como salchichas y una nariz carnosa y ancha, de aletas desparramadas. Unos pliegues muy marcados unían su nariz con los dos lados de la barbilla y separaban esa parte de la cara del resto, como si fuera un hocico. Tenía la cabeza demasiado grande para su cuerpo. Parecía un feto embotellado que se hubiera escapado de su frasco de formaldehído de algún laboratorio de biología y hubiera ido desarrugándose y engordando con el paso de los años.

Guardaba el dinero en el corpiño, que se ajustaba mucho para aplastar sus poco cristianos pechos, por lo que siempre estaba húmedo. Llevaba pendientes de oro, gruesos y pesados, de estilo *kunukku*. Tenía los agujeros de las orejas tan dados de sí que los lóbulos le colgaban como pesados lazos a los lados del cuello, y los pendientes parecían sentarse en ellos como niños llenos de júbilo en un tiovivo (aunque, por descontado, no giraban). El lóbulo de la oreja derecha se le había rasgado una vez, y el doctor Verghese Verghese tuvo que cosérselo. Kochu Maria no podía dejar de usar sus pendientes de estilo *kunukku* porque, si lo hacía, ¿cómo iba a saber la gente que, a pesar de su modesto trabajo de cocinera (setenta y cinco rupias al mes), era una cristiana siria de la Iglesia de Mar Thoma? No una pelaya, ni una pulaya, ni una paraván. Sino una cristiana de casta alta, Tocable (en la que el cristianismo se había filtrado igual que rezuma el té de una bolsita). El coserse los lóbulos rasgados de las orejas era una opción mejor, muchísimo mejor.

Kochu Maria todavía no había descubierto a la adicta televisiva que esperaba agazapada en su interior. La adicta a Hulk Hogan. Ni siquiera había visto un televisor hasta entonces. No habría creído que la televisión existiera. Si alguien le hubiera asegurado que existía, habría dado por supuesto que le tomaban el pelo. Kochu Maria desconfiaba de las versiones del mundo exterior que le daban otras personas. La mayoría de las veces las tomaba como una afrenta deliberada a su falta de cultura y (en otras épocas) a su credulidad. Para entonces, empeñada en cambiar por completo su naturaleza innata, Kochu Maria había adoptado la táctica de no creer casi nunca nada de lo que dijera nadie.

Pocos meses antes, en julio, cuando Rahel le contó que un astronauta estadounidense llamado Neil Armstrong había andado por la luna, se rio sarcásticamente y dijo que un acróbata malayali llamado O. Muthachen había dado volteretas en el sol. Con lápices en la nariz. Estaba dispuesta a aceptar que los americanos *existían* aunque nunca hubiese visto a ninguno. Hasta estaba dispuesta a creer que alguien pudiera llevar un nombre tan absurdo como Neil Armstrong. Pero ¿lo del paseo por la luna? ¡No, señor! Ni tampoco se creyó las fotografías grises y poco nítidas que aparecieron en el *Malayala Manorama*, que ella no podía leer.

Seguía convencida de que, cuando Estha dijo «*Et tu, Kochu Maria?*», la estaba insultando en inglés. Creía que quería decir algo así como *Kochu Maria, enana negra y fea*. Así que aguardaba su oportunidad y esperaba encontrar el momento adecuado para quejarse de él.

Acabó de decorar la alta tarta. Después inclinó la cabeza hacia atrás y apretó la manga para vaciar el resto en su boca. Interminables espirales de pasta de chocolate cayeron sobre su lengua rosada. Cuando Mammachi la llamó desde la galería («*Kochu Mariye!* ¡Ya oigo el coche!»), tenía la boca llena de pasta y no pudo contestar. Cuando acabó, se pasó la lengua por los dientes y después hizo una serie de ruidos chasqueándola contra el paladar, como si acabara de tragarse algo ácido.

El ruido lejano del coche azul cielo (que ya había pasado por delante de la parada de autobús, por delante de la escuela, por delante de la amarilla iglesia, y ahora subía por la carretera llena de baches entre los árboles del caucho) hizo que un murmullo recorriera las instalaciones sucias de hollín y mal iluminadas de Conservas y Encurtidos Paraíso.

Todo el proceso de la conservación (triturar, cortar, hervir y revolver, rallar, salar, secar, pesar y embotellar herméticamente) se detuvo.

«*Chacko Saar vannu*», decía el murmullo volador. Se dejaron a un lado los cuchillos de picar. Las verduras quedaron abandonadas, a medio cortar, sobre enormes bandejas de acero. Así como las calabazas amargas destripadas y las piñas a medio pelar. Se quitaron los dediles de goma de colores (muy brillantes, como gruesos y alegres condones). Se lavaron las manos llenas de vinagre y se las secaron en los delantales azul cobalto. Se recapturaron los mechones de pelo que se habían escapado y se los volvieron a colocar bajo los pañuelos blancos. Se desenrollaron los *mundus* arremangados debajo de los delantales. Las puertas de tela metálica de la fábrica, con muelles en las bisagras, se cerraron solas con gran estrépito.

Y a un lado del camino de entrada para coches, junto al viejo pozo, a la sombra de un frondoso árbol, un ejército silencioso de delantales azules se reunió para observar en medio del calor verdoso.

Delantales azules y pañuelos blancos en la cabeza, como una masa de alegres banderas blancas y azules.

Achoo, Jose, Yako, Anian, Elayan, Kuttan, Vijayan, Vawa, Joy, Sumathi, Ammal, Annamma, Kanakamma, Latha, Sushila, Vijayamma, Jollykutty, Mollykuty, Lucykutty y Beena Mol (chicas con nombres de autobús). Las anteriores muestras de descontento habían quedado amortiguadas bajo una gruesa capa de lealtad.

El Plymouth azul cielo cruzó la puerta del jardín e hizo crujir el camino de gravilla; al pasar aplastó pequeñas conchas y destrozó diminutos guijarros rojos y amarillos. Los niños salieron a trompicones del coche.

Fuentes desmoronadas.

Tupés aplastados.

Pantalones amarillos acampanados muy arrugados y un bolsito a la última moda Made-in-England que a su dueña le gustaba mucho. Con una mezcla de sueño y mareo a causa del cambio de horario. Después salieron los adultos con los tobillos hinchados. Entumecidos de tanto estar sentados.

—¿Ya habéis llegado? —preguntó Mammachi, que dirigió sus gafas oscuras puntiagudas hacia los nuevos sonidos: gente que se apeaba de un automóvil, puertas de coche que se cerraban de un portazo. Bajó su violín.

—¡Mammachi! —dijo Rahel a su preciosa abuela ciega—. ¡Estha vomitó! ¡A la mitad de *Sonrisas y lágrimas*! Y...

Ammu tocó a su hija suavemente en el hombro. Y su toque quería decir *¡Chisss...!* Rahel miró a su alrededor y vio que estaba dentro de una representación teatral. Y que a ella le había tocado un papel muy pequeño.

Solo hacía de paisaje. O de flor, tal vez. O de árbol.

Una cara en medio de la multitud. Una figurante.

Nadie le dijo hola a Rahel. Ni siquiera el Ejército Azul en medio del calor verdoso.

—¿Dónde está? —preguntó Mammachi a los sonidos provenientes del coche—. ¿Dónde está mi Sophie Mol? Ven aquí y deja que te vea.

Mientras hablaba, la Melodía Suspendida que flotaba alrededor de ella como la reluciente sombrilla de un elefante sagrado de un templo se desmoronó y cayó suavemente, como el polvo.

Chacko, con su traje de *Pero ¿qué le ha sucedido de repente a nuestro hombre del pueblo?* y su bien alimentada corbata, condujo triunfalmente a Margaret Kochamma y a Sophie Mol, mientras ascendían los nueve escalones rojos, como si fueran un par de trofeos de tenis que acabara de ganar.

Y, una vez más, solo se dijeron Pequeñas Cosas. Las Grandes Cosas permanecieron dentro, sin decirse.

—¡Hola, Mammachi! —dijo Margaret Kochamma con su voz amable de maestra de escuela (que a veces daba bofetadas)—. Gracias por invitarnos. Teníamos tanta necesidad de alejarnos de todo aquello.

Mammachi percibió un tufillo a perfume barato con un toque agriado por el sudor aeronáutico. (Tenía un frasco de Dior, en su suave estuche de cuero verde, guardado bajo llave en su caja fuerte).

Margaret Kochamma estrechó la mano de Mammachi. Los dedos eran suaves; los anillos de rubíes, duros.

—¡Hola, Margaret! —dijo Mammachi (ni grosera, ni cortés), con las gafas oscuras todavía puestas—. Bienvenida a Ayemenem. Siento no poder verte. Como ya debes de saber, estoy casi ciega.

Hablaba lentamente y con sumo cuidado.

—No se preocupe —dijo Margaret Kochamma—. De todos modos, estoy segura de que tengo un aspecto horrible.

Soltó una risilla insegura, no demasiado convencida de que aquella fuese la respuesta correcta.

—Estás equivocada —dijo Chacko. Se volvió hacia Mammachi con una sonrisa de orgullo en los labios que su madre no podía ver—. Está preciosa, como siempre.

—Sentí mucho lo de... Joe —dijo Mammachi. Aunque sonó a que lo sentía solo un poquito. No mucho.

Se hizo un corto silencio de Tristeza-Por-Lo-De-Joe.

—¿Dónde está mi Sophie Mol? —dijo Mammachi—. Ven aquí y deja que tu abuela te vea.

Sophie Mol fue conducida hasta Mammachi, que levantó las gafas oscuras y se las colocó sobre la cabeza. Parecían los rasgados ojos de un gato que miraran de hito en hito la cabeza del aburrido bisonte. Este dijo: «*No. Rotundamente, No*». En el lenguaje de los Bisontes Aburridos.

Ya incluso antes del trasplante de córnea, Mammachi solo podía distinguir luces y sombras. Si alguien se paraba en la puerta, se daba cuenta de que había alguien allí. Pero no sabía quién era. Solo podía leer un cheque, un recibo o un billete si se lo arrimaba tanto a los ojos que lo tocaba con las pestañas. Después lo mantenía fijo y movía los ojos en sentido horizontal. Arrastrándolos de una palabra a otra.

La que hacía de Figurante (con su traje de hada) vio cómo Mammachi arrimaba a Sophie Mol a sus ojos para mirarla. Para leerla como si fuera un cheque. Para comprobarla como a un billete. Mammachi (con el ojo por el que veía mejor) vio un pelo castaño cobrizo (mmm..., mmm..., casi rubio), la curva de dos mejillas redondas y pecosas (mmm..., casi sonrosadas), unos ojos azules, de un azul grisáceo.

—La nariz de Pappachi —dijo Mammachi—. Dime, ¿eres una niña guapa? —le preguntó a Sophie Mol.

—Sí —dijo Sophie Mol.

—¿Y alta?

—Soy alta para mi edad —dijo Sophie Mol.

—Muy alta —corroboró Bebé Kochamma—. Mucho más alta que Estha.

—Es que ella es mayor —dijo Ammu.

—Aun así... —dijo Bebé Kochamma.

Un poco más allá, Velutha subía por el atajo a través de los árboles del caucho. Con el torso desnudo. Llevaba un rollo de hilo eléctrico colgado de un hombro. Se había puesto su *mundu* estampado en azul oscuro y negro enrollado muy flojo por encima de las rodillas. Y en la espalda, la hoja de la buena suerte del árbol de las marcas de nacimiento (que hacía que los monzones llegaran a su debido tiempo). Su hoja otoñal en la noche.

Rahel lo vio antes de que emergiera entre los árboles y saliera al camino de entrada a la casa, y abandonó la representación para ir hacia él.

Ammu la vio irse.

Vio cómo realizaban su complicado Saludo Oficial fuera del escenario. Velutha hacía una reverencia, como le habían enseñado, estirando el *mundu* por los costados como si fuera una falda, igual que la lechera inglesa en *El desayuno del rey*. Rahel saludaba inclinando la cabeza (y decía «Saludo»). Y después enganchaban los meñiques y se daban la mano seriamente con aire de banqueros en una convención.

Bajo la moteada luz del sol que se filtraba a través de los árboles de color verde oscuro, Ammu vio cómo Velutha levantaba a su hija sin ningún esfuerzo, como si fuese una niña inflable, hecha de aire. También vio la expresión de enorme placer de la niña voladora mientras la lanzaba al aire para volverla a atrapar con los brazos.

Vio cómo las cadenas de músculos del estómago de Velutha se le marcaban y elevaban bajo la piel como las divisiones de una tableta de chocolate. Le sorprendió ver cómo había cambiado aquel cuerpo, tan silenciosamente, pasando de ser el de un jovencito de músculos planos al de un hombre. Moldeado y fuerte. El cuerpo de un nadador. El cuerpo de un carpintero-nadador. Lustrado con una cera para cuerpos de gran calidad.

Tenía los pómulos anchos y una sonrisa blanca y pronta.

Fue la sonrisa la que hizo que Ammu se acordara de Velutha cuando era pequeño. Cuando ayudaba a Vellya Paapen a contar cocos, le traía regalitos que había hecho para ella y se los ofrecía sobre la palma de la mano abierta, para que pudiera cogerlos sin tener que tocarlo. Barcas, cajas, molinitos. Y la llamaba Ammukutty. Pequeña Ammu. Aunque era mayor que él. Mientras lo observaba en aquel momento, no pudo evitar pensar el poco parecido que guardaba aquel hombre con el niño que había sido. La sonrisa era el único equipaje que había llevado consigo desde la niñez hasta la edad adulta.

De pronto, Ammu deseó que *hubiera* sido él a quien Rahel vio en la manifestación. Deseó que hubiera sido él quien levantara aquella bandera y aquel brazo nudoso lleno de ira. Deseó que bajo su cuidada máscara de alegría albergara una ira latente, llena de vida, hacia el mundo petulante y ordenado contra el que ella protestaba con tanta furia.

Deseó que hubiera sido él.

Le sorprendió la confianza física que su hija demostraba sentir con él. Estaba sorprendida de que su hija pareciera tener un submundo que la excluyera a *ella* por completo. Un mundo táctil de risas y sonrisas del que ella, su madre, no formaba parte. Ammu se dio cuenta de que en sus pensamientos había un ligero matiz, delicado y morado, de envidia. Prefirió no pensar a quién envidiaba. Si al hombre o a su propia hija. O, simplemente, a aquel mundo de dedos entrelazados y súbitas sonrisas.

El hombre que estaba de pie bajo la sombra de los árboles del caucho, con lunares de luz solar bailándole por todo el cuerpo, sosteniendo a su hija en brazos, levantó la mirada y se encontró con la de Ammu. Siglos enteros quedaron plegados como un acordeón en un momento único y fugaz. La Historia fue cogida a contrapelo, desprevenida. Despojada de su piel como una vieja serpiente. Sus marcas, sus cicatrices, sus heridas de antiguas guerras y los días en que tenían que retroceder de rodillas, todo, cayó al suelo. Al desaparecer dejó un aura, un resplandor palpable que era tan fácil de ver como el agua en un río o el sol en el cielo. Tan fácil de sentir como el calor en un día caluroso, o el tirón de un pez en un sedal tenso. Tan obvio que nadie se dio cuenta.

En aquel breve instante, Velutha levantó la mirada y vio cosas que no había visto antes. Cosas que habían estado más allá de los límites hasta entonces, ocultas por las anteojeras de la historia.

Cosas sencillas.

Como, por ejemplo, que la madre de Rahel era una mujer.

Que se le formaban unos hoyuelos profundos cuando sonreía y que se le quedaban marcados mucho tiempo después de que la sonrisa abandonara sus ojos. Vio que sus brazos morenos eran redondos, firmes y perfectos. Que le brillaban los hombros, pero que los ojos estaban en otro lugar. Vio que cuando le diera regalos ya no tendría que ofrecérselos sobre la palma de la mano abierta para que no tuviera que tocarlo. Sus barcas y sus cajas y sus molinitos. También vio que él no era necesariamente el único dador de regalos. Que *ella* también tenía regalos que ofrecerle.

Aquel conocimiento lo traspasó limpiamente, como la hoja afilada de un cuchillo. Fría y caliente al mismo tiempo. Duró solo un instante.

Ammu se dio cuenta de que él se había dado cuenta. Miró hacia otro lado. Él también. Los demonios históricos retornaron para reclamarlos. Para envolverlos nuevamente en la piel vieja y llena de cicatrices y arrastrarlos otra vez hacia donde realmente vivían. Donde las Leyes del Amor establecían a quién debía quererse y cómo. Y cuánto.

Ammu se dirigió hacia la galería, de regreso a la Representación. Temblaba.

Velutha bajó la mirada hacia la Embajadora I. Palo, que tenía en los brazos, y la dejó en el suelo. Él también temblaba.

—¡Pero miradla! —dijo, señalando su ridículo vestido vaporoso—. ¡Qué guapa! ¿Te vas a casar?

Rahel arremetió contra las axilas de Velutha y comenzó a hacerle cosquillas despiadadamente. *¡Tiqui, tiqui, tiqui!*

—Ayer te *vi* —dijo Rahel.

—¿Dónde? —dijo Velutha en tono agudo y sorprendido.

—Eres un mentiroso —dijo Rahel—. Un mentiroso y un falso. Te vi. Eras comunista y llevabas camisa y una bandera. Y, *además*, hiciste como que no me veías.

—*Aiyyo kashtam* —dijo Velutha—. ¿Crees que yo haría una cosa así? Dímelo *tú*, ¿crees que Velutha haría *alguna vez* una cosa así? Debe de haber sido un hermano gemelo que tengo y que perdí hace tiempo.

—¿Qué hermano gemelo que perdiste hace tiempo?

—Urumban, tonta... El que vive en Kochi.

—¿Qué Urumban? —Entonces vio el guiño—. ¡Mentiroso! ¡No tienes ningún hermano gemelo! ¡No era Urumban! ¡Eras *tú*!

Velutha se rio. Tenía una risa preciosa y, cuando se reía, se reía de verdad.

—No era yo —dijo—. Estaba en la cama, enfermo.

—¿Ves? ¡Te estás riendo! —dijo Rahel—. Eso quiere decir que eras tú. Reírse quiere decir que «eras tú».

—¡Eso será en inglés! —dijo Velutha—. En malayalam mi profesora siempre decía: «Reírse quiere decir que no era yo».

Rahel tardó un momento en descifrar aquello. Volvió a arremeter contra él otra vez. *¡Tiqui, tiqui, tiqui!*

Todavía riéndose, Velutha miró hacia la Representación buscando a Sophie.

—¿Dónde está nuestra querida Sophie Mol? Vamos a echarle un vistazo. ¿Te has acordado de traerla o te la has dejado por ahí?

—No mires hacia allí —dijo Rahel inmediatamente.

Se puso de pie sobre el murete de cemento que separaba los árboles del caucho del camino de entrada y le tapó los ojos a Velutha con las manos.

—¿Por qué? —dijo Velutha.

—Porque no quiero.

—¿Dónde está Estha Mon? —dijo Velutha, que llevaba a una Embajadora (disfrazada de Insecto Palo disfrazado de Hada de Aeropuerto) colgando de la espalda con sus piernas enlazadas alrededor de la cintura, la cual le tapaba los ojos con sus manitas pegajosas—. No lo he visto.

—Ah, lo hemos vendido en Cochín —dijo Rahel displicente—. Por un saco de arroz y una linterna.

Las ásperas flores de encaje del almidonado vestido se clavaban en la espalda de Velutha. Flores de encaje y una hoja de la buena suerte florecían juntas sobre una espalda negra.

Pero, cuando Rahel buscó a Estha en la Representación, vio que no estaba allí.

En el escenario de la Representación, Kochu Maria había hecho su entrada; parecía aún más pequeña detrás de la alta tarta.

—Aquí llega la tarta —le dijo a Mammachi alzando la voz.

Kochu Maria siempre alzaba la voz cuando se dirigía a Mammachi, porque daba por supuesto que la mala vista afectaba automáticamente a los demás sentidos.

—*Kando, Kochu Mariye?* —dijo Mammachi—. ¿Ves a nuestra querida Sophie Mol?

—*Kandoo*, Kochamma —dijo Kochu Maria en voz muy alta—. ¡Sí que la veo!

Le dirigió a Sophie una sonrisa amplísima. Tenía la misma estatura que ella. Era más baja que cristiana siria, a pesar de todos sus esfuerzos.

—Tiene el color de su madre —dijo Kochu Maria.

—Y la nariz de Pappachi —insistió Mammachi.

—¡Eso no lo sé, pero es preciosa! —gritó Kochu Maria—. *Sundarikutty!* ¡Es como un angelito!

Los angelitos tenían el color de la arena de la playa y llevaban pantalones acampanados.

Los diablillos eran pardos como el barro y llevaban vestidos de Hadas de Aeropuerto y chichones en la frente que tal vez pudieran transformarse en cuernos. Y fuentes atadas con un «amor-en-Tokio». Y tenían la costumbre de leer al revés.

Y, si se los observaba detenidamente, podía verse a Satanás en sus ojos.

Kochu Maria le cogió las dos manos a Sophie, puso las palmas hacia arriba, se las llevó a la cara y aspiró profundamente.

—¿Qué hace? —quiso saber Sophie cuando sus suaves manos londinenses fueron atrapadas por unas callosas manos de Ayemenem—. ¿Quién es y por qué me huele las manos?

—Es la cocinera —dijo Chacko—. Es su forma de besarte.

—¿Besarme?

Sophie Mol no parecía muy convencida, aunque sí interesada.

—¡Qué maravilla! —dijo Margaret Kochamma—. ¡Es como si la olfatease! ¿También se hacen eso los hombres y las mujeres unos a otros?

No había querido decirlo exactamente como sonó, y se puso muy colorada. Un agujero en el universo con forma de maestra de escuela avergonzada.

—¡Ah, sí, continuamente! —dijo Ammu en tono un poco más sarcástico de lo que había pretendido—. Así es como hacemos a los niños aquí.

Chacko no le dio una bofetada.

Así que ella no se la devolvió.

Pero el Aire Detenido se puso furioso.

—Creo que le debes una disculpa a mi mujer, Ammu —dijo Chacko, con aires de amo protector (y esperando que Margaret Kochamma no dijera «*¡Exmujer, Chacko!*» y lo increpara con su rosa).

—¡Ay, no! —dijo Margaret Kochamma—. ¡Ha sido culpa mía! No he querido decirlo exactamente como ha sonado... Lo que quise decir fue... Quiero decir... que es fascinante pensar que...

—Fue una pregunta perfectamente razonable —dijo Chacko—. Y creo que Ammu debería disculparse.

—¿Es que tenemos que comportarnos como una jodida tribu dejada de la mano de Dios a la que acaban de descubrir? —preguntó Ammu.

—¡Oh, Dios mío! —dijo Margaret Kochamma.

En la furiosa quietud de la Representación (con el Ejército Azul todavía observando en medio del calor verdoso), Ammu se dirigió al Plymouth con sus hombros lustrosos, sacó su maleta, cerró de un portazo y se alejó hacia su cuarto. Dejó a todo el mundo preguntándose dónde había aprendido a ser tan descarada.

Y, a decir verdad, no era ninguna tontería preguntárselo.

Porque Ammu no había recibido la clase de educación, ni había leído la clase de libros, ni había conocido a la clase de gente, que hubieran podido influir para que pensara como pensaba.

Simplemente, como algunos animales, había adquirido un reflejo condicionado.

De niña, había aprendido rápidamente a hacer caso omiso a los cuentos de Papá Oso y Mamá Osa que le daban a leer. En su versión, Papá Oso pegaba a Mamá Osa con floreros de latón y Mamá Osa aguantaba aquellas palizas con muda resignación.

A medida que iba creciendo, Ammu había visto cómo su padre tejía su espantosa tela de araña. Era encantador y cortés con los invitados, cortesía que rayaba casi en la adulación si resultaban ser blancos. Donaba dinero a orfanatos y leproserías. Se esforzaba por que su imagen pública fuera la de un hombre generoso, refinado y de principios elevados. Pero cuando estaba a solas con su mujer y sus hijos se convertía en un tirano desconfiado y monstruoso con una veta de astucia retorcida. Les pegaba, los humillaba y después les hacía sufrir la envidia de familiares y amigos por tener un marido y un padre tan maravilloso.

Ammu y su madre habían soportado frías noches de invierno en Delhi escondidas en el seto que había alrededor de su casa (para que la gente de Buena Familia no las viera) porque Pappachi había vuelto de mal humor del trabajo y les había pegado a Mammachi y a ella y después las había echado de casa.

Una de esas noches, Ammu, que tenía nueve años, estaba escondida con su madre en el seto y observaba en las ventanas iluminadas la atildada silueta de Pappachi, que iba de una habitación a otra. No contento con haber pegado a su mujer y a su hija (Chacko estaba fuera, en un colegio), arrancó cortinas, dio patadas a los muebles y destrozó una lámpara de mesa. Una hora después de que se apagaran las luces, la pequeña Ammu, desoyendo los atemorizados ruegos de Mammachi, entró sigilosamente en la casa por un hueco de ventilación para rescatar sus botas de goma nuevas, que eran lo que más le gustaba del mundo. Las metió en una bolsa de papel y, cuando cruzaba el salón de puntillas, de pronto, se encendieron las luces.

Pappachi había estado todo el tiempo sentado en su mecedora de caoba, meciéndose silenciosamente en la oscuridad. Cuando la atrapó, no dijo ni una sola palabra. Le pegó con su fusta con el mango de marfil (la misma que sostenía sobre las rodillas en aquella fotografía de estudio). Ammu no lloró. Cuando acabó de azotarla, le hizo traer las tijeras dentadas que Mammachi guardaba en su armario de costura. Mientras Ammu observaba, el Entomólogo Imperial cortó a tiras sus botas de goma nuevas con las tijeras dentadas de su madre. Las tiras de goma negra caían al suelo. Las tijeras tijereteaban. Ammu hizo caso omiso del rostro demacrado y muerto de miedo de su madre, que apareció al otro lado de la ventana. La destrucción total de las botas que tanto le gustaban duró diez minutos. Cuando la última tira de goma hubo caído, rizada, al suelo, su padre la miró con ojos fríos e inexpresivos y siguió meciéndose, meciéndose y meciéndose. Rodeado de un mar de retorcidas serpientes de goma.

Cuando se hizo mayor, Ammu aprendió a convivir con aquella crueldad fría y calculadora. Desarrolló un marcado sentido de la injusticia y esa veta tozuda y temeraria que caracteriza a aquellos de abajo que toda su vida han sido acosados por los de arriba. No hacía nada para evitar las discusiones y los enfrentamientos. De hecho, hasta podría decirse que los provocaba, e incluso que disfrutaba con ellos.

—¿Se ha marchado? —le preguntó Mammachi al silencio que la rodeaba.

—Sí, se ha marchado —dijo Kochu Maria muy fuerte.

—¿En la India se puede decir «jodida»? —preguntó Sophie Mol.

—¿Quién ha dicho «jodida»? —preguntó Chacko.

—Ella. La tía Ammu. Dijo: «Una jodida tribu dejada de la mano de Dios».

—Kochu Maria, corta la tarta y sirve un trozo a cada uno —dijo Mammachi.

—Porque en Inglaterra no se puede —le dijo Sophie Mol a Chacko.

—¿El qué? —dijo Chacko.

—Decir «jodi»... —dijo Sophie Mol.

Mammachi dirigió una mirada sin vida a la tarde resplandeciente.

—¿Estáis todos ahí? —preguntó.

—*Oower*, Kochamma —dijo el Ejército Azul en medio del calor verdoso—. Estamos todos aquí.

Fuera de la Representación, Rahel le dijo a Velutha:

—*Nosotros* no estamos ahí, ¿verdad? Ni siquiera Actuamos.

—Eso es Absolutamente Cierto —dijo Velutha—. Ni siquiera Actuamos. Pero me gustaría saber dónde está nuestro querido Esthapappychachen Kuttappen Peter Mon.

Y aquello se transformó en un delicioso baile estilo gnomo entre los árboles del caucho que los dejó sin aliento.

¡Ay Esthapappychachen Kuttappen Peter Mon!
¿Dónde, dónde te has metido, chicarrón?

Y el baile estilo gnomo fue cambiando hasta convertirse en el de la Pimpinela Escarlata.

Lo buscamos por aquí, lo buscamos por allá,
los franchutes se preguntan dónde está.
¿Está en el infierno? ¿Está en el Edén?
¿Ese engañoso y maldito Estha-Pen?

Kochu Maria cortó un pedacito y se lo ofreció a Mammachi para que lo catara y diera su aprobación.

—Dale un pedazo a cada uno —le dijo Mammachi a Kochu Maria a modo de aprobación, y tocó el pedazo suavemente con los dedos, llenos de anillos de rubíes, para comprobar que era lo suficientemente pequeño.

Kochu Maria cortó laboriosamente el resto de la tarta de un modo chapucero, respirando por la boca, como si estuviera trinchando un trozo de cordero asado. Colocó los trozos en una gran bandeja de plata. Mammachi tocó una melodía de *¡Bienvenida a casa, querida Sophie Mol!* en su violín. Una melodía achocolatada y empalagosa. Pegajosa, melosa de tan dulce. Olas de chocolate sobre una playa de chocolate.

A la mitad de la melodía, Chacko alzó su voz por encima del sonido achocolatado.

—¡Mamá! —dijo con la voz de leer en alto—. ¡Es suficiente! ¡Ya está bien de violín!

Mammachi dejó de tocar y miró en dirección a Chacko con el arco suspendido en el aire.

—¿Suficiente? ¿Crees que ya es suficiente, Chacko?

—Más que suficiente —dijo Chacko.

—Suficiente, suficiente —murmuró Mammachi por lo bajo—. Creo que voy a dejar de tocar.

Lo dijo como si fuera una idea que se le acababa de ocurrir.

Guardó el violín en su caja negra con forma de violín. Se cerraba como una maleta. Y la música se cerró con ella.

Clic. Y clic.

Mammachi volvió a ponerse sus gafas oscuras. Y corrió las cortinas sobre el día caluroso.

Ammu salió de la casa y llamó a Rahel.

—¡Rahel! ¡Después de comer la tarta quiero que entres a dormir la siesta!

A Rahel se le cayó el alma a los pies. Odiaba dormir la siesta.

Ammu volvió a entrar.

Velutha bajó a Rahel, que se quedó parada al borde de la entrada para coches sin ningún entusiasmo, en la periferia de la representación, con una siesta alzándose amenazadora en su horizonte.

—¡Y, por favor, basta ya de tantas confianzas con ese hombre! —le dijo Bebé Kochamma a Rahel.

—¿Tantas confianzas? —dijo Mammachi—. ¿Quién es, Chacko? ¿Quién está dando tantas confianzas?

—Rahel —dijo Bebé Kochamma.

—Pero ¿tantas confianzas a *qué*?

—A quién —corrigió Chacko a su madre.

—Está bien, ¿a *quién* le está dando tantas confianzas? —preguntó Mammachi.

—A tu adorado Velutha, ¿a quién va a ser? —dijo Bebé Kochamma, y luego, volviéndose hacia Chacko, añadió—: Pregúntale dónde estuvo ayer. Pongámosle el cascabel al gato de una vez por todas.

—Ahora no —dijo Chacko.

—¿Qué es «dar confianza»? —le preguntó Sophie Mol a Margaret Kochamma, que no respondió.

—¿Velutha? ¿Está ahí Velutha? ¿Estás ahí? —le preguntó Mammachi a la tarde.

—*Oower*, Kochamma.

Velutha salió de entre los árboles y entró en la Representación.

—¿Has descubierto lo que era? —preguntó Mammachi.

—Era la arandela de la válvula de fondo —dijo Velutha—. La he cambiado y ya funciona de nuevo.

—Entonces pon en marcha la bomba —dijo Mammachi—. El tanque está vacío.

—Ese hombre va a ser nuestra Némesis —dijo Bebé Kochamma. No es que fuera clarividente y hubiese tenido una visión profética repentina. Lo dijo solo para crearle problemas. Nadie le prestó ni la más mínima atención—. ¡Ya veréis! —añadió con amargura.

—¿La ves? —dijo Kochu Maria cuando se acercó a Rahel con la bandeja de la tarta. Se refería a Sophie Mol—. Cuando sea mayor, será nuestra Kochamma y nos aumentará el salario y nos dará saris de nailon por Navidad.

Kochu Maria coleccionaba saris, aunque nunca se había puesto ninguno ni era probable que lo hiciera.

—¿Y a mí qué? —dijo Rahel—. Para entonces estaré viviendo en África.

—¿En África? —dijo Kochu Maria con tono burlón—. África está llena de negros feos y de mosquitos.

—Tú eres la única fea —dijo Rahel, y añadió en inglés—: ¡Enana tonta!

—¿Qué has dicho? —dijo Kochu Maria en tono amenazador—. No me lo digas, ya lo sé. Te he oído. Se lo diré a Mammachi. ¡Ahora vas a ver!

Rahel pasó por delante de ella y se dirigió hacia el pozo donde solía haber hormigas para matar. Hormigas rojas, que soltaban un olor agrio, como de pedo, cuando las aplastabas. Kochu Maria la siguió con la bandeja de la tarta.

Rahel le dijo que no quería probar aquella tarta tonta.

—*Kushumbi* —dijo Kochu Maria—. La gente celosa se va derechita al infierno.

—¿Y quién está celosa?

—No lo sé. ¿Tú qué crees? —dijo Kochu Maria con su delantal de volantes y su corazón avinagrado.

Rahel se puso sus gafas de sol y miró hacia la Representación. Todo estaba de un Color Furioso. Sophie Mol, de pie entre Margaret Kochamma y Chacko, tenía el aspecto de merecerse un bofetón. Rahel encontró una columna entera de jugosas hormigas. Iban camino de la iglesia. Todas vestidas de rojo. Tenían que ser exterminadas antes de llegar allí. Machacadas y trituradas con una piedra. Las hormigas apestosas no pueden entrar en la iglesia.

Las hormigas emitían un pequeñísimo crujido al expirar. Como un duende comiendo una tostada, o una galletita.

La Iglesia Hormigosa estaría vacía y el Obispo Hormigoso esperaría con su gracioso ropaje de Obispo Hormigoso, balanceando el incienso en un cacharro de plata. Y no llegaría nadie.

Después de esperar durante un periodo razonable de tiempo Hormigoso, frunciría graciosamente el Hormigoso ceño y sacudiría la cabeza tristemente. Miraría las brillantes vidrieras Hormigosas y, después de acabar de mirarlas, cerraría la iglesia con una llave enorme y la dejaría a oscuras. Después, volvería a su casa, con su mujer, y (si es que no estaba muerta) dormirían una Siesta Hormigosa.

Sophie Mol, ensombrerada, con pantalones acampanados y Querida de Antemano, se salió de la Representación para ver qué estaba haciendo Rahel detrás del pozo. Pero la Representación fue tras ella. Caminaba cuando ella caminaba, se detenía cuando ella se detenía. Sonrisas cariñosas la seguían. Kochu Maria apartó la bandeja de la tarta, que tapaba su sonrisa de adoración, con las comisuras de los labios hacia abajo, mientras Sophie se ponía de rodillas junto al lodazal del pozo (los bordes de los pantalones acampanados amarillos estaban ahora llenos de barro).

Sophie Mol inspeccionó, fría e impasible, aquellas olorosas mutilaciones. La piedra estaba recubierta de cadáveres rojos aplastados y de unas pocas patitas que apenas se agitaban.

Kochu Maria observaba con sus migas de tarta.

Las Sonrisas Cariñosas observaban cariñosamente.

Niñas Jugando.

Muy monas.

Una del color de la arena de la playa.

Otra de color pardo.

Una Querida.

Otra Querida un Poquito Menos.

—Vamos a dejar una viva para que se sienta sola —propuso Sophie Mol.

Rahel no le hizo caso y las mató a todas. Después salió corriendo con su vaporoso Vestido para ir al Aeropuerto con braguitas a juego (que ya no crujían) y gafas de sol que no hacían juego. Y desapareció en el calor verdoso.

Las Sonrisas Cariñosas quedaron posadas como un foco de luz sobre Sophie Mol, pensando, tal vez, que aquellas primitas tan monas estaban jugando al escondite, como suelen hacer las primitas monas.

9. La señora Pillai, la señora Eapen, la señora Rajagopalan

El verdor del día se había escurrido de los árboles. Oscuras hojas de palmera se abrían como peines inclinados sobre el cielo del monzón, y entre sus codiciosas púas torcidas se deslizaba, naranja, el sol.

Un escuadrón de murciélagos frugívoros cruzó la penumbra a toda velocidad.

En el abandonado jardín ornamental, observada por gnomos indolentes y un querubín abandonado, Rahel se arrodilló junto al estanque de inmóviles aguas y observó cómo saltaban los sapos de una piedra cubierta de verdín a otra. Preciosos Sapos Feos.

Pegajosos. Verrugosos. Croadores.

Sapos que llevaban a príncipes vehementes a los que nadie besó atrapados en su interior. Comida para las víboras que merodeaban por entre la hierba alta de junio. Un susurro. Una arremetida. Y ya no había sapo que saltase de una piedra cubierta de verdín a otra. Ya no había príncipe que besar.

Era la primera noche que no llovía desde su llegada.

Si estuviera en Washington, pensó Rahel, *a esta hora iría a trabajar. El trayecto en autobús. Las farolas. Los vapores de la gasolina. Las manchas del aliento empañado de la gente sobre el cristal a prueba de balas de mi cabina. El repiqueteo de las monedas que empujaban hacia mí por la bandeja de metal. El olor del dinero que se me pegaba en los dedos. El borracho puntual de ojos sobrios que llega siempre a las diez de la noche: «¡Eh, tú! ¡Puta negra! ¡Chúpame la polla!».*

Tenía setecientos dólares. Y una pulsera de oro con cabezas de serpiente. Pero Bebé Kochamma ya le había preguntado cuánto tiempo se quedaría. Y qué planes tenía respecto a Estha.

No tenía ningún plan.

Ningún plan.

Y ningún derecho a estar allí.

Miró hacia atrás, al agujero en el universo con forma de casa imponente con tejado a dos aguas, y se imaginó viviendo en el enorme cuenco plateado que Bebé Kochamma había hecho instalar sobre el tejado. *Parecía* lo suficientemente grande para vivir dentro. Sin duda, era más grande que muchos lugares en los que vivía gente. Más grande, por ejemplo, que la estrecha habitación de Kochu Maria.

¿Qué harían Hulk Hogan y Bam Bam Bigelow si ella y Estha se echaran a dormir allí, hechos un ovillo y abrazados como fetos en un útero de acero semejante a un cuenco poco profundo? Si la antena funcionara, ¿adónde irían *ellos*? ¿Se deslizarían por la chimenea dentro de la vida y de la tele de Bebé Kochamma? ¿Aterrizarían en la vieja estufa con un *¡zaaas!*, mostrando sus músculos y con las ropas rasgadas? ¿Se colarían los pobres —las víctimas de la hambruna y los refugiados— por las rendijas de las puertas? ¿Se deslizaría el Genocidio por entre los azulejos?

El cielo estaba relleno de señales de televisión. Con unas gafas especiales, sería posible verlas surcar el cielo entre los murciélagos y los pájaros que volvían a los árboles a pasar la noche: rubias, guerras, hambrunas, fútbol, concursos gastronómicos, golpes de Estado, peinados tiesos de tanta laca y músculos pectorales de diseño. Planeando como paracaidistas en caída libre sobre Ayemenem. Haciendo figuras en el cielo. Ruedas. Molinos. Flores que se abren y se cierran.

¡Zaaas!

Rahel volvió a la contemplación de los sapos.

Gordos. Amarillos. De una piedra cubierta de verdín a otra. Tocó a uno suavemente. Levantó los párpados, con una divertida seguridad en sí mismo.

Se acordó de una vez en que Estha y ella se pasaron un día entero repitiendo *Membrana nictitante*. Estha, ella y Sophie Mol.

Nictitante
ictitante
titante
itante
tante
ante
nte
te

Aquel día los tres llevaban saris (viejos, cortados por la mitad) y Estha era el experto en colocarlos. Le hizo los pliegues al de Sophie Mol, organizó el *pallu* de Rahel y se acomodó el suyo. Llevaban *bindis* rojos en la frente. Al intentar quitarse con agua el kohl que Ammu les había prohibido usar, solo lograron que se les corriera alrededor de los ojos y al final parecían tres mapaches haciéndose pasar por damas hindúes. Fue alrededor de una semana después de la llegada de Sophie Mol. Y una semana antes de que muriera. Para entonces, se había comportado de un modo irreprochable, a juicio del implacable escrutinio de los gemelos, y había disipado todos sus temores.

Sophie Mol había hecho tres cosas:

a) Había informado a Chacko de que, aunque era su Verdadero Padre, lo quería menos que a Joe (lo cual lo dejaba disponible para ser padre sustituto, aunque no estuviera dispuesto a hacerlo, de ciertas personitas heterocigóticas ávidas de su afecto).

b) Había rechazado la oferta de Mammachi de reemplazar a Estha y a Rahel y convertirse en la privilegiada trenzadora de su cola de rata nocturna y la contadora de sus lunares.

c) (Y Lo Más Importante). Había evaluado astutamente el carácter dominante de Bebé Kochamma y no solo rechazaba sus insinuaciones y pequeños intentos de seducción, sino que, además, lo hacía de forma categórica y extremadamente grosera.

Como si aquello no fuera suficiente, demostró ser humana. Un día en que los gemelos regresaban de una escapada clandestina al río, de la que habían excluido a Sophie Mol, se la encontraron llorando en el jardín, subida al punto más alto del arriate de plantas perennes de Bebé Kochamma, «porque Se Sentía Sola», según dijo. Al día siguiente Estha y Rahel la llevaron con ellos a visitar a Velutha.

Lo visitaron vestidos con saris. Cruzaron con andares pesados y desgarbados el lodazal rojo y los altos pastizales (*Nictitante, ictitante, titante, itante, tante, ante, nte*) y se presentaron como la señora Pillai, la señora Eapen y la señora Rajagopalan. Velutha se presentó a sí mismo y también les presentó a su hermano paralítico Kuttappen (aunque este estaba profundamente dormido). Las recibió con la mayor de las cortesías. Se dirigió a todas ellas llamándolas Kochamma y les ofreció agua de coco fresca para beber. Charló con ellas sobre el tiempo, el río, el hecho de que, en su opinión, los nuevos cocoteros eran cada vez más bajos. Al igual que las nuevas damas de Ayemenem. También les presentó a su malhumorada gallina. Les enseñó sus herramientas de carpintería y le talló una cucharita de madera a cada una.

Hasta aquel día, al cabo de tantos años y siendo ya adulta, Rahel no se dio cuenta de la dulzura de aquel gesto. Un adulto entreteniendo a tres mapaches, tratándolos como a auténticas damas. Confabulándose instintivamente con ellos en la conspiración de su mundo ficticio, procurando no cuartearla con la indiferencia propia de los adultos. Ni con el cariño.

¡Es tan fácil, a fin de cuentas, destrozar una historia! ¡Romper una cadena de pensamiento! ¡Malograr un fragmento de sueño transportado cuidadosamente como una pieza de porcelana!

Dejar que sea posible, viajar con él, como hizo Velutha, es algo mucho más difícil de hacer.

Tres días antes del Terror, Velutha había dejado que le pintasen las uñas de las manos con un esmalte Cutex rojo que Ammu había desechado. Así iba el día en que la Historia los visitó en la galería trasera. Un carpintero con las uñas pintadas de un color chillón. El pelotón de policías Tocables las había mirado y se había reído.

—¿Qué es esto? —dijo uno—. ¿Haces a pelo y a pluma?

Otro levantó la bota con un ciempiés enroscado en los surcos de la suela. De color pardo oscuro oxidado. Un centenar de patas.

La última franja de luz se deslizó del hombro del querubín y la oscuridad se tragó el jardín. Entero. Como una pitón. En la casa se encendieron las luces.

Rahel veía a Estha en su habitación, sentado sobre su impecable cama. Miraba hacia fuera a través de la ventana con barrotes. A ella, sentada en la oscuridad mirando hacia la casa iluminada, no podía verla.

Un par de actores atrapados en una obra recóndita, sin el menor indicio de argumento ni de hilo narrativo. Representando sus papeles con torpeza, tratando de paliar el dolor ajeno. Sufriendo el sufrimiento ajeno.

Incapaces de cambiar de obra. O de comprarle, por una módica suma, algún exorcismo barato a un consejero con un título estrambótico que los invitara a sentarse y les dijera, de una forma u otra: «Vosotros no sois los Pecadores. Es contra vosotros contra los que se cometió Pecado. Vosotros no erais más que unos niños. No teníais ninguna capacidad de control. Vosotros sois las *víctimas*, no los autores».

Si hubieran podido dar ese salto, les habría ayudado. Si por lo menos hubieran podido llevar, aunque fuera temporalmente, la trágica capucha de víctimas. Entonces habrían podido ponerle un rostro a lo sucedido y dirigir su rabia contra él. O exigirle un desagravio. Y, con el tiempo, quizá, habrían exorcizado los recuerdos que los atormentaban.

Pero no podían recurrir a la ira y no tenían ningún rostro que colocarle a aquella Otra Cosa que sostenían, como una naranja imaginaria, en sus Otras Manos pegajosas. No tenían ningún sitio donde dejarla. Y no podían regalarla, porque no era suya. Tenían que llevarla consigo. Con cuidado y para siempre.

Esthappen y Rahel sabían que aquel día hubo muchos autores (aparte de ellos). Pero solo una víctima. Y que esta tenía las uñas de color rojo sangre y una hoja pardusca sobre la espalda que hacía que los monzones llegaran a su debido tiempo.

Dejó tras de sí un agujero en el universo por el que manaba la oscuridad como alquitrán líquido. Por el que también se marchó su madre sin siquiera volverse para decirles adiós con la mano. Los dejó girando en la oscuridad, sin amarras, en un lugar sin cimientos.

Horas más tarde salió la luna e hizo que la oscura pitón devolviese lo que se había tragado. El jardín volvió a aparecer. Regurgitado por completo. Con Rahel sentada en él.

La dirección de la brisa cambió y le trajo el sonido de tambores. Un regalo. La promesa de un cuento. *Érase una vez*, decían, *un lugar donde vivía un...*

Rahel alzó la cabeza y escuchó.

En las noches despejadas, el sonido del *chenda* que anunciaba una representación de kathakali podía llegar a oírse a un kilómetro de distancia del templo de Ayemenem.

Y Rahel fue. Atraída por el recuerdo de tejados pronunciados y paredes blancas. De lámparas de bronce encendidas y de maderas oscuras y barnizadas. Acudió con la esperanza de encontrar a un viejo elefante que no fue electrocutado en la carretera Kottayam-Cochín. Pero antes pasó un momento por la cocina a coger un coco.

Al salir, notó que a una de las puertas de tela metálica de la fábrica se le habían roto las bisagras y estaba apoyada cubriendo el hueco de entrada. La puso a un lado y entró. El aire estaba pesado de tanta humedad; era tan húmedo que un pez hubiera podido nadar en él.

El suelo bajo sus pies estaba resbaladizo por el verdín del monzón. Un murciélago pequeño y ansioso revoloteaba entre las vigas del techo.

Las siluetas de los bajos depósitos de cemento para hacer los encurtidos se destacaban en la penumbra y hacían que el suelo de la fábrica pareciera un cementerio para muertos cilíndricos.

Los restos mortales de Conservas y Encurtidos Paraíso.

Donde mucho tiempo atrás, el día en que llegó Sophie Mol, el Embajador E. Pelvis revolvía una vasija de mermelada escarlata y pensaba dos cosas. Donde un secreto rojo con forma de mango tierno fue preparado en conserva, sellado herméticamente y almacenado.

Es cierto. Las cosas pueden cambiar en un solo día.

10. El río en la barca

Mientras se llevaba a cabo la representación de *¡Bienvenida a casa, querida Sophie Mol!* en la galería delantera y Kochu Maria repartía tarta a un Ejército Azul en medio del calor verdoso, el Embajador E. Pelvis/P. Escarlata (con tupé y zapatos beis puntiagudos) empujó la puerta de tela metálica de la fábrica malsana y húmeda con olor a vinagre de Conservas y Encurtidos Paraíso. Caminó entre los depósitos de cemento buscando un lugar en el que Pensar. Ousa, el alechuza, que vivía sobre una viga ennegrecida cerca de la claraboya (y, de vez en cuando, contribuía a añadir más sabor a algunos productos Paraíso), le vio pasar.

Pasar por delante de limas amarillas en salmuera a las que había que pinchar de vez en cuando (porque, si no, se formaban islas de hongos negros y ondulados que flotaban igual que mojardones en un consomé).

Pasar por delante de mangos verdes, cortados y rellenados de azafrán y guindilla en polvo y unidos luego con un cordel de cáñamo. (No había que prestarles atención de momento).

Pasar por delante de garrafas de cristal llenas de vinagre tapadas con corchos.

Pasar por delante de estanterías de pectina y conservantes.

Pasar por delante de bandejas de calabaza amarga, de cuchillos y de dediles de goma de todos los colores.

Pasar por delante de sacos de arpillera repletos de ajos y cebollitas.

Pasar por delante de montones de granos de pimienta verde fresca.

Pasar por delante de un montón de cáscaras de plátano sobre el suelo (que se guardaban para la cena de los cerdos).

Pasar por delante del armario de las etiquetas, lleno de etiquetas.

Pasar por delante del pegamento.

Pasar por delante del pincel del pegamento.

Pasar por delante de una tina de hierro con botellas vacías que flotaban en agua jabonosa llena de burbujas.

Pasar por delante de la limonada.

Del zumo de uvas.

Y volver.

Estaba oscuro allí dentro, iluminado solo por la luz que se filtraba a través de las sucias puertas de tela metálica y por un rayo polvoriento de sol (que Ousa no utilizaba) que llegaba de la claraboya. El olor a vinagre y asa fétida hizo que le picara la nariz, pero Estha estaba acostumbrado, es más, le encantaba. El lugar que eligió para Pensar estaba situado entre la pared y el negro caldero de hierro en el que se enfriaba lentamente una buena cantidad de mermelada de plátano que acababa de cocerse (ilegalmente).

La mermelada estaba todavía caliente, y sobre su pegajosa superficie escarlata moría lentamente una espuma rosada y densa. Burbujitas de plátano se hundían en las profundidades de la mermelada sin nadie que las socorriese.

El Hombre de la Naranjada y la Limonada podía aparecer en cualquier momento. Coger un autobús Cochín-Kottayam y plantarse allí. Y Ammu le ofrecería una taza de té. O quizá un zumo de piña. Con hielo. Amarillo dentro de un vaso.

Con la larga varilla de hierro, Estha removió la mermelada nueva y espesa.

La espuma agonizante hizo formas espumosas agonizantes.

Un cuervo con un ala rota.

La garra crispada de un gallo.

Un alechuza (que no era Ousa) envuelto en mermelada empalagosa.

Un remolino de tristeza.

Y nadie que lo socorriese.

Mientras Estha removía la espesa mermelada, pensó Dos Cosas, y las Dos Cosas que pensó fueron las siguientes:

a) A cualquiera le puede pasar cualquier cosa.

Y

b) Es mejor estar preparado.

Después de pensar estas dos cosas, Estha el Solitario se sintió satisfecho de su alarde de sabiduría.

Mientras la mermelada morada y caliente giraba, Estha fue convirtiéndose en un Brujo con un tupé deshecho y los dientes desiguales que removía la olla, y después se convirtió en las Brujas de *Macbeth.*

¡Fuego, arde! ¡Plátano, borbotea!

Ammu había dejado que Estha copiase la receta de mermelada de plátano de Mammachi en su nuevo libro de recetas, negro con el lomo blanco.

Totalmente consciente del honor que Ammu le había otorgado, Estha había usado sus dos mejores letras.

Mermelada de plátano
(con su mejor letra *antigua*)

Chafar los plátanos maduros. Añadir agua hasta cubrirlos y cocerlos
a fuego muy *fuerte hasta que la fruta esté blanda.*
Separar el jugo colándolo con un trapo vlanco.
Medir la misma cantidad de azúcar y apartarla.

Cocer el jugo de la fruta hasta que adquiera un color escarlata y se haya reduzido aproximadamente a la mitad.
Preparar la gelatina (pectina) de la siguiente manera:
Proporción 1 cada 5.
Ejemplo: 4 cucharaditas de pectina por cada 20 cucharaditas de azúcar.

Estha siempre transformaba la pectina en Pectino y se imaginaba que era el menor de tres hermanos con martillos: Pectino, Hectino y Abednego. Los imaginaba construyendo un barco de madera envueltos en una luz tenue y una llovizna. Como los hijos de Noé. Podía imaginárselos con toda claridad. Trabajando en una carrera contra reloj. Los ecos apagados del martilleo bajo el inquietante cielo que amenazaba tormenta. Y muy cerca, en la selva, bajo la fantasmagórica luz de la tormenta que se avecinaba, los animales hacían cola en parejas:

Chicochica.
Chicochica.
Chicochica.
Chicochica.
No se permitían gemelos.

El resto de la receta estaba escrito con la mejor letra nueva de Estha. Angulosa, puntiaguda. Inclinada hacia atrás, como si las letras se opusieran a formar palabras y las palabras se opusieran a formar frases:

Añadir la Pectina al jugo concenterado. Cocer durante unos minutos (5).
Cocer a fuego muy fuerte y constante.
Añadir el azúcar. Cocer hasta que adquiera una consistencia untuosa.
Dejar enfriar lentamente.
Espero que disfrutes de esta receta.

Aparte de algunas faltas de ortografía, la última frase —*Espero que disfrutes de esta receta*— era el único añadido que Estha había hecho al texto original.

Poco a poco, mientras Estha la removía, la mermelada de plátano iba espesándose y enfriándose, y la Cosa Número Tres surgió de forma espontánea de sus zapatos beis puntiagudos.

La Cosa Número Tres era:

c) Una barca.

Una barca para remar hasta el otro lado del río. Akkara. El Otro Lado. Una barca para llevar las Provisiones. Cerillas. Ropa. Ollas y sartenes. Cosas que necesitarían y que no podían llevar nadando.

A Estha se le erizaron los pelos del brazo. El remover mermelada se convirtió en remar. El girar y girar se convirtió en un echar los brazos para adelante y para atrás. Cruzando un pegajoso río escarlata. Una canción de la regata de Onam llenó la fábrica: «*Thaiy thaiy thaka thaiy thaiy thome!*».

Enda da korangacha, chandi ithra thenjadu?

(Eh, señor Hombre Mono, ¿por qué tienes el ojete rojo?).

Pandyill thooran poyappol nerakkamuthiri nerangi njan.

(¡Porque me fui a cagar a Madrás y me lo limpié con un rastrojo!).

Por encima de las preguntas y respuestas un tanto groseras de la canción de los remeros se oyó la voz de Rahel, que entró flotando en la fábrica.

—¡Estha! ¡Estha! ¡Estha!

Estha no respondió. El coro de la canción de los remeros fue susurrado dentro de la espesa mermelada.

Theeyome,
thithome,
tharaka,
thithome,
theem.

Una puerta de tela metálica chirrió y apareció, con el sol a sus espaldas, un Hada de Aeropuerto con chichones y unas gafas de sol de plástico rojo con montura amarilla. La fábrica se volvió de un color furioso. Las limas saladas se tornaron rojas. Los mangos tiernos se tornaron rojos. El armario de las etiquetas se tornó rojo. El rayo polvoriento de sol (que Ousa nunca utilizaba) se tornó rojo.

La puerta de tela metálica se cerró.

Rahel se quedó de pie en la fábrica vacía con su fuente atada con un «amor-en-Tokio». Oyó una voz de monja que cantaba la canción de los remeros. Una voz de soprano flotando por encima de vapores de vinagre y depósitos de cemento.

Se dirigió hacia Estha, que estaba inclinado sobre el caldo escarlata dentro del caldero negro.

—¿Qué quieres? —preguntó Estha sin levantar la mirada.

—Nada —dijo Rahel.

—Entonces, ¿para qué has venido?

Rahel no contestó. Se hizo un silencio corto y hostil.

—¿Por qué remas en la mermelada? —preguntó Rahel.

—La India es un País Libre —dijo Estha.

Aquello no admitía discusión.

La India era un País Libre.

Se podía hacer sal. O remar en la mermelada, si se quería.

El Hombre de la Naranjada y la Limonada podía entrar en cualquier momento por las puertas de tela metálica.

Si quería.

Y Ammu le ofrecería un zumo de piña. Con hielo.

Rahel se sentó en el borde de un depósito de cemento (los bordes de los vuelos vaporosos de enagua y encaje se sumergieron en conserva de mango tierno) y empezó a ponerse dediles de goma. Tres moscardones atacaron ferozmente las puertas de tela metálica, intentando entrar. Y Ousa, el alechuza, observaba el silencio con olor a conserva que se alzaba entre los gemelos como una magulladura.

Rahel tenía los dedos de colores. Amarillo. Verde. Azul. Rojo. Amarillo.

Estha tenía la mermelada bien revuelta.

Rahel se levantó para irse. A dormir su Siesta.

—¿Adónde vas?

—Por ahí.

Rahel se quitó los dediles y volvió a tener los dedos de antes, color dedo. Ya no eran uno amarillo, ni otro verde, ni otro azul, ni otro rojo. Ni otro amarillo.

—Yo voy a ir a Akkara —dijo Estha, sin levantar la mirada—. A la Casa de la Historia.

Rahel se detuvo y se volvió, y sobre su corazón una mariposa nocturna con una pelambre dorsal inusualmente densa desplegó sus alas de rapiña.

Las abrió lentamente.

Las cerró lentamente.

—¿Por qué? —dijo Rahel.

—Porque a Cualquiera le puede pasar Cualquier cosa —dijo Estha—. Y es Mejor estar Preparado.

Aquello no admitía discusión.

Nadie iba ya a la casa de Kari Saipu. Vellya Paapen sostenía que había sido el último ser humano que había puesto los ojos en ella. Decía que estaba encantada. Les había contado a los gemelos su encuentro con el fantasma de Kari Saipu. Dijo que sucedió hacía dos años. Había cruzado al otro lado del río en busca de una mirística, el árbol que da la nuez moscada, para hacer una pasta de nuez moscada y ajo fresco para Chella, su mujer, que agonizaba de tuberculosis. De repente, le llegó un olor a humo de puro (que reconoció inmediatamente porque Pappachi acostumbraba a fumar la misma marca). Vellya Paapen se volvió y lanzó su hoz hacia el lugar de donde provenía el olor. Había dejado al fantasma clavado al tronco de un árbol del caucho donde, según Vellya Paapen, todavía se encontraba. Un olor atravesado por una hoz, que sangraba una sangre clara y ambarina, y rogaba que le dieran un puro.

Vellya Paapen no llegó a encontrar la mirística y tuvo que comprarse otra hoz. Pero tenía la satisfacción de saber que sus reflejos, rápidos como un rayo (a pesar de su ojo hipotecado), y su aplomo habían puesto fin a las andanzas de un fantasma pedófilo y sanguinario.

Siempre que nadie sucumbiera a sus artificios y lo liberara de la hoz con un puro.

Lo que Vellya Paapen (que lo sabía casi todo) *no sabía* era que la casa de Kari Saipu era la Casa de la Historia (cuyas puertas estaban cerradas con llave y cuyas ventanas estaban abiertas). Y que, dentro, unos antepasados cuyo aliento olía a mapas amarillentos y que tenían las uñas de los pies duras hablaban en susurros con las lagartijas que había en la pared. Que la Historia utilizaba la galería trasera para negociar sus condiciones y ajustar cuentas con aquellos que violaban sus leyes. Que el incumplimiento de estas acarreaba horribles consecuencias. Que, el día que la Historia eligió para ajustar cuentas, Estha guardaría el recibo de aquello por lo que pagó Velutha.

Vellya Paapen no tenía ni idea de que Kari Saipu era el que capturaba los sueños y los resoñaba. Que los arrancaba de las mentes de los que pasaban por allí del mismo modo que los niños quitan las pasas de Corinto de las tartas. Que los sueños que más anhelaba, los sueños que más quería resoñar, eran los tiernos sueños de gemelos heterocigóticos.

Si el pobre y viejo Vellya Paapen hubiese sabido entonces que la Historia lo elegiría como delegado, que serían sus lágrimas las que desencadenarían el Terror, tal vez no se habría pavoneado como un gallito en el bazar de Ayemenem, jactándose de cómo había cruzado el río nadando con la hoz en la boca (sintiendo el gusto metálico del hierro en la lengua). De cómo la había dejado en el suelo un momento para agacharse a lavarse la arenilla del río que se le había metido en el ojo hipotecado (a veces había arenilla en el río, sobre todo en los meses de lluvia), y fue entonces cuando percibió la primera bocanada de humo de puro. De cómo cogió su hoz, se volvió rápidamente, atravesó el olor con la hoz y dejó al fantasma clavado al árbol para siempre. Todo eso con un solo movimiento, atlético y fluido.

Para cuando comprendió cuál era su papel dentro de los Planes de la Historia, ya era demasiado tarde para volver sobre sus pasos. Había borrado sus huellas con una escobilla mientras retrocedía de rodillas.

El silencio volvió a caer bruscamente sobre la fábrica y oprimió a los gemelos en su interior. Pero aquella vez era un silencio diferente. Un silencio de un viejo río. Un silencio de Pescadores y cerúleas sirenas.

—Pero los comunistas no creen en fantasmas —dijo Estha, como si continuaran con un discurso que investigara soluciones para el problema de los fantasmas. Sus conversaciones se elevaban y se hundían como cadenas montañosas. A veces audibles para otros. A veces no.

—¿Es que vamos a hacernos comunistas? —preguntó Rahel.

—Puede que no tengamos más remedio.

Estha el Práctico.

Unas voces distantes llenas de migas de tarta y los pasos de un Ejército Azul que se aproximaba hicieron que los camaradas sellaran el secreto.

Lo prepararon en conserva, lo sellaron herméticamente y lo almacenaron. Un secreto rojo con forma de mango tierno en un depósito. El acto fue presidido por un alechuza.

Se trataron los puntos del Orden del Día Rojo y se aprobaron:

La camarada Rahel iría a dormir su siesta, aunque debía mantenerse despierta hasta que Ammu se durmiera.

El camarada Estha buscaría la bandera (que le habían obligado a agitar a Bebé Kochamma) y la esperaría cerca del río; y juntos:

b) Se prepararían a prepararse para estar preparados.

Un vestido de hada abandonado (con el borde en conserva) estaba de pie solo y rígido en el centro del dormitorio en penumbra de Ammu.

Fuera, el Aire estaba Alerta y Brillante y Caliente. Rahel se acostó junto a Ammu, bien despierta, con sus braguitas a juego para ir al aeropuerto. Podía ver la marca de las flores de punto de cruz de la colcha azul bordada con punto de cruz sobre la mejilla de Ammu. Podía oír la tarde azul bordada con punto de cruz.

El lento ventilador de techo. El sol detrás de las cortinas.

La avispa amarilla que chocaba contra el cristal de la ventana con un peligroso zumbido.

El pestañeo incrédulo de una lagartija.

Los pasos de las gallinas en el patio, que caminaban levantando mucho las patas.

El sonido del sol ajando la ropa colgada en la cuerda. Arrugando las sábanas blancas. Dejando rígidos los saris almidonados. Color hueso y oro.

Hormigas rojas sobre piedras amarillas.

Una vaca caliente que sentía calor. *¡Muuuu!* A lo lejos.

Y el olor del fantasma de un inglés taimado, clavado a un árbol del caucho con una hoz, pidiendo amablemente un puro.

—¡Ejem...! Perdone un momento. ¿No tendría, por casualidad, un...? ¡Ejem...! ¿Un puro?

Con una voz amable de maestra de escuela.

¡Oh, Dios mío!

Y Estha esperándola. Cerca del río. Bajo el mangostán que el reverendo E. John Ipe había traído a casa cuando fue a Mandalay.

¿Sobre qué estaba sentado Estha?

Sobre lo que siempre se sentaban debajo del mangostán. Algo gris y blanquecino. Cubierto de musgo y liquen, tapado por los helechos. Algo que la tierra había reclamado. No era un tronco. Ni una roca...

Rahel se levantó y echó a correr antes de completar el pensamiento.

Cruzó la cocina, pasó junto a Kochu Maria, profundamente dormida. Llena de gruesas arrugas, como un rinoceronte metido en un delantal con volantes.

Pasó por delante de la fábrica.

Cruzó descalza y a trompicones el calor verdoso, seguida por una avispa amarilla.

Allí estaba el camarada Estha. Debajo del mangostán. Con la bandera roja clavada en la tierra junto a él. Una república móvil. Una revolución gemela con tupé.

¿Y sobre qué estaba sentado?

Sobre algo cubierto de musgo y oculto por los helechos.

Que al golpearlo sonaba a hueco.

El silencio descendía y se elevaba y caía en picado y hacía rizos con forma de ochos.

Libélulas enjoyadas revoloteaban como chillonas voces infantiles al sol.

Dedos color dedo atacaron los helechos, movieron las piedras, despejaron la zona. Hubo una sudorosa búsqueda de algún borde de donde poder tirar. Y a la Una, y a las Dos, y.

Las cosas pueden cambiar en un solo día.

Era una barca. Un diminuto bote de madera.

La barca sobre la que estaba sentado Estha y que Rahel encontró.

La barca que Ammu usaría para cruzar el río. Para amar de noche al hombre al que sus hijos amaban de día.

Una barca tan vieja que había echado raíces. Casi.

Una vieja planta-barca gris con flores-barca y fruta-barca. Y debajo, un parche de hierba seca con forma de barca. Un mundo-barca desbaratándose precipitadamente.

Oscuro y seco y frío. Ahora sin techo. Y deslumbrado.

Termitas blancas rumbo al trabajo.

Mariquitas blancas rumbo a casa.

Escarabajos blancos escondiéndose de la luz.

Saltamontes blancos con violines de madera blanca.

Una triste música blanca.

Una avispa blanca. Muerta.

Una piel de serpiente blanca y quebradiza, conservada por la oscuridad, se deshizo al sol.

Pero ¿serviría aquel botecito? ¿No estaría demasiado viejo? ¿Demasiado muerto? ¿Akkara no estaría demasiado lejos para él?

Unos gemelos heterocigóticos dirigieron sus miradas hacia el otro lado de su río.

El Meenachal.

Verde grisáceo. Con peces dentro. Con el cielo y los árboles dentro. Y, por la noche, con la luna amarilla, titilante, dentro.

Cuando Pappachi era niño, un viejo tamarindo cayó al río durante una tormenta. Aún seguía allí. Un árbol liso y sin corteza, ennegrecido por un exceso de agua verde. Madera flotante que no se llevaba la corriente.

El primer tercio del río era amigo suyo. Antes de que empezara a ser realmente profundo. Conocían bien los resbaladizos escalones de piedra (trece) antes de que comenzara el barro viscoso. Conocían bien la maleza que entraba flotando por las tardes desde las marismas de Komarakom. Conocían a los pequeños peces. Los *pallathi* planos y tontos, los *paral* plateados, los *koori* bigotudos y astutos, los *karimeen*, que aparecían de vez en cuando.

Allí Chacko les había enseñado a nadar (chapoteando alrededor del amplio estómago de su tío sin ninguna ayuda). Allí habían descubierto solos las incoherentes delicias de tirarse pedos debajo del agua.

Allí habían aprendido a pescar. A ensartar lombrices de tierra púrpuras y retorcidas en los anzuelos de las cañas de pescar que Velutha les había hecho con finas cañas de bambú amarillo.

Allí habían estudiado el Silencio (como los hijos de los Pescadores) y habían aprendido el brillante idioma de las libélulas.

Allí aprendieron a Esperar. A Observar. A pensar y a no expresar sus pensamientos. A moverse rápidos como un rayo cuando el cimbreante bambú amarillo se arqueaba hacia abajo.

Así que aquel tercio lo conocían bien. Los siguientes dos tercios, menos.

El segundo tercio era donde empezaba a ser Realmente Profundo. Donde la corriente era rápida y constante (río abajo cuando la marea estaba baja, río arriba, subiendo desde las marismas, cuando la marea estaba alta).

El tercer tercio era otra vez llano. Allí el agua era parda y turbia. Llena de maleza, de anguilas rapidísimas y de barro lento que se colaba entre los dedos de los pies como pasta de dientes.

Los gemelos podían nadar como focas y, bajo la vigilancia de Chacko, habían cruzado muchas veces el río, y regresaban jadeando y bizcos por el esfuerzo, con una piedrita, una ramita o una hoja del Otro Lado como testimonios de su hazaña. Pero la mitad de un río respetable o el Otro Lado no eran sitios para que los niños se Quedaran un Rato Largo, ni se Entretuvieran, ni Aprendieran Cosas. Estha y Rahel les tenían al segundo y al tercer tercio del Meenachal el respeto que se merecían. De todos modos, cruzar el río nadando no era ningún problema. El llevar la barca con Cosas dentro (para poder *b) Prepararse a prepararse para estar preparados*), sí.

Miraron hacia el otro lado del río con ojos de Barca demasiado Vieja. Desde donde estaban no podían ver la Casa de la Historia. Más allá de la ciénaga solo se veía oscuridad donde estaba el corazón de la plantación de caucho abandonada y donde el sonido de los grillos era más alto.

Estha y Rahel levantaron la barquita y la llevaron hasta el agua. Parecía sorprendida, como un pececito blanquecino que hubiera subido de las profundidades con una necesidad urgente de luz de sol. Tal vez hubiera que lijarla y limpiarla, pero nada más.

Dos corazoncitos felices se elevaron como dos cometas llenas de colores en un cielo azul cielo. Pero entonces, en un susurro verde y lento, el río (con peces dentro, con el cielo y los árboles dentro) entró burbujeando en la barca.

La vieja barca se hundió despacio hasta quedar apoyada en el sexto escalón.

Y un par de corazones de gemelos heterocigóticos dieron un vuelco y se hundieron hasta quedar apoyados en el escalón de encima del sexto.

Los peces de aguas profundas se taparon la boca con sus aletas y se rieron por lo bajito ante el espectáculo.

Al entrar en la barca, el río arrastró a la superficie a una araña-barca blanca, que intentó mantenerse a flote un momento y, después, se hundió. Su saco de huevitos blancos se rompió prematuramente y cien arañitas bebés (demasiado livianas para hundirse y demasiado pequeñas para nadar) salpicaron la superficie lisa del agua verde antes de ser barridas hacia el mar. Hacia Madagascar, para iniciar una nueva especie de Arañas Nadadoras procedentes de Kerala.

Después de un rato, como si lo hubieran hablado y llegado a un acuerdo (aunque no lo habían hecho), los gemelos se pusieron a lavar la barca en el río. Las telarañas, el barro, el musgo y el liquen se alejaron flotando. Cuando estuvo limpia, le dieron la vuelta y la auparon encima de sus cabezas. Como un sombrero compartido que goteaba. Estha desclavó la bandera roja.

Una pequeña procesión (una bandera, una avispa y una barca con piernas) se puso en camino con paso decidido. Bajó por el senderito que había entre los arbustos. Sorteó las matas de ortigas y esquivó zanjas y hormigueros conocidos. Bordeó el precipicio del hoyo profundo del que habían extraído laterita y que ahora era un tranquilo lago con hondos terraplenes naranja y un agua espesa y viscosa cubierta de una película de verdín resplandeciente. Un engañoso prado verde en el que se reproducían los mosquitos y los peces eran gordos pero inaccesibles.

El sendero, que corría paralelo al río, conducía a un pequeño claro cubierto de hierba que estaba rodeado por un corrillo de árboles: cocoteros, anacardos, mangos, carambolos. Al borde del claro, de espaldas al río, había una choza con las paredes de laterita naranja enlucidas con barro y techo de paja, construida muy pegada al suelo, como si estuviese escuchando el susurro de un secreto subterráneo. Las paredes bajas de la choza eran del mismo color que la tierra sobre la que se asentaban y parecían haber germinado de una semilla de casa allí plantada, de la que se habían levantado nervaduras terrosas en ángulo recto creando un espacio cerrado. Tres bananos desaliñados crecían en el pequeño patio delantero, que estaba cercado con paneles de hojas de palmera entrelazadas.

La barca con piernas se acercó a la choza. Una lámpara de aceite apagada colgaba de la pared junto a la puerta. El trozo de pared que había detrás estaba chamuscado y cubierto de hollín negro. La puerta estaba entornada. Dentro estaba oscuro. Por el hueco entreabierto apareció una gallina negra. Volvió a entrar, totalmente indiferente a las visitas de barcas.

Velutha no estaba en casa. Ni Vellya Paapen. Pero había alguien.

Una voz de hombre salía flotando del interior y retumbaba en el claro, dándole un tono muy solitario.

La voz gritaba lo mismo una y otra vez, y cada vez iba ascendiendo a un registro más alto e histérico. Era una súplica a una guayaba ya muy madura que amenazaba con caer del árbol y hacer un destrozo en el suelo.

Pa pera-pera-pera-perakka,
(Señora gua-gua-guayaba,)
ende parambil thooralley.
(no se cague en mi terreno.)
Chetende parambil thoorikko,
(Cáguese en el de allí, que es de mi hermano,)
Pa pera-pera-pera-perakka.
(señora gua-gua-guayaba.)

El que gritaba era Kuttappen, el hermano mayor de Velutha. Estaba paralítico de la cintura para abajo. Día tras día, y un mes tras otro, mientras su hermano estaba fuera y su padre estaba trabajando, Kuttappen yacía tumbado de espaldas mirando cómo su juventud pasaba lentamente sin siquiera detenerse a saludarlo. Yacía allí tumbado todo el día escuchando el silencio de los árboles que crecían apretados unos contra otros, con la sola compañía de una gallina negra y autoritaria. Echaba de menos a su madre, Chella, que había muerto en el mismo rincón de la habitación donde él yacía ahora. Su muerte había estado llena de toses, escupitajos, dolores y flemas. Kuttappen recordaba haberse dado cuenta de que a su madre se le habían muerto los pies mucho antes que el resto del cuerpo. Cómo la piel se les había ido poniendo gris y sin vida. El temor con el que había observado cómo la muerte iba ascendiendo por el cuerpo de su madre. Kuttappen vigilaba, con creciente terror, sus propios pies paralizados. De vez en cuando los golpeaba, esperanzado, con un palo que tenía apoyado en el rincón para defenderse de posibles visitas de víboras. Tenía los pies absolutamente insensibles y solo la evidencia visual le confirmaba que aún seguían conectados a su cuerpo y eran, en efecto, suyos.

Después de la muerte de Chella lo trasladaron a aquel rincón, que Kuttappen creía que era el lugar de la casa que la Muerte tenía reservado para administrar sus mortíferos asuntos. Un rincón para cocinar, otro para la ropa, otro para las esteras que servían de cama y otro para morir.

Se preguntaba cuánto tardaría él en morir y qué era lo que hacía la gente que tenía más de cuatro rincones en su casa con el resto de ellos. ¿Podrían elegir el rincón donde morir?

Pensaba, y no sin razón, que sería el primero de la familia en seguir los pasos de su madre. Pronto se daría cuenta de que estaba equivocado. Pronto. Demasiado pronto.

A veces (debido a la costumbre de echarla de menos), Kuttappen tosía como solía hacerlo su madre, y la parte superior de su cuerpo se agitaba como un pez recién pescado. La parte inferior permanecía quieta, como si fuera de plomo, como si perteneciera a otra persona. A una persona muerta cuyo espíritu estuviera atrapado y no pudiese salir.

A diferencia de Velutha, Kuttappen era un buen paraván, inofensivo. No sabía leer ni escribir. Mientras yacía allí, tumbado sobre su dura cama, le caían trozos de paja y suciedad del techo y se mezclaban con su sudor. A veces le caían hormigas e insectos. En los días malos salían manos de las paredes naranjas que se inclinaban sobre él, lo inspeccionaban como médicos malvados, con movimientos lentos y pausados que le cortaban la respiración y le hacían gritar. A veces se ponían de acuerdo y retrocedían, y la habitación adquiría unas dimensiones enormes e imposibles, que lo aterrorizaban con el espectro de su propia insignificancia. Aquello también lo hacía gritar.

La locura revoloteaba a su alrededor, a corta distancia, como un camarero servicial en un restaurante caro (encendiendo los cigarrillos, volviendo a llenar las copas). Kuttappen pensó con envidia en los locos que podían andar. No tenía ninguna duda sobre la ventaja de aquel trato: su cordura a cambio de unas piernas que le respondieran.

Los gemelos pusieron la barca en el suelo y el ruido provocó un súbito silencio en el interior de la choza.

Kuttappen no esperaba a nadie.

Estha y Rahel empujaron la puerta y entraron. Aunque eran pequeños tuvieron que agacharse un poquito para entrar. La avispa los esperó fuera, posada sobre la lámpara.

—Somos nosotros.

La habitación estaba oscura y limpia. Olía a curri de pescado y a humo de leña. El calor se pegaba a las cosas como una ligera fiebre. Pero el suelo de barro estaba fresco bajo los pies descalzos de Rahel. Las esteras sobre las que dormían Velutha y Vellya Paapen estaban enrolladas y apoyadas contra la pared. La ropa colgaba de una cuerda. Había un estante bajo de cocina hecho de madera, sobre el que estaban colocados en orden unos cacharros de barro con tapa, cucharones hechos de cáscara de coco y tres platos de esmalte descascarillado con el borde azul marino. Un hombre adulto podía estar de pie justo en el centro de la habitación, pero no en los extremos. Otra puerta baja conducía al patio trasero, donde había más bananos, entre cuyas hojas se veía brillar el río que estaba detrás. En el patio trasero había un taller de carpintería.

No había llaves ni armarios que cerrar.

La gallina negra salió por la puerta trasera y escarbó distraídamente el suelo sobre el que volaban las virutas de madera como rizos rubios. A juzgar por su carácter, parecía que la habían criado con una dieta ferretera: cierres y pestillos y clavos y tornillos viejos.

—*Aiyyo, Mon! Mol!* ¡Qué debéis pensar de mí! ¡Que Kuttappen es un maleducado porque no se levanta! —dijo una voz cortada e incorpórea.

Los ojos de los gemelos tardaron un rato en acostumbrarse a la oscuridad. Después la oscuridad se disolvió y apareció Kuttappen en su cama, un genio que brillaba en la penumbra. Tenía el blanco del ojo de un color amarillo oscuro. Por debajo de la tela que le cubría las piernas le asomaban las plantas de los pies (suaves de tanto estar tumbado). Aún mostraban un ligero tinte naranja pálido por haber andado descalzo sobre el barro rojo durante tantos años. Tenía callos grises en los tobillos a causa del roce de la cuerda que los paravanes solían atarse alrededor de los pies para trepar a los cocoteros.

Sobre la pared, a su espalda, había un calendario con un Jesús benigno, de cabellos castaños, con los labios pintados y colorete en las mejillas, y un corazón chillón y enjoyado que refulgía a través de su ropa. La mitad inferior del calendario (la parte en la que están los días y los meses) parecía una faldita de volantes. Jesús en minifalda. Doce capas de enaguas para los doce meses del año. No habían arrancado ninguna.

Había más cosas que procedían de la casa de Ayemenem, regaladas o rescatadas del cubo de la basura. Cosas de ricos en una casa de pobres. Un reloj que no funcionaba, una papelera de metal floreada. Unas botas de montar viejas de Pappachi (marrones, cubiertas de moho) con las hormas todavía puestas. Latas de galletitas con suntuosas imágenes de castillos ingleses y damas con rizos y polisones.

Junto al Jesús había un póster pequeño (que había sido de Bebé Kochamma, pero que esta había regalado porque tenía una mancha de humedad). Era una foto de una niña rubia escribiendo una carta con las mejillas bañadas en lágrimas. Debajo decía: *Te escribo para decirte que te echo mucho de menos.* Parecía como si acabaran de cortarle el pelo y sus rizos fueran lo que volaba por el patio trasero de Velutha.

De debajo de la gastada tela de algodón que cubría a Kuttappen salía un tubo de plástico transparente que iba hasta una botella de líquido amarillo bañada por el haz de luz que entraba por la puerta y que resolvía una pregunta que Rahel se había planteado más de una vez. La niña le alcanzó un poco de agua del jarro de barro en un vaso de metal. Parecía saber perfectamente dónde se encontraban todas las cosas. Kuttappen levantó la cabeza y bebió. Un poco de agua le resbaló por el mentón.

Los gemelos se pusieron en cuclillas como si fueran dos adultos chismorreando en el mercado de Ayemenem.

Se quedaron sentados en silencio durante un rato. Kuttappen, mortificado, los gemelos, preocupados pensando en barcas.

—¿Ya llegó la *mol* de Chacko Saar? —preguntó Kuttappen.

—Supongo que sí —dijo Rahel con aire lacónico.

—¿Y dónde está?

—Quién sabe... Debe de andar por ahí. Nosotros no lo sabemos.

—¿Me la traeréis para que la vea?

—No podemos —dijo Rahel.

—¿Y por qué no?

—Porque no puede salir de casa. Es muy delicada. Si se ensucia, se muere.

—Ah, ya.

—No nos dejan traerla aquí... y, además, no hay nada que *ver* —le aseguró Rahel a Kuttappen—. Tiene pelo, piernas, dientes, ya sabes, lo de siempre... Solo que es un poquito alta.

Y aquella era la única concesión que estaba dispuesta a hacerle a Sophie Mol.

—¿Eso es todo? —dijo Kuttappen, que había captado la situación al instante—. Entonces, ¿para qué quiero verla?

—Para nada —dijo Rahel.

—Kuttappa, si un botecito hace agua, ¿es muy difícil arreglarlo? —preguntó Estha.

—No tiene por qué serlo —dijo Kuttappen—. Depende. ¿Por qué? ¿De quién es ese botecito que hace agua?

—Nuestro. Lo hemos encontrado. ¿Quieres verlo?

Salieron y regresaron con la barca blanquecina para que el hombre paralítico la examinara. La sostuvieron por encima de él como si fuese un techo. El agua le caía encima.

—Primero tendremos que encontrar por dónde entra el agua —dijo Kuttappen—. Y después tendremos que tapar los agujeros.

—Y después lijar —dijo Estha—. Y después barnizar.

—Y después buscar unos remos —dijo Rahel.

—Y después buscar unos remos —asintió Estha.

—Y después nos vamos —dijo Rahel.

—¿Adónde? —preguntó Kuttappen.

—Por aquí, por allá —contestó Estha quitándole importancia al tema.

—Debéis tener cuidado —dijo Kuttappen—. Este río nuestro no es lo que aparenta.

—¿Y qué es lo que aparenta? —preguntó Rahel.

—Ah... Aparenta ser una vieja *ammooma* que va a misa todos los domingos, calladita y limpita... Que come *idi appams* en el desayuno, *kanji* y *meen* en el almuerzo. Que no se mete en la vida de nadie. Que no vive pendiente de lo que pasa por aquí ni de lo que pasa por allá.

—¿Y en realidad es...?

—En realidad, es un salvaje... Por las noches lo oigo correr como un loco a la luz de la luna, siempre con prisa. Debéis tener mucho cuidado.

—¿Y qué es lo que come en realidad?

—¿Lo que come en realidad? Pues... estofado... y...

Buscaba en su cabeza alguna cosa inglesa que el malvado río pudiese comer.

—Rodajas de piña... —sugirió Rahel.

—¡Exacto! Rodajas de piña y estofado. Y bebe. Whisky.

—Y brandy.

—Y brandy. Es verdad.

—Y siempre vive pendiente de lo que pasa por aquí y por allá.

—Es verdad.

—Y se mete en la vida de los *demás*...

Esthappen estabilizó la barquita sobre el suelo irregular de tierra con unos tacos de madera que encontró en el taller del patio trasero de Velutha. Le dio a Rahel un cucharón hecho con media cáscara de coco pulida y un mango de madera.

Los gemelos se encaramaron a la barquita y remaron a través de aguas turbulentas e infinitas.

Con un *Thaiy thaiy thaka thaiy thaiy thome*. Y un Jesús todo enjoyado que los observaba.

Él caminó sobre las aguas. Puede ser. Pero ¿habría podido *navegar* sobre la tierra?

¿Con braguitas a juego y gafas de sol? ¿Con una fuente cogida con un «amor-en-Tokio»? ¿Con zapatos puntiagudos y un tupé? ¿Habría tenido Él tanta imaginación?

Velutha regresó a ver si Kuttappen necesitaba algo. Desde lejos oyó los cantos estridentes. Las vocecitas infantiles recalcaban encantadas la parte escatológica de la canción.

Eh, señor Hombre Mono,
¿por qué tienes el OJETE ROJO?
¡Porque me fui a CAGAR a Madrás
y me LO LIMPIÉ con un rastrojo!

Durante un rato, durante unos pocos momentos felices, el Hombre de la Naranjada y la Limonada y su sonrisa de dientes amarillos desaparecieron. El miedo se sumergió y se asentó en el fondo de las aguas profundas. Donde durmió un sueño de perros. Dispuesto a alzarse y a enturbiar las cosas en el momento menos pensado.

Velutha sonrió cuando vio la bandera comunista resplandeciendo como un árbol florido junto a la puerta de su casa. Tuvo que agacharse mucho para entrar en su choza. Un esquimal tropical. Cuando vio a los niños, sintió un íntimo estremecimiento. Y no entendió el porqué. Los veía todos los días. Los quería sin saberlo. Pero, de repente, algo había cambiado. Ahora. Después de la metedura de pata de la Historia. Nunca antes había sentido un estremecimiento tan íntimo.

Son *sus* niños, le susurró un susurro malvado.

Sus ojos, *su* boca. Sus dientes.

Su piel suave y brillante.

Desechó aquel pensamiento con furia. Pero regresó y se sentó junto a su cráneo. Como un perro.

—¡Ajá! —dijo a sus jóvenes visitantes—. ¿Y quiénes son estos Pescadores, si es que puede saberse?

—Esthapappychachen Kuttappen Peter Mon. El señor y la señora Encantadosdeconocerle.

Rahel le alargó su cucharón para que lo estrechara a modo de saludo.

Fue estrechado a modo de saludo. Para saludarla y saludar a Estha.

—¿Y adónde se dirigen en su barca, si es que puede saberse?

—¡A África! —gritó Rahel.

—¡No *grites* tanto! —dijo Estha.

Velutha se puso a dar vueltas alrededor de la barca. Le contaron dónde la habían encontrado.

—Así que no es de nadie —dijo Rahel, no muy segura, porque, de pronto, se le ocurrió que podía tener dueño—. ¿Se lo hemos de decir a la policía?

—¡No seas tonta! —dijo Estha.

Velutha golpeó la madera y después arrancó un pedacito con la uña.

—Buena madera —dijo.

—Se hunde —dijo Estha—. Hace agua.

—¿Puedes arreglárnosla, Veluthapappychachen Peter Mon? —preguntó Rahel.

—Tendré que pensármelo —dijo Velutha—. No quiero que os pongáis a hacer tonterías en el río.

—No haremos ninguna tontería. Te lo prometemos. Solo la usaremos cuando tú estés con nosotros.

—Primero tendremos que ver por dónde entra el agua... —dijo Velutha.

—¡Después tendremos que tapar los agujeros! —gritaron los gemelos, como si se tratase del segundo verso de un poema muy conocido.

—¿Cuánto tardarás? —preguntó Estha.

—Un día —dijo Velutha.

—¡Un *día*! ¡Temía que dijeras un mes!

Estha se subió encima de Velutha de un salto, le pasó las piernas por la cintura y lo besó.

El papel de lija fue repartido en dos mitades exactamente iguales y los gemelos se pusieron a trabajar con una concentración extraña e inquietante, que excluía cualquier otra cosa.

La habitación se llenó de polvillo de barca que iba asentándose en pelos y cejas. En Kuttappen, como una nube, y en Jesús, como una ofrenda. Velutha tuvo que arrancarles el papel de lija de las manos.

—Aquí no —dijo con firmeza—. Vamos fuera.

Levantó la barca y la sacó de la casa. Los gemelos lo siguieron con los ojos fijos en su barca, sin perder ni un ápice de su concentración, como dos cachorros hambrientos siguiendo su comida.

Velutha colocó la barca para que pudieran trabajar. La barca sobre la que estaba sentado Estha y que Rahel encontró. Velutha les enseñó a seguir el sentido de la veta de la madera. Los inició en el uso del papel de lija. Cuando volvió a entrar en la casa, la gallina negra lo siguió, decidida a estar en cualquier sitio menos en aquel donde estuviera la barca.

Velutha metió una toalla fina de algodón en una vasija de barro con agua. La retorció para escurrir el agua (con brusquedad, como si fuese un pensamiento incómodo) y se la dio a Kuttappen para que se limpiara la suciedad de la cara y el cuello.

—¿Han dicho algo sobre si te vieron en la manifestación? —preguntó Kuttappen.

—No —dijo Velutha—. Todavía no. Pero ya lo harán. Lo saben.

—¿Seguro?

Velutha se encogió de hombros y cogió la toalla para lavarla y aclararla. Y golpearla y retorcerla. Como si se tratase de su propia cabeza, ridícula y desobediente.

Intentó odiarla.

Es una de ellos, se dijo. *Una de ellos y nada más.*

No pudo.

Se le formaban unos hoyuelos profundos cuando sonreía. Sus ojos estaban siempre en otro lugar.

La locura entró furtivamente por una grieta de la Historia. Duró solo un instante.

Después de lijar durante una hora, Rahel se acordó de su siesta. Se levantó y echó a correr. Cruzó a trompicones el calor verdoso de la tarde. Seguida por su hermano y una avispa amarilla.

Con la esperanza de que Ammu no se hubiera despertado. Rezando para que no hubiera descubierto que se había escapado.

11. El Dios de las Pequeñas Cosas

Aquella tarde, Ammu se sintió llevar, como si la auparan, por un sueño en el que un hombre alegre con un solo brazo la abrazaba con fuerza a la luz de una lámpara de aceite. Le faltaba el otro brazo para poder luchar contra las sombras que se retorcían a su alrededor en el suelo.

Sombras que solo él podía ver.

Las cadenas de músculos de su estómago se elevaban bajo la piel como las divisiones de una tableta de chocolate.

La abrazaba con fuerza a la luz de una lámpara de aceite y brillaba como si lo hubieran lustrado con una cera para cuerpos de gran calidad.

No podía hacer dos cosas a la vez.

Si la abrazaba, no podía besarla. Si la besaba, no podía mirarla. Si la miraba, no podía sentirla.

Ella hubiera podido acariciar su cuerpo ligeramente con los dedos y sentir cómo se le erizaba la piel. Hubiera podido deslizar sus dedos hasta la base de aquel estómago plano. Hubiera podido pasarlos de un modo despreocupado por encima de aquellas cadenas de chocolate barnizado. Y haber dejado una estela de bultitos erizados sobre su cuerpo, como una tiza sobre la pizarra, como un soplo de brisa sobre los arrozales, como la estela de un reactor sobre un cielo azul de iglesia. Hubiera podido hacerlo sin dificultad, pero no lo hizo. Él, a su vez, hubiera podido tocarla, pero no lo hizo. Porque en la penumbra que había más allá de la lámpara de aceite, entre las sombras, se veían sillas plegables de metal colocadas en círculo, y en ellas estaban sentadas personas que llevaban gafas oscuras de montura puntiaguda con falsos brillantitos incrustados y los observaban. Todas sostenían un reluciente violín bajo el mentón y sus arcos estaban inclinados en idéntico ángulo. Todas tenían las piernas cruzadas, la izquierda sobre la derecha, y todas balanceaban la pierna izquierda.

Algunas tenían periódicos. Otras, no. Algunas hacían pompas de saliva. Otras, no. Pero todas tenían el reflejo centelleante de una lámpara de aceite en los cristales de sus gafas.

Más allá del círculo de sillas plegables había una playa con la arena plagada de pedazos de botellas azules rotas. Las olas silenciosas traían más botellas azules, las cuales se rompían y ocupaban el lugar de los añicos de las anteriores, que eran arrastradas mar adentro por la ola en retirada. Se oía el ruido áspero de los vidrios al entrechocar. Sobre una roca, en medio del mar y envuelta por una luz púrpura, había una mecedora de caoba y mimbre, destrozada.

El mar era negro. La espuma, de color verde vómito.

Los peces se alimentaban de vidrios rotos.

Los codos de la noche se apoyaban sobre el agua, y las estrellas fugaces rebotaban en ella y se disolvían en miríadas de fragmentos.

Las mariposas nocturnas iluminaban el cielo. No había luna.

Él podía nadar con un solo brazo. Ella nadaba con los dos.

La piel de él estaba salada. La de ella también.

Él no dejaba huellas en la arena, ni ondas en el agua, ni imágenes en los espejos.

Ella hubiera podido acariciarlo con los dedos, pero no lo hizo. Simplemente, permanecieron de pie, juntos.

Quietos.

Piel contra piel.

Una brisa oscura y polvorienta le levantó el pelo a ella y lo extendió como un chal rizado por encima del hombro sin brazo de él, un hombro que terminaba abruptamente, como un acantilado.

Apareció una vaca roja y flaca, con una pelvis prominente, y echó a nadar en línea recta mar adentro, sin mojarse los cuernos, sin mirar atrás.

En su sueño, Ammu voló sobre unas alas pesadas y temblorosas y se detuvo a descansar, acurrucada bajo la piel de aquel sueño.

En la mejilla tenía las marcas de las rosas bordadas con punto de cruz en la colcha azul.

Sentía los rostros de sus hijos suspendidos por encima de su sueño como dos lunas preocupadas y oscuras, a la espera de que los dejase entrar.

—¿Crees que se está muriendo? —oyó que Rahel le susurraba a Estha.

—Es una pesadilla —respondió Estha el Preciso—. Siempre sueña mucho.

Si la tocaba, no podía hablarle; si la amaba, no podía dejarla; si hablaba, no podía escuchar; si luchaba, no podía ganar.

¿Quién era el hombre con un solo brazo? ¿Quién podía ser? ¿El Dios de la Pérdida? ¿El Dios de las Pequeñas Cosas? ¿El Dios de la Piel Erizada y las Sonrisas Prontas? ¿El de los Olores Metálicos, como el de los pasamanos de acero de los autobuses y el de las manos de los cobradores de tanto aferrarse a ellos?

—¿La despertamos? —preguntó Estha.

Por entre las cortinas se filtraba la luz del final de la tarde e iluminaba la radio con forma de mandarina que Ammu siempre llevaba consigo cuando iba al río. (También tenía forma de mandarina la Cosa que Estha llevaba en su Otra Mano pegajosa cuando fueron a ver *Sonrisas y lágrimas*).

Brillantes rayos de sol caían sobre el pelo enmarañado de Ammu y lo hacían resplandecer. Esperó bajo la piel del sueño, pues no quería dejar entrar a sus hijos.

—Ammu dice que no hay que despertar a la gente con brusquedad cuando sueñan —dijo Rahel—. Dice que puede darles un Ataque al Corazón.

Ambos decidieron que lo mejor sería *molestarla* discretamente, ya que no era conveniente despertarla con brusquedad. Así que abrieron cajones, se aclararon la garganta, susurraron en alto y tararearon una cancioncilla. Movieron algunos zapatos y descubrieron que una de las puertas del armario rechinaba.

Ammu, que descansaba bajo la piel del sueño, los observaba con un amor tan intenso que casi le dolía.

El hombre con un solo brazo apagó su lámpara y se alejó por la playa cubierta de trozos de vidrio hasta perderse entre las sombras que solo él podía ver.

No dejó huellas en la orilla.

Se plegaron las sillas plegables. Se alisó el mar negro. Se allanaron las arrugadas olas. Se volvió a embotellar la espuma. Se tapó la botella con un corcho.

La noche se pospuso hasta nuevo aviso.

Ammu abrió los ojos.

Había hecho un largo viaje desde el abrazo del hombre con un solo brazo hasta llegar a sus gemelos heterocigóticos no idénticos.

—Tenías una pesadilla —le informó su hija.

—No era una pesadilla —dijo Ammu—. Era un sueño.

—Estha creía que te estabas muriendo.

—Parecías muy triste —dijo Estha.

—Me sentía feliz —dijo Ammu, y se dio cuenta de que sí, había sido feliz.

—Ammu, si eres feliz en un sueño, ¿cuenta? —preguntó Estha.

—¿Que si cuenta qué?

—La felicidad. ¿Cuenta?

Sabía perfectamente a lo que se refería aquel hijo suyo con el tupé deshecho.

Porque la verdad es que solo cuenta lo que *cuenta*.

La sabiduría simple e inquebrantable de los niños.

Si comes pescado en un sueño, ¿cuenta? ¿Quiere decir que has comido pescado?

El hombre alegre que no dejaba huellas, *¿contaba?*

Ammu buscó a tientas su radio de mandarina y la encendió. Estaba sonando una canción de una película llamada *Chemmeen*.

Era la historia de una chica pobre a la que obligan a casarse con un pescador de una playa cercana, aunque está enamorada de otro. Cuando el pescador se entera de que su flamante esposa ama a otro hombre, se hace a la mar en su barquita a pesar de saber que se avecina una tormenta. Está oscuro y se levanta viento. Se forma un remolino en el mar. Se oye una música de tormenta y el pescador se ahoga, succionado hacia el fondo del mar por el remolino.

Los amantes acuerdan suicidarse y, a la mañana siguiente, se encuentran sus cuerpos abrazados, arrastrados por las olas a la orilla. Así que todos mueren: el pescador, su mujer, el amante de esta y un tiburón, que no forma parte de la historia, pero muere de todos modos. El mar los reclama a todos.

En la oscuridad azul, bordada con punto de cruz y surcada de encajes de luz, Ammu, con rosas de punto de cruz sobre la somnolienta mejilla, y sus gemelos (uno a cada lado) cantaban bajito al compás de la música de la radio de mandarina. Era la canción que las pescadoras le cantaban a la novia joven y triste mientras le trenzaban el pelo y la preparaban para casarse con un hombre al que no amaba.

Pandoru mukkuvan muthinu poyi,
(Un pescador se hizo a la mar,)
padinjaran kattathu mungi poyi,
(y el viento del oeste se levantó y se tragó su barca,)

Un vestido de Hada de Aeropuerto estaba de pie sobre el suelo, sostenido solo por sus volantes y su propia rigidez. Fuera, en el *mittam*, los rígidos saris yacían en fila al sol poniéndose aún más rígidos. Color hueso y oro. Las arrugas almidonadas se llenaban de piedrecitas, así que siempre había que sacudirlos antes de doblarlos y llevarlos a planchar.

Arayathi pennu pizhachu poyi,
(en la orilla, su mujer fue por mal camino,)

En Ettumanoor decidieron cremar *in situ* al elefante electrocutado (que no era Kochu Thomban). Hicieron una pira gigante en la carretera. Los técnicos del municipio correspondiente le cortaron los colmillos y los distribuyeron de forma extraoficial. Y desigual. Sobre el elefante se vertieron ochenta latas de grasa de búfalo para alimentar el fuego. El humo ascendió en densas volutas que formaron complicados dibujos sobre el cielo. La gente, que se apiñaba alrededor del elefante guardando una distancia prudencial, trataba de descubrir el significado de aquellos dibujos.

Había montones de moscas.

Avaney kadalamma kondu poyi.
(así que el océano se alzó y se lo llevó.)

Algunos milanos se posaron en los árboles próximos para supervisar la supervisión de los últimos ritos del elefante muerto. Esperaban, y no sin razón, hacerse con los restos de las entrañas gigantes. Quizá una vesícula biliar enorme. O un gigantesco bazo carbonizado.

No quedaron desilusionados. Pero tampoco totalmente satisfechos.

Ammu notó que sus dos hijos estaban cubiertos de un polvillo muy fino. Como dos trozos de tarta no idénticos cubiertos por una capa de azúcar. Entre los negros rizos de Rahel se había instalado uno de color rubio. Un rizo del patio trasero de Velutha. Ammu se lo quitó.

—Ya os he dicho que no quiero que vayáis a su casa —les dijo—. Lo único que traerá son problemas.

No dijo qué clase de problemas. No lo sabía.

Sabía que, al no mencionar su nombre, lo había atraído, de algún modo, hacia la intimidad arrugada y despeinada de aquella tarde azul, bordada con punto de cruz, y de aquella canción que salía de la radio de mandarina. Al no mencionar su nombre, sintió que se había fraguado un pacto entre su Sueño y el Mundo. Y que las comadronas de aquel pacto eran, o serían, sus gemelos heterocigóticos cubiertos de serrín.

Sabía quién era él: el Dios de la Pérdida, el Dios de las Pequeñas Cosas. *Por supuesto* que lo sabía.

Apagó la radio de mandarina. En el silencio de la tarde (surcado de encajes de luz) sintió a sus hijos acurrucarse junto a su calor. A su olor. Le cogieron el cabello y se cubrieron con él las cabecitas. Sentían como si ella se hubiera ido muy lejos mientras dormía. Ahora la conjuraban a volver apoyando las palmas de sus manitas contra la piel desnuda de su vientre. Entre la combinación y la blusa. Les encantaba comprobar que el color moreno de sus manitas era exactamente igual que el de la piel del vientre de su madre.

—Mira, Estha —dijo Rahel señalando la suave línea que bajaba desde el ombligo de Ammu.

—Aquí es donde te dábamos pataditas.

Estha recorrió con el dedo una ondulante estría plateada.

—¿Fue en el autobús, Ammu?

—¿En la carretera llena de curvas de la plantación?

—¿Cuando Baba tuvo que sujetarte la barriga?

—¿Tuvisteis que comprar billete?

—¿Te hicimos daño?

Y después, como aquel que no quiere la cosa, Rahel preguntó:

—¿Crees que habrá perdido nuestra dirección?

Solo un indicio de pausa en el ritmo de la respiración de Ammu hizo que Estha tocara el dedo medio de Rahel con el suyo. Y dedo medio contra dedo medio, sobre el vientre de su hermosa madre, abandonaron el cariz que estaba tomando aquel interrogatorio.

—Esa patada es de Estha y esa es mía... —dijo Rahel—. Y esa es de Estha y esa es mía.

Entre ambos se repartieron las siete estrías plateadas de su madre. Después Rahel puso la boca sobre el vientre de Ammu y chupó, succionó la carne suave y retiró la cabeza para observar, admirada, el óvalo brillante de saliva y la leve marca roja de los dientes sobre la piel de su madre.

Ammu se quedó pensando en la transparencia de aquel beso. Era un beso claro como el cristal. Sin empañar por la pasión ni el deseo, esa pareja de sentimientos que, como perros dormidos, aguardan dentro de todos los niños hasta que se hagan mayores. Era un beso que no exigía otro a cambio.

No era un beso turbio lleno de preguntas que exigían respuestas. Como los besos de los hombres alegres con un solo brazo en los sueños.

Ammu se cansó del jugueteo de los niños y de que la manipulasen como si fuese de su propiedad. Quería recuperar su cuerpo. Le pertenecía. Apartó a sus hijos igual que una perra aparta a sus cachorros cuando ya está harta. Se sentó en la cama y se recogió el pelo sujetándolo con un nudo sobre la nuca. Después bajó las piernas de la cama, fue hacia la ventana y descorrió las cortinas.

La luz sesgada de la tarde inundó la habitación e iluminó a dos niños sobre la cama.

Los gemelos oyeron girar la llave de la puerta del baño de Ammu.

Clic.

Ammu se miró en el largo espejo de la puerta del cuarto de baño y vio reflejado el espectro de su futuro que se burlaba de ella. Avinagrado. Gris. Legañoso. Rosas de punto de cruz marcadas sobre una mejilla hundida y fláccida. Pechos marchitos que colgaban como pesados calcetines. El vello blanco del pubis, seco como un hueso entre las piernas. Ralo. Frágil como un helecho pisoteado.

La piel escamándose y deshaciéndose como la nieve.

Ammu se estremeció.

Con esa sensación de frío, en medio de una tarde calurosa, de que la vida ya ha sido vivida. De que su copa estaba llena de polvo. De que el aire, el cielo, los árboles, el sol, la lluvia, la luz y la oscuridad, todo, se estaba convirtiendo, lentamente, en arena. Que la arena le llenaría la nariz, los pulmones, la boca. La arrastraría hacia abajo y dejaría un remolino en la superficie como el que dejan los cangrejos cuando se hunden escarbando en la playa.

Ammu se desnudó y se colocó un cepillo de dientes rojo debajo de un pecho para ver si se sostenía. Se cayó. Allí donde tocara, su piel era tersa y suave. Bajo sus manos, los pezones se arrugaron y reaccionaron ante la presión como almendras oscuras que estiraran la piel tersa de los pechos. La delgada línea que partía del ombligo descendía atravesando la suave curva de la base del vientre hasta llegar al oscuro triángulo. Como una flecha que guiara a un viajero perdido. A un amante inexperto.

Se soltó el pelo y se volvió para ver cuán largo lo tenía. Le cayó en ondas, rizos y mechones desordenados (suaves en la parte de abajo, más ásperos en la de arriba) hasta justo por debajo del punto en que la cintura, pequeña y muy marcada, comenzaba a curvarse hacia las caderas. En el baño hacía calor. Unas gotitas de sudor le salpicaron la piel como diamantes. Después comenzaron a resbalar. El sudor le corrió por la columna. Miró con ojos críticos su trasero amplio y redondo. No era grande en sí. No era grande *per se* (como hubiera dicho, sin duda, Chacko el de Oxford). Parecía grande porque el resto de su cuerpo era muy delgado. Parecía pertenecer a otro cuerpo más voluptuoso.

Tenía que admitir que cada una de sus nalgas podría sostener, sin ningún problema, un cepillo de dientes. Quizá dos. Se rio en alto ante la idea de pasearse desnuda por Ayemenem con una serie de cepillos de dientes de todos los colores asomándole de cada nalga. Se calló de golpe. Le pareció percibir que un indicio de locura se había escapado de su botella y daba brincos triunfales alrededor del cuarto de baño.

A Ammu le preocupaba la locura.

Mammachi decía que corría por las venas de la familia. Que atacaba a sus miembros de repente y los cogía desprevenidos. Como a Pathil Ammai, que a los sesenta y cinco años empezó a quitarse la ropa y a correr desnuda por la orilla del río, cantando a los peces. O a Thampi Chachen, que todas las mañanas revolvía sus heces con una aguja de hacer calceta buscando un diente de oro que se había tragado hacía años. O al doctor Muthachen, al que tuvieron que sacar de su propia boda metido en un saco. ¿Dirían las futuras generaciones: «O a Ammu, Ammu Ipe. Se casó con un bengalí. Se volvió loca. Murió joven. En una pensión de mala muerte, no sé dónde»?

Chacko decía que el alto índice de locura entre los cristianos sirios era el precio que pagaban por la endogamia. Mammachi decía que no.

Ammu se levantó la pesada mata de pelo, se envolvió la cara con ella y escudriñó el sendero de la Vejez y la Muerte a través de sus mechones. Como un verdugo medieval que escudriñara a su víctima desde los agujeros torcidos y abiertos en su capucha negra y picuda. Un verdugo delgado y desnudo, con pezones oscuros, al que se le formaban unos hoyuelos profundos cuando sonreía. Con siete estrías plateadas que le dejaron sus gemelos heterocigóticos, nacidos a la luz de las velas mientras llegaba la noticia de que habían perdido la guerra.

A Ammu lo que hubiera al final de su camino la asustaba menos que la naturaleza del camino en sí. Un camino sin mojones que señalaran su avance. Ni árboles a los lados. Ni sombras moteadas que tamizaran el recorrido. Ni nieblas que lo cubrieran. Ni pájaros que lo sobrevolaran en círculos. Ni recodos, ni vueltas, ni curvas pronunciadas que dificultaran, aunque fuera durante un instante, su clara visión del final. Aquello llenaba a Ammu de un enorme pavor, porque no era de esas mujeres que quieren saber cuál será su futuro. Le daba demasiado miedo. Así que, si le hubieran concedido un pequeño deseo, tal vez hubiera pedido No Saber. No saber qué era lo que le depararía cada día. No saber dónde estaría el próximo mes, el próximo año. Dentro de diez años. No saber qué dirección tomaría su camino ni qué era lo que había más allá de la curva. Pero Ammu lo sabía. O *creía* saberlo, lo cual era igual de malo (porque, si has comido pescado en un sueño, quiere decir que has comido pescado). Y lo que Ammu sabía (o creía saber) olía a los vapores avinagrados y monótonos que salían de los depósitos de cemento de Conservas y Encurtidos Paraíso. Unos vapores que arrugaban la juventud y encurtían el futuro.

Encapuchada con su pelo, Ammu se apoyó contra su propia imagen en el espejo del baño e intentó llorar.

Por ella.

Por el Dios de las Pequeñas Cosas.

Por las comadronas gemelas de su sueño, cubiertas por una capa de azúcar.

Aquella tarde (mientras en el cuarto de baño las Parcas conspiraban para alterar de forma horrible el curso del camino de su misteriosa madre, mientras una barca los esperaba en el patio trasero de Velutha y mientras un murciélago bebé esperaba el momento de nacer en una iglesia amarilla), en el dormitorio de su madre, Estha hacía el pino sobre el trasero de Rahel.

Aquel dormitorio con cortinas azules y avispas amarillas que chocaban contra los cristales de las ventanas. El dormitorio cuyas paredes pronto conocerían secretos terribles.

El dormitorio donde encerrarían a Ammu y donde luego se encerraría por propia voluntad. Cuya puerta Chacko, enloquecido de dolor, tiraría abajo cuatro días después del entierro de Sophie Mol.

—¡Vete de mi casa antes de que te rompa todos los huesos del cuerpo!

Mi casa, *mis* piñas, *mis* conservas.

Después de aquello, Rahel soñó el mismo sueño durante años: un hombre gordo y sin rostro estaba arrodillado junto al cadáver de una mujer. Le arrancaba el pelo. Le rompía todos los huesos del cuerpo, hasta los más pequeños. Los huesecillos de los dedos y los de las orejas. Como si fueran ramitas. *Cric, crac,* hacían al romperse. Como un pianista que rompiera las teclas del piano. Incluso las negras. Y Rahel (aunque años más tarde, en el Crematorio Eléctrico, aprovechase el sudor de su mano para soltarse de la de Chacko) los quería a los dos. Al pianista y al piano.

Al asesino y al cadáver.

Y, mientras la puerta era abatida lentamente, Ammu, para controlar el temblor de sus manos, cosía los extremos de las cintas de Rahel, que no necesitaban dobladillo.

—Prometedme que siempre os querréis el uno al otro —les dijo a sus hijos mientras los atraía hacia ella.

—Te lo prometemos —dijeron Rahel y Estha, sin hallar las palabras con las que explicarle que, para ellos, *no había* Uno ni Otro.

Dos piedras gemelas y su madre. Dos piedras ofuscadas. Lo que habían hecho regresaría un día para dejarlos vacíos. Pero eso sería Luego.

Luego. Una campana de sonido profundo dentro de un pozo cubierto de musgo. Temblorosa y peluda como las patitas de una mariposa nocturna.

En aquel momento todo era incoherencia. Como si el significado hubiera abandonado las cosas dejándolas fragmentadas. Desconectadas. El destello de la aguja de Ammu. El color de una cinta. La arruga de la colcha bordada con punto de cruz. Una puerta que se rompía lentamente. Cosas aisladas que no *significaban* nada. Como si la inteligencia que descodifica los diseños ocultos de la vida (que conecta las reflexiones con las imágenes, los destellos con la luz, las arrugas con las telas, las agujas con el hilo, las paredes con las habitaciones, el amor con el miedo con la furia con el remordimiento) se hubiera perdido súbitamente.

—¡Haz las maletas y márchate! —dijo Chacko, de pie sobre los restos de la puerta. Levantándose amenazador por encima de ellos. Con el pomo cromado en la mano. Con una calma repentina y extraña. Sorprendido ante su propia fuerza. Ante la enormidad de su terrible dolor.

Rojo era el color de la puerta destrozada.

Ammu, tranquila por fuera y temblando por dentro, no levantó los ojos de su innecesaria labor de costura. La lata con cintas de colores estaba abierta sobre su regazo, en aquel dormitorio donde había perdido todos sus derechos.

La misma habitación donde (después de que la Experta en Gemelos de Hyderabad respondiera) Ammu prepararía el pequeño baúl y el bolso de viaje color caqui de Estha: doce camisetas de algodón sin mangas, doce camisetas de algodón de manga corta. *Mira, Estha, todas están marcadas con tu nombre.* Sus calcetines. Sus estrechos pantalones. Sus camisas de cuello puntiagudo. Sus zapatos beis puntiagudos (desde donde le había subido la Sensación de Rabia). Sus discos de Elvis. Sus tabletas de calcio y el jarabe Vydalin. Su Jirafa de Regalo (que venía con el Vydalin). Sus Libros del Saber, volúmenes 1 al 4. *No, cariño, allí no habrá un río donde puedas pescar.* Su Biblia de cuero blanco que se cerraba con una cremallera cuyo cierre era un gemelo de amatista del Entomólogo Imperial. Su taza. Su jabón. Su Regalo de Cumpleaños por Adelantado que *no tenía* que abrir. Cuarenta sobres con sellos y papel de carta para que escribiera. *Mira, Estha, he escrito nuestra dirección en todos los sobres. Lo único que tienes que hacer es meter la carta dentro y cerrarlos. Prueba, a ver si puedes hacerlo tú solito.* Y Estha cerró el sobre con cuidado siguiendo la línea punteada que decía CERRAR AQUÍ, y después miró a Ammu con una sonrisa que le partió el corazón.

¿Me prometes que escribirás? ¿Incluso aunque no tengas nada que contar?

Te lo prometo, dijo Estha, sin ser realmente consciente de la situación. El borde cortante de sus aprensiones se había embotado ante aquel repentino alud de posesiones terrenales. Eran suyas. Y estaban marcadas con su nombre. Las iban a poner dentro del baúl (con su nombre grabado en él) que se encontraba abierto sobre el suelo del dormitorio.

La habitación a la que, años más tarde, regresaría Rahel y en la que observaría cómo se bañaba un extraño silencioso. Y cómo lavaba su ropa con jabón azul brillante que se fragmentaba.

Con un cuerpo color miel y músculos firmes. Con secretos marinos en los ojos. Y una gota de lluvia plateada en la oreja.

Esthapappychachen Kuttappen Peter Mon.

12. Kochu Thomban

El sonido del *chenda* emergía del templo con un estrépito cada vez mayor, que acentuaba el silencio de la noche circundante. De la carretera solitaria y húmeda. De los árboles vigilantes. Rahel, sin aliento y con un coco en la mano, traspasó el umbral de madera que había en medio de las altas paredes blancas y entró en el recinto del templo.

Dentro todo eran paredes blancas, cubiertas de musgo y bañadas por la luz de la luna. Todo olía a lluvia reciente. El delgado sacerdote estaba dormido sobre una estera en la galería de piedra, algo más alta que el nivel del patio. Cerca de la almohada había una bandeja de bronce con monedas que parecía la representación de sus sueños en la viñeta de un cómic. El recinto tenía lunas desparramadas por todo el suelo, reflejadas en pequeños charquitos de agua de lluvia. Kochu Thomban ya había terminado sus rondas ceremoniales y estaba tumbado junto a un poste de madera, al que estaba atado, y al lado de un montón humeante de sus excrementos. Estaba dormido. Ya había cumplido con su tarea y había vaciado los intestinos. Uno de sus colmillos estaba apoyado sobre el suelo y el otro apuntando hacia las estrellas. Rahel se acercó en silencio. Vio que el elefante tenía la piel más floja de lo que recordaba. Ya no era *Kochu* Thomban. Le habían crecido los colmillos. Ahora era *Vellya* Thomban. El de los Colmillos Grandes. Puso el coco en el suelo, junto a él. Un párpado de cuero se abrió y dejó al descubierto el brillo líquido de un ojo de elefante. Después se cerró y las pestañas largas y espesas reanudaron el sueño. Un colmillo hacia las estrellas.

Junio es un mes de temporada baja para el kathakali. Pero hay templos donde ningún grupo dejaría de actuar si pasase cerca de él. El templo de Ayemenem no había sido uno de ellos, pero las cosas habían cambiado gracias a su ubicación geográfica.

En Ayemenem los grupos bailaban para quitarse de encima la humillación sufrida en el Corazón de las tinieblas. Por sus actuaciones arregladas junto a la piscina del hotel. Por recurrir al turismo para evitar morirse de hambre.

Al volver del Corazón de las tinieblas, se detenían en el templo para implorar el perdón de los dioses. Para disculparse por corromper sus historias. Por vender sus identidades a cambio de dinero. Por malversar sus vidas.

En esas ocasiones se agradecía la presencia de público, pero era algo absolutamente incidental.

En el amplio pasillo cubierto (la columnata del *kuthambalam* contiguo al corazón del templo donde vivía el Dios Azul con su flauta) los tamboriles tamborileaban y los bailarines bailaban haciendo evolucionar sus ropas de colores lentamente en la noche. Rahel se sentó en el suelo con las piernas cruzadas y apoyó la espalda contra la superficie curvada de una columna blanca. Una alta lata de aceite de coco brillaba a la luz titilante de la lámpara. El aceite alimentaba la luz. La luz iluminaba la lata.

No importaba que la historia ya hubiese empezado, porque hacía tiempo que el kathakali había descubierto que el secreto de las Grandes Historias es que *no tienen* secretos. Las Grandes Historias son aquellas que ya se han oído y se quiere oír otra vez. Aquellas a las que se puede entrar por cualquier puerta y habitar en ellas cómodamente. No engañan con emociones o finales falsos. No sorprenden con imprevistos. Son tan conocidas como la casa en la que se vive. O el olor de la piel del ser amado. Sabemos cómo acaban y, sin embargo, las escuchamos como si no lo supiéramos. Del mismo modo que, aun sabiendo que un día moriremos, vivimos como si fuéramos inmortales. En las Grandes Historias sabemos quién vive, quién muere, quién encuentra el amor y quién no. Y, aun así, queremos volver a saberlo.

Ahí radica su misterio y su magia.

Para el Danzarín de Kathakali esas historias son sus hijos y su infancia. Ha crecido dentro de ellas. Son la casa donde se crio y las praderas en las que jugó. Son sus ventanas y su forma de ver. Así que, cuando cuenta una historia, la trata como si fuese una hija suya. Se burla de ella. La castiga. La lanza al aire como una pelota. Forcejea con ella, caen al suelo y luego la deja escapar otra vez. Se ríe de ella porque la ama. Puede transportarte por mundos enteros en pocos minutos o puede detenerse durante horas a observar una hoja marchita. O a jugar con la cola de un mono dormido. Puede pasar sin ningún esfuerzo de las matanzas bélicas al júbilo de una mujer que se lava el pelo en un arroyo de montaña. De la astuta vivacidad de un *rakshasa** con una idea nueva a un aldeano chismoso con un escándalo que propagar. De la sensualidad de una mujer dándole de mamar a un bebé a la seductora malicia de la sonrisa de Krishna. Puede desvelar la gota de dolor contenida en la felicidad. El pez oculto de la vergüenza en un mar de gloria.

Cuenta historias de los dioses, pero su cuento surge de un corazón humano, impío.

El danzarín de kathakali es el más hermoso de todos los hombres. Porque su cuerpo *es* su alma. Su único instrumento. Desde los tres años ha sido preparado solo para contar historias, para ello se perfecciona y a ello ciñe y dedica su vida. Ese hombre que está detrás de una máscara pintada y lleva unas faldas ondulantes está lleno de magia.

Pero ahora se ha vuelto inviable. Imposible. Un bien declarado caduco. Sus hijos se burlan de él y desean con-

---

* Demonio, espíritu maléfico, en la mitología hindú. *(N. de las T.)*

vertirse en todo lo que él no es. Los ha visto crecer y convertirse en funcionarios y cobradores de autobús. Funcionarios de cuarta categoría cuyo nombramiento no aparece en la *Gaceta Oficial del Estado*. Con sindicatos propios.

Pero él, que quedó suspendido en algún punto entre el paraíso y la tierra, no puede hacer lo que ellos hacen. No puede ir por los pasillos de los autobuses vendiendo billetes y contando monedas. No puede acudir al timbre que lo llama requiriendo su presencia. No puede inclinarse detrás de bandejas con servicios de té y galletas María.

Desesperado, se vuelve hacia el turismo. Entra a formar parte del mercado. Vende lo único que posee. Las historias que su cuerpo sabe contar.

Se convierte en un Toque Regional.

En el Corazón de las tinieblas, los turistas, instalados en su ociosa desnudez y en su interés escaso y de importación, le hacen sentirse ridículo. Pero contiene su rabia y baila para ellos. Cobra sus honorarios. Se emborracha. O se fuma un canuto. Buena hierba de Kerala que le hace reír. Y después hace un alto en el templo de Ayemenem, él y los que van con él, y bailan para implorar el perdón de los dioses.

Rahel (sin ningún Plan, sin ningún Motivo para estar allí), con la espalda apoyada contra una columna, observaba a Karna rezar en las orillas del Ganges. Karna enfundado en su armadura de luz. Karna el hijo melancólico de Surya, el Dios del Día. Karna el Generoso. Karna el hijo abandonado. Karna el guerrero más venerado de todos.

Aquella noche Karna iba colocadísimo. Su andrajosa falda estaba zurcida. Su corona tenía agujeros donde antes había habido joyas. El terciopelo de su blusa estaba raído por el uso. Tenía los talones agrietados. Endurecidos. Se apagaba los canutos en ellos.

Pero, si hubiera tenido una flota de maquilladores esperándolo entre bastidores, un agente, un contrato, un porcentaje sobre los beneficios, ¿qué habría sido entonces?

Un impostor. Un simulador rico. Un actor que hace su papel. ¿Podría ser Karna? ¿O estaría demasiado *seguro* dentro de su burbuja de bienestar? ¿Su dinero no se levantaría como una pantalla entre él y su historia? ¿Sería capaz de tocar el corazón de esa historia, sus secretos escondidos, del modo que lo hacía ahora?

Tal vez no.

Este hombre esta noche es peligroso. Su desesperación es total. Esta historia es la red de seguridad sobre la que da saltos y hace piruetas como un payaso maravilloso de un circo en bancarrota. Es lo único que posee para evitar precipitarse mundo abajo como una piedra. Es su color y su luz. Es la vasija dentro de la cual él mismo se vierte. Que le da forma. Estructura. Lo sujeta. Lo contiene. Contiene su Amor. Su Locura. Su Júbilo Infinito. Irónicamente, su lucha es lo opuesto de la lucha de un actor: no se esfuerza por *meterse* en su papel, sino por escapar de él. Pero eso es lo que no puede hacer. En su abyecta derrota reside su triunfo supremo. Él *es* Karna, a quien el mundo ha abandonado. Karna el Solitario. Un bien declarado caduco. Un príncipe criado en la pobreza. Nacido para morir injustamente, desarmado y solitario a manos de su hermano. Majestuoso en su desesperación total. Que reza a orillas del Ganges. Colocado y fuera de sí.

Entonces apareció Kunti. También ella estaba representada por un hombre. Un hombre que se había vuelto suave y afeminado, un hombre con pechos, de tanto hacer papeles femeninos durante años. Sus movimientos eran fluidos. Llenos de feminidad. Kunti también estaba colocada. Pirada por los mismos canutos compartidos. Había venido a contarle una historia a Karna.

Karna inclinó su hermosa cabeza y escuchó.

Kunti, con los ojos enrojecidos, bailó para él. Le habló de una joven a la que habían concedido un don. Un mantra secreto que podía usar para elegir a su amado de entre los dioses. Y cómo, con la imprudencia de la juventud, decidió probarlo y ver si funcionaba realmente. Y cómo fue sola al centro de un campo vacío, miró hacia el cielo y recitó el mantra. Apenas habían acabado de salir las palabras de su necia boca, dijo Kunti, cuando Surya, el Dios del Día, apareció ante ella. La joven, hechizada por la belleza de aquel divino efebo resplandeciente, se entregó a él. Nueve meses después le dio un hijo. El niño nació envuelto en luz, con pendientes de oro en las orejas y un peto de oro en el pecho, en el que estaba grabado el emblema del sol.

La joven madre amaba muchísimo a su primogénito, dijo Kunti, pero no estaba casada y no podía quedárselo. Lo metió en una canasta de juncos y lo depositó en un río para que se lo llevara la corriente. Adhirata, un auriga, encontró al niño río abajo. Y lo llamó Karna.

Karna miró a Kunti. *¿Quién era ella? ¿Quién era mi madre? Dime dónde está. Llévame hasta ella.*

Kunti inclinó la cabeza. *Está aquí*, dijo. *Delante de ti.*

¡Qué júbilo y qué furia los de Karna ante la revelación! ¡Qué baile de desconcierto y desesperación el suyo! *¿Dónde estabas cuando más te necesitaba?*, le preguntó. *¿Alguna vez me cogiste entre tus brazos? ¿Me alimentaste o me cuidaste alguna vez? ¿Te preguntaste dónde podía estar?*

Como respuesta, Kunti tomó aquel rostro majestuoso entre sus manos (verde el rostro, rojos los ojos) y lo besó en la frente. Karna se estremeció de placer. Un guerrero vuelto a la infancia. El éxtasis de aquel beso recorrió todo su cuerpo. Hasta los dedos de los pies. Hasta las yemas de los dedos de las manos. El beso de su madre amantísima. *¿Sabías cuánto te echaba de menos?* Rahel vio correr aquel beso por sus venas con tanta claridad como se ve descender un huevo por el cuello de un avestruz.

Un beso viajero cuyo recorrido se vio interrumpido rápidamente por la consternación cuando Karna se dio cuenta de que su madre le había revelado su identidad solo para asegurar así la vida de sus otros cincos hijos (los Pandavas), a los que amaba mucho más y que estaban a punto de luchar en una gran batalla épica con sus cien primos. Era a *ellos* a los que quería proteger Kunti al anunciar a Karna que era su madre. Quería arrancarle una promesa.

Invocó las Leyes del Amor.

Son tus hermanos. De tu misma carne y sangre. Prométeme que no emprenderás una guerra contra ellos. Prométemelo.

Karna el Guerrero no podía prometer eso porque, si lo hacía, tendría que romper otra promesa. Al día siguiente iría a la guerra y sus enemigos serían los Pandavas. Ellos eran los que lo habían injuriado públicamente (en especial, Arjuna) por ser hijo de un humilde auriga. Y había sido Duryodhana, el mayor de los cien hermanos Kaurava, el que había acudido en su ayuda otorgándole un reino. Karna, a cambio, le había jurado fidelidad eterna.

Pero Karna el Generoso no podía negarle a su madre lo que le pedía. Así que modificó la promesa. Le dio una respuesta ambigua. Hizo un pequeño cambio, alteró un poco el juramento prestado.

Te prometo lo siguiente, le dijo Karna a Kunti. *Siempre tendrás cinco hijos. A Yudhishtira no le haré daño. Bhima no morirá por mi mano. A los gemelos, Nakula y Sahadeva, no los tocaré. Pero, en cuanto a Arjuna, no te prometeré nada. Si no lo mato, él me matará. Uno de los dos morirá.*

Algo cambió en el aire. Y Rahel supo que Estha había llegado.

No volvió la cabeza, pero un resplandor la invadió por dentro. *Ha venido*, pensó. *Está aquí. Conmigo.*

Estha se instaló junto a otra columna, más lejana, y vieron la actuación así, separados por el ancho del *kuthambalam*, pero unidos por la historia. Y por el recuerdo de otra madre.

El aire se volvió más cálido. Menos húmedo.

Tal vez aquella tarde había sido especialmente mala en el Corazón de las tinieblas, porque en Ayemenen los hombres bailaban como si no pudieran parar. Como niños dentro de una casa acogedora en la que se hubieran refugiado de una tormenta. De la que se negaran a salir para enfrentarse al mal tiempo. Al viento y al trueno. A las ratas que corrían por el contaminado paisaje con el signo del dólar en los ojos. Al mundo que se derrumbaba a su alrededor.

Emergían de una historia y empezaban enseguida a hurgar en otra. De *Karna Shabadam* (que relata el juramento de Karna) a *Duryodhana Vadham* (que narra la muerte de Duryodhana y su hermano Dushasana).

Eran casi las cuatro de la madrugada cuando Bhima dio caza al vil Dushasana. El hombre que había intentado desnudar en público a Draupadi, la esposa de los Pandavas, después de que los Kauravas la hubieran ganado a los dados. Draupadi (curiosamente, furiosa con los hombres que la habían ganado, pero no con los que se la habían jugado) había jurado que nunca se recogería el cabello hasta no lavárselo con la sangre de Dushasana. Bhima había jurado vengar su honor.

Bhima arrinconó a Dushasana en un campo de batalla sembrado de cadáveres. Lucharon con sus espadas durante una hora. Intercambiaron insultos. Enumeraron todas las ofensas que se habían hecho el uno al otro. Cuando la luz de la lámpara de latón comenzó a parpadear porque se apagaba, suspendieron las hostilidades. Bhima echó aceite en la lámpara y Dushasana despabiló la mecha. Después volvieron a la guerra. Su batalla sin tregua se extendió por el *kuthambalam* y recorrió el templo. Se perseguían el uno al otro por todo el recinto, agitando sus mazas de cartón piedra. Dos hombres con faldas infladas y blusas de terciopelo raído que saltaban por encima de lunas reflejadas en charquitos y de montones de excremento de elefante. Que daban vueltas alrededor de un elefante dormido. Dushasana, todo furia y valor durante un rato y encogido de miedo al minuto siguiente. Bhima jugueteando con él. Los dos colocados.

El cielo era un cuenco rosado. El agujero gris con forma de elefante en el universo se agitó en sueños y luego siguió durmiendo. Apenas si empezaba a clarear cuando se despertó la bestia que había en Bhima. Los tambores sonaron con más fuerza, pero el aire se llenó de silencio y de amenaza.

Bajo la temprana luz matinal, Esthappen y Rahel observaron cómo Bhima cumplía el juramento hecho a Draupadi. Tiró a Dushasana al suelo a garrotazos. Machacó con su maza cada estertor de aquel cuerpo agonizante y lo golpeó una y otra vez hasta dejarlo quieto. Era un herrero que aplanaba una plancha de recalcitrante metal. Que alisaba sistemáticamente todas las irregularidades y los bultos. Continuó matándolo mucho tiempo después de que estuviera muerto. Después le abrió el cuerpo con sus propias manos. Le arrancó las entrañas y se inclinó a beber su sangre a lengüetazos, directamente de aquel cuenco que era su cuerpo desgarrado. Miraba por encima del borde con los ojos desorbitados, brillantes de rabia y de odio y de la locura de haber cumplido su juramento. Con un gorgoteo de burbujas de sangre color rosa pálido entre los dientes. Burbujas que resbalaban por su rostro pintado, por su barbilla y su cuello. Cuando hubo bebido lo suficiente, se levantó, se colocó unos intestinos sanguinolentos alrededor del cuello, como si fuesen una bufanda, y fue en busca de Draupadi y bañó sus cabellos en sangre fresca. Aún lo rodeaba un halo de odio que ni siquiera el asesinato había podido acallar.

Aquella mañana la locura estaba presente allí. Bajo el cuenco rosado. No era una actuación. Esthappen y Rahel la reconocieron. Ya habían visto sus efectos antes. Otra mañana. En otro escenario. Otra clase de frenesí (con ciempiés en las suelas de los zapatos). El exceso brutal de la locura actual contrastaba con la salvaje economía de la que habían visto hacía tanto tiempo.

Allí estaban, sentados, el Silencio y el Vacío, dos fósiles heterocigóticos congelados, con chichones que nunca llegaron a convertirse en cuernos. Separados por el ancho de un *kuthambalam*. Atrapados en la ciénaga de una historia que era suya y no lo era. Que había comenzado con una apariencia de estructura y orden y después se había desbocado hacia la anarquía como un caballo aterrorizado.

Kochu Thomban se despertó y partió delicadamente su coco matutino.

Los danzarines de kathakali se quitaron el maquillaje y se marcharon a casa a pegar a sus mujeres. Incluso Kunti, el de los pechos y el aspecto delicado.

Por fuera y por dentro, la pequeña ciudad disfrazada de pueblo comenzó a despertar y a adquirir vida. Un hombre viejo se despertó y se dirigió tambaleante hacia la estufa para calentar su aceite de coco sazonado con pimienta.

El camarada Pillai. El profesional de romper huevos para hacer tortillas en Ayemenem.

Aunque resulte extraño, había sido él quien había iniciado a los gemelos en el kathakali. A pesar de que a Bebé Kochamma no le parecía nada bien, fue él quien los llevaba, junto con Lenin, a las actuaciones que duraban toda la noche en el templo, y el que se quedaba con ellos hasta el amanecer, explicándoles el lenguaje y los gestos del kathakali. A los seis años vieron con él la misma historia que volvieron a ver aquella mañana. Fue él quien los introdujo en el Raudra Bhima por primera vez: la historia de Bhima, el loco y el sanguinario, a la búsqueda de muerte y venganza. «Está despertando la bestia que hay en él», les explicó el camarada Pillai (a unos niños asustados, con los ojos como platos) cuando Bhima, de natural bondadoso, comenzó a gruñir y a aullar.

Cuál era la bestia, el camarada Pillai no lo dijo. Tal vez lo que quiso decir, en realidad, era que lo que estaba despertando era el *hombre* que había en él. Porque, sin duda, no existe ninguna bestia que haya desarrollado la infinita capacidad de inventiva que caracteriza al odio humano. Ninguna bestia puede compararse con el alcance y el poder de un odio así.

El cuenco rosado perdió intensidad y dejó caer una llovizna gris y cálida. En el momento en que Estha y Rahel salían por la puerta del templo, el camarada K. N. M. Pillai entraba, brillante después de su baño de aceite. Se había puesto pasta de sándalo sobre la frente. Las gotas de lluvia refulgían como tachuelas sobre su piel. Entre las manos ahuecadas sostenía un montoncito de jazmines frescos.

—¡Ajá! —dijo con su voz aflautada—. ¡Pero si estáis aquí! ¿Así que todavía os interesa vuestra cultura india? Bien, bien. Muy bien.

Los gemelos, ni groseros ni corteses, no contestaron. Se encaminaron juntos hacia su casa. Él y ella. Nosotros.

13. El optimista y el pesimista

Chacko se había trasladado de su cuarto al estudio de Pappachi, a fin de que Sophie Mol y Margaret Kochamma tuvieran una habitación para ellas. Era una habitación pequeña, con una ventana que dominaba la plantación de caucho descuidada y venida a menos que el reverendo E. John Ipe le había comprado a un vecino. Una puerta la comunicaba con el resto de la casa y otra (la entrada que Mammachi había mandado hacer para que Chacko satisficiera sus Necesidades de Hombre discretamente) llevaba directamente al *mittam* lateral.

Sophie Mol estaba dormida en un catre pequeño que habían preparado para ella al lado de la gran cama. El zumbido del lento ventilador de techo llenaba su cabeza. Abrió los ojos azules, de un azul grisáceo, de golpe.

Despierta

Despabilada

Despejada

Apartó el sueño de modo contundente.

Por primera vez desde la muerte de Joe, su primer pensamiento al despertarse no fue para él.

Miró alrededor. Sin moverse, girando simplemente los ojos. Un espía capturado en territorio enemigo, que tramaba una fuga espectacular.

Sobre la mesa de Chacko había un florero con unos hibiscos torpemente colocados y ya mustios. Las paredes estaban cubiertas de libros. Un armario con las puertas de cristal estaba abarrotado de restos de aviones de madera. Mariposas rotas con ojos implorantes. Mujeres de madera de un rey malvado que languidecían bajo un maleficio de madera.

Atrapadas.

Solo una, Margaret, su madre, había escapado a Inglaterra.

En la parte central del ventilador del techo, que estaba cromada, giraba la habitación. Una salamanquesa beis, del color de una galleta sin acabar de hornear, la miraba con mucho interés. Pensó en Joe. Algo se agitó dentro de ella. Cerró los ojos.

La parte cromada del ventilador del techo siguió girando en su cabeza.

Joe sabía andar sobre las manos. Y, cuando iba en bicicleta colina abajo, sabía hacer que el viento le inflara la camisa.

En la cama contigua, Margaret Kochamma aún seguía dormida. Estaba tumbada boca arriba con las manos cruzadas justo debajo de las costillas. Tenía los dedos hinchados y parecía que el anillo de boda se sentía incómodo al estar tan apretado. La carne de las mejillas le caía a ambos lados de la cara y daba la sensación de que sus pómulos eran altos y prominentes, al tiempo que ponía en su boca una sonrisa amarga que dejaba entrever el brillo de los dientes. Se había depilado las espesas cejas hasta dejarlas como se llevaban entonces, convertidas en unos arquitos muy finos, como dibujados a lápiz, que le otorgaban una permanente expresión de ligera sorpresa, incluso cuando estaba dormida. Pero estaba recuperando las demás expresiones de aquellas cejas en forma de incipientes pelillos. Tenía el rostro congestionado y la frente brillante, aunque bajo el enrojecimiento se escondía cierta palidez. Una pena dejada para más tarde.

El delgado tejido de algodón y poliéster azul marino con flores blancas de su vestido se había quedado lánguido y se le pegaba a los contornos del cuerpo, levantándose sobre los pechos y descendiendo a lo largo de la línea que se le formaba entre las piernas largas y fuertes, como si, al no estar acostumbrado al calor, también necesitara dormir la siesta.

En la mesilla, en un marco de plata, había una fotografía en blanco y negro de la boda de Chacko y Margaret Kochamma, sacada en la puerta de la iglesia, en Oxford. Nevaba un poco. Los primeros copos de nieve cubrían la calzada y la acera. Chacko iba vestido como Nehru. Llevaba un *churidar* blanco y un *shervani* negro. Tenía los hombros salpicados de nieve. En el ojal del *shervani* lucía una rosa, y por el bolsillo superior le asomaba la punta de un pañuelo, doblado en forma de triángulo. Calzaba, muy apropiadamente, zapatos Oxford, negros, lustrosos. Parecía que se riera de sí mismo y del modo como se había vestido. Igual que si estuviera en una fiesta de disfraces.

Margaret Kochamma llevaba un vestido de novia largo y vaporoso y una diadema barata sobre el pelo, corto y rizado. Se había levantado el velo del rostro. Era tan alta como él. Los dos se mostraban felices. Eran delgados y jóvenes. Hacían guiños por el cambio de luz del interior al exterior. Las cejas espesas y oscuras de la novia, unidas en el entrecejo, producían un encantador contraste con el vaporoso blanco nupcial. Una nube con cejas que guiñaba un ojo. Detrás de ellos se veía a una mujer corpulenta con aire de matrona, de tobillos gruesos y con todos los botones del largo abrigo abrochados. Era la madre de Margaret Kochamma. Tenía a sus dos nietecillas a los lados, con las faldas escocesas plisadas, las medias y los flequillos idénticos. Las dos se reían y se tapaban la boca con las manos. La madre de Margaret Kochamma miraba para otro lado, fuera del campo de la fotografía, como si prefiriera no estar allí.

El padre de Margaret Kochamma se había negado a asistir a la boda. No le gustaban nada los indios; pensaba que eran taimados y deshonestos. No podía hacerse a la idea de que su hija se casara con uno de ellos.

En el ángulo derecho de la fotografía se veía a un hombre que iba en bicicleta y se había vuelto para mirar a la pareja.

Cuando conoció a Chacko, Margaret Kochamma trabajaba de camarera en un café de Oxford. Su familia vivía en Londres. Su padre tenía una panadería y su madre era dependienta en una mercería. Margaret Kochamma había dejado la casa de sus padres hacía un año por la única razón de que tenía las ansias de independencia propias de la juventud. Sus intenciones consistían en trabajar y ahorrar lo suficiente para pagarse los estudios de maestra, y después buscar empleo en alguna escuela. En Oxford compartía un pequeño apartamento con una amiga. También camarera, en otro café.

Tras el cambio de ambiente, Margaret Kochamma se dio cuenta de que se había convertido exactamente en la clase de chica que sus padres querían que fuese. Al enfrentarse al Mundo Real se aferró, llena de nerviosismo, a las viejas reglas de comportamiento que tan arraigadas tenía, y comprendió que ya no había nadie contra quien rebelarse, excepto contra sí misma. Así que, aparte de poner el tocadiscos algo más alto de lo que le permitían en su casa, continuó llevando en Oxford la misma vida insignificante y estricta de la que creía haber escapado.

Hasta la mañana en que Chacko entró en el café.

Fue en el verano de su último curso en Oxford. Estaba solo. Llevaba la camisa arrugada y mal abotonada y los cordones de los zapatos sin anudar. El pelo, cuidadosamente peinado y repeinado por delante, estaba de punta por detrás, como un halo de plumas. Parecía un puerco espín beatífico y desaliñado. Era alto y, a pesar del desastre de su ropa (corbata inapropiada, chaqueta raída), Margaret Kochamma se dio cuenta de que su cuerpo era atlético. Tenía un aire alegre y fruncía los ojos como si quisiera leer un cartel lejano pero hubiera olvidado las gafas. Las orejas le sobresalían de la cabeza y parecían asas de tetera. Había algo contradictorio entre su constitución atlética y su apariencia desaliñada. Las mejillas relucientes y felices eran la única señal de que un hombre obeso estaba al acecho en su interior.

No había en él nada de ese algo impreciso y torpe que normalmente se asocia con los hombres descuidados y despistados. Parecía alegre, como si estuviera disfrutando de la compañía de un amigo imaginario. Se sentó junto a la ventana, apoyó un codo en la mesa y la mejilla en la palma de la mano, y sonrió en medio del café vacío como si estuviese a punto de entablar una conversación con los muebles. Pidió un café con la misma sonrisa amistosa, pero sin dar muestras de haberse fijado en la camarera alta y de espesas cejas que le tomó nota.

Ella hizo una mueca al ver que se ponía dos cucharadas bien colmadas de azúcar en aquel café con tanta leche.

Después pidió tostadas con huevos fritos, más café y mermelada de fresa.

Cuando volvió con todo aquello, como si reanudase una conversación anterior, él le dijo:

—¿Sabe el del hombre que tenía dos hijos gemelos?

—No —contestó ella mientras colocaba el desayuno en la mesa. Por alguna razón (tal vez por una prudencia natural y una reticencia instintiva ante los extranjeros) no manifestó el profundo interés que Chacko esperaba haber despertado en ella con lo del Hombre que tenía unos Hijos Gemelos. A él no pareció importarle.

—Un hombre tenía dos hijos gemelos —empezó a contarle a Margaret Kochamma—. Pete y Stuart. Pete era Optimista, y Stuart, Pesimista.

Cogió una tras otra las fresas que había en la mermelada y las puso a un lado en el plato, y después colocó una gruesa capa de mermelada sobre la tostada, que ya estaba untada con mantequilla.

—El día en que cumplieron trece años, su padre le regaló a Stuart, el Pesimista, un reloj muy caro, una caja de herramientas de carpintero y una bicicleta. —Chacko levantó la mirada para ver si Margaret Kochamma le estaba escuchando—. Y llenó el cuarto de Pete, el Optimista, con estiércol de caballo.

Chacko colocó los huevos fritos sobre la tostada, rompió las yemas brillantes y temblonas y las extendió sobre la mermelada de fresa con la parte posterior de la cucharilla.

—Stuart abrió sus regalos y se pasó toda la mañana refunfuñando. No le hacía ilusión la caja de herramientas de carpintero, el reloj no le gustaba y las llantas de la bicicleta no eran las adecuadas.

Margaret Kochamma había dejado de escuchar porque estaba fascinada por el curioso ritual que desplegaba Chacko en su plato. Cortó la tostada con la mermelada y el huevo frito en pequeños cuadraditos iguales y colocó encima una a una las fresas que había puesto a un lado, tras cortarlas en diminutos pedacitos.

—Cuando el padre fue al cuarto de Pete, el Optimista, no logró verlo, pero oyó excavar frenéticamente y jadear por el esfuerzo. El estiércol de caballo volaba por los aires.

Chacko ya estaba conteniendo la risa antes de acabar el chiste. Con las manos temblorosas de la risa ponía un trocito de fresa en cada cuadradito rojo y amarillo brillante de tostada, lo que daba a su plato el aspecto de una bandeja de multicolores canapés que una anciana hubiera preparado para servirlos durante una partida de bridge.

—«¡Por Dios bendito! ¿Qué estás haciendo?», le increpó su padre a Pete.

Sal y pimienta fueron espolvoreadas sobre los cuadraditos de tostada. Chacko hizo una pausa antes de rematar el chiste y miró riéndose a Margaret Kochamma, quien, a su vez, miraba el plato sonriendo.

—De entre el estiércol surgió una voz que dijo: «Es que, si hay tanta mierda, en algún sitio tiene que haber un poni».

Chacko, con el tenedor en una mano y el cuchillo en la otra, se echó hacia atrás en la silla de aquel café vacío y se puso a reír con una risa fuerte, contagiosa, entre hipos, una risa de gordo, hasta que las lágrimas rodaron por sus mejillas. Margaret Kochamma, que se había perdido la mayor parte del chiste, al principio solo sonrió, pero después se contagió de su hilaridad. La risa del uno provocaba la del otro, y ambas fueron en aumento hasta convertirse en carcajadas histéricas. Entonces apareció el dueño del café, que vio a un cliente (no especialmente recomendable) y a una camarera (recomendable solo a medias) atrapados en una espiral de carcajadas sin fin.

Entre tanto, sin que ellos se hubieran dado cuenta, había llegado otro cliente (uno habitual) y estaba esperando a que lo atendiesen.

El dueño se puso a hacer ruido entrechocando vasos y platos sobre el mostrador para demostrarle a Margaret Kochamma que estaba muy contrariado. Ella trató de calmarse antes de ir a tomar nota, pero tenía los ojos llenos de lágrimas y tuvo que contener un nuevo acceso de risa, lo cual provocó que el cliente al que le estaba tomando nota levantara la vista del menú con un gesto de desaprobación en los labios.

Miró de soslayo a Chacko, que le dirigió una sonrisa. Era una sonrisa de una simpatía desmesurada.

Acabó su desayuno, pagó y se fue.

El dueño le echó a Margaret Kochamma una reprimenda, seguida de un sermón sobre la ética cafeteril. Ella se disculpó. Lamentaba realmente haberse comportado así.

Aquella noche, después de acabar su jornada, pensó en lo sucedido y se sintió a disgusto consigo misma. No solía ser frívola, y no le pareció adecuado haber estado riéndose de manera tan descontrolada con un extraño. Le pareció un exceso de confianza, de intimidad. Se preguntó qué la habría hecho reírse de aquel modo. Sabía que no era el chiste.

Pensó en la risa de Chacko y una sonrisa se le quedó prendida en los ojos largo rato.

Chacko comenzó a visitar el café con bastante frecuencia.

Siempre llegaba con su amigo imaginario y su sonrisa simpática. Incluso cuando no era Margaret Kochamma quien lo atendía, la buscaba con la mirada e intercambiaban sonrisas secretas evocando el recuerdo de aquella Risa Compartida.

Margaret Kochamma se sorprendió a sí misma esperando las visitas del Puerco Espín Arrugado. Sin ansiedad, pero con una especie de afecto creciente. Se enteró de que estaba allí con una beca Rhodes que le habían concedido en la India, cursaba estudios clásicos y remaba en el equipo de Balliol.

Hasta el día en que se casaron, nunca acabó de creerse que aceptaría ser su mujer.

Un par de meses después de empezar a salir juntos, comenzó a llevarla a escondidas a su habitación, en la que vivía como un príncipe exiliado y desvalido. A pesar de los esfuerzos de la mujer que lo cuidaba y le hacía la limpieza, la habitación siempre estaba hecha un asco. Libros, botellas de vino vacías, ropa interior sucia y paquetes de cigarrillos cubrían el suelo. Era peligroso abrir los armarios, porque de ellos caían en cascada ropa, libros y zapatos, y alguno de aquellos volúmenes pesaba lo suficiente para causar lesiones. Margaret Kochamma renunció a su vida ordenada y limitada para zambullirse en aquella auténtica locura barroca con el estremecimiento silencioso de un cuerpo tibio al entrar en un mar helado.

Descubrió que, bajo el aspecto de Puerco Espín Arrugado, había un marxista atormentado en guerra con un romántico incurable que se olvidaba de las velas, rompía los vasos de vino y perdía el anillo. Que hacía el amor con una pasión tal que la dejaba sin aliento. Ella siempre se había considerado una chica sin cintura, con los tobillos anchos y poco interesante. Sin ser fea, tampoco tenía nada especial. Pero, cuando estaba con Chacko, sus viejos límites se ensanchaban. El horizonte se expandía.

Nunca hasta entonces había conocido a un hombre que hablara del mundo —de lo que era, de cómo había llegado a serlo o de lo que pensaba que sería de él— del mismo modo que otros hablaban de sus trabajos, sus amigos o sus fines de semana en la playa.

Estar con él la hizo sentirse como si su alma hubiera salido de los estrechos confines de su isla patria para abrirse a los extensos e insólitos espacios del mundo de Chacko. La hizo sentirse como si el mundo les perteneciera, como si estuviera ante ellos igual que una rana en una mesa de disección pidiendo que la examinasen.

El año en que lo conoció, antes de casarse, descubrió que también ella tenía algo mágico en su interior, y durante una temporada se sintió como un genio risueño liberado del encierro de la lámpara. Era quizá demasiado joven para darse cuenta de que lo que suponía amor por Chacko no era, en realidad, más que la aceptación vacilante y timorata de sí misma.

En cuanto a Chacko, era la primera amiga del sexo femenino que había tenido. No solo la primera mujer con la que se había acostado, sino su primera compañera real. Lo que más le gustaba de ella era su autosuficiencia. Tal vez no fuera una autosuficiencia extraordinaria comparada con la media de las mujeres inglesas, pero para Chacko resultaba asombrosa.

Le gustaba que Margaret Kochamma no se aferrara a él. Que no estuviera segura de sus sentimientos hacia él. Que no supiera hasta el último día si se casaría con él. Le encantaba ver cómo se sentaba desnuda en la cama, con su larga espalda blanca girada hacia un lado, miraba el reloj y decía, con su habitual sentido práctico: «¡Uy, tengo que irme!». Le encantaba cómo se balanceaba en su bicicleta todas las mañanas rumbo al trabajo. Fomentaba las diferencias de opinión que tenían y disfrutaba en su fuero interno con los ocasionales estallidos de exasperación de Margaret a causa de sus descuidos y su dejadez.

Le estaba agradecido porque no quería cuidarle. Porque no se ofrecía a ordenarle el cuarto. Por no ser su empalagosa madre. Llegó a depender de ella porque ella no dependía de él. La adoraba por no adorarlo.

De su familia, Margaret Kochamma sabía muy poco. Rara vez hablaba de ellos.

Lo cierto es que, en aquellos años de Oxford, Chacko pensó en ellos pocas veces. En su vida estaban ocurriendo demasiadas cosas y Ayemenem le parecía algo muy lejano. El río, demasiado pequeño. Los peces, demasiado escasos.

No tenía razones de peso para estar en contacto con sus padres. La beca Rhodes era generosa. No necesitaba dinero. Estaba muy enamorado del amor que sentía por Margaret Kochamma y en su corazón no había espacio para nadie más.

Mammachi le enviaba a menudo cartas con descripciones detalladas de sus sórdidas peleas matrimoniales y en las que le exponía su preocupación por el futuro de Ammu. Casi nunca leía ninguna hasta el final. A veces, ni siquiera se molestaba en abrirlas. Y nunca contestaba.

Incluso en aquella ocasión en que volvió (cuando evitó que Pappachi le pegara a Mammachi con el florero de latón y la mecedora se hizo trizas a la luz de la luna), apenas se dio cuenta de lo herido que se había sentido su padre, o de la redoblada adoración que provocaba en su madre, o de la súbita belleza de su hermana pequeña. Llegó y se marchó como si estuviera en trance, deseando desde el instante de su llegada regresar a la chica blanca de larga espalda que lo estaba esperando.

El invierno después de dejar Balliol (sacó malas notas en los exámenes), Margaret Kochamma y Chacko se casaron. Sin el consentimiento de la familia de la novia. Sin que lo supiera la del novio.

Decidieron vivir en el apartamento de Margaret Kochamma (lo que obligó a marcharse a la Otra camarera del Otro café) hasta que él encontrara empleo.

El momento que eligieron para casarse no podía haber sido peor.

Junto con las tensiones de vivir juntos llegó la penuria. Se había acabado la beca y tenían que pagar la renta completa del apartamento.

El abandono del remo trajo la aparición de una súbita y prematura barriga, propia de un hombre de mediana edad. Chacko se convirtió en un Hombre Gordo, con un cuerpo que correspondía a su risa.

Tras un año de matrimonio, la indolencia estudiantil de Chacko perdió todo su encanto a los ojos de Margaret Kochamma. Ya no le parecía divertido que, al volver del trabajo, el apartamento siguiera en el mismo desorden mugriento en que lo dejó. Que a su marido no se le ocurriera nunca algo tan sencillo como hacer la cama, o lavar la ropa, o fregar los platos. Que no se disculpara por las quemaduras de cigarrillo en el sofá nuevo. Que pareciera incapaz de abotonarse la camisa, hacerse el nudo de la corbata y anudarse los zapatos incluso cuando iba a una entrevista a pedir trabajo. Al cabo de un año estaba dispuesta a cambiar la rana de la mesa de disección por algunas concesiones pequeñas de índole práctica. Como un empleo para su marido, o una casa limpia.

Por fin, Chacko consiguió un trabajo temporal y mal pagado en el Departamento de Ventas al Extranjero de la Compañía de Té de la India. Con la esperanza de que fuera un punto de arranque que lo llevase a otras cosas mejores, Chacko y Margaret se trasladaron a Londres. A un apartamento aún menor y más deprimente. Los padres de Margaret Kochamma no quisieron saber nada de ella.

Acababa de enterarse de que estaba embarazada cuando conoció a Joe. Había sido compañero de colegio de su hermano. Cuando se conocieron, Margaret Kochamma estaba en su momento de mayor atractivo físico. El embarazo había dado color a sus mejillas y brillo a su pelo oscuro y espeso. A pesar de los problemas matrimoniales, tenía ese aire de euforia secreta y de encontrarse a gusto con su propio cuerpo que suelen tener las mujeres embarazadas.

Joe era biólogo. Estaba actualizando la tercera edición de un diccionario de biología para una pequeña editorial. Era todo lo que Chacko no era.

Sensato. Solvente. Delgado.

Margaret Kochamma se sintió tan atraída por él como una planta que está en una habitación oscura por un rayo de luz.

Cuando a Chacko se le terminó su trabajo temporal y no logró encontrar otro empleo, escribió a Mammachi contándole que se había casado y pidiéndole dinero. Mammachi quedó destrozada, pero empeñó parte de sus joyas en secreto y se las arregló para mandarle dinero a Inglaterra. No fue suficiente. Le mandara lo que le mandase, nunca era suficiente.

Para cuando nació Sophie Mol, Margaret Kochamma ya estaba convencida de que, por su bien y el de su hija, *tenía* que dejar a Chacko. Así que le pidió el divorcio.

Chacko regresó a la India, donde encontró trabajo con suma facilidad. Durante unos años fue profesor en la Universidad Cristiana de Madrás, y, tras la muerte de Pappachi, regresó a Ayemenem con la máquina Bharat de embotellado al vacío, el remo de Balliol y el corazón roto.

Mammachi, encantada, le dio la bienvenida a su vida. Se ocupaba de sus comidas, de que su ropa estuviera cosida y de que todos los días hubiera flores frescas en su cuarto. Chacko necesitaba la adoración de su madre. Es más, la *exigía*, aunque la despreciara y hasta la castigara por ello de forma secreta. Empezó a fomentar la corpulencia y dilapidación física general de su cuerpo. Llevaba baratas camisetas estampadas de terylene sobre el *mundu* blanco y las sandalias de plástico más horribles que se pudieran encontrar en el mercado. Si Mammachi tenía invitados o parientes o algún viejo amigo de Delhi estaba de visita, Chacko aparecía cuando la mesa para la cena estaba maravillosamente puesta —adornada con exquisitos arreglos florales y con la mejor porcelana— y se ponía a hurgarse alguna costra seca o a escarbarse las callosidades negras y oblongas que tenía en los codos.

Pero su objetivo principal eran los invitados de Bebé Kochamma; obispos católicos o clérigos de visita, que con frecuencia se dejaban caer a tomar algo. En su presencia, Chacko se quitaba las sandalias y dejaba al descubierto un forúnculo purulento y asqueroso de diabético que tenía en un pie.

—¡Que Dios tenga misericordia de este pobre leproso! —decía mientras Bebé Kochamma trataba desesperadamente de desviar la atención de sus invitados quitándoles las migas de galleta o los trocitos de plátano frito que se les habían enganchado en las barbas.

Pero, de todos los castigos secretos con que Chacko atormentaba a Mammachi, el peor y el más mortificante era el que le infligía cuando se ponía a recordar a Margaret Kochamma. Hablaba de ella a menudo y con especial orgullo. Como si la admirara por haberse divorciado de él.

—Me cambió por un hombre mejor —decía, y a Mammachi le parecía que eso la denigraba *a ella*, en vez de a él.

Margaret Kochamma le escribía a Chacko con regularidad para darle noticias sobre Sophie Mol. Le aseguraba que Joe hacía maravillosamente de padre, que se ocupaba de su hija y que esta lo quería mucho; noticias que alegraban y entristecían a Chacko por igual.

Margaret Kochamma era feliz con Joe. Más feliz, tal vez, de lo que lo hubiera sido de no haber pasado por aquellos años salvajes de precariedad con Chacko. Pensaba en él con cariño, pero sin ningún remordimiento. Ni se le pasaba por la cabeza que hubiera podido herirlo tan profundamente, porque se tenía por una mujer corriente y lo consideraba un hombre fuera de lo común. Y, como Chacko en ningún momento había manifestado los síntomas habituales de tristeza y dolor por una ruptura como aquella, Margaret Kochamma pensaba que se lo había tomado, sencillamente, como el reconocimiento de un error, igual que ella. Cuando le habló de Joe, Chacko se marchó apesadumbrado, pero sin montar ninguna escena. Con su amigo imaginario y su sonrisa simpática.

Se escribían con frecuencia, y, con el paso de los años, su relación fue madurando. Para Margaret Kochamma se convirtió en una amistad cómoda y sólida. Para Chacko era el modo, el *único* modo, de permanecer en contacto con la madre de su hija, la única mujer a la que había amado.

Cuando Sophie Mol fue lo suficientemente mayor para ir al colegio, Margaret Kochamma estudió pedagogía y después consiguió trabajo en una escuela de Clapham como maestra de párvulos. Estaba en la sala de profesores cuando le comunicaron el accidente de Joe. La noticia se la dio un policía joven con expresión grave y el casco en las manos. Tenía un aspecto cómico, como un mal actor en una prueba para conseguir el papel serio en una obra de teatro. Margaret Kochamma recordaba que, al verlo, su reacción instintiva fue sonreír.

Más por el bien de Sophie Mol que por el suyo, Margaret Kochamma hizo cuanto pudo por enfrentarse a la tragedia con ecuanimidad. Por que *pareciera* que se enfrentaba a la tragedia con ecuanimidad. No se tomó unos días libres y procuró que Sophie Mol continuara con su rutina escolar, *Acaba los deberes. Cómete el huevo. No, no podemos dejar de ir al colegio.*

Disimuló su angustia bajo la práctica máscara de la actividad obligada de una maestra. Un Agujero en el Universo con forma de maestra severa (que a veces daba bofetadas).

Pero, cuando Chacko escribió invitándola a Ayemenem, algo en su fuero interno dio un suspiro de alivio. A pesar de todo lo ocurrido entre ellos, no había nadie en el mundo con quien prefiriera pasar la Navidad. Cuanto más lo pensaba, más tentada se sentía. Se convenció a sí misma de que un viaje a la India sería perfecto para Sophie Mol.

Así que, por fin, aunque sabía que a sus amigos y a sus compañeros de la escuela les resultaría extraño eso de irse corriendo a ver a su primer marido acto seguido de haber muerto el segundo, Margaret Kochamma sacó parte del dinero que tenía a plazo fijo y compró dos billetes para el vuelo Londres-Bombay-Cochín.

Haber tomado aquella decisión la atormentó el resto de su vida.

La imagen del cuerpo sin vida de su hijita en la chaise longue del salón de la casa de Ayemenem la acompañó hasta la tumba. Ya de lejos resultaba obvio que estaba muerta. No parecía enferma ni dormida. Lo delataba algo en su forma de yacer, en la postura de sus miembros. Algo que tenía que ver con la autoridad de la Muerte. Con su terrible rigidez.

Tenía su precioso pelo castaño rojizo entretejido con hierbajos verdes y suciedad del río. Los párpados hundidos, mordisqueados por los peces. (Ah, sí, se los habían mordisqueado esos peces que nadan por el fondo. Lo prueban todo). En el peto de su pantalón de pana malva ponía *¡VACACIONES!* en letra cursiva. Estaba tan arrugada como el pulgar de un *dhobi*, por haber estado tanto tiempo en el agua.

Una sirena esponjosa que se había olvidado de nadar.

Con un dedal de plata en su puñito cerrado, para que le diera buena suerte.

Que bebía de un dedal.
Que daba volteretas en su ataúd.

Margaret Kochamma nunca se perdonó haber llevado a Sophie Mol a Ayemenem. Haberla dejado sola el fin de semana mientras se iba con Chacko a Cochín para confirmar el vuelo de regreso.

Eran alrededor de las nueve de la mañana cuando a Mammachi y Bebé Kochamma les dieron la noticia de que se había encontrado el cuerpo de una niña blanca flotando río abajo, en la zona en que el Meenachal se ensancha al aproximarse a las marismas. De Estha y Rahel seguía sin saberse nada.

Aquella misma mañana, más temprano, los niños —los tres— no se presentaron a tomarse su vaso de leche. Bebé Kochamma y Mammachi pensaron que habrían bajado al río a bañarse, lo cual las preocupó porque había llovido con mucha intensidad el día anterior y parte de la noche, y sabían que el río podía ser peligroso. Bebé Kochamma mandó a Kochu Maria a buscarlos, pero regresó sin ellos. Tras el caos que había provocado la visita de Vellya Paapen, nadie podía recordar cuándo había visto realmente a los niños por última vez. Nadie se había acordado de ellos. Podían haber estado perdidos toda la noche.

Ammu seguía encerrada en su dormitorio. La llave la tenía Bebé Kochamma. Le preguntó desde el otro lado de la puerta si sabía dónde podían estar los niños, procurando que su voz no trasluciera pánico, que su tono fuera el de una pregunta normal. Algo se estrelló contra la puerta. Ammu dijo algo ininteligible a causa de la rabia y la incredulidad por lo que le estaba ocurriendo, por haber sido encerrada como la loca de la familia en una casa medieval. No fue hasta más tarde, cuando a todos se les hundió el mundo, después de que el cuerpo de Sophie Mol fuera llevado a Ayemenem y Bebé Kochamma le abriera la puerta, cuando Ammu intentó dominar su rabia para tratar de entender qué había pasado. El temor y la inquietud la forzaron a pensar con claridad. Hasta ese momento no recordó lo que les había dicho a sus gemelos cuando fueron a preguntarle por qué la habían encerrado. Palabras ofensivas que ahora lamentaba haber pronunciado.

—¡Por vuestra culpa! —había contestado gritando—. ¡Si no fuera por vosotros, no estaría aquí! ¡Nada de esto habría ocurrido! ¡No estaría aquí! ¡Sería libre! ¡Tendría que haberos llevado a un orfelinato el día en que nacisteis! ¡*Sois* una piedra atada a mi cuello!

No podía ver cómo estaban de encogidos, apoyados contra la puerta. Un tupé sorprendido y una fuente con un «amor-en-Tokio». Unos gemelos confundidos, embajadores de Dios-sabe-qué. Sus Excelencias los Embajadores E. Pelvis e I. Palo.

—¡Marchaos! —había dicho Ammu—. ¿Por qué no os marcháis y me dejáis tranquila?

Así que se marcharon.

Cuando la única respuesta que obtuvo Bebé Kochamma a su pregunta sobre dónde podían estar los niños fue algo que se estrelló contra la puerta del dormitorio de Ammu, se marchó, y un pavor lento fue apoderándose de su interior al establecer las conexiones obvias, lógicas y totalmente erróneas entre los sucesos de la noche anterior y la desaparición de los niños.

La lluvia había empezado a caer temprano la tarde anterior. De pronto, el día, muy caluroso, se oscureció y el cielo comenzó a tronar y a retumbar. Kochu Maria, que, sin ninguna razón concreta, estaba de mal humor, se hallaba en la cocina, subida a su taburetito, y limpiaba un pescado muy grande desencadenando una ventisca de escamas. Sus pendientes de oro saltaban de un lado para otro. Escamas plateadas volaban por toda la cocina para acabar posándose en las teteras, en las paredes, en los utensilios y en los tiradores del frigorífico. Cuando Vellya Paapen llegó a la puerta de la cocina, empapado y tembloroso, no le prestó atención. Tenía el ojo de verdad inyectado en sangre y parecía como si hubiera estado bebiendo. Permaneció allí, de pie, más de diez minutos esperando a que le dirigiera una mirada. Cuando Kochu Maria acabó con el pescado y empezó con las cebollas, él carraspeó para aclararse la garganta y preguntó por Mammachi. Kochu Maria trató de echarlo, pero no se marchó. Cada vez que abría la boca para dirigirse a ella, le llegaba una vaharada a vino de palma que la golpeaba como un mazazo. Nunca hasta entonces lo había visto así, y le dio un poco de miedo. Se imaginaba de qué se trataba, y decidió que lo mejor sería avisar a Mammachi. Cerró la puerta de la cocina y dejó a Vellya Paapen fuera, tambaleándose borracho en medio de la lluvia. Aunque era diciembre, llovía como si fuera junio. Al día siguiente los periódicos dijeron que se había tratado de una *alteración de tipo ciclónico*. Pero para entonces nadie estaba en condiciones de leerlos.

Puede que fuese la lluvia lo que condujo a Vellya Paapen a la puerta de la cocina. Para un hombre supersticioso, un aguacero incesante fuera de temporada podía ser el presagio de la furia de un dios. Para un hombre supersticioso borracho, podía ser algo así como el principio del fin del mundo. Y, en cierta medida, lo era.

Cuando Mammachi llegó a la cocina, en enaguas y con su bata rosa pálido ribeteada en zigzag, Vellya Paapen subió los peldaños que lo separaban de la cocina y le ofreció su ojo hipotecado. Sobre la palma de la mano abierta. Dijo que no se lo merecía y quería devolvérselo. El párpado izquierdo le colgaba sobre la cuenca vacía como si estuviera haciendo un guiño monstruoso y sin fin. Como si todo lo que iba a decir fuera parte de una broma pesada.

—¿Qué es esto? —preguntó Mammachi, que alargó la mano pensando que quizá Vellya Paapen le estaba devolviendo el kilo de arroz que le había dado por la mañana.

—Es el ojo —dijo Kochu Maria a voces, con los suyos brillantes por las lágrimas que le provocaban las cebollas. Para entonces Mammachi ya había tocado el ojo de cristal y lo había reconocido por su dureza escurridiza. Por su consistencia marmórea y resbaladiza.

—¿Estás borracho? —dijo Mammachi furiosa dirigiéndose al sonido de la lluvia—. ¿Cómo te atreves a venir aquí en esas condiciones?

Avanzó a tientas hacia la pila y se enjabonó las manos para quitarse los jugos oculares del paraván. Luego se las olió. Kochu Maria le dio a Vellya Paapen un trapo de cocina viejo para que se secase y no dijo nada a pesar de que estaba en el escalón superior, casi dentro de su cocina de Tocable, secándose y protegiéndose de la lluvia bajo el saledizo del tejado.

Cuando Vellya Paapen se calmó un poco, volvió a colocarse el ojo y empezó a hablar. Comenzó por rememorar todo lo que la familia de Mammachi había hecho por la suya. Generación tras generación. Que, mucho antes de que los comunistas pensaran en algo semejante, el reverendo E. John Ipe le había dado a Kelan, su padre, la propiedad de la tierra en la que ahora estaba su choza. Que Mammachi había pagado su ojo. Que lo había organizado todo para que Velutha fuera a la escuela y que le había dado trabajo...

Mammachi, aunque molesta por la borrachera de Vellya Paapen, no era reacia a escuchar historias bárdicas sobre la generosidad de su familia y la suya propia. Nada la puso sobre aviso de lo que venía a continuación.

Vellya Paapen empezó a llorar. Una mitad de su rostro sollozaba. Las lágrimas asomaban por su ojo de verdad y rodaban brillantes por su negra mejilla. El otro ojo miraba de frente, fijo e impertérrito. Un paraván viejo, que había vivido los días en que tenían que retroceder de rodillas, se debatía entre la Lealtad y el Amor.

Luego el Terror se apoderó de él y le fue sacando las palabras. Le contó a Mammachi lo que había visto. La historia de la barquita que cruzaba el río noche tras noche y quién iba en ella. La historia de un hombre y una mujer juntos a la luz de la luna. Piel contra piel.

Vellya Paapen le contó que iban a la casa de Kari Saipu. Que el demonio del hombre blanco había entrado en ellos. Era la venganza de Kari Saipu por lo que él, Vellya Paapen, le había hecho. La barca (sobre la que se sentó Estha y que Rahel encontró) estaba amarrada al tocón del árbol que había junto al sendero que, atravesando la ciénaga, llevaba a la plantación de caucho abandonada. Él la había visto. Todas las noches. Balanceándose en el agua. Vacía. Esperando a que volvieran los amantes. Esperando horas y horas. Algunas veces no aparecían entre la hierba crecida hasta el amanecer. Vellya Paapen los había visto con su propio ojo. También los habían visto otras personas. Todo el pueblo lo sabía. Era solo cuestión de tiempo que llegara a oídos de Mammachi. Así que Vellya Paapen había ido a contárselo en persona. Como paraván y como hombre con parte de su cuerpo hipotecado, consideraba que era su deber.

Los amantes. Hijos de sus entrañas. El hijo de él y la hija de ella. Habían hecho que lo impensable fuera pensable y que lo imposible sucediera.

Vellya Paapen continuó hablando. Llorando. Sacudido por arcadas. Moviendo la boca. Mammachi ya no podía oír lo que estaba diciendo. El sonido de la lluvia se había hecho más intenso y había explotado en su interior. Ni siquiera oyó que ella misma estaba gritando.

De pronto, aquella mujer mayor, ciega, con su bata ribeteada en zigzag y su pelo canoso trenzado en una cola de rata, dio un paso hacia delante y empujó a Vellya Paapen con todas sus fuerzas. Él fue dando traspiés hacia atrás, bajó los peldaños y cayó en el fango encharcado. Lo había cogido totalmente por sorpresa. Parte del tabú de ser Intocable era la suposición de que no lo tocarían. Por lo menos, en aquellas circunstancias. La suposición de hallarse encerrado en un espacio físico impenetrable.

Bebé Kochamma, que pasaba cerca de la cocina, oyó la conmoción. Se encontró a Mammachi escupiendo a la lluvia, ¡puaj, puaj, puaj!, y a Vellya Paapen caído en el lodo, mojado, lloroso, arrastrándose. Ofreciéndose a matar a su propio hijo. A descuartizarlo miembro a miembro.

—¡Borracho! ¡Eres un paraván borracho y mentiroso! —gritaba Mammachi.

Chillando por encima de todo aquel jaleo, Kochu Maria le explicó a Bebé Kochamma la historia que Vellya Paapen había contado. Bebé Kochamma se dio cuenta inmediatamente del enorme potencial de aquella situación, pero cubrió sus pensamientos con aceites untuosos. Rejuveneció. Lo consideró un castigo de Dios a los pecados de Ammu y, al mismo tiempo, una posibilidad de venganza para ella (Bebé Kochamma) por la humillación sufrida por parte de Velutha y los demás hombres de la manifestación, los tipos que la habían llamado Modalali Mariakutty y la habían obligado a agitar la bandera. Desplegó las velas de inmediato. Un barco de bondad surcando un mar de pecado.

Le pasó su pesado brazo a Mammachi por los hombros.

—Debe de ser verdad —dijo en voz baja—. Ella es muy capaz de algo así. Y él también. Y Vellya Paapen no mentiría en un asunto como este.

Le pidió a Kochu Maria que le diera un vaso de agua a Mammachi y acercara una silla para que se sentara. Hizo que Vellya Paapen repitiera la historia, interrumpiéndola de vez en cuando para ampliar detalles. ¿De quién es la barca? ¿Con qué frecuencia? ¿Cuánto tiempo hace que esto sucede?

Cuando Vellya Paapen terminó, Bebé Kochamma se volvió hacia Mammachi.

—Él tiene que marcharse. Esta misma noche. Antes de que la cosa sea peor. Antes de que estemos completamente hundidos en la ruina.

Y luego se estremeció de asco como una colegiala. Fue cuando dijo: *¿Cómo es posible que haya aguantado su olor? ¿No os habéis dado cuenta de que los paravanes tienen un olor especial?*

Con esa observación olfativa, ese pequeño detalle específico, se desató el Terror.

La furia de Mammachi hacia el viejo paraván tuerto que estaba bajo la lluvia, borracho, tembloroso y cubierto de fango, se tornó en un frío desprecio por su hija y lo que había hecho. Se la imaginó desnuda, copulando en el fango con un hombre que no era más que un simple *culi* mugriento. Se lo imaginó con todo detalle: la mano tosca y negra del paraván sobre el pecho de su hija. Su boca sobre la de ella. Sus caderas negras embistiendo entre las piernas separadas de ella. El jadeo de los dos. El olor, tan especial, del paraván. *Como animales*, pensó Mammachi, y estuvo a punto de vomitar. *Como un perro con una perra en celo.* La tolerancia con las «Necesidades de Hombre» de su hijo se transformó en una furia incontrolable al pensar en las de su hija. Había deshonrado a generaciones de gente honorable (al Pequeño Bendecido, bendecido personalmente por el patriarca de Antioquía, a un Entomólogo Imperial, a un alumno de Oxford con una beca Rhodes) y había humillado a la familia. Desde ahora, y *para siempre*, a los de generaciones venideras la gente los señalaría en bodas y entierros. En bautizos y cumpleaños. Se darían codazos y murmurarían. Todo había terminado.

Mammachi perdió el control.

Hicieron lo que tenían que hacer. Las dos ancianas. Mammachi aportó la pasión. Bebé Kochamma, el Plan. Kochu Maria hizo de lugarteniente en miniatura. Encerraron a Ammu con llave (tras llevarla con engaños a su dormitorio) antes de enviar a buscar a Velutha. Tenían que conseguir que abandonara Ayemenem antes de que regresara Chacko. No sabían qué actitud tomaría.

Sin embargo, no fue del todo culpa suya que el asunto se les fuera de las manos como una peonza que sale girando enloquecida. Y va golpeando a los que se cruzan en su camino. Que, para cuando Chacko y Margaret Kochamma regresaron de Cochín, fuera demasiado tarde.

El pescador ya había encontrado a Sophie Mol.

Imagínenselo.

En su barca, al amanecer, en la desembocadura del río que conoce de toda la vida. Va crecido y fuerte por la lluvia de la noche anterior. Algo pasa flotando en el agua y sus colores le llaman la atención. Malva. Castaño rojizo. Pálido como la arena de la playa. Algo que la corriente arrastra veloz hacia el mar. Alarga su pértiga de bambú para pararlo y lo arrastra hacia él. Es una sirena arrugada. Una sirena niña. Tan solo una sirena niña. Con el pelo castaño rojizo. Con una nariz de Entomólogo Imperial y un dedal de plata para que le dé buena suerte apretado en su puñito. La saca del agua y la sube a su barca. Le coloca su delgada toalla de algodón debajo. Yace en el fondo de la barca con su botín de pececillos plateados. Rema hacia casa —*Thaiy thaiy thakka thaiy thaiy thome*— pensando qué equivocado está el pescador que cree conocer bien el río. *Nadie* conoce bien al Meenachal. Nadie sabe qué puede arrebatar o entregar de pronto. O cuándo. Por eso rezan los pescadores.

En la comisaría de policía de Kottayam, una Bebé Kochamma temblorosa fue conducida al despacho del jefe. Le explicó al inspector Thomas Mathew las circunstancias que habían llevado a despedir fulminantemente a un trabajador de la fábrica. Un paraván. Pocos días antes había intentado..., había intentado abusar de su sobrina. Una mujer divorciada que tenía dos hijos.

Bebé Kochamma alteró la auténtica relación entre Ammu y Velutha, no por Ammu, sino para impedir el escándalo y salvar la reputación de la familia a los ojos del inspector Thomas Mathew. No se le había ocurrido que más tarde Ammu se echaría voluntariamente la vergüenza encima, que iría a la policía a hacer una declaración. Mientras estaba contando su historia, Bebé Kochamma empezó a creérsela.

El inspector quiso saber por qué no se le había comunicado lo sucedido enseguida.

—Somos una familia muy antigua —dijo Bebé Kochamma—. Y estas no son cosas de las que nos guste hablar.

El inspector Thomas Mathew, oculto detrás de su mostacho a lo maharajá de propaganda de Air India, lo comprendió perfectamente. Él también tenía una esposa Tocable, dos hijas Tocables, generaciones enteras de Tocables aguardando en sus úteros Tocables...

—¿Y dónde se encuentra ahora la señora contra la que atentó?

—En casa. No sabe que he venido. No me habría dejado. Naturalmente, está desesperada de preocupación por los niños. Histérica.

Más tarde, cuando el inspector Thomas Mathew conoció la historia de verdad, el hecho de que el paraván no hubiera arrebatado nada del Reino de los Tocables, sino que se lo hubieran *dado*, lo afectó profundamente. Así que cuando, tras el entierro de Sophie Mol, Ammu fue con sus gemelos a decirle que había habido un error y él le dio unos golpecitos con el bastón en los pechos, aquello no fue exactamente una grosería espontánea del policía. Fue un gesto premeditado, calculado para atemorizarla y humillarla. Un intento de restaurar el orden en un mundo que había tomado un camino equivocado.

Y, aún más tarde, cuando la polvareda se hubo asentado y todo el papeleo estaba organizado, el inspector Thomas Mathew se felicitó por cómo habían resultado las cosas.

Pero en aquel momento, mientras Bebé Kochamma tejía su historia, la había escuchado con suma atención y cortesía.

—Ayer, cuando estaba anocheciendo, serían las siete de la tarde, vino a nuestra casa a amenazarnos. Llovía mucho. Ya no había luz y estábamos encendiendo las lámparas cuando llegó. Sabía que el hombre de la casa, mi sobrino Chacko Ipe, estaba, y aún está, en Cochín. En casa solo había tres mujeres solas.

Hizo una pausa para que el inspector pudiera imaginarse el horror de tres mujeres solas en una casa ante la visita de un paraván maniaco sexual.

—Le dijimos que, si no abandonaba Ayemenem sin armar jaleo, llamaríamos a la policía. Entonces empezó a decir que... ¿A que no se lo puede imaginar? Que mi sobrina había *consentido*. Nos preguntó qué pruebas teníamos para acusarlo. Dijo que, de acuerdo con las leyes laborales, no teníamos ningún fundamento para despedirlo. Estaba tan tranquilo. «Ya han pasado los días en que podíais tratarnos a patadas como si fuéramos perros», dijo.

Para entonces la historia de Bebé Kochamma sonaba totalmente convincente. Parecía humillada. Desconcertada.

Luego su imaginación se disparó. No describió cómo había perdido el control Mammachi. Cómo había ido adonde estaba Velutha y le había escupido a la cara. Las cosas que le había dicho. Lo que le había llamado.

En vez de eso, le explicó al inspector Thomas Mathew que no era *lo que* Velutha había dicho lo que la había llevado a ir a la policía, sino *cómo* lo había dicho. La total ausencia de remordimiento había sido lo que más la había impresionado. Como si estuviera *orgulloso* de lo que había hecho. Sin darse cuenta, atribuía a Velutha los modales del hombre que la había humillado durante la manifestación. Describió la furia y el desprecio de su rostro. La insolencia grosera de su voz, que tanto la había asustado. Todo eso la hacía estar segura de que el despido y la desaparición de los niños estaban, era imposible que no estuvieran, relacionados.

Bebé Kochamma explicó que conocía al paraván desde que era niño. Que había sido educado por su familia, que lo habían enviado a la escuela para Intocables que había fundado su padre, el Pequeño Bendecido («Sabrá, inspector Thomas Mathew, quién era...». «Sí, sí, claro»). Que habían hecho que aprendiera el oficio de carpintero, que su abuelo le había dado la casa en la que vivía. Se lo debía absolutamente todo a su familia.

—Ustedes... —dijo el inspector Thomas Mathew—. Ustedes primero echan a perder a esa gente, los exhiben orgullosos como si fueran trofeos, y luego, cuando no saben comportarse, vienen corriendo para que les saquemos las castañas del fuego.

Bebé Kochamma bajó la mirada como un niño al que han castigado. Luego continuó con su historia. Le explicó al inspector Thomas Mathew cómo, en las últimas semanas, había notado ciertas cosas que eran como un presagio: cierta insolencia, cierta descortesía. Mencionó que, al ir a Cochín, lo había visto participando en la manifestación y que corrían rumores de que era, o había sido, naxalita. No se dio cuenta de la ligera arruga de preocupación que esa parte de la información provocó en la frente del inspector.

Dijo que había prevenido a su sobrino, pero que nunca, ni por asomo, había pensado que las cosas llegarían tan lejos. Una niña maravillosa había muerto y dos niños habían desaparecido.

Bebé Kochamma se vino abajo.

El inspector Thomas Mathew le dio una taza de té policiaco. Cuando se encontró algo mejor, la ayudó a poner por escrito todo lo que le había relatado en una denuncia formal. Le aseguró que podía contar con la total colaboración de la policía de Kottayam. Y añadió que cogerían a aquel granuja antes de que acabara el día. Un paraván con dos gemelos heterocigóticos, perseguido por la historia. No había muchos sitios en los que pudiera esconderse.

El inspector Thomas Mathew era un hombre prudente. Tomó sus precauciones. Envió un jeep a buscar al camarada K. N. M. Pillai para traerlo a la comisaría. Le parecía crucial saber si el paraván tenía algún apoyo político o si había actuado solo. Aunque era del Partido del Congreso, no pretendía correr el riesgo de tener roces con el Gobierno comunista. Cuando llegó el camarada Pillai, lo invitó a pasar y sentarse en el asiento que Bebé Kochamma acababa de dejar. El inspector Thomas Mathew le enseñó la denuncia formal de Bebé Kochamma. Los dos hombres mantuvieron una conversación. Breve, críptica, directa al grano. Como si intercambiasen números y no palabras. Las explicaciones no parecían necesarias. El camarada Pillai y el inspector Thomas Mathew no eran amigos, y no confiaban el uno en el otro. Pero se entendieron perfectamente. Los dos eran hombres cuya infancia no había dejado rastro en ellos. Hombres carentes de curiosidad, de dudas. Los dos, cada uno a su manera, eran verdadera y terriblemente adultos. Contemplaban el mundo sin preguntarse cómo funcionaba, porque lo sabían. *Ellos* lo hacían funcionar. Eran como mecánicos que se ocuparan del mantenimiento de diferentes partes de una misma maquinaria.

El camarada Pillai le contó al inspector Thomas Mathew que conocía a Velutha, pero omitió que Velutha era miembro del partido y que había ido a llamar a su puerta la noche anterior, ya muy tarde, lo cual convertía al camarada Pillai en la última persona que había visto a Velutha antes de su desaparición. Y, aunque sabía que no eran ciertas, el camarada Pillai no refutó las alegaciones de intento de violación que figuraban en la denuncia de Bebé Kochamma. Simplemente, aseguró al inspector Thomas Mathew que, por lo que a él se refería, Velutha no contaba con el apoyo ni la protección del Partido Comunista. Que actuaba por su cuenta.

Cuando el camarada Pillai se fue, el inspector Thomas Mathew repasó mentalmente la conversación que habían tenido, la desmenuzó, examinó su lógica, buscó si había algo que no encajara. Cuando se sintió satisfecho, dio instrucciones a sus hombres.

Entre tanto, Bebé Kochamma había regresado a Ayemenem. El Plymouth estaba aparcado en el caminito de acceso. Margaret Kochamma y Chacko estaban de vuelta de Cochín.

Sophie Mol yacía en la chaise longue.

Cuando Margaret Kochamma vio el cuerpo de su hijita, una conmoción, como un aplauso fantasmagórico en medio de un auditorio vacío, la invadió y se desbordó en una oleada de vómito que la dejó muda y con la mirada vacía. Sufría por dos muertes, no por una. Con la pérdida de Sophie, Joe volvía a morir. Y, en esta ocasión, no había deberes que terminar o huevo que comer. Margaret Kochamma había ido a Ayemenem a sanar su mundo herido y, en vez de eso, lo había perdido todo. Ahora estaba rota, hecha añicos, como si fuera de cristal.

Su recuerdo de los días que siguieron era borroso. Largas horas opacas de serenidad con la lengua pastosa, como de trapo (medicamentos administrados por el doctor Verghese Verghese), interrumpidas por latigazos acerados y cortantes de histeria, tan afilados como el borde de una navaja recién estrenada.

Con la vaga conciencia de que Chacko —muy afectado y con una voz muy suave cuando estaba a su lado— iba por la casa de Ayemenem fuera de sí, soplando como un viento furibundo. Tan diferente del Puerco Espín Arrugado que había conocido aquella mañana, hacía mucho tiempo, en el café de Oxford.

Recordaba vagamente el entierro en la amarilla iglesia. Los cánticos tristes. Un murciélago que había asustado a alguien. Recordaba el ruido de puertas echadas abajo y las voces de mujeres asustadas. Y cómo, por la noche, los cantos de los grillos que estaban entre los arbustos le habían parecido crujidos en la escalera que aumentaban el miedo y la tristeza que se cernían sobre la casa de Ayemenem.

Nunca olvidó su furia irracional contra los dos niños, más pequeños que su hija, que, por alguna razón, se habían salvado. Su mente febril se aferró como una lapa a la idea de que Estha era, en cierta medida, responsable de la muerte de Sophie Mol. Cosa curiosa, teniendo en cuenta que Margaret Kochamma no sabía que había sido Estha —un Brujo con Tupé que había estado revolviendo y remando en la mermelada y había pensado Dos Cosas— quien se saltó las reglas y llevó remando a Sophie Mol y a Rahel en la barquita a cruzar el río por las tardes. Que había sido Estha quien abolió el olor clavado a un árbol con una hoz al agitar una bandera comunista. Que había sido Estha quien convirtió la galería trasera de la Casa de la Historia en su casa lejos de su casa, amueblada con una estera de paja y la mayoría de sus juguetes —una catapulta, un pato hinchable, un koala de propaganda de Qantas con botones medio caídos por ojos—. Y, para remate, que fue Estha quien, aquella terrible noche, decidió que, aunque estaba oscuro y llovía, había llegado El Momento de Marcharse porque Ammu ya no los quería.

Y, si no sabía nada de todo aquello, ¿por qué le echaba la culpa de lo que le había ocurrido a Sophie Mol? Tal vez fuera por instinto materno.

En tres o cuatro ocasiones, al emerger a través de las gruesas capas de sueño inducido a base de pastillas, fue directamente a buscar a Estha y se puso a abofetearlo hasta que alguien la sujetó y se la llevó para calmarla. Más adelante le escribió a Ammu para disculparse. Pero, para cuando llegó la carta, Estha había sido Devuelto y Ammu había tenido que hacer las maletas y marcharse. Solo Rahel permanecía en Ayemenem para aceptar las disculpas en nombre de Estha. *No entiendo qué pudo sucederme*, decía en su carta, *y solo puedo achacarlo al efecto de los tranquilizantes. No tenía ningún derecho a comportarme como lo hice, y quiero que sepas que estoy avergonzada y lo siento muchísimo, de verdad.*

Lo curioso es que en quien nunca pensó Margaret Kochamma fue en Velutha. No lo recordaba en absoluto. Ni siquiera qué aspecto tenía.

Tal vez fuese porque en realidad no lo conoció ni se enteró de lo que le había ocurrido.

El Dios de la Pérdida.

El Dios de las Pequeñas Cosas.

No dejó huellas en la arena, ni ondas en el agua, ni imágenes en los espejos.

Después de todo, Margaret Kochamma no iba con el pelotón de policías Tocables cuando cruzaron el río crecido. Con sus shorts caqui rígidos por el almidón.

El sonido metálico de las esposas tintineaba en el bolsillo de uno de ellos.

No sería razonable pensar que alguien pueda recordar lo que no sabe que ocurrió.

Sin embargo, para esas penas, todavía faltaban dos semanas aquella tarde azul de punto de cruz en que Margaret Kochamma estaba tumbada, aún dormida por el cansancio del viaje y el cambio horario. Al salir de casa para ir a visitar al camarada K. N. M. Pillai, Chacko pasó junto a la ventana del dormitorio como una ballena silenciosa, deseando echar una ojeada y ver si su mujer (*¡Exmujer, Chacko!*) y su hija estaban despiertas y necesitaban alguna cosa. En el último instante no se atrevió y pasó de largo flotando pesadamente sin mirar adentro. Sophie Mol (Despierta, Despabilada, Despejada) lo vio marcharse.

Se sentó en la cama y miró hacia fuera, a los árboles del caucho. El sol se había ido moviendo por el cielo y proyectaba una sombra larga de la casa sobre la plantación, que oscurecía los árboles, de hojas ya de por sí oscuras. Más allá de la zona en sombra, la luz era suave y amortiguada. Todos los árboles tenían un tajo que cruzaba la corteza moteada en diagonal y del que goteaba caucho lechoso, como sangre blanca de una herida, que iba a caer a la cáscara expectante de medio coco atada al árbol.

Sophie Mol saltó de su cama y se puso a revolver en el monedero de su madre aún dormida. Encontró lo que buscaba: las llaves de la maleta grande que estaba en el suelo, con la pegatina de las líneas aéreas y la etiqueta de equipaje. Abrió la maleta y empezó a hurgar en su contenido con la delicadeza de un perro escarbando en un macizo de flores. Desordenó montones de ropa interior, faldas y blusas planchadas, champús, cremas, chocolatinas, cinta adhesiva, paraguas, jabón (y otros olores londinenses embotellados), quinina, aspirina, antibióticos de amplio espectro. «Llévate de todo», le habían dicho sus compañeros a Margaret Kochamma con tono de preocupación. «Nunca se sabe». Lo cual era su forma de decirle a una compañera que se iba de viaje al Corazón de las tinieblas que:

a) A Cualquiera le Puede Pasar Cualquier Cosa.

Así que:

b) Es Mejor estar Preparado.

Por fin Sophie Mol encontró lo que buscaba.

Los regalos para sus primos. Barras triangulares de chocolate (blandas y derretidas por el calor). Calcetines con dedos separados de colores. Y dos bolígrafos llenos de agua con unos collages de recortes que representaban una calle de Londres. El palacio de Buckingham y el Big Ben. Tiendas y personas. Un autobús rojo de dos pisos impulsado por una burbuja de aire flotaba arriba y abajo por la calle silenciosa. La ausencia de ruido daba un toque siniestro a la ajetreada calle Bolígrafo.

Sophie Mol metió los regalos en su bolsito a la última moda Made-in-England y se dirigió al mundo exterior. A cerrar un arduo trato. A negociar una amistad.

Una amistad que, desdichadamente, quedaría pendiente. Incompleta. En el aire, sin asidero. Una amistad que jamás llegó a cerrar el círculo para convertirse en una historia, razón por la que, mucho más deprisa de lo que tendría que haber ocurrido, Sophie Mol se convirtió en un recuerdo, mientras que la pérdida de Sophie Mol se agrandó y cobró vida. Era como una fruta del tiempo. De todas las estaciones.

14. Trabajar es luchar

Chacko tomó el atajo que iba por entre los ladeados árboles del caucho, con lo cual solo debía andar un trecho muy corto por la calle principal hasta la casa del camarada K. N. M. Pillai. Tenía un aspecto un poco absurdo caminando sobre la alfombra de hojas secas con el traje ajustado de ir al aeropuerto y la corbata flotando al viento sobre un hombro.

El camarada Pillai no estaba en casa cuando llegó Chacko. Kalyani, su mujer, con pasta de sándalo aún fresca en la frente, lo invitó a sentarse en una silla plegable de acero en el pequeño cuarto de estar delantero y desapareció tras la cortina de encaje, de nailon rosa brillante, hacia una habitación oscura contigua en la que oscilaba una llamita pequeña en una gran lámpara de aceite de latón. El empalagoso olor del incienso salía por la puerta, sobre la que un pequeño cartel de madera decía TRABAJAR ES LUCHAR. LUCHAR ES TRABAJAR.

Chacko era demasiado grande para un cuarto como aquel. Las paredes azules lo agobiaban. Echó una mirada alrededor, tenso y un poco inquieto. Una toalla puesta a secar en las barras de la ventanita verde. La mesa del comedor cubierta con un mantel de plástico brillante con flores. Los mosquitos zumbaban alrededor de un racimo de plátanos pequeños que había en un plato esmaltado en blanco y con bordes azules. En un ángulo de la habitación había una pila de cocos verdes pelados. Y en el paralelogramo brillante y sombreado con rejas que la luz del sol proyectaba en el suelo, unas chanclas de caucho de niño. Junto a la mesa, un aparador con puertas de cristal. Con cortinillas estampadas por la parte de dentro que ocultaban su contenido.

La madre del camarada Pillai, una mujer mayor y muy pequeñita con una blusa marrón y un *mundu* color hueso, estaba sentada en el borde de una cama alta de madera colocada contra la pared y balanceaba los pies, que no le llegaban al suelo. Llevaba una toalla blanca colocada en diagonal sobre el pecho y por encima de un hombro. Una nube de mosquitos como una copa invertida zumbaba sobre su cabeza. Apoyaba una mejilla en la palma de la mano, con lo que amontonaba en ella todas las arrugas de ese lado de la cara. No tenía ni un solo centímetro sin arrugas, incluidos codos y tobillos. Solo la piel del cuello estaba tensa y lisa, estirada sobre un bocio enorme. Era su fuente de juventud. Su mirada estaba vacía, fija en la pared de enfrente. Se movía levemente y lanzaba gruñidos rítmicos y regulares como un pasajero aburrido en un viaje largo en autobús.

Los títulos de bachiller, licenciado y doctor del camarada Pillai estaban enmarcados y colgados en la pared detrás de su cabeza.

En otra pared había una fotografía enmarcada del camarada Pillai poniéndole una guirnalda al camarada E. M. S. Namboodiripad. En primer plano se veía, sobre un atril, un micrófono brillante con un letrero que decía AJANTHA.

El ventilador giratorio que estaba junto a la cama repartía su brisa mecánica de forma democrática y ejemplar, por turnos: primero al poco pelo que le quedaba a la anciana señora Pillai y luego al pelo de Chacko. Los mosquitos se dispersaban e, incansables, volvían a reunirse.

A través de la ventana Chacko veía los techos de los autobuses, con equipajes en los portaequipajes, que pasaban haciendo mucho ruido. Un jeep con un altavoz cruzó por delante, con la música a todo volumen: una canción del Partido Comunista que hablaba sobre el desempleo. Los coros eran en inglés y el resto en malayalam.

¡No hay vacantes! ¡No hay vacantes!
Vaya donde vaya un hombre pobre,
¡no, no, no; no hay vacantes!

Kalyani regresó con un vaso de acero inoxidable con café y un plato de acero inoxidable con trocitos de plátano frito (amarillo brillante con semillas negras en el centro) para Chacko.

—Ha ido a Olassa. Regresará en cualquier momento —dijo.

Para referirse a su marido utilizaba la palabra *addeham*, que es una forma respetuosa de decir «él», mientras que él la llamaba *edi*, que aproximadamente equivale a «¡Eh, tú!».

Era una mujer guapa, exuberante, con la piel de color pardo dorado y los ojos grandes. Tenía húmedo el pelo largo y encrespado y lo llevaba suelto por la espalda, trenzado solo en la punta. Se le había mojado la parte de atrás de la ajustada blusa roja oscura, lo cual le daba un tono aún más oscuro. Las mangas cortas, también muy ajustadas, dejaban ver la curva sensual de sus brazos, carnosos y suaves, que bajaba hasta los codos con hoyuelos. El *mundu* blanco y el *kavani* estaban planchados y almidonados. Olía a sándalo y a las hierbas verdes prensadas que utilizaba en lugar de jabón. Por primera vez en varios años, Chacko la miró sin sentir el menor deseo sexual. Tenía una mujer (*¡Exmujer, Chacko!*) en casa. Con pecas en los brazos y pecas en la espalda. Con un vestido azul que le dejaba las piernas al descubierto.

El pequeño Lenin apareció por la puerta con unos pantaloncitos cortos elásticos. Se quedó parado sobre una pierna, delgadita, como una cigüeña y retorció la cortina de encaje rosa hasta convertirla en un palo, mientras miraba fijamente a Chacko con los ojos de su madre. Tenía seis años y ya había pasado la edad de meterse cosas en la nariz.

—Hijo, ve a llamar a Latha —le dijo la señora Pillai.

Lenin permaneció donde estaba y, sin dejar de mirar fijamente a Chacko, chilló como solo los niños son capaces de chillar:

—¡Latha! ¡Latha! Te buscan.

—Es nuestra sobrina de Kottayam. La hija de su hermano mayor —explicó la señora Pillai—. Ha ganado el primer premio de declamación en el festival infantil de Trivandrum la semana pasada.

Una niña con aspecto desenvuelto, de unos doce o trece años, apareció tras la cortina de encaje. Llevaba una falda larga estampada que le llegaba a los tobillos y una blusa blanca corta con pinzas, que dejaban espacio para sus futuros pechos. Tenía el pelo aceitado con raya en medio. Y las trenzas, apretadas y brillantes, recogidas hacia arriba y sujetas con cintas, de modo que le colgaban a los lados de la cara como si fueran los bordes de unas orejas enormes aún sin colorear.

—¿Sabes quién es? —preguntó la señora Pillai a Latha.

Latha negó con la cabeza.

—Chacko Saar. Nuestro *modalali* de la fábrica.

Latha lo miró fijamente con una compostura y una falta de curiosidad poco frecuentes en alguien de trece años.

—Ha estudiado en Oxford de Londres —dijo la señora Pillai—. ¿Quieres recitarle la poesía?

Latha obedeció sin vacilar. Se plantó con los pies ligeramente separados.

—Respetable director —dijo, haciendo una reverencia a Chacko—, apreciados miembros del jurado y queridos amigos...

Lanzó una mirada en derredor a una audiencia imaginaria apiñada en el cuarto pequeño y caluroso e hizo una pausa teatral.

—Hoy me gustaría recitar para ustedes un poema de sir Walter Scott, titulado «Lochinvar».

Su mirada quedó fija justo por encima de la cabeza de Chacko. Se balanceaba levemente mientras hablaba. Al principio Chacko pensó que era una traducción al malayalam de «Lochinvar». Las palabras se encadenaban una a otra y la última sílaba de una palabra se pegaba a la primera sílaba de la siguiente. Todo ello a una velocidad considerable.

Oh, el joven Lochin var deloeste llegó,
detoda lancha frontera su corcelera elmejor;
salvo su buena espada otra sarmas no llevaba,
desarmadoiba acaballo, solitario cabalgaba.

El poema se entremezclaba con los gruñidos de la anciana que estaba en la cama y que nadie, a excepción de Chacko, parecía percibir.

Cruzó anado elrío Eske que notenía vado.
Mas a las portas de Netherby descabalgado,
yala noviacon siente, el galán tarde hallegado.

A la mitad de poema llegó el camarada Pillai con la piel cubierta de sudor, el *mundu* remangado por encima de las rodillas y la camisa de terylene sudada en la parte de las axilas. Andaba por los treinta y bastantes años y era pequeño, amarillento y poco atlético. Tenía las piernas largas y flacas y la barriga, tensa y distendida como el bocio de su diminuta madre, estaba en completa disonancia con el resto de su cuerpo magro y estrecho y con su rostro siempre alerta. Como si en los genes familiares hubiera algo que hiciera que todos debieran tener bultos en alguna parte del cuerpo.

Un bigote fino muy cuidado le dividía el espacio entre la nariz y la boca en dos partes iguales y acababa exactamente a la altura de las comisuras de los labios. La línea del nacimiento del pelo había empezado a retroceder y no hacía nada por ocultarlo. Llevaba el pelo aceitado y peinado hacia atrás. Evidentemente no pretendía ser un joven. Tenía el aspecto del Hombre de la Casa. Sonrió y saludó con la cabeza a Chacko, pero no hizo caso de la presencia de su mujer ni de su madre.

Latha le dirigió una rápida mirada, pidiéndole permiso para continuar con su poesía. Se lo concedió. El camarada Pillai se quitó la camisa, hizo una pelota con ella y la usó para secarse las axilas. Cuando acabó, Kalyani la cogió y la sostuvo como si fuera un regalo. Un ramillete de flores. El camarada Pillai, en camiseta, se sentó en una silla plegable y se colocó el pie izquierdo sobre el muslo derecho. Mientras su sobrina seguía recitando, continuó sentado mirando pensativamente al suelo, con el mentón apoyado en la palma de la mano, siguiendo el ritmo, el metro y la cadencia del poema con el pie derecho. Y masajeándose con la otra mano el exquisito empeine de su pie izquierdo.

Cuando Latha acabó, Chacko aplaudió con auténtica amabilidad. Ella no agradeció el aplauso ni siquiera con una leve sonrisa. Era como una nadadora alemana del Este en una competición local. Tenía los ojos puestos en el oro olímpico. Cualquier logro menor le parecía que era su deber. Miró a su tío pidiendo permiso para salir de la habitación.

El camarada Pillai le hizo señas para que se acercara y le susurró al oído:

—Ve y diles a Pothachen y a Mathukutty que, si quieren verme, que vengan enseguida.

—No, camarada, de verdad... No quiero nada más —dijo Chacko, dando por hecho que el camarada Pillai le decía a Latha que trajera algo más de picar. El camarada Pillai aprovechó el malentendido y le siguió la corriente.

—¡Ah, no, no! ¿Cómo que no...? Edi Kalyani, trae un plato de esas *avalose oondas*.

Para el camarada Pillai, como aspirante a político, era esencial que lo vieran en su distrito electoral como un hombre influyente. Quería utilizar la visita de Chacko para impresionar a los que le pedían favores y a los trabajadores del partido. Pothachen y Mathukutty, los hombres que había enviado a buscar, eran vecinos que le habían pedido que utilizara sus relaciones para conseguir puestos de enfermeras para sus hijas en el hospital de Kottayam. El camarada Pillai estaba muy interesado en que se los *viera* esperando fuera de su casa a ser recibidos. Cuanta más gente hubiera esperándolo fuera de su casa, más ocupado parecería y causaría mejor impresión. Y, si la gente que esperaba veía que el propio *modalali* de la fábrica había ido a verlo a *su* territorio, estaba seguro de que eso le sería de gran utilidad.

—Bueno, bueno, camarada —dijo el camarada Pillai después de que Latha se hubiera ido y hubiesen llegado las *avalose oondas*—. ¿Qué hay de nuevo? ¿Qué tal se adapta su hija? —dijo en inglés, idioma que insistía en usar cuando hablaba con Chacko.

—Ah, muy bien. Ahora está durmiendo.

—Ajá. El cambio de horario, supongo —contestó, satisfecho de saber un par de cosas sobre los vuelos internacionales.

—¿Y qué había en Olassa? ¿Algún mitin del partido?

—Oh, no, nada de eso. Mi hermana Sudha se encontró con fractura hace poco —dijo el camarada Pillai, como si Fractura fuera un dignatario de visita—. Así que la llevé a Olassa Moos para las medicinas. Ungüentos y todo eso. Su marido está en Patna, así que está sola en casa de su familia política.

Lenin abandonó su puesto en la puerta, se situó entre las rodillas de su padre y se metió el dedo en la nariz.

—¿Y tú no sabes recitar poesías, jovencito? —le dijo Chacko—. ¿Tu padre no te ha enseñado ninguna?

Lenin seguía mirando fijamente a Chacko sin dar muestras de entender ni de oír siquiera lo que Chacko le decía.

—Sabe de todo —dijo el camarada Pillai—. Es un genio. Pero delante de las visitas no dice nada.

El camarada Pillai dio un golpecito a Lenin con las rodillas.

—Lenin, guapo, dile al camarada esa que papá te ha enseñado. *Amigos, romanos, compatriotas...*

Lenin siguió a la búsqueda del tesoro nasal.

—Vamos, hijo, pero si es nuestro camarada...

El camarada Pillai insistió con el verso de Shakespeare «*Amigos, romanos, compatriotas, prestadme...*».

Lenin seguía con la mirada puesta en Chacko. El camarada Pillai lo intentó de nuevo.

—«*... prestadme...*».

Lenin agarró un puñado de trocitos de plátano frito y salió corriendo por la puerta delantera. Empezó a correr arriba y abajo por la franja ajardinada que había entre la casa y la calle relinchando con una excitación que no podía comprender. Cuando logró calmarse un poco, sus carreras se transformaron en un galope jadeante levantando mucho las rodillas.

prestadme oíDOS.

Lenin empezó a recitar a gritos en el jardín, chillando para que se le oyese a pesar del ruido de un autobús que pasaba.

Vengoasepultar a César, no a elogiarlo.
Elmal quehacen los hombres vive después de ellos;
el bien, muchas veces, queda enterrado con sus huesos.

Gritaba con toda fluidez, sin titubeos. Algo extraordinario, habida cuenta que no tenía nada más que seis años y no entendía ni palabra de lo que estaba diciendo.

Sentado dentro, mirando al pequeño remolino de polvo que giraba sin parar en el jardín (el futuro encargado de mantenimiento de varias embajadas, con un niño y una scooter Bajaj), el camarada Pillai sonreía lleno de orgullo.

—Es el primero de su clase. Este año va a conseguir adelantar dos cursos.

Había un montón de ambición empaquetada en aquel cuartito caluroso.

Fuera lo que fuese lo que el camarada Pillai almacenaba en el aparador, no eran aviones de madera rotos.

En cuanto a Chacko, desde el momento en que entró en aquella casa o tal vez desde el momento en que llegó el camarada Pillai, había experimentado un curioso proceso de anulación. Como un general al que le han retirado el mando, había restringido su sonrisa. Había contenido su tendencia comunicativa. Cualquiera que le hubiera conocido allí habría pensado que era un hombre reservado. Casi tímido.

El camarada Pillai, con el instinto infalible de un luchador callejero, comprendió que sus circunstancias (su casa pequeña y calurosa, los gruñidos de su madre, su obvia cercanía a las masas trabajadoras) le otorgaban un poder sobre Chacko que, en aquellos tiempos revolucionarios, ningún acopio de educación en Oxford podía igualar.

Sostuvo su pobreza como si fuera una pistola apuntando a la cabeza de Chacko.

Chacko sacó un trozo de papel arrugado en el que había tratado de hacer un boceto para la composición de una nueva etiqueta que quería que el camarada K. N. M. Pillai le imprimiera. Para un producto nuevo que Conservas y Encurtidos Paraíso pretendía lanzar en primavera. Vinagre Sintético para Cocinar. El dibujo no era uno de los puntos fuertes de Chacko, pero el camarada Pillai captó la idea. Estaba familiarizado con el logotipo del bailarín de kathakali, el eslogan que decía EMPERADORES DEL REINO DEL SABOR (idea suya) y la tipografía que habían elegido para Conservas y Encurtidos Paraíso.

—El mismo diseño. La única diferencia es el texto, supongo —dijo el camarada Pillai.

—Y el color del borde —dijo Chacko—. Mostaza en lugar de rojo.

El camarada Pillai se subió las gafas y se las colocó sobre el pelo para leer el texto en alto. Los cristales se le empañaron inmediatamente por el aceite capilar.

—*Vinagre Sintético para Cocinar* —dijo—. Todo en mayúsculas, supongo.

—En azul de Prusia —dijo Chacko.

—*¿Preparado con Ácido Acético?*

—En azul cobalto —dijo Chacko—. Como el de los pimientos verdes en salmuera.

—*Contenido Neto. Lote Número. Fecha de Envasado. Fecha de Caducidad.* ¿Todo en azul cobalto, mayúsculas y minúsculas?

Chacko asintió.

—*Certificamos que el vinagre contenido en esta botella ha sido elaborado con la garantía de calidad y esencia requeridas. Ingredientes: Agua y Ácido Acético.* Esto en color rojo, supongo.

El camarada Pillai utilizaba la palabra *supongo* para disfrazar las preguntas y que parecieran aseveraciones. Le horrorizaba hacer preguntas, a menos que fueran de índole personal. Las preguntas eran la vulgar demostración de la ignorancia.

Para cuando acabaron de discutir el asunto de la etiqueta del vinagre, Chacko y el camarada Pillai ya tenían su nube de mosquitos propia.

Acordaron la fecha de entrega.

—Así que la manifestación de ayer fue todo un éxito —dijo Chacko, sacando por fin a colación la verdadera razón de su visita.

—Bueno, camarada, hasta que las demandas no se satisfagan, no podemos decir que es Éxito o No —dijo el camarada Pillai con voz panfletaria—. Hasta entonces, la lucha debe continuar.

—Pero la Respuesta fue buena —dijo inmediatamente Chacko, tratando de hablar en el mismo idioma.

—Eso sí, claro —dijo el camarada Pillai—. Los camaradas presentaron un memorándum a los líderes del partido. Ahora, vamos a ver. Solo tenemos que esperar y ver.

—Ayer pasamos al lado al ir por la carretera —dijo Chacko—. Al lado de la manifestación.

—De camino a Cochín, supongo —dijo el camarada Pillai—. Según fuentes del partido, la Respuesta fue mucho mejor en Trivandrum.

—También en Cochín había miles de camaradas —contestó Chacko—. Mi sobrina vio entre ellos a nuestro joven Velutha.

—Ajá.

Aquello cogió al camarada Pillai con la guardia baja. Velutha era un asunto del que quería tratar con Chacko. Algún día. Cuando llegara el momento. Pero no abiertamente. Su cabeza le zumbaba como el ventilador giratorio. Se preguntaba si debía aprovechar la oportunidad que le ofrecían o dejarla para otro día. Decidió aprovecharla.

—Sí. Es un buen trabajador —dijo pensativo—. Enorme inteligencia.

—Así es —dijo Chacko—. Un excelente carpintero con una cabeza de ingeniero. Si no fuera por...

—No hablo *de eso*, camarada —dijo el camarada Pillai—. Trabajador en el *partido*.

La madre del camarada Pillai seguía balanceándose y gruñendo. El ritmo de sus gruñidos tenía algo tranquilizador. Como el tictac de un reloj. Un sonido apenas perceptible, pero que se echa de menos si cesa.

—Ah, ya. ¿O sea que tiene carnet?

—Oh, sí —contestó suavemente el camarada Pillai—. Sí, sí.

A Chacko le corrían gotas de sudor entre el pelo. Le parecía que un ejército de hormigas estaba recorriéndole la cabeza. Se rascó con las dos manos, durante un buen rato. Moviendo el cuero cabelludo arriba y abajo.

—*Oru kaaryam parayattey?* —dijo el camarada Pillai cambiando al malayalam y poniendo voz de confidencia, de conspiración—. Se lo digo como amigo, *keto*. Extraoficialmente.

Antes de continuar, el camarada Pillai estudió el rostro de Chacko intentando calibrar cuál sería su respuesta. Chacko estaba examinando la mezcla grisácea de sudor y caspa que se le había alojado en las uñas.

—Ese paraván le causará problemas —dijo—. Créame... Búsquele un trabajo en otro sitio. Échelo.

Chacko quedó desconcertado ante el giro que había tomado la conversación. Solo había intentado averiguar qué sucedía, poner las cosas en su lugar. Había esperado encontrar antagonismo, enfrentamiento incluso, pero en vez de eso le estaban ofreciendo una connivencia sospechosa.

—¿Que lo despida? ¿Y por qué? No tengo ninguna objeción a que tenga carnet del partido. Era simple curiosidad, nada más... Pensé que quizá habían estado hablando —dijo Chacko—. Estoy seguro de que está probando, tanteando; es un tipo sensible, camarada. Tengo confianza en él...

—No es eso —dijo el camarada Pillai—. Puede ser buena persona. Pero otros trabajadores no están conformes. Ya han venido a mí con quejas. Mire, camarada, desde el punto de vista local, estos asuntos de las castas están muy enraizados.

Kalyani puso sobre la mesa un vaso alto de acero inoxidable con café humeante para su marido.

—Mírela a ella, por ejemplo. La señora de esta casa. Nunca permitiría que entraran paravanes ni nada de eso en su casa. Nunca. Ni siquiera yo puedo convencerla. A mi propia mujer. Por supuesto, dentro de casa, ella es el jefe. —Se volvió hacia ella afectando una sonrisa traviesa—. ¿*Allay edi*, Kalyani?

Kalyani bajó la mirada y sonrió reconociendo tímidamente su intolerancia.

—¿Lo ve? —dijo el camarada Pillai con tono triunfal—. Entiende el inglés muy bien. Pero no lo habla.

Chacko sonrió prestando atención solo a medias.

—¿Y dice que mis trabajadores vienen a presentarle quejas?

—Oh, sí, eso es —dijo el camarada Pillai.

—¿Alguna cosa en concreto?

—Nada en concreto —dijo el camarada K. N. M. Pillai—. Pero, mire, camarada, a los demás, naturalmente, les molestan los privilegios que le dan. Les parece parcialidad. Después de todo, haga lo que haga, carpintero, electricista o lo-que-sea, para ellos no es más que un paraván. Es un condicionamiento que tienen desde que nacen. Yo ya les he dicho que eso es una equivocación. Pero, francamente, camarada, el Cambio es una cosa y la Aceptación otra. Debería tener cuidado. Sería mejor que lo echase...

—Querido amigo —dijo Chacko—, eso es imposible. Su trabajo es inestimable. Toda la maquinaria de la fábrica funciona prácticamente gracias a él... y, además, no podemos solventar el problema echando a todos los paravanes. Tenemos que aprender a desterrar esa insensatez.

Al camarada Pillai no le gustó en absoluto que lo llamara «querido amigo». Le sonó como si fuera un insulto formulado en un buen inglés, lo cual, por supuesto, lo convertía en un insulto doble: por ser un insulto y porque Chacko creía que no lo iba a entender. Eso le hizo cambiar totalmente de humor.

—Puede ser —dijo cáustico—, pero Roma no se construyó en un día. No olvide, camarada, que esto no es su Universidad de Oxford. Lo que para usted es insensatez, para las masas es otra cosa.

Lenin, con la delgadez de su padre y los ojos de su madre, apareció en la puerta sin aliento. Había acabado de recitar el monólogo completo de Marco Antonio y la mayor parte de «Lochinvar» antes de darse cuenta de que se había quedado sin público. Volvió a colocarse entre las rodillas del camarada Pillai.

Dio una palmada con las manos por encima de la cabeza de su padre, lo que originó un caos en la nube de mosquitos. Luego contó los que habían quedado aplastados entre sus manos. Algunos tenían sangre fresca. Se las enseñó a su padre, que se lo pasó a su madre para que se las limpiara.

De nuevo los gruñidos de la vieja señora Pillai se apropiaron del silencio que se había creado. Entre tanto, Latha había llegado con Pothachen y Mathukutty. Se les hizo esperar fuera. La puerta estaba entreabierta. A partir de entonces, el camarada Pillai habló en malayalam y lo suficientemente alto para que lo oyera la audiencia exterior.

—Por supuesto, el foro adecuado para tratar los agravios de los trabajadores es el sindicato. Y en este caso, cuando el propio *modalali* es un camarada, es una vergüenza para ellos no estar sindicados y unirse a la lucha del partido.

—Ya he pensado en ello —dijo Chacko—. Voy a organizarlos en un sindicato. Elegirán a sus representantes.

—Pero, camarada, usted no puede llevar a cabo la revolución por ellos. Usted solo puede crear conciencia. Educarlos. Son ellos los que tienen que emprender su *propia* lucha. *Ellos* tienen que vencer sus temores.

—¿Temor a quién? —dijo Chacko sonriendo—, ¿a mí?

—No, no a usted, mi querido camarada. A siglos de opresión.

Y entonces el camarada Pillai citó con voz autoritaria al presidente Mao. En malayalam. Curiosamente, con la misma expresión de su sobrina:

—«La revolución no es una fiesta. La revolución es un acto de insurrección, un acto de violencia con el que una clase derriba a otra».

Y así, tras haber conseguido el contrato para las etiquetas del Vinagre Sintético para cocinar, desterró con habilidad a Chacko del grado combativo de los Derribadores al grado peligroso de los Que Hay que Derribar.

Allí estaban uno al lado del otro en las sillas plegables de acero aquella tarde del Día en que Llegó Sophie Mol, bebiendo café y masticando trocitos de plátano frito. Despegando con la lengua la pasta amarilla que se les quedaba en el cielo del paladar.

El Pequeño Hombre Delgado y el Gran Hombre Gordo. Adversarios de cómic en una guerra aún por desatarse.

Por desgracia para el camarada Pillai, resultó una guerra que terminó casi antes de empezar. La victoria le fue servida, envuelta y con lacito, en bandeja de plata. Y solo entonces —cuando era ya demasiado tarde y Conservas y Encurtidos Paraíso caía lentamente en picado sin ni siquiera un murmullo o un gesto de resistencia fingido— comprendió que, más que el resultado victorioso, lo que en realidad necesitaba era el proceso de la guerra. La guerra podía haber sido el semental en el que recorrer, si no todo, gran parte del camino hacia la asamblea legislativa, mientras que la victoria lo había dejado en una situación que no era mejor que la de partida.

Había cascado los huevos, pero se le había quemado la tortilla.

Nadie supo jamás la naturaleza exacta del papel que tuvo el camarada Pillai en los sucesos que siguieron. Ni siquiera Chacko —que sabía que los vehementes discursos sobre los Derechos de los Intocables («Las Castas son Clases, camaradas») que soltó el camarada Pillai durante el asedio de Conservas y Encurtidos Paraíso por los militantes comunistas eran farisaicos— supo nunca la historia completa. No es que le preocupara averiguarla. Para entonces, con los sentidos embotados por la pérdida de Sophie Mol, lo veía todo borroso por el dolor. Como un niño al que una tragedia hace crecer de golpe y abandona sus juguetes, Chacko se deshizo de los suyos. Sus sueños de llegar a ser el rey de las conservas al tiempo que servía a la causa del pueblo fueron a reunirse con los aviones rotos en los estantes del armario de puertas de cristal. Tras el cierre de Conservas y Encurtidos Paraíso vendieron algunos arrozales (junto con sus hipotecas) para pagar los préstamos bancarios. Se vendieron más campos para que la familia fuera tirando. Para cuando Chacko emigró al Canadá, la única fuente de ingresos de la familia provenía de la plantación de caucho contigua a la casa de Ayemenem y de los pocos cocoteros que había en el cercado. De eso fue de lo que vivieron Bebé Kochamma y Kochu Maria después que los demás murieron, se marcharon o fueron Devueltos.

Para ser justos con el camarada Pillai, hay que decir que no planificó el curso de los acontecimientos que siguieron. Simplemente, deslizó sus dedos predispuestos en el guante expectante de la historia.

No era culpable de vivir en una sociedad en la que la muerte de un hombre resultaba más provechosa que que siguiera con vida.

La última visita de Velutha al camarada Pillai —tras el enfrentamiento con Mammachi y Bebé Kochamma—, y lo que ocurrió entre ellos, permaneció en secreto. La última traición, que envió a Velutha a atravesar el río, nadando a contracorriente en medio de la oscuridad y de la lluvia, para llegar a tiempo a su cita a ciegas con la historia.

Velutha cogió el último autobús para volver de Kottayam, adonde había llevado a reparar la máquina de envasar. En la parada del autobús se topó con otro de los trabajadores de la fábrica, que le dijo con una sonrisa afectada que Mammachi quería verlo. Velutha no tenía ni idea de lo que había ocurrido e ignoraba que su padre había ido a la casa de Ayemenem totalmente borracho. Tampoco sabía que Vellya Paapen había estado varias horas sentado en la puerta de su choza, aún borracho, con su ojo de cristal y el filo del hacha reluciente a la luz de la lámpara, esperando que Velutha regresara. Y tampoco sabía que el pobre Kuttappen, el paralítico, había estado aterrorizado durante dos horas hablando a su padre sin cesar intentando que se calmara, al tiempo que aguzaba el oído para distinguir una pisada o un crujido de los matorrales para poder alertar a su hermano desprevenido.

Pero Velutha no fue a su casa. Se dirigió directamente a la casa de Ayemenem. Aunque, por un lado, lo cogió por sorpresa, por otro sabía —siempre lo había sabido por instinto— que tarde o temprano la Historia le haría pagar las consecuencias. Durante todo el estallido de furia de Mammachi se mantuvo callado y sorprendentemente tranquilo. Era una tranquilidad nacida de la provocación extrema, que brotaba de la lucidez que está más allá de la cólera.

Cuando llegó Velutha, Mammachi, perdido el sentido de la orientación, vomitó su violencia ciega, grosera, sus insultos insufribles a un panel de la puerta corredera hasta que Bebé Kochamma la hizo girar y dirigir su furia en la dirección correcta, hacia Velutha, que estaba muy quieto en la penumbra. Mammachi continuó su diatriba con los ojos vacíos y el rostro contraído y horrible. La ira la hizo acercarse a Velutha hasta que le gritó desde tan cerca que le llegaban gotitas de saliva y el olor a té de su aliento. Bebé Kochamma se mantenía cerca de Mammachi. No decía nada, pero utilizaba las manos para modular su furia y avivarla. Un golpecito de ánimo en la espalda. Un brazo sobre los hombros para tranquilizarla. Mammachi no era consciente de que la estaba manipulando.

Dónde podía haber aprendido una anciana señora como ella —que llevaba saris almidonados y tocaba al violín la suite del *Cascanueces* por las noches— un lenguaje tan grosero como el que utilizó aquel día era un misterio para todos los que la escuchaban (Bebé Kochamma, Kochu Maria y Ammu, encerrada en su cuarto).

—¡Fuera de aquí! —dijo a gritos al final—. Si te encuentro mañana por mis fincas, haré que te capen como a un perro callejero, que es lo que eres. ¡Haré que te maten!

—Eso ya lo veremos —dijo Velutha en tono sosegado.

Eso fue todo lo que dijo. Y eso fue lo que Bebé Kochamma aumentó y adornó en el despacho del inspector Thomas Mathew hasta convertirlo en amenazas de muerte y secuestro.

Mammachi le escupió a Velutha a la cara. Un salivazo que le salpicó la boca y los ojos.

Se quedó de piedra. Estupefacto. Luego dio media vuelta y se marchó.

A medida que se iba alejando de la casa notó que los sentidos se le habían aguzado y acrecentado. Como si todo lo que había a su alrededor se hubiera aplanado hasta convertirse en una ilustración muy detallada. El dibujo de una máquina con un manual de instrucciones que le decía qué debía hacer. Su cabeza, buscando desesperadamente una amarra, se aferraba a los detalles. Ponía etiquetas a todo cuanto veía.

Portón, pensó al salir por el portón. *Portón. Calle. Piedras. Cielo. Lluvia.*

Portón.
Calle.
Piedras.
Cielo.
Lluvia.

La lluvia estaba tibia sobre la piel. La piedra de laterita bajo sus pies crujía. Sabía adónde se dirigía. Se percataba de todo. De cada hoja. De cada árbol. De cada nube en el cielo sin estrellas. De cada paso que daba.

Koo-koo kookum theevandi,
kooki paadum theevandi
rapakal odum theevandi,
thalannu nilkum theevandi.

Estaba en la primera lección que dio en la escuela. Una poesía sobre un tren.

Empezó a contar. Algo. Cualquier cosa. *Uno, dos, tres, cuatro, cinco, seis, siete, ocho, nueve, diez, once, doce, trece, catorce, quince, dieciséis, diecisiete, dieciocho, diecinueve, veinte, veintiuno, veintidós, veintitrés, veinticuatro, veinticinco, veintiséis, veintisiete, veintiocho, veintinueve...*

El dibujo de la máquina empezó a desdibujarse. Las líneas nítidas a emborronarse. Las instrucciones dejaron de tener sentido. La calle se levantó y la oscuridad se hizo más densa. Apelmazada. Abrirse paso a través de ella se convirtió en un gran esfuerzo. Como el de bucear.

Está sucediendo, le dijo una voz. *Ya ha comenzado.*

Su mente, que de pronto se sintió increíblemente vieja, salió flotando de su cuerpo y se quedó suspendida en el aire, desde donde farfullaba advertencias inútiles.

Miraba hacia abajo y veía el cuerpo de un hombre joven que caminaba en medio de la oscuridad y la lluvia. Más que nada, lo que aquel cuerpo deseaba era dormir. Dormir y despertarse en otro mundo. *Con el olor de la piel de ella en el aire que respiraba. El cuerpo de ella sobre el de él.*

Nunca podría volver a verla. ¿Dónde estaría? ¿Qué le habrían hecho? ¿Le habrían pegado?

Siguió caminando. Sin ofrecer el rostro a la lluvia, pero sin apartarlo tampoco. Sin darle la bienvenida, pero sin rechazarla.

Aunque la lluvia le había limpiado el salivazo de Mammachi, seguía teniendo la sensación de que alguien le había arrancado la cabeza y había vomitado dentro de su cuerpo. Un vómito lleno de grumos que le resbalaba por las entrañas. Por encima del corazón. De los pulmones. Que le goteaba lentamente en la boca del estómago. Todos sus órganos estaban inundados de vómito. La lluvia no podía hacer nada contra eso.

Sabía lo que tenía que hacer. El manual de instrucciones lo dirigía. Tenía que conseguir ver al camarada Pillai. No sabía por qué. Sus pies se dirigieron a la Imprenta La Buena Suerte, que estaba cerrada, y entonces cruzaron el diminuto jardín que llevaba a la casa del camarada Pillai.

El simple esfuerzo de levantar el brazo para llamar a la puerta lo dejó exhausto.

El camarada Pillai había terminado su *avial* y estaba apretando con el puño cerrado un plátano maduro para sacarlo de la piel ya aplastado a fin de que le cayera en el plato de natillas cuando Velutha llamó a la puerta. Mandó a su mujer a abrir. Ella volvió con expresión de malhumor y el camarada Pillai la encontró de pronto muy sexy. Le hubiera gustado acariciarle el pecho inmediatamente. Pero tenía los dedos llenos de natillas y había alguien esperando en la puerta. Kalyani se sentó en la cama y con la mente ausente se puso a darle palmaditas a Lenin, que, dormido junto a su diminuta abuela, se chupaba el dedo gordo.

—¿Quién es?

—El hijo de Paapen, el paraván. Dice que es urgente.

El camarada Pillai terminó sus natillas sin prisa. Sacudió los dedos sobre el plato. Kalyani trajo agua en una jarrita de acero inoxidable y la vertió por encima de sus dedos. Los restos de comida que había en el plato (una guindilla roja, seca, y palillos chupeteados y escupidos) quedaron flotando. Le pasó una toalla a su marido, que se secó las manos, eructó y se dirigió hacia la puerta.

—*Enda?* ¿A estas horas de la noche?

Mientras le contestaba, Velutha se oía su propia voz como si retornara a él después de rebotar en la pared. Intentó explicar lo que había pasado, pero se dio cuenta de que no decía más que incoherencias. El hombre al que se dirigía era pequeño y estaba lejos, tras una muralla de cristal.

—Este es un pueblo pequeño —decía el camarada Pillai—. La gente habla. Y yo escucho lo que dicen. No es como si no supiera lo que está pasando.

De nuevo Velutha se oyó a sí mismo diciendo algo que no hizo mella en aquel hombre. Su voz se enroscó a su alrededor como una serpiente.

—Puede ser —dijo el camarada Pillai—. Pero deberías saber, camarada, que el partido no se ha constituido para apoyar a los trabajadores que han cometido una falta de disciplina en su vida privada.

Velutha vio que el cuerpo del camarada Pillai se iba desvaneciendo en la puerta. Pero su voz incorpórea, aflautada, permanecía lanzando consignas. Banderas ondeando en una puerta vacía.

Al partido no le interesa entrar en esos asuntos.

Los intereses individuales están subordinados al interés de la organización.

Romper la Disciplina del Partido es romper la Unidad del Partido.

La voz seguía hablando. Sentencias que se desintegraban en frases. Palabras.

Progreso de la Revolución.

Aniquilación de la Clase Enemiga.

Lacayos del capitalismo.

Se oirá un trueno de primavera...

Otra vez. Otra religión vuelta contra sí misma. Otro edificio construido por la mente humana cuarteado por la naturaleza humana.

El camarada Pillai cerró la puerta y volvió a su mujer y a su cena. Decidió tomarse otro plátano.

—¿Qué quería? —preguntó su mujer, mientras le alcanzaba uno.

—Lo han averiguado. Alguien se lo habrá dicho. Le han echado.

—¿Y eso es todo? Pues tiene suerte de que no lo hayan colgado del árbol más cercano.

—Tenía algo raro... —dijo el camarada Pillai mientras pelaba el plátano—. Llevaba esmalte rojo en las uñas...

Allí fuera, en medio de la lluvia, bajo la luz fría y húmeda del único farol de la calle, Velutha se sintió de pronto vencido por el sueño. Tuvo que hacer un esfuerzo para mantener los párpados abiertos.

Mañana, se dijo a sí mismo. *Mañana, cuando deje de llover.*

Sus pasos lo dirigieron al río. Como si fueran la correa y él el perro.

La historia paseando al perro.

15. Cruzando el río

Era pasada la medianoche. El río bajaba crecido. Sus aguas corrían rápidas y negras. Serpenteaban hacia el mar llevando consigo cielos nocturnos nubosos, toda una fronda de palmeras, parte de una valla de paja y otras ofrendas que les había hecho el viento.

La lluvia fue amainando hasta convertirse en llovizna y luego cesó. La brisa sacudió el agua de los árboles y durante un rato solo llovió debajo de ellos, en lo que antes había sido un lugar de refugio.

Una luna débil y acuosa asomó por entre las nubes dejando ver a un hombre joven sentado en el primero de los trece peldaños de piedra que llevaban al agua. Estaba muy quieto, empapado. Era muy joven. En un momento se puso de pie, se quitó el *mundu* blanco, lo retorció para escurrir el agua y se lo enrolló alrededor de la cabeza como si fuera un turbante. Ya desnudo, bajó los trece peldaños de piedra, se metió en el río y fue avanzando hasta que el agua le llegó al pecho. Y luego empezó a nadar con brazadas poderosas en dirección al punto donde la corriente era rápida y constante, donde comenzaba a ser Realmente Profundo. Al nadar, el río iluminado por la luna le resbalaba por los brazos y parecía como si llevara mangas de plata. Solo le llevó unos minutos cruzarlo. Cuando alcanzó la otra orilla, emergió destellando y se puso de pie sobre la tierra, negro como la noche que lo rodeaba, negro como el agua que había cruzado.

Dirigió sus pasos al sendero que llevaba a través de la ciénaga, a la Casa de la Historia.

No dejó ondas en el agua.

Ni huellas en la orilla.

Estiró el *mundu* y lo mantuvo extendido sobre la cabeza para que se secase. El viento lo agitaba como si fuera una vela. De pronto, se sintió feliz. *Las cosas se pondrán peor*, pensó, *y luego mejorarán*. Ahora iba caminando deprisa hacia el Corazón de las tinieblas. Tan solitario como un lobo.

El Dios de la Pérdida.

El Dios de las Pequeñas Cosas.

Desnudo. Sin nada encima excepto el esmalte de uñas.

16. Pocas horas más tarde

Tres niños a la orilla del río. Dos gemelos y otra con un pantalón de pana malva en cuyo peto decía *¡VACACIONES!* en letra cursiva.

Las hojas húmedas de los árboles relucían como el metal pulido. Grupos compactos de bambú amarillo estaban abatidos, inclinados hacia el río, como dolidos de antemano por lo que sabían que iba a ocurrir. Y el río estaba oscuro y silencioso. Era una ausencia más que una presencia, y no daba muestras de lo fuerte y caudaloso que bajaba.

Estha y Rahel arrastraron la barca para sacarla de los matorrales donde solían esconderla. Los remos que Velutha había hecho estaban escondidos en un árbol hueco. Echaron la barca al agua y la sostuvieron para que Sophie Mol saltara dentro. La oscuridad no parecía restarles confianza, y subían y bajaban por los peldaños de piedra refulgentes con tanta seguridad como las cabras.

Sophie Mol estaba más indecisa. Con un poco de miedo por lo que pudiese acecharlos entre las sombras que los rodeaban. Llevaba una bolsa de tela cruzada por delante del pecho con comida sustraída del frigorífico. Pan, tarta, galletas. Los gemelos, abrumados por el peso de las palabras de su madre —*¡Si no fuera por vosotros, no estaría aquí! ¡Nada de esto habría ocurrido! ¡No estaría aquí! ¡Sería libre! ¡Tendría que haberos llevado a un orfelinato el día en que nacisteis! ¡Sois una piedra atada a mi cuello!*—, no llevaban nada. Gracias a lo que el Hombre de la Naranjada y la Limonada le había hecho a Estha, su Casa lejos de su Casa estaba ya equipada. En las dos semanas que habían transcurrido desde que Estha remó en la mermelada escarlata y

Pensó Dos Cosas, habían ido trasladando poco a poco las provisiones esenciales: cerillas, patatas, una cacerola abollada, un pato inflable, calcetines con los dedos separados de colores, bolígrafos con autobuses londinenses y el koala de propaganda de Qantas con botones medio caídos por ojos.

—¿Y si Ammu nos encuentra y nos *ruega* que volvamos?

—Pues volvemos, pero solo si nos lo *ruega*.

Estha el Compasivo.

Sophie Mol había convencido a los gemelos de que era *esencial* que ella fuese también. Que la ausencia de los niños, de *todos* los niños, aumentaría los remordimientos de los mayores. Lo lamentarían de verdad, como las personas mayores de Hamelín cuando el flautista se llevó a sus niños. Buscarían por todas partes y, cuando estuvieran seguros de que habían muerto los tres, entonces volverían a casa triunfantes, valorados, queridos y echados de menos más que nunca. Su argumento definitivo fue que, si no los acompañaba, podrían torturarla y obligarla a revelar el lugar en que estaban escondidos.

Estha esperó a que Rahel se metiera y luego ocupó su sitio a horcajadas en la barquita como si fuera un balancín. Utilizó las piernas para separarla de la orilla. Cuando comenzó a dar bandazos al llegar donde el agua era más profunda empezaron a remar río arriba, contracorriente en diagonal, del modo que Velutha les había enseñado. («Si queréis llegar allí, tenéis que dirigiros *allí*»).

En medio de la oscuridad no podían ver que se habían equivocado de carril en aquella autopista silenciosa repleta de tráfico amortiguado. Que ramas, troncos, trozos de árboles, iban hacia ellos a una velocidad considerable.

Habían pasado ya lo Realmente Profundo y estaban solo a unos metros del Otro Lado cuando chocaron con un tronco flotante y la barquita volcó. Ya les había ocurrido otras veces al cruzar el río en incursiones previas, y entonces nadaban hasta la orilla, al estilo perrito, agarrados a la barca y usándola como flotador. En esta ocasión, en medio de la oscuridad, no lograron ver la barca. La corriente la había arrastrado. Se dirigieron a la orilla sorprendidos de cuánto esfuerzo tenían que hacer para cubrir una distancia tan corta.

Estha consiguió agarrarse a una rama baja que se arqueaba hasta meterse en el agua. Escudriñó río abajo a través de la oscuridad para ver si podía distinguirla.

—No veo nada. Ha desaparecido.

Rahel, cubierta de fango, gateó hasta la orilla y extendió la mano para ayudar a Estha a salir del agua. Les llevó unos minutos recuperar la respiración y darse cuenta de que se habían quedado sin barca. Y lamentar su pérdida.

—Y toda la comida se habrá echado a perder —le dijo Rahel a Sophie Mol, pero se encontró con el silencio por respuesta. Un silencio de agua que corre, que gira, de peces que nadan—. ¡Sophie Mol! —susurró al río que corría—. ¡Estamos aquí! ¡Aquí! ¡Junto al árbol gordo!

Nada.

Sobre el corazón de Rahel la mariposa de Pappachi extendió de pronto sus alas sombrías.

Para afuera.

Para adentro.

Y alzó sus patitas.

Para arriba.

Para abajo.

Corrieron a lo largo de la orilla llamándola. Pero se había ido. Arrastrada por la autopista amortiguada. Verde grisácea. Con peces dentro. Con el cielo y los árboles dentro. Y, por la noche, con la titilante luna amarilla dentro.

No había música de tormenta. Ningún remolino surgió desde las profundidades de tinta del Meenachal. Ningún tiburón supervisó la tragedia.

Fue, simplemente, una silenciosa ceremonia de entrega. Una barca que derrama su carga. Un río que acepta la ofrenda. Una vida pequeñita. Un rayo de sol muy breve.

Con un dedal de plata para que le diera buena suerte apretado en su puñito.

Eran las cuatro de la madrugada, aún estaba oscuro, cuando los gemelos, agotados, destrozados y cubiertos de lodo se abrieron paso a través de la ciénaga hacia la Casa de la Historia. Eran el Hansel y la Gretel de un cuento de hadas espantoso en el que sus sueños les serían arrebatados y resoñados. Se tumbaron en la galería trasera sobre una estera de paja con un pato inflable y un koala de propaganda de Qantas. Un par de enanitos empapados, aturdidos por el miedo, a la espera del fin del mundo.

—¿Crees que estará muerta?

Estha no contestó.

—¿Y ahora qué va a pasar?

—Iremos a la cárcel.

Él lo sabía pero que muy bien. Pequeño hombrecito soy. A bordo de un barco voy. (Pim-pim).

No vieron a alguien tumbado y dormido entre las sombras. Tan solitario como un lobo. Con una hoja parduscasobre la espalda negra. Que hacía que los monzones llegaran a su debido tiempo.

17. Estación término del puerto de Cochín

En su habitación limpia de la sucia casa de Ayemenem, Estha (ni joven ni viejo) estaba sentado a oscuras sobre su cama. Estaba muy erguido. Los hombros rectos. Las manos en el regazo. Como si fuera el siguiente en alguna inspección. O como si estuviera esperando a que lo detuvieran.

Todo estaba planchado. Colocado en una pila ordenada, sobre la tabla de planchar. También había planchado la ropa de Rahel.

Llovía con fuerza. Lluvia nocturna. Un tamborilero ensayando en solitario mucho después de que el resto de la banda se haya ido a la cama.

En el *mittam* lateral, junto a la entrada para las «Necesidades de Hombre», los alerones cromados del viejo Plymouth emitieron un destello fugaz cuando se encendió una luz. Durante varios años, después de la marcha de Chacko al Canadá, Bebé Kochamma había hecho que lo lavaran con regularidad. Dos veces por semana el cuñado de Kochu Maria llegaba al volante del camión amarillo de la basura del municipio de Kottayam a la casa de Ayemenem (precedido por el hedor de la basura de Kottayam, que permanecía mucho rato después de que se hubiera marchado) a despojar a su cuñada de su sueldo y, a cambio de una propina, le daba una vuelta al Plymouth para que no se le descargara la batería. Cuando Bebé Kochamma se quedó enganchada a la televisión, abandonó jardín y coche al mismo tiempo. Tutti-frutti.

Con cada nuevo monzón el viejo coche se asentaba más firmemente en el suelo. Como una gallina angulosa y artrítica, instalada sobre sus huevos. Sin la menor intención de levantarse jamás. La hierba había crecido alrededor de sus neumáticos desinflados. El anuncio de Conservas y Encurtidos Paraíso se había podrido y había caído hacia dentro como una corona derrumbada.

Una planta trepadora se contemplaba en el trozo herrumbroso que aún quedaba del espejo retrovisor roto.

En el asiento de atrás había un gorrión muerto. Se había metido por un agujero del parabrisas a coger gomaespuma del asiento para su nido. No logró encontrar la salida. Nadie oyó sus llamadas de pánico junto a la ventanilla del coche. Murió en el asiento de atrás con las patitas levantadas. Como en los dibujos infantiles.

Kochu Maria estaba dormida hecha un ovillo en el suelo del salón, bajo la luz parpadeante de la televisión, que seguía encendida. Unos polis americanos estaban metiendo a un adolescente esposado en un coche de policía. El suelo estaba salpicado de sangre. Las luces del coche emitían destellos y la sirena ululaba. Una mujer consumida, tal vez la madre del muchacho, miraba atemorizada entre las sombras. El chico oponía resistencia. Le habían puesto uno de esos cuadraditos borrosos sobre la parte superior de la cara para impedir su identificación y que no pudiera demandarlos. Tenía sangre reseca por toda la boca y por la pechera de la camiseta, como si fuera un babero rojo. Adelantaba los labios de color rosa bebé, separándolos de los dientes, mientras lanzaba gruñidos. Parecía un hombre lobo. Gritó a la cámara a través de la ventanilla del coche.

—¡Tengo quince años y me gustaría ser mejor de lo que soy! ¡Pero no puedo! ¿Queréis saber mi historia?

Escupió a la cámara y un misil de saliva se estrelló contra la lente y fue resbalando.

Bebé Kochamma estaba en su cuarto, sentada en la cama, rellenando un cupón de Listerine que ofrecía un descuento de dos rupias al adquirir la nueva botella de quinientos mililitros y bonos de regalo de dos mil rupias a los Afortunados Ganadores del sorteo.

Sombras gigantescas de insectos minúsculos se proyectaban por las paredes y el techo. Para librarse de ellos, Bebé Kochamma había apagado las luces y había encendido una vela grande en un recipiente con agua. El agua ya estaba llena de cadáveres abrasados. La luz de la vela acentuaba el colorete de sus mejillas y la pintura de su boca. Tenía el rímel corrido. Sus joyas refulgían.

Ladeó el cupón acercándolo a la vela.

¿Qué marca de elixir bucal utiliza habitualmente?

Listerine, escribió Bebé Kochamma con una letra grande, de trazos inseguros por la edad.

Indique por qué:

No lo dudó. *Aroma Penetrante. Aliento Fresco.* Había aprendido el lenguaje rápido y conciso de los anuncios televisivos.

Escribió su nombre y mintió en cuanto a su edad.

En *Profesión* escribió *Jardinería Ornamental (Diplomada en Rochester, USA).*

Metió el cupón en un sobre en el que estaba escrito GALENOS RESPONSABLES, KOTTAYAM. Lo llevaría Kochu Maria en su expedición matutina a la ciudad por bollos de crema de la Mejor Confitería.

Bebé Kochamma cogió el diario granate con bolígrafo incorporado. Pasó las páginas hasta llegar al 19 de junio y comenzó a escribir. Era una rutina. Escribió: *Te quiero. Te quiero.*

Todas las páginas del diario comenzaban de modo idéntico. Tenía una maleta llena de diarios con idénticos comienzos. Algunos decían algo más que eso. Algunos contenían las cuentas de los gastos del día, listas de cosas que hacer, fragmentos de sus diálogos favoritos de los anuncios de sus jabones favoritos. Pero incluso esas cosas comenzaban con las mismas palabras: *Te quiero. Te quiero.*

Hacía cuatro años que el padre Mulligan había muerto de hepatitis vírica en un *ashram* al norte de Rishikesh. Los años de estudio de los escritos sagrados hindúes habían despertado en él al principio una curiosidad teológica y, con el paso del tiempo, lo llevaron a un cambio de fe. Quince años atrás el padre Mulligan se había convertido en un vaisnava: un adepto de Visnú. Siguió manteniendo contacto con Bebé Kochamma incluso después de unirse al *ashram*. Le escribía cada *diwali** y le enviaba una felicitación por Año Nuevo. Hacía unos años que le había enviado una fotografía en la que estaba dirigiéndose a una congregación de viudas punjabíes de clase media en un retiro espiritual. Todas las mujeres iban vestidas de blanco y se cubrían la cabeza con los saris. El padre Mulligan vestía de azafrán. Una yema de huevo dirigiéndose a un mar de huevos duros. Llevaba el pelo y la barba blanca largos, pero peinados y acicalados. Un Santa Claus azafrán con ceniza votiva en la frente. Bebé Kochamma no podía creérselo. Fue lo único de todo lo que le mandó que no había guardado. Se sentía ofendida por el hecho de que hubiera renunciado a sus votos, pero no por *ella*. Por otros votos. Era como abrir los brazos para darle la bienvenida a alguien y pasara de largo y fuera a caer en los brazos de otra persona.

La muerte del padre Mulligan no alteró el texto de los comienzos de página del diario de Bebé Kochamma, simplemente porque, en lo que a ella se refería, eso no alteraba su disponibilidad. Si acaso, lo poseía en la muerte como nunca lo había hecho cuando estaba vivo. Por lo menos, el recuerdo que tenía de él era *suyo*. Enteramente suyo. Salvajemente, ferozmente suyo. No tenía que compartirlo con

---

* Fiesta de la luz hinduista, que se celebra en octubre. *(N. de las T.)*

la Fe, y aún menos con otras monjas competidoras ni con otras *sadhus*, o *swamis*, o como se llamasen las damas que acudían a él.

El hecho de que la rechazara en vida (aunque había sido amable y compasivo) quedó neutralizado con la muerte. En el recuerdo de Bebé Kochamma, la abrazaba. Solo a ella. Del modo que un hombre abraza a una mujer. Después de su muerte, Bebé Kochamma lo desvistió de aquella ridícula ropa azafrán y lo volvió a vestir con la sotana parda que tanto le gustaba. (Se regaló los sentidos con aquel cuerpo reclinado, cóncavo como el de Cristo, mientras hacía esos cambios). Le arrebató el cuenco de mendigar, le arregló las callosas plantas de los pies hindúes y le devolvió las confortables sandalias de antaño. Lo reconvirtió en el camello que levantaba mucho las rodillas al andar y que iba a comer los jueves.

Y todas las noches, una tras otra, año tras año, en un diario tras otro diario tras otro diario, escribió: *Te quiero. Te quiero.*

Volvió a meter el bolígrafo en la trabilla y cerró el diario. Se quitó las gafas, se soltó la dentadura con la lengua, apartó los hilillos de saliva que la mantenían pegada a las encías como si tañera las cuerdas colgantes de un arpa y la introdujo en un vaso con Listerine. Cayó al fondo e hizo ascender pequeñas burbujas como oraciones. Su copita de por la noche. Soda con una sonrisa entre dientes. Aroma penetrante por la mañana.

Bebé Kochamma se recostó en la almohada a la espera de oír salir a Rahel de la habitación de Estha. Habían empezado a hacerle sentirse incómoda. Los dos. Hacía unos días, por la mañana, al abrir la ventana (para Respirar Aire Fresco), los había cazado Volviendo De Algún Sitio. Estaba claro que habían pasado toda la noche fuera. Juntos. ¿Dónde podrían haber estado? ¿Qué y cuánto recordarían? ¿Cuándo se marcharían? ¿Qué estarían haciendo tanto rato, sentados juntos a oscuras? Se quedó dormida apoyada en las almohadas y pensando que tal vez con el ruido de la lluvia y de la televisión no había oído abrirse la puerta del cuarto de Estha. Y que tal vez hacía tiempo que Rahel se había ido a la cama.

No era así.

Rahel estaba tumbada en la cama de Estha. Parecía más delgada en esa posición. Más joven. Más pequeña. Tenía la cara vuelta hacia la ventana que había junto a la cama. La lluvia, que caía sesgada, golpeaba en los barrotes de la reja y se rompía en partículas finísimas que le salpicaban la cara y el suave brazo desnudo. La camiseta sin mangas era una nota de amarillo brillante en medio de la oscuridad. Su mitad inferior, enfundada en unos vaqueros, se mezclaba con la oscuridad.

Estaba un poco fresco. Un poco húmedo. Un poco silencioso. El Aire.

Pero ¿qué podía decirse allí?

Desde donde estaba sentado, a los pies de la cama, Estha podía verla sin tener que girar la cabeza. El contorno suave. La línea nítida de la mandíbula. Las clavículas que se desplegaban como alas desde la base de la garganta hasta el final de los hombros. Un pájaro contenido por la piel.

Ella giró la cabeza y lo miró. Él estaba sentado muy erguido. Esperando la inspección. Había acabado de planchar.

Ella le parecía adorable. Su pelo. Sus mejillas. Sus manos pequeñas, de aspecto hábil.

Su hermana.

Un ruido persistente comenzó a sonar en su cabeza. El ruido de trenes que pasan. La luz y la sombra y la luz y la sombra que se proyectan sobre uno, si está sentado junto a la ventanilla.

Se puso aún más erguido. Todavía podía ver a su hermana. Había crecido dentro de la piel de su madre. El brillo líquido de sus ojos en la oscuridad. Su naricilla recta. Su boca de labios carnosos. Un algo que le daba aspecto de estar herida. Como si se estremeciera por algo. Como si, mucho tiempo atrás, alguien —un hombre con anillos— le hubiera cruzado la boca de una bofetada. Una preciosa boca herida.

La preciosa boca de su madre, pensó Estha. La boca de Ammu.

Que le había besado la mano entre los barrotes de la ventanilla del tren. Primera clase, tren correo de Madrás, rumbo a Madrás.

¡Adiós, Estha, que Dios te bendiga!, había dicho la boca de Ammu. La boca de Ammu tratando de no llorar.

La última vez que la había visto.

Estaba en el andén de la estación término del puerto de Cochín, con la cara alzada hacia la ventanilla del tren. La piel gris, pálida, privada de su luminosidad por la luz de neón de la estación. La luz diurna detenida por los trenes que estaban al otro lado. Corchos largos que mantenían la oscuridad embotellada. El Tren Correo de Madrás: *La Raní Voladora*.

Rahel de la mano de Ammu. Un mosquito con correa. Un Insecto Palo con sandalias Bata. Un Hada de Aeropuerto en una estación de tren. Dando patadas con los pies en el andén, levantando el polvo mugriento aposentado en la estación. Hasta que Ammu la zarandeó y le dijo «Estate quieta» y ella se estuvo quieta. Alrededor de ellos la multitud empujando.

Corriendo, apresurándose, comprando, vendiendo, tirando del equipaje, pagando al porteador, niños haciendo caca, gente escupiendo, yendo, viniendo, pidiendo, regateando, comprobando las reservas.

Ruidos de estación resonando.

Vendedores ambulantes de café. De té.

Niños demacrados, rubios, malnutridos, vendiendo revistas obscenas y comida que ellos no se podían permitir comer.

Chocolatinas derretidas. Cigarrillos de caramelo.

Naranjadas.

Limonadas.

Coca-Cola. Fanta. Helado. Batido.

Muñecas de piel de color rosa. Sonajeros. «Amores-en-Tokio».

Periquitos de plástico llenos de caramelos con cabezas que se podían desenroscar.

Gafas de sol rojas con la montura amarilla.

Relojes de juguete con la hora pintada.

Un cargamento de cepillos de dientes defectuosos.

La Estación Término del Puerto de Cochín.

Gris bajo las luces grises. Gente hundida. Sin techo. Hambrientos. Aún bajo los efectos de la última hambruna. Con su revolución pospuesta, de momento, por el camarada E. M. S. Namboodiripad (*Títere Soviético, Perro del Gobierno*). La antigua niña de los ojos de Pekín.

El aire estaba plagado de moscas.

Un ciego sin párpados, con los ojos tan azules como unos vaqueros gastados y la piel plagada de marcas de viruela, charlaba con un leproso al que le faltaban los dedos, mientras daba chupadas con gran destreza a unas colillas sacadas de entre un montón de basura que había al lado.

—¿Y tú? ¿Cuándo viniste a vivir aquí?

Como si hubieran tenido posibilidad de elegir. Como si hubieran *escogido* aquello como hogar entre una amplia colección de elegantes terrenos edificables en un catálogo de papel satinado.

Un hombre sentado sobre una balanza roja se quitó la pierna artificial (de rodilla para abajo) que tenía pintada una bota negra y un calcetín blanco. La pantorrilla hueca y abombada era de color rosado, como deben ser las pantorrillas que se precien (¿por qué repetir los errores de Dios al recrear la imagen humana?). Dentro de ella guardaba su billete. Su toalla. Su vaso de acero inoxidable. Sus olores.

Sus secretos. Su amor. Su locura. Su esperanza. Su júbilo infinito. El pie de verdad estaba descalzo.

Compró un poco de té para llenar su vaso.

Una señora anciana vomitó. Un charco lleno de grumos. Y siguió su vida.

El mundo de la estación. El circo social. Donde la desesperación, con la locura del comercio, se iba volviendo en contra y, poco a poco, se convertía en resignación.

Pero, en aquella ocasión, para Ammu y sus gemelos heterocigóticos no había ventana de Plymouth por la que mirar. Ni red que los protegiese mientras cruzaban el aire del circo.

¡Haz las maletas y márchate!, había dicho Chacko. Pisando una puerta rota. Con el picaporte en la mano. Y Ammu, aunque le temblaban las manos, no había levantado la mirada del dobladillo que estaba cosiendo sin que hiciera falta. Tenía una lata con cintas abierta en el regazo.

Pero Rahel sí lo hizo. Levantó la mirada. Y vio que Chacko había desaparecido y en su lugar había un monstruo.

Un hombre de labios abultados, con anillos, flemático, vestido de blanco, compró cigarrillos Scissors a un vendedor del andén. Tres paquetes. Para fumar en el pasillo del tren.

SatisfAcción
para hombres de acción.

Era el acompañante de Estha. Un Amigo de la Familia que por casualidad iba a Madrás. El señor Kurien Maathen.

Puesto que, de todos modos, Estha iba a ir con una persona adulta, Mammachi había dicho que no había necesidad de tirar el dinero comprando otro billete más. Baba compraba el de Madrás a Calcuta. Ammu estaba comprando Tiempo. Ella también tenía que hacer sus maletas y marcharse. A empezar una nueva vida con la que pudiera conservar a sus niños con ella. Hasta entonces, se había decidido que solo uno de los gemelos podía quedarse en Ayemenem. Los dos, no. Juntos constituían un problema. *sánataS ne sus sojo.* Tenían que separarlos.

Quizá tengan razón, susurró Ammu mientras preparaba el baúl y la bolsa de viaje. *Quizá un chico necesite un Baba.*

El hombre de los labios abultados iba en el compartimento que había a continuación del de Estha. Dijo que intentaría cambiar de asiento con alguien, una vez que el tren se hubiera puesto en marcha.

De momento, dejó sola a la reducida familia.

Sabía que un ángel infernal se cernía sobre ellos. Iba adonde ellos iban. Se paraba cuando ellos se paraban. Cera goteando de una vela torcida.

Todo el mundo lo sabía.

Había salido en los periódicos. La noticia de la muerte de Sophie Mol y del «enfrentamiento» de la policía con un paraván acusado de secuestro y asesinato. Del asedio subsiguiente del Partido Comunista a Conservas y Encurtidos Paraíso, liderado por el propio Paladín de la Justicia y Portavoz de los Oprimidos de Ayemenem. El camarada K. N. M. Pillai sostenía que la dirección había implicado al paraván en un caso falso porque era miembro muy activo del Partido Comunista. Que querían eliminarlo porque se había atrevido a participar en «Actividades Sindicales Legales».

Todo eso había salido en los periódicos. La Versión Oficial.

Por supuesto, el hombre de los labios abultados y los anillos no tenía ni idea de la otra versión.

La de que un grupo de policías Tocables había cruzado el río Meenachal, lento y crecido por las recientes lluvias, y se había abierto camino entre la maleza húmeda, pisando fuerte, hasta el Corazón de las tinieblas..

18. La Casa de la Historia

Un grupo de policías Tocables había cruzado el río Meenachal, lento y crecido por las recientes lluvias, y se había abierto camino entre la maleza húmeda, con el sonido metálico de las esposas tintineando en el bolsillo de uno de ellos.

Sus amplios shorts caqui estaban tan rígidos por el almidón que se balanceaban sobre la hierba alta como una hilera de falditas tiesas, desacompasados con el ritmo de las piernas.

Eran seis. Servidores del Estado.

Pulcritud
Obediencia
Lealtad
Integridad
Cortesía
Imparcialidad
Abnegación

La policía de Kottayam. Un pelotón de cómic. Príncipes de la era moderna, con graciosos yelmos puntiagudos. De cartón, rematados de algodón. Con manchas de aceite capilar. Raídas coronas color caqui.

Negros de Corazón.

De propósitos aviesos.

Levantaban muy alto las piernas delgadas, pisando fuerte al atravesar la hierba alta. Las enredaderas se les enganchaban en los pelos de las piernas, húmedos por el rocío. Abrojos y florecillas adornaban sus medias de color apagado. Ciempiés pardos dormían en las suelas de sus botas de Tocables con puntera de acero. Ramas ásperas arañaban la piel de sus piernas y les hacían rasguños en zigzag. Con el chapoteo, al atravesar la ciénaga, el barro húmedo sonaba bajo sus pisadas como si fueran pedos.

Se fueron abriendo paso con dificultad dejando atrás bisbitas, que extendían las alas empapadas para secárselas como ropa lavada al viento, en las copas de los árboles. Garcetas. Cormoranes. Cigüeñuelas. Grullas a la búsqueda de un lugar para bailar. Garzas púrpura de ojos despiadados. Ensordecedoras con su *croac, croac, croac*. Madres-pájaro con sus huevos.

El calor de la temprana mañana estaba lleno de promesas de que lo peor estaba por llegar.

Más allá de la ciénaga, que olía a agua estancada, pasaron por delante de viejos árboles cubiertos de enredaderas. De plantas gigantescas de maní. De pimienta salvaje. De cascadas de flores púrpura.

Por delante de un escarabajo azul oscuro que se balanceaba en una brizna de hierba tiesa.

Por delante de telarañas enormes que habían resistido la lluvia y se extendían como secretos susurrados de un árbol a otro.

Una flor de banano, enfundada en brácteas granate, colgaba de un árbol sucio con las hojas desgarradas. Una gema sostenida por un colegial zarrapastroso. Una joya en medio de la jungla de terciopelo.

Libélulas de color carmesí se apareaban en el aire. Una encima de la otra. Hábiles. Uno de los policías se quedó unos instantes mirando su juego sexual y preguntándose cómo se lo montarían. Luego su mente volvió a la realidad y a sus pensamientos de policía.

Adelante.

Junto a grandes hormigueros apelmazados por la lluvia. Desplomados como centinelas drogados a las puertas del Paraíso.

Por delante de mariposas que vagaban por el aire como mensajeros felices.

Helechos gigantes.

Un camaleón.

Una flor inesperada.

El apresuramiento de las grises aves de la jungla corriendo a ocultarse.

La mirística que Vellya Paapen no encontró.

Un canal que se bifurcaba. Estancado. Atascado con hierbajos. Como una culebra verde muerta. Con un tronco de árbol caído encima. Los policías Tocables lo pasaron dando un saltito. Blandiendo sus largas porras de bambú pulido.

Hadas peludas con varitas mágicas letales.

Más allá, la luz del sol se fragmentaba entre troncos delgados de árboles inclinados. Los Negros de Corazón entraron de puntillas en el Corazón de las tinieblas. El sonido estridente de los grillos aumentó.

Ardillas grises bajaban corriendo por los troncos moteados de árboles del caucho vueltos hacia el sol. Antiguos machetazos surcaban su corteza. Sellados. Cicatrizados. Desaprovechados.

Jungla y más jungla y luego un claro entre la hierba. Una casa.

La Casa de la Historia.

Cuyas puertas estaban cerradas con llave y cuyas ventanas estaban abiertas.

Con suelos fríos de piedra y sombras ondulantes con forma de barco en las paredes.

Donde antepasados cerúleos con uñas gruesas en los pies y cuyo aliento olía a mapas amarillentos susurraban susurros de papel.

Donde lagartijas translúcidas vivían detrás de viejos cuadros.

Donde los sueños eran capturados y resoñados.

Donde el fantasma, clavado a un árbol con una hoz, de un viejo inglés fue liberado por dos gemelos heterocigóticos: una República Móvil con un tupé, que había plantado una bandera comunista en la tierra a su lado. Cuando el grupo de policías pasó junto a él, no oyeron su ruego. Con voz de misionero amable: *Perdón, no tendrían... No tendrían, por casualidad... Supongo que no llevarán un puro, ¿verdad...? No, claro, ya lo suponía.*

La Casa de la Historia.

Donde en los años siguientes el Terror (aún por llegar) se enterraría en una tumba poco profunda. Oculto bajo el alegre canturreo de cocineros de hotel. Humillaciones de viejos comunistas. La muerte lenta de los bailarines. Los juguetes con historia con los que iban a jugar turistas ricos.

Era una casa preciosa.

De paredes que fueron blancas. De techo rojo. Pero pintada ahora con los colores del tiempo. Con pinceladas de la paleta de la naturaleza. Verde musgo. Ocre terroso. Negro descascarillado. Que hacían que pareciera más vieja de lo que era en realidad. Como un tesoro hundido, sacado a la superficie desde el fondo del océano. Besado por ballenas y percebes. Envuelto en silencio. Respirando burbujas a través de sus ventanas rotas.

Una ancha galería la rodeaba por completo. Las habitaciones estaban retranqueadas, enterradas en las sombras. El tejado de tejas se inclinaba como los costados de un barco inmenso puesto del revés. Las vigas podridas, sostenidas por pilares que fueron blancos, se habían combado en el centro, lo que había abierto un agujero enorme como un bostezo. Un agujero de la Historia. Un agujero con forma de Historia en el universo, a través del cual salían, a la hora del crepúsculo, nubes densas de murciélagos silenciosos como el humo de la fábrica, que se dispersaban en medio de la noche.

Volvían al amanecer con noticias del mundo. Un nubarrón gris en la distancia rosada que, de pronto, se agolpaba por encima de la casa y la oscurecía antes de lanzarse en picado al agujero de la Historia, como el humo en una película marcha atrás.

Los murciélagos dormían todo el día, cubrían el techo como un forro de piel. Salpicaban los suelos de cagadas.

Los policías se detuvieron y se desplegaron en abanico. En realidad, no era necesario, pero les gustaban esos juegos de Tocables.

Se colocaron en posiciones estratégicas. Agachados junto al murete bajo y roto de piedra que hacía de linde.

Una meada rápida.

Espuma caliente sobre piedras tibias. Meada policial.

Hormigas ahogadas en burbujas amarillas.

Respiraciones profundas.

Y luego, todos juntos, apoyándose sobre codos y rodillas, se arrastraron hacia la casa. Como los policías de las películas. En silencio, por la hierba. Con largas porras en la mano. Con ametralladoras en la mente. Con la responsabilidad del futuro de los Tocables sobre sus hombros débiles, pero aptos para la misión.

Encontraron a su presa en la galería trasera. Un tupé deshecho. Una fuente con un «amor-en-Tokio». Y, en otra esquina (tan solo como un lobo), un carpintero con esmalte rojo en las uñas.

Dormido. Lo que convertía todo aquel montaje Tocable en un absurdo.

El *¡uh!* de la sorpresa.

Con los titulares ya en sus cabezas.

FORAJIDO ATRAPADO EN OPERACIÓN POLICIAL.

Por su insolencia, por aguar la fiesta, la presa pagó. ¡Oh, sí!

Despertaron a Velutha a golpes de bota.

Esthappen y Rahel se despertaron con los gritos de alguien cuyo sueño se ve sorprendido con la rotura de las rodillas.

Los gritos se les ahogaron en el estómago y se les quedaron flotando como peces muertos. En el suelo, encogidos y petrificados, entre el espanto y la incredulidad, vieron que el hombre al que estaban pegando era Velutha. ¿De dónde habría venido? ¿Qué habría hecho? ¿Por qué le habrían llevado allí los policías?

Oyeron el ruido de la madera sobre la carne. El de las botas sobre los huesos. Sobre los dientes. El gruñido sordo que se emite cuando un estómago recibe una patada. El crujido amortiguado de un cráneo sobre el cemento. El borboteo de la sangre entremezclado con la respiración al clavarse una costilla rota en un pulmón.

Con los labios morados y los ojos como platos miraban hipnotizados algo que percibían, pero no podían comprender: la ausencia de apasionamiento en lo que hacían los policías. El vacío donde debería haber cólera. La brutalidad medida, constante, la economía en todo aquello.

Como si estuvieran abriendo una botella.

O cerrando un grifo.

O cascando un huevo para hacer una tortilla.

Los gemelos eran demasiado pequeños para saber que aquellos hombres no eran más que unos secuaces de la historia. Enviados a cuadrar los libros y hacer pagar a los que transgredían sus leyes. Impulsados por sentimientos que, aunque primarios, paradójicamente, también eran impersonales. Sentimientos de desprecio que nacen del miedo embrionario, no reconocido, del miedo de la civilización ante la naturaleza, del miedo de los hombres ante las mujeres, del miedo del poder ante la falta de poder.

Esa urgencia subliminal de destrozar lo que no se puede someter ni deificar.

Necesidades de Hombre.

Lo que Esthappen y Rahel presenciaron aquella mañana, aunque entonces no lo sabían, fue una demostración clínica controlada (después de todo, aquello no era la guerra ni un genocidio) de la búsqueda del dominio de la naturaleza humana. Estructura. Orden. Monopolio absoluto. Era la historia humana, disfrazada de Intención Divina, revelándose a una audiencia menor de edad.

En lo que ocurrió aquella mañana no hubo nada accidental. Nada *imprevisto*. No fue un ataque aislado ni un ajuste de cuentas personal. Aquella era una época que dejaba huellas en quienes la vivían.

La Historia en una puesta en escena en vivo.

Si hicieron a Velutha un daño mayor del que pretendían fue solo porque hacía mucho tiempo que se había cortado cualquier afinidad, cualquier punto de contacto entre ellos y él, cualquier implicación, aunque no fuera más que la biológica, pues era un ser humano como ellos. No detenían a un hombre: exorcizaban su propio miedo. No disponían de un instrumento para calibrar cuánto castigo podía soportar. No tenían manera de calcular qué daños le habían causado o hasta qué punto.

A diferencia de lo acostumbrado al reprimir tumultos religiosos o sofocar disturbios descontrolados, aquella mañana, en el Corazón de las tinieblas, el grupo de policías Tocables actuó con economía, no con frenesí. Con eficiencia, no de un modo anárquico. Con responsabilidad, no con histeria. No le arrancaron el pelo ni lo quemaron vivo. No le cortaron los genitales y se los metieron en la boca. No lo violaron. Ni lo decapitaron.

Después de todo, no estaban luchando contra una epidemia. Estaban vacunando a una comunidad contra un simple brote.

En la galería trasera de la Casa de la Historia, mientras rompían y aplastaban al hombre al que ellas querían, la señora Eapen y la señora Rajagopalan, Embajadoras Gemelas de Dios-sabe-qué, aprendieron dos lecciones nuevas.

Lección Número Uno:

La sangre apenas se ve en un Hombre Negro. (Pim-pim). Y

Lección Número Dos:

Pero huele.

Un olor empalagoso.

Como el de rosas marchitas traídas por la brisa. (Pim-pim).

—*Madiyo?* —preguntó uno de los Agentes de la Historia.

—*Madi aayirikkum* —respondió otro.

¿Suficiente?

Suficiente.

Retrocedieron unos pasos. Artesanos enjuiciando su obra. A una distancia estética.

Su Obra, abandonada por Dios y por la Historia, por Marx, por el Hombre, por la Mujer y (en las horas que habían de venir) por los Niños, yacía doblada en el suelo. Estaba semiconsciente, pero no se movía.

Tenía el cráneo fracturado por tres sitios. La nariz y los pómulos aplastados, lo cual daba a su rostro un aspecto carnoso indefinido. El golpe en la boca le había roto el labio superior y le había partido seis dientes, tres de los cuales se le habían clavado en el labio inferior, lo que había transformado su maravillosa sonrisa convirtiéndola en algo horrible. Tenía cuatro costillas astilladas. Una le había perforado el pulmón izquierdo, que era lo que le hacía sangrar por la boca. Sangre roja brillante en el aliento. Fresca. Espumosa. En la parte inferior del intestino se le había producido una hemorragia que le llenaba de sangre la cavidad abdominal. La espina dorsal estaba lesionada en dos puntos, con parálisis del brazo derecho y pérdida de control de vejiga y recto. Las dos rótulas estaban hechas añicos.

Aun así, sacaron las esposas.

Frías.

Con olor a metal. Como los pasamanos de acero de los autobuses y las manos de los cobradores de tanto aferrarse a ellos. Entonces fue cuando vieron que tenía las uñas pintadas. Uno le mantuvo las manos en alto y le movió los dedos con coquetería. Los demás se rieron.

—¿Qué es esto? —dijo con voz de falsete—. ¿Haces a pelo y a pluma?

Uno de los policías le dio un golpecito en el pene con su bastón.

—Venga, enséñanos tu arma secreta. Enséñanos cómo se te pone de tiesa cuando se la chupas a alguien.

Luego levantó la bota (con ciempiés enrollados en la suela) y la dejó caer con un ruido sordo.

Le esposaron los brazos a la espalda.

Clic.

Y clic.

Bajo una Hoja de la Buena Suerte. Una hoja otoñal por la noche. Que hacía que los monzones llegasen a su debido tiempo.

Tenía la carne de gallina en el punto en que las esposas le tocaban la piel.

—No es él —le susurró Rahel a Estha—. Seguro. Es su hermano gemelo. Urumban. El de Kochi.

Poco dispuesto a refugiarse en ficciones, Estha no dijo nada.

Alguien les estaba hablando. Un amable policía Tocable. Amable con los de su clase.

—¿Estáis bien, niños?, ¿estáis bien? ¿Os ha hecho daño?

Y no al mismo tiempo, pero casi, los gemelos contestaron muy bajito.

—Sí. No.

—No os preocupéis. Ahora, con nosotros, estáis a salvo.

Luego los policías echaron una mirada alrededor y vieron la estera de paja.

Los cacharros y las sartenes.

El pato hinchable.

El koala de propaganda de Qantas con botones medio caídos por ojos.

Los bolígrafos con calles londinenses dentro.

Los calcetines con los dedos de colores separados.

Las gafas de sol rojas de plástico con montura amarilla.

Un reloj con la hora pintada.

—¿De quién es esto? ¿De dónde ha salido? ¿Quién lo ha traído? —preguntaron con un poco de preocupación en la voz.

Estha y Rahel, llenos de peces, se quedaron mirándolos.

Los policías se miraron entre sí. Sabían lo que tenían que hacer.

Cogieron el koala de propaganda de Qantas para sus hijos.

Y los bolígrafos y los calcetines. Hijos de policías con calcetines con los dedos de colores.

Quemaron el pato con un cigarrillo. *Bang.* Y enterraron los trozos de goma quemada.

Un pato inútil. Demasiado fácil de reconocer.

Las gafas se las puso uno de ellos. Los demás se rieron, así que se las dejó puestas un rato. Del reloj se olvidaron todos. Se quedó en la Casa de la Historia. En la galería trasera. Un registro defectuoso del tiempo. Las dos menos diez.

Se fueron.

Seis príncipes con los bolsillos llenos de juguetes.

Un par de gemelos heterocigóticos.

Y el Dios de la Pérdida.

No podía andar. Así que lo llevaban a rastras.

Nadie los vio.

Los murciélagos, por supuesto, son ciegos.

19. Salvar a Ammu

En la comisaría, el inspector Thomas Mathew mandó que trajeran dos Coca-Colas. Con pajitas. Un agente muy servil las trajo sobre una bandeja de plástico y se las ofreció a los dos niños cubiertos de barro que estaban sentados frente al inspector, y cuyas cabecitas apenas sobresalían por encima del lío de papeles y documentos que había sobre el escritorio.

Así que, otra vez, en el periodo de dos semanas, le sirvieron a Estha miedo embotellado. Frío. Lleno de burbujas. A veces las cosas iban peor con Coca-Cola.

Las burbujas se le metieron por la nariz. Eructó. Rahel soltó una risilla y después se puso a soplar por la pajita hasta que la bebida empezó a salirse de la botella y a caerle en el vestido. Y por todo el suelo. Estha leyó en voz alta el letrero que había en la pared.

—dutirclu**P** —dijo—. dutirclu**P**, aicneideb**O**,

—datlae**L**, dadirgetn**I** —dijo Rahel.

—aísetro**C**.

—dadilaicrapm**I**.

—nóicagenb**A**.

Hay que decir en su favor que el inspector Thomas Mathew no perdió la calma. Se dio cuenta de cómo aumentaba la incoherencia en los niños. Notó que tenían las pupilas dilatadas. Ya había visto aquello antes... La válvula de escape del cerebro humano. Su manera de afrontar el trauma. Fue indulgente con todo ello y formuló las preguntas con gran inteligencia. De modo inofensivo. Entre un «¿Cuándo es tu cumpleaños, chico?» y un «¿Cuál es tu color preferido, chica?».

Poco a poco, de forma inconexa y deshilvanada, las cosas comenzaron a tener sentido. Sus hombres le habían informado de que había cacharros y cacerolas, una estera de paja, juguetes imposibles de olvidar. Ahora todo empezaba a encajar. Al inspector Thomas Mathew no le hacía ninguna gracia. Envió un jeep a buscar a Bebé Kochamma. Se aseguró de que los niños no estuvieran en el despacho cuando llegó. No la saludó cuando entró.

—Tome asiento —le dijo.

Bebé Kochamma presintió que pasaba algo terrible.

—¿Los han encontrado? ¿Ocurre algo?

—Ocurre de todo —le aseguró el inspector.

Por su mirada y el tono de su voz, Bebé Kochamma se dio cuenta de que esta vez estaba tratando con una persona diferente. Aquel no era el complaciente policía del encuentro anterior. Se dejó caer en una silla. El inspector Thomas Mathew no se anduvo con rodeos.

La policía de Kottayam había actuado basándose en una declaración escrita y firmada por *ella*. Se había atrapado al paraván. Por desgracia, había resultado gravemente herido en el enfrentamiento y lo más probable era que no pasara de aquella noche. Pero ahora los niños decían que ellos se habían marchado por voluntad propia. Que su barca había volcado y que la niña inglesa se había ahogado por accidente. Lo cual hacía que la policía tuviera que cargar con la responsabilidad de la muerte en la comisaría de un hombre que, en teoría, era inocente. Cierto que era un paraván. Cierto que se había comportado mal. Pero corrían tiempos difíciles y teóricamente, según la ley, era un hombre inocente. No había cometido ningún *delito*.

—¿Intento de violación? —sugirió Bebé Kochamma, con voz débil.

—¿*Dónde* está la denuncia de la víctima de la violación? ¿Alguien la ha puesto? ¿Ha declarado? ¿Ha venido con usted?

El tono del inspector era agresivo. Casi hostil.

Bebé Kochamma parecía haberse encogido. Bolsas de carne le colgaban debajo de los ojos y de la mandíbula. El miedo la invadió y la saliva se le tornó amarga dentro de la boca. El inspector le alcanzó un vaso de agua.

—El asunto es muy sencillo. Una de dos: la víctima de la violación tiene que poner una denuncia por escrito, o los niños tienen que identificar al paraván como su secuestrador en presencia de un testigo de la policía. O... —Esperó a que Bebé Kochamma lo mirara—. O tendré que acusarla de presentar una denuncia falsa. Lo cual es delito.

El sudor hizo que la blusa azul clara de Bebé Kochamma comenzara a adquirir manchas oscuras. El inspector Mathew no la apremió en ningún momento. Sabía que, dado el clima político, podía encontrarse metido en un serio problema. Era consciente de que el camarada K. N. M. Pillai no dejaría pasar aquella oportunidad. Estaba furioso consigo por haber actuado con tanta precipitación. Cogió una toalla de mano y se la metió por dentro de la camisa para secarse el sudor del pecho y las axilas. La oficina estaba en silencio. Los ruidos de la actividad de la comisaría, el resonar de botas o el quejido ocasional de dolor de alguien a quien estaban interrogando parecían distantes, como si procedieran de otro lugar.

—Los niños harán lo que se les diga —dijo Bebé Kochamma—. ¿Podría hablar con ellos a solas un momento?

—Como quiera.

El inspector se levantó para abandonar la oficina.

—Por favor, deme cinco minutos antes de que entren.

El inspector Thomas Mathew asintió con la cabeza y salió.

Bebé Kochamma se secó el rostro brillante y sudoroso. Estiró el cuello, mirando hacia el techo, para poder limpiar con la punta de su sari el sudor de las arrugas escondidas entre los pliegues de grasa. Besó su crucifijo.

Dios te salve, María, llena eres de gracia...

Las palabras de la oración la abandonaron.

Se abrió la puerta. Estha y Rahel fueron conducidos hasta ella. Cubiertos de barro. Empapados de Coca-Cola.

Al ver a Bebé Kochamma se pusieron serios de repente. La mariposa con un pelambre dorsal de una densidad inusual desplegó las alas sobre sus corazoncitos. *¿Por qué había venido ella? ¿Dónde estaba Ammu? ¿Todavía estaba encerrada?*

Bebé Kochamma les dirigió una mirada severa. Permaneció callada durante largo rato. Cuando habló, le salió una voz ronca y extraña.

—¿De quién era la barca? ¿De dónde la habéis sacado?

—Era nuestra. La encontramos. Velutha la arregló para nosotros —susurró Rahel.

—¿Desde cuándo la teníais?

—La encontramos el día que llegó Sophie Mol.

—¿Y robasteis cosas de la casa y las llevasteis al otro lado del río en la barca?

—Solo estábamos jugando...

—*¿Jugando?* ¿Es así como lo llamáis?

Bebé Kochamma los miró durante largo rato antes de volver a hablar.

—El cuerpo de vuestra adorable primita yace en el salón. Los peces le han comido los ojos. Su madre no puede dejar de llorar. ¿A eso lo llamáis *jugar*?

Una brisa repentina levantó las cortinas floreadas. Rahel vio los jeeps aparcados fuera. Y a gente que pasaba por la calle. Un hombre estaba intentando arrancar su moto. Cada vez que daba una patada al pedal de arranque se le torcía el casco hacia un lado.

Dentro de la oficina del inspector, la mariposa de Pappachi iba de acá para allá.

—Quitarle la vida a una persona es algo terrible —dijo Bebé Kochamma—. Es lo peor que alguien puede hacer. Ni siquiera *Dios* lo perdona. Lo sabéis, ¿no es así?

Dos cabecitas asintieron dos veces.

—Y, sin embargo —los miró con tristeza—, lo habéis hecho. —Después los miró fijamente—. Sois unos asesinos.

Esperó a que aquellas palabras hicieran efecto.

—Sabéis que no fue un accidente. Sé lo celosos que estabais de ella. Y, si los jueces me lo preguntan durante el juicio, tendré que decírselo, ¿no os parece? No puedo mentir, ¿no? —Dio unos golpecitos en la silla que había junto a ella—. Venid, sentaos aquí...

Cuatro nalgas de dos culitos obedientes se apretaron dentro de la silla.

—Tendré que decirles que teníais totalmente prohibido ir solos al río. Contarles que la obligasteis a acompañaros, a pesar de que sabíais que no sabía nadar. Que la tirasteis de la barca en medio del río. No fue un accidente, ¿no es así?

Cuatro ojos como platos la miraban fijamente. Fascinados con el cuento que les estaba contando. *Y entonces, ¿qué pasó?*

—Así que ahora tendréis que ir a la cárcel —dijo Bebé Kochamma con dulzura—. Y vuestra madre irá a la cárcel por culpa vuestra. ¿Os gustaría eso?

Unos ojos asustados y una fuente la miraron.

—Los tres en distintas cárceles. ¿Sabéis cómo son las cárceles en la India?

Dos cabecitas negaron dos veces.

Bebé Kochamma expuso sus argumentos. Ofreció unas descripciones muy vívidas (extraídas de su imaginación) de la vida en la cárcel. De la comida llena de cucarachas. De la *chhi-chhi* amontonada en los retretes como montañas pardas y blandas. De las chinches. De las palizas. Hizo hincapié en la cantidad de años que Ammu estaría encerrada por su culpa. En que sería una mujer vieja y enferma, con la cabeza llena de piojos, cuando saliera de la cárcel, si es que no moría allí dentro, claro. Con su tono de voz dulce y preocupado, desplegó con todo detalle ante ellos el macabro futuro que les esperaba. Cuando hubo destruido completamente todo rayo de esperanza en sus vidas, les ofreció, igual que un hada madrina, una solución. Dios nunca los perdonaría por lo que habían hecho, pero aquí, en la tierra, existía una manera de reparar parte del daño. De salvar a su madre de la humillación y el sufrimiento por su culpa. Eso siempre que estuvieran dispuestos a ser prácticos.

—Por suerte —dijo Bebé Kochamma—, por suerte para vosotros, la policía ha cometido un error. Un error *afortunado*. —Hizo una pausa—. Sabéis a qué me refiero, ¿no es así?

Había gente atrapada bajo el pisapapeles de vidrio colocado sobre el escritorio del policía. Estha podía verlos. Un hombre y una mujer bailando un vals. Ella llevaba un vestido blanco con las piernas al descubierto.

—¿No es así?

Había una música de vals de pisapapeles. Mammachi la estaba tocando con su violín.

Ti-ri-ri-rí, ti-rí.

Ñañá-ñañá.

—El caso es que lo que pasó ya no tiene solución —decía la voz de Bebé Kochamma—. El inspector dice que morirá de todos modos. Así que, en realidad, a él ya no le va a importar mucho lo que la policía pueda pensar. Lo que importa es si vosotros queréis ir a la cárcel y hacer que Ammu vaya a la cárcel por culpa *vuestra*. Esa es una decisión que depende de vosotros.

Había burbujas dentro del pisapapeles, que hacían que pareciera que el hombre y la mujer estaban bailando un vals debajo del agua. Parecían felices. Tal vez fuera el día de su boda. Ella, con su vestido blanco. Él, con su esmoquin y su corbata de pajarita. Se miraban fijamente a los ojos.

—Lo único que tenéis que hacer, si queréis salvarla, es ir con el señor inspector. Él os hará una pregunta. Una sola pregunta. Todo lo que tenéis que hacer es decir «Sí». Y después ya nos podremos ir todos a casa. Así de fácil. Es un precio muy bajo el que hay que pagar.

Bebé Kochamma se quedó mirando hacia donde miraba Estha. Era lo único que podía hacer para no acabar cogiendo el pisapapeles y arrojándolo por la ventana. El corazón le latía a toda velocidad.

—¡Bueno! —dijo, con una sonrisa amplia y frágil y una voz que empezaba a acusar la tensión—. ¿Qué le digo al señor inspector? ¿Qué hemos decidido? ¿Queréis salvar a Ammu o la mandamos a la cárcel?

Como si estuviera ofreciéndoles una elección entre dos diversiones: ¿pescar o bañar a los cerdos? ¿Bañar a los cerdos o pescar?

Los gemelos la miraron y, no al mismo tiempo (pero casi), dos vocecitas asustadas susurraron:

—Salvar a Ammu.

Años más tarde, recrearían aquella escena dentro de sus cabezas. Siendo niños. Siendo adolescentes. Siendo adultos. ¿Hicieron lo que hicieron inducidos por el engaño? ¿Los habían engañado para que condenaran a Velutha?

En cierto modo, sí. Pero tampoco era tan sencillo. Los dos sabían que se les había dado a elegir. ¡Y qué rápido habían elegido! No lo pensaron más allá de un segundo antes de levantar la mirada y decir (no al mismo tiempo, pero casi): «Salvar a Ammu». Salvarnos nosotros. Salvar a nuestra madre.

Bebé Kochamma sonrió de oreja a oreja. El alivio actuó como un laxante. Necesitaba ir al cuarto de baño. Urgentemente. Abrió la puerta y pidió que llamaran al inspector.

—Son unos niños muy buenos —le dijo cuando llegó—. Irán con usted.

—No es necesario que vengan los dos. Con uno basta —dijo el inspector Thomas Mathew—. Cualquiera de los dos. El chico. La chica. ¿Quién quiere venir conmigo?

—Estha —dijo Bebé Kochamma, pues sabía que era el más práctico de los dos. El más dócil. El más previsor. El más responsable—. Ve tú. Eres un buen chico.

Pequeño hombrecito soy. A bordo de un barco voy. (Pimpim).

Y Estha fue.

El Embajador E. Pelvis. Con los ojos como platos y un tupé deshecho. Un embajador bajito flanqueado por dos policías altos, camino de una terrible misión en lo más profundo de las entrañas de la comisaría de Kottayam. Sus pasos resonaban sobre el suelo de piedra.

Rahel se quedó en la oficina del inspector escuchando los soeces ruidos que hacía Bebé Kochamma al aliviar su intestino en el cuarto de aseo que el inspector tenía al lado.

—No funciona la cisterna. ¡Qué horror...! —dijo cuando salió, avergonzada de pensar que el inspector vería el color y la consistencia de su deposición.

El calabozo estaba oscuro como boca de lobo. Estha no podía ver absolutamente nada, pero podía oír el sonido de una respiración áspera y dificultosa. El olor a excrementos hizo que le dieran arcadas. Alguien encendió la luz. Brillante. Cegadora. Velutha apareció sobre aquel suelo resbaladizo y cubierto de musgo. Un genio destrozado, invocado por una lámpara moderna. Estaba desnudo, su sucio *mundu* se había desatado. La sangre le brotaba del cráneo como un secreto. Tenía la cara hinchada y su cabeza parecía una calabaza demasiado grande y pesada para el tallo que la sostenía. Una calabaza con una sonrisa monstruosa y al revés. Las botas de los policías retrocedieron frente a un charco de orina que surgía de aquel cuerpo y se iba extendiendo. La bombilla, desnuda y brillante, se reflejaba en aquel charco.

Peces muertos salieron a flote dentro de Estha. Uno de los policías tocó a Velutha con el pie. No hubo respuesta. El inspector Thomas Mathew se puso de rodillas y pasó la llave de su jeep por la planta del pie de Velutha. Los ojos hinchados se abrieron. La mirada deambuló por la habitación hasta que distinguió, por entre la película de sangre que le cubría los ojos, el rostro de un niño amado y quedó clavada en él. Estha se imaginó que algo en él había sonreído. No su boca, sino alguna parte de su cuerpo que no estuviera herida. Su codo, tal vez. O su hombro.

El inspector hizo su pregunta. La boca de Estha dijo: «Sí».

La infancia se alejó de puntillas.

El silencio se deslizó dentro de él, como un rayo.

Alguien apagó la luz y Velutha desapareció.

De regreso a casa, Bebé Kochamma hizo parar el jeep de la policía en uno de los establecimientos de Galenos Responsables y compró una caja de tranquilizantes Calmpose. Les dio dos a cada uno. Para cuando llegaron a Chungam Bridge ya se les estaban cerrando los ojos. Estha le susurró algo a Rahel al oído.

—Tenías razón. No era él. Era Urumban.

—¡Gracias a Dios! —respondió Rahel con un susurro.

—¿Dónde crees que estará?

—Habrá huido a África.

Cuando se los entregaron a su madre, estaban profundamente dormidos, flotando en aquella ficción.

Hasta la mañana siguiente, hasta que Ammu se la arrancó de golpe. Pero para entonces ya era demasiado tarde.

El inspector Thomas Mathew, hombre de experiencia en aquellos asuntos, tenía razón: Velutha no pasó de aquella noche.

Poco después de la medianoche, la Muerte fue a buscarlo.

¿Y a la pequeña familia acurrucada y dormida sobre una colcha azul bordada con punto de cruz? ¿Quién fue en su busca?

La Muerte no. Solo el fin de la vida.

Después del entierro de Sophie Mol, cuando Ammu los volvió a llevar a la comisaría y el inspector escogió sus mangos (*Tap, tap*), ya se habían deshecho del cuerpo. Lo habían tirado al *themmady kuzhy* (la fosa común), que es donde la policía suele tirar, rutinariamente, a sus muertos.

Bebé Kochamma se quedó aterrada cuando se enteró de que Ammu había ido a la comisaría. Todo lo que Bebé Kochamma había hecho se basaba en una suposición. Había dado por sentado que Ammu, hiciera lo que hiciese, por más furiosa que estuviera, nunca admitiría públicamente su relación con Velutha. Porque, según Bebé Kochamma, aquello significaría su propia destrucción y la de sus hijos. Para siempre. Pero Bebé Kochamma no había tenido en cuenta el Lado Peligroso de Ammu. La Mezcla Inmezclable: la infinita ternura de la maternidad y la cólera temeraria de una terrorista suicida.

La reacción de Ammu la dejó anonadada. La tierra se abrió bajo sus pies. Sabía que tenía a un aliado en el inspector Thomas Mathew. Pero ¿durante cuánto tiempo? ¿Y qué sucedería si lo trasladaban y se reabría el caso? Lo cual podía pasar, dada la multitud de militantes del partido que el camarada K. N. M. Pillai había logrado reunir a la puerta de su jardín y que no paraban de gritar y vociferar consignas. Aquello no permitía que los obreros acudieran a trabajar, y grandes cantidades de mangos, plátanos, piñas, ajo y jengibre se pudrían lentamente en las instalaciones de Conservas y Encurtidos Paraíso.

Bebé Kochamma comprendió que tenía que conseguir que Ammu se fuera de Ayemenem lo antes posible.

Y lo logró haciendo aquello que mejor sabía: regar sus plantaciones, nutriéndolas con las pasiones de otras personas.

Empezó a roer como una rata en la despensa del dolor de Chacko. Entre sus paredes plantó un objetivo fácil y accesible para la furia demencial de Chacko. No le fue difícil presentar a Ammu como la verdadera responsable de la muerte de Sophie Mol. A Ammu y a sus gemelos heterocigóticos.

El Chacko que acabó tirando puertas abajo no era más que un toro desesperado revolviéndose de dolor bajo el látigo de Bebé Kochamma. Fue idea *suya* obligar a Ammu a hacer las maletas y marcharse. Fue idea *suya* que Estha fuera Devuelto.

20. El tren correo de Madrás

En la estación término de Cochín, Estha el Solitario estaba en la ventanilla con barrotes del tren. El Embajador E. Pelvis. Una piedra atada al cuello con un tupé. Y una sensación de oleadas verdes, de aguas espesas, de grumos, de algas marinas, de cosas que flotan, de vacío y de lleno. El baúl con su nombre grabado estaba bajo el asiento. La caja del almuerzo con bocadillos de tomate y el termo Águila con un águila estaban en la mesita plegable que tenía enfrente.

Junto a él una señora con un sari verde y púrpura de Kanjeevaram y unos diamantes como abejas refulgentes en las aletas de la nariz le ofreció *laddoos* amarillos de una cajita de la que estaba comiendo. Estha negó con la cabeza. Ella le sonrió e intentó convencerlo cerrando los ojos, que desaparecieron detrás de las gafas convertidos en unas rajitas, y haciendo un ruido como de besos con la boca.

—Prueba uno. Son muuuy dulces —dijo en tamil. *Rombo maduram.*

—Dulces —dijo en inglés su hija mayor, que tenía más o menos la edad de Estha.

Estha volvió a decir que no con la cabeza. La señora le acarició el pelo y le deshizo el tupé. Su familia (el marido y tres niños) ya estaba comiendo. En el asiento había grandes migas de *laddoos* amarillos. Traqueteo del tren bajo sus pies. La luz nocturna azulada todavía sin encender.

El hijo pequeño de la señora la encendió. La señora la apagó. Le explicó al niño que era una luz para dormir. No era una luz para estar despierto.

Todos los vagones de Primera Clase eran verdes. Los asientos, verdes. Las cabinas, verdes. El suelo, verde. Las cadenas, verdes. Verde oscuro, verde claro.

PARA DETENER EL TREN TIRE DE LA PALANCA, decía en verde.

ARAP RENETED LE NERT ERIT ED AL ACNALAP, pensó Estha en verde.

Ammu lo cogía de la mano a través de la ventanilla con barrotes.

—Guarda bien el billete —decía la boca de Ammu. La boca de Ammu tratando de no llorar—. El revisor te lo pedirá.

Estha asintió mirando hacia abajo a la cara de Ammu alzada hacia la ventanilla. Y a Rahel, pequeña y manchada por la suciedad de la estación. Los tres unidos por la certeza, el conocimiento, de que su amor por un hombre le había causado la muerte.

Eso no lo decían los periódicos.

A los gemelos les llevó años comprender qué papel había tenido Ammu en lo ocurrido. En el entierro de Sophie Mol, y en los días anteriores a que Estha fuera Devuelto, vieron que tenía los ojos hinchados y, con el egocentrismo propio de los niños, pensaron que eran ellos los culpables de su dolor.

—Cómete los bocadillos antes de que se pongan blandos —dijo Ammu—. Y no te olvides de escribir.

Inspeccionó las uñas de la manita que estaba sosteniendo y sacó una brizna negra de suciedad de la uña del dedo gordo.

—Y cuídate mucho, cariño, hasta que vaya a buscarte.

—¿Cuándo, Ammu? ¿Cuándo vas a ir a buscarme?

—Pronto.

—Pero ¿cuándo? ¿Cuándo *exactamente*?

—Pronto, cariño. Tan pronto como pueda.

—¿El mes siguiente al que viene, Ammu? —dijo, poniendo deliberadamente un plazo más largo para que Ammu dijera: *Antes de eso, Estha. Sé práctico. ¿Y tus estudios?*

—Tan pronto como consiga un trabajo. Tan pronto como pueda irme de aquí y conseguir un trabajo —dijo Ammu.

—¡Pero eso no pasará nunca!

Una oleada de pánico. Una sensación de vacío y de lleno.

La señora de al lado estaba escuchando la conversación con atención.

—Mirad qué bien habla el inglés —les dijo a sus hijos en tamil.

—Pero eso no pasará nunca. Ene, u, ene, ce, a. Nunca —dijo la niña mayor desafiante.

Con «nunca» Estha solo había querido decir que sería dentro de demasiado tiempo. Que no sería *ya*, que no sería *pronto*.

Con «nunca» no había querido decir «jamás».

Pero las palabras le salieron así.

¡Pero eso no pasará nunca!

Pero ellos pensaron que nunca quería decir jamás.

¿Ellos?

El Gobierno.

Adonde se mandaba a la gente para que se comportara Pero Que Muy Bien.

Y, al final, eso fue lo que ocurrió.

Nunca. Jamás.

Fue culpa *suya* que el hombre que tenía Ammu en el pecho dejara de gritar desde lejos. Culpa *suya* que muriera sola en la pensión sin nadie acurrucado a su espalda hablándole.

Porqué había sido él quien lo *había dicho. ¡Pero, Ammu, eso no pasará nunca!*

—No seas bobo, Estha. Será pronto —dijo la boca de Ammu—. Me haré profesora. Abriré un colegio. Y Rahel y tú estudiaréis en él.

—Y no pagaremos en ese colegio porque será nuestro —dijo Estha con su pragmatismo a prueba de todo. Mirando siempre el lado bueno. Viajes en autobús gratis. Entierros gratis. Enseñanza gratis. Pequeño hombrecito soy. A bordo de un barco voy. (Pim-pim).

—Y tendremos una casa nuestra —dijo Ammu.

—Una casa pequeñita —dijo Rahel.

—Y en nuestro colegio tendremos clases y pizarras —dijo Estha.

—Y tiza.

—Y enseñarán profesores de verdad.

—Y los castigos serán justos —dijo Rahel.

Esa era la materia de la que estaban hechos sus sueños. El día en que Estha fue Devuelto. Tiza. Pizarras. Castigos justos.

No pedían que se les perdonara con una pequeña amonestación. Solo pedían que los castigos se correspondieran con su delito. Que no les cayeran castigos como armarios con la cama empotrada. Que no fueran de esos en los que puedes pasarte toda la vida caminando por un laberinto de estantes.

Sin previo aviso, el tren se puso en movimiento. Muy despacio.

A Estha se le dilataron las pupilas. Sus uñas se clavaron en la mano de Ammu mientras ella iba andando por el andén. Y su andar se fue convirtiendo en correr, mientras el tren correo de Madrás iba cogiendo velocidad.

—*¡Que Dios te bendiga, hijo mío, cariño mío! ¡Iré pronto a buscarte!*

—¡Ammu! —dijo Estha cuando soltó su mano. Un dedito tras otro—. ¡Ammu! ¡Tengo ganas de vomitar!

La voz de Estha se convirtió en un gemido.

El pequeño Elvis la Pelvis, con un deshecho tupé especial de viaje. Y zapatos beis puntiagudos. Su voz se quedó atrás.

En el andén de la estación, Rahel se dobló sobre sí misma y gritó y gritó.

El tren se fue. La luz se encendió.

Veintitrés años más tarde, Rahel, una mujer oscura con camiseta amarilla, se vuelve hacia Estha en la oscuridad.

—Esthapappychachen Kuttappen Peter Mon —dice.

Susurra.

Mueve la boca.

La hermosa boca de su madre.

Estha, sentado muy erguido, esperando a que lo detengan, alarga los dedos hacia la boca. Para tocar las palabras que dice. Para conservar el susurro. Sus dedos palpan el contorno. Tocan los dientes. Su mano es cogida y besada.

Apretada contra el frío de una mejilla, húmeda de salpicaduras de lluvia.

Luego ella se incorporó y lo rodeó con sus brazos. Tiró de él para que se pusiera a su lado.

Estuvieron tumbados así mucho rato. Despiertos en la oscuridad. Silencio y Vacío.

Ni viejos. Ni jóvenes.

Pero de una edad en que la muerte ya era un hecho posible.

Eran unos extraños que se habían conocido por casualidad.

Se habían conocido antes de que la Vida comenzara.

Hay muy poco que decir que pueda aclarar lo que sucedió a continuación. Nada que (en el libro de Mammachi) separara el Sexo del Amor. O las Necesidades de los Sentimientos.

Excepto que ningún observador Observó a través de los ojos de Rahel. Que nadie se quedó mirando el mar desde la ventana. O una barca en el río. O a alguien que pasaba con sombrero entre la bruma.

Excepto que estaba un poco fresco. Un poco húmedo. Pero muy silencioso. El Aire.

Pero ¿qué puede decirse?

Solo que hubo lágrimas. Solo que el Silencio y el Vacío encajaron como una cuchara sobre otra. Solo que hubo un olisqueo en los huecos de la base de una garganta adorable. Solo que un hombro de color miel acabó con una marca semicircular de dientes. Solo que siguieron abrazados el uno al otro mucho tiempo después de que aquello acabara. Solo que lo que compartieron aquella noche no fue felicidad, sino un terrible dolor.

Solo que, una vez más, transgredieron las Leyes del Amor. Que establecen a quién debe quererse. Y cómo. Y cuánto.

El tamborilero solitario tamborileaba en el tejado de la fábrica abandonada. Una puerta de tela metálica se cerró de golpe. Un ratón atravesó corriendo el suelo de la fábrica. Telarañas precintaban viejos depósitos donde se habían preparado encurtidos. Todos vacíos menos uno, en el que descansaba un montoncito de polvo blanco apelmazado. Polvillo de huesos de un alechuza. Muerto hacía tiempo. Alechuza en conserva.

En respuesta a la pregunta de Sophie Mol: *Chacko, ¿adónde van a morir los pájaros viejos? ¿Por qué los muertos no caen como piedras del cielo?*

Pregunta formulada la noche del día en que llegó. Estaba de pie al borde del estanque ornamental de Bebé Kochamma mirando los giros de los milanos en el cielo.

Sophie Mol. Ensombrerada, acampanada y Querida de Antemano.

Margaret Kochamma (porque sabía que cuando se viaja al Corazón de las tinieblas *b) A Cualquiera le puede Pasar Cualquier Cosa*) la llamó para que entrara a tomarse sus pastillas. Filaria. Malaria. Diarrea. Desgraciadamente, no tenía ninguna pastilla profiláctica contra Morir Ahogada.

Y después ya era la hora de comer.

—De cenar, tonto —le dijo Sophie Mol a Estha cuando fue a buscarla.

A la hora *de cenar, tonto*, los niños se sentaron en una mesa más pequeña. Sophie Mol, de espaldas a los mayores, hacía muecas de asco ante la comida. Cada bocado que se llevaba a la boca era mostrado a sus asombrados primos a medio masticar, hecho una bola en la lengua como si fuera un vómito reciente.

Cuando Rahel hizo lo mismo, Ammu la vio y se la llevó a la cama.

Ammu arropó a su hija y apagó la luz. Su beso de buenas noches no dejó un rastro de saliva en la mejilla de Rahel, y Rahel comprendió que no estaba realmente enfadada.

—Ammu, no estás enfadada —susurró feliz. *Su madre la quería un poco más.*

—No. —Ammu la volvió a besar—. Buenas noches, cariño. ¡Que Dios te bendiga!

—Buenas noches, Ammu. ¡Que Estha suba pronto!

Y cuando Ammu se marchaba oyó el susurro de su hija.

—¡Ammu!

—¿Qué?

—Somos de una misma sangre, tú y yo.

Ammu se apoyó contra la puerta a oscuras, sin ninguna gana de volver a la mesa, donde la conversación giraba como una mariposa en torno a la niña blanca y a su madre, como si ellas fueran los únicos focos de luz. Ammu pensó que se iba a morir; que se iba a marchitar y a morir si seguía escuchando una sola palabra más. Si tenía que soportar otro minuto más la sonrisa llena de orgullo, una sonrisa de trofeo de campeonato de tenis, que tenía Chacko. O los celos, subliminalmente sexuales, que emanaban de Mammachi. O la conversación de Bebé Kochamma, que, deliberadamente, excluía a Ammu y a sus hijos para dejar claro cuál era su lugar en el esquema de aquella casa.

Al recostarse contra la puerta, en medio de la oscuridad, Ammu sintió que su sueño, su pesadilla de aquella tarde, se agitaba dentro de ella como una onda en el océano que va creciendo hasta convertirse en una ola. El hombre alegre de un solo brazo y piel salada y un solo hombro que acababa abruptamente como un acantilado emergía de entre las sombras de la playa cubierta de vidrios y caminaba a su encuentro.

¿Quién era?

¿Quién podía ser?

El Dios de la Pérdida.

El Dios de las Pequeñas Cosas.

El Dios de la Piel Erizada y de las Sonrisas Prontas.

No podía hacer dos cosas a la vez.

Si la acariciaba, no podía hablarle; si la amaba, no podía dejarla; si hablaba, no podía escuchar; si luchaba, no podía ganar.

Ammu lo deseaba con vehemencia. Su cuerpo lo añoraba con tal intensidad que casi le dolía.

Volvió a la mesa.

21. El precio de la vida

Cuando la vieja casa hubo cerrado los ojos somnolientos y se arrellanó en el sueño, Ammu, con una camisa vieja de Chacko sobre la enagua blanca y larga, salió a la galería delantera. Se paseó arriba y abajo durante un rato. Inquieta. Furiosa. Luego se sentó en la silla de mimbre, bajo la cabeza del bisonte con botones por ojos y los retratos del Pequeño Bendecido y de Aleyooty Ammachi, que estaban colgados a los lados. Sus gemelos dormían como siempre que estaban agotados: con los ojos entreabiertos. Dos pequeños monstruos. Habían heredado aquello de su padre.

Ammu encendió su transistor de mandarina. Una voz de hombre chisporroteó entre interferencias. Una canción en inglés que no había oído nunca.

Estaba allí, sentada en medio de la oscuridad. Una mujer sola, que despedía un brillo tenue y miraba el jardín ornamental de su avinagrada tía mientras escuchaba una mandarina. Una voz que llegaba desde lejos. Flotando por el aire a través de la noche. Navegando sobre lagos y ríos. Sobre densas copas de árboles. Dejando atrás la amarilla iglesia. Dejando atrás la escuela. Saltando por la carretera sucia. Subiendo los escalones de la galería. Hasta ella.

Escuchaba la música sin demasiada atención y observaba el frenesí de los insectos que revoloteaban alrededor de la luz, rivalizando por suicidarse.

La letra de la canción fue como un estallido dentro de su cabeza.

No hay tiempo que perder,
la oí decir.
Realiza tus sueños antes de que se esfumen.
No dejes que se extingan siempre.
Si pierdes tus sueños,
perderás la razón.

Ammu encogió las piernas y puso las rodillas contra el pecho. No podía creerlo. La coincidencia de aquellas palabras. Se quedó mirando fijamente el jardín. Ousa, el alechuza, pasó volando en patrulla nocturna. Los carnosos anturios brillaban como si fueran de bronce.

Siguió sentada un rato. Mucho después de que la canción hubiera terminado. Y luego, de pronto, se levantó de la silla y salió de su mundo como hechizada. Rumbo a un lugar mejor, más feliz.

Se movía con rapidez en la oscuridad, como un insecto que va siguiendo un rastro químico. Conocía el sendero que llevaba al río tan bien como sus hijos y podría haber encontrado el camino con los ojos vendados. No sabía qué era lo que la hacía ir tan deprisa entre la maleza. Lo que convirtió su caminar en correr. Lo que la hizo llegar a la ribera del Meenachal sin aliento. Sollozando. Como si llegara tarde a algo. Como si su vida dependiera de llegar a tiempo. Como si supiera que él estaría allí. Esperando. Como si *él* supiera que ella iría.

Él lo sabía.

Lo sabía.

La certeza se le había colado dentro aquella tarde. Limpiamente. Como la hoja afilada de un cuchillo. Cuando la historia metió la pata. Mientras sostenía a su hijita en sus brazos. Cuando sus ojos le dijeron que no era él el único que podía dar regalos. Que también ella tenía regalos que darle, que, en respuesta a sus barquitas, sus cajitas y sus molinitos de viento, ella le podía dar los profundos hoyuelos de su sonrisa. Su suave piel morena. Sus hombros refulgentes. Sus ojos que siempre estaban en otra parte.

Él no estaba allí.

Ammu se sentó en los peldaños de piedra que conducían al agua. Metió la cabeza entre los brazos y pensó que era una loca por haber estado tan segura. Tan *convencida.*

Más allá, corriente abajo, en el centro del río, Velutha flotaba de espaldas y mirando las estrellas. Su hermano paralítico y su padre tuerto ya habían cenado lo que él les había preparado y dormían. Así que era libre para tumbarse boca arriba en el río y dejarse llevar despacio por la corriente. Un tronco. Un cocodrilo sereno. Algunos cocoteros se inclinaban, metiéndose en el río, y lo miraban pasar flotando. El bambú amarillo lloraba. Los pececillos coqueteaban con él y se tomaban ciertas libertades. Lo mordisqueaban.

Se dio la vuelta y empezó a nadar. Corriente arriba. A contracorriente. Se volvió hacia la orilla para echar una última ojeada y se quedó flotando y pensando que había sido un loco por haber estado tan seguro. Tan *convencido.*

Al verla, casi se ahogó por la emoción. Tuvo que hacer un enorme esfuerzo para no hundirse. Se mantuvo a flote, en vertical, de pie en medio de un río oscuro.

Ella no veía su cabeza balanceándose sobre el río oscuro. Podía ser cualquier cosa. Un coco flotando. De todos modos, no estaba mirando. Tenía la cabeza metida entre los brazos.

La observó. Se tomó su tiempo.

Si hubiera sabido que estaba a punto de entrar en un túnel cuya única salida consistía en su propia aniquilación, ¿se habría alejado?

Tal vez sí.

Tal vez no.

¿Quién puede saberlo?

Empezó a nadar hacia ella. En silencio. Cortando el agua sin hacer ruido. Casi había alcanzado la orilla cuando levantó la vista y lo vio. Sus pies tocaron el lecho fangoso. Cuando salió del río oscuro y se puso a subir por los peldaños de piedra, ella comprendió que el mundo en el que estaban era el mundo de Velutha. El mundo al que él pertenecía. Pertenecía al agua. Al lodo. A los árboles. A los peces. A las estrellas. ¡Se movía con tanta facilidad entre ellos...! Al mirarlo, comprendió la esencia de su belleza. Cómo le había configurado su trabajo. Cómo la madera que tallaba lo había tallado. Cada tablón que había trabajado, cada clavo que había clavado, cada cosa que había hecho, lo había moldeado. Había dejado su impronta en él. Le había dado su fuerza, su ductilidad y su armonía.

Llevaba una fina tela blanca pasada entre las piernas oscuras y enrollada alrededor de las caderas. Se sacudió el agua del pelo. Ella lo vio sonreír en la oscuridad. Su sonrisa blanca, súbita, la que había mantenido consigo desde la infancia hasta la edad adulta. Su único equipaje.

Se miraron el uno al otro. Habían dejado de pensar. El tiempo de pensar había llegado y se había ido. Las sonrisas aplastadas estaban aún lejos. Pero eso sería luego.

Luego.

Él se colocó delante de ella goteando río. Ella siguió sentada en los peldaños, observándolo, con la cara pálida a la luz de la luna. A él le recorrió un escalofrío súbito. El corazón se le puso a latir con fuerza. Todo era un terrible error. Él la había interpretado mal. Todo era producto de su imaginación. Era una trampa. Había gente entre los arbustos. Observando. Ella era el delicioso anzuelo. ¿Cómo podría ser de otro modo? Lo habían visto en la manifestación. Intentó hablar con tono desenfadado. Normal. Pero le salió un graznido.

—Ammukutty, ¿qué pasa?

Ella se acercó y pegó su cuerpo al de Velutha, que simplemente siguió allí, de pie. No la tocó. Se puso a temblar. Un poco, por el frío. Un poco, por el terror. Un poco, por el dolor del deseo. A pesar del temor, su cuerpo estaba dispuesto a morder el anzuelo. La deseaba. Con urgencia. La humedad del cuerpo de Velutha la empapó. Lo rodeó con sus brazos.

Él intentó ser racional: *¿Qué es lo peor que puede pasar? Puedo perderlo todo. Mi trabajo. Mi familia. Mi modo de vida. Todo.*

Ella oyó los latidos salvajes del corazón de Velutha.

Lo abrazó hasta que se calmó. Un poco.

Se desabrochó la blusa. Siguieron así, de pie. Piel contra piel. La piel morena de ella contra la piel de él. La suavidad de ella contra la dureza de él. Sus pechos color de almendra (que no podrían sostener un cepillo de dientes) contra el tórax de ébano liso. La piel de Velutha olía a río. Ese olor especial de paraván que tanto repugnaba a Bebé Kochamma. Ammu sacó la lengua y probó cómo sabía el hueco de la base del cuello de Velutha. El lóbulo de la oreja. Ladeó la cabeza y lo besó en la boca. Un beso turbio. Un beso que exigía otro beso a cambio. Él la besó. Primero con cautela. Luego con ansia. Lentamente, sus brazos fueron subiendo por la espalda de Ammu. Con mucha suavidad. Ella sentía la piel de sus manos. Áspera. Callosa. Como de lija. Las movía con cuidado para no lastimarla. Ella sentía lo delicada que era para él. Se sentía a sí misma a través de él. La piel. El cuerpo que no existía más que donde él tocaba. El resto de su cuerpo era humo. Sintió cómo se estremecía contra ella. Velutha le puso las manos en las nalgas (que podían sostener un cargamento de cepillos de dientes) y la atrajo contra sus caderas para que sintiese cuánto la deseaba.

La biología dispuso la coreografía de la danza. El terror marcó el tiempo. Dictó el ritmo con que un cuerpo respondía al otro. Como si supieran que, por cada estremecimiento de placer, pagarían con una medida igual de dolor. Como si supieran que, cuanto más lejos llegasen, más atrapados estarían. Así que se contenían. Se atormentaban el uno al otro. Se daban muy despacio. Pero eso solo empeoraba las cosas. Solo acrecentaba el deseo. Solo hacía que aún les costase más. Porque eso salvaba los escollos, eliminaba la torpeza y la precipitación de todo amor nuevo y los llevaba a una pasión febril.

Tras ellos el río latía en la oscuridad, brillando como seda salvaje. Los bambúes amarillos lloraban.

La noche apoyaba los codos en el agua y los observaba.

Estaban tumbados bajo el mangostán, donde hacía poco una vieja barquita gris con flores-barca y frutas-barca había sido arrancada del suelo por una República Móvil. Una avispa. Una bandera. Un tupé sorprendido. Una fuente con un «amor-en-Tokio».

El mundo-barca, que había sido desbaratado precipitadamente, había desaparecido.

Las termitas blancas rumbo al trabajo.

Las mariquitas blancas rumbo a casa.

Los escarabajos blancos que se escondían de la luz.

Los saltamontes blancos con violines de madera blanca.

La triste música blanca.

Todo había desaparecido.

Dejando un parche de tierra seca con forma de barca al descubierto, preparada para el amor. Como si Esthappen y Rahel hubieran preparado el suelo para ellos. Deseosos de que ocurriera. Las comadronas gemelas del sueño de Ammu.

Ammu, ya desnuda, se inclinó sobre Velutha, con su boca sobre la de él. Él desplegó su pelo largo formando como una tienda de campaña. Igual que hacían sus niños cuando querían aislarse del mundo exterior. Ella se fue deslizando más abajo, besando el resto de su cuerpo. El cuello. Las tetillas. El estómago de chocolate. Chupó las últimas gotas de río de la hendidura del ombligo. Apretó contra sus párpados el pene erecto y caliente. Lo paladeó. Salado en la boca. Él se incorporó y la atrajo hacia sí. Ella sintió su vientre, duro como una tabla, apretado bajo su peso. Sintió que su propia humedad bañaba la piel de él. Él le rodeó un pezón con los labios y acunó el otro pecho con la palma de su mano callosa. Terciopelo dentro de un guante de papel de lija.

En el momento en que ella lo guiaba a su interior, vislumbró su juventud, lo *joven* que era, vio el asombro en sus ojos ante el secreto revelado y le sonrió como si se tratase de su hijo.

Una vez dentro de ella, el miedo quedó derrocado y la biología se impuso. El precio de vivir alcanzó cotas inabordables; aunque luego Bebé Kochamma diría que era un Precio muy Bajo el que hubo que Pagar.

¿Lo fue?

Dos vidas. Dos infancias de niños.

Y una lección de historia para futuros transgresores.

Unos ojos empañados mantenían la mirada fija en otros ojos empañados y una mujer luminosa se abría a un hombre luminoso. Era tan amplia y profunda como un río crecido. Él navegaba por sus aguas. Ella lo sentía adentrarse más y más. Avanzando de modo frenético. Desesperado. Intentando llegar más al fondo. Y más. Lo único que lo detenía era la configuración del cuerpo de ella. La configuración de su propio cuerpo. Y cuando alcanzó las profundidades más profundas del interior de ella, con un sollozo y un estremecimiento, se ahogó.

Ella se dejó caer sobre él. Los cuerpos cubiertos de sudor. Sintió que el cuerpo de él resbalaba fuera de ella. Que su respiración se iba haciendo más acompasada. Que sus ojos se desempañaban. Él le acarició el pelo y notó que ella seguía teniendo ese nudo interior que a él ya se le había desatado. Suavemente le dio la vuelta y la puso boca arriba. Con su tela húmeda le enjugó el sudor y le quitó la arenilla. Se puso encima de ella con cuidado de no aplastarla con todo su peso. Piedrecitas pequeñas se le incrustaban en la piel de los antebrazos. Le besó los ojos. Las orejas. Los pechos. El vientre. Las siete estrías plateadas que se le formaron con los gemelos. La línea que iba desde el ombligo hasta el triángulo oscuro y que le indicaba dónde quería ella que fuese. El interior de sus muslos, donde la piel era tan suave. Las manos del carpintero le levantaron las caderas y una lengua intocable tocó lo más recóndito de su cuerpo. Y bebió de aquel cuenco.

Ella bailó para él. En aquel trozo de tierra con forma de barca. Estaba llena de vida.

Él, con la espalda recostada en el mangostán, la mantuvo abrazada mientras ella lloraba y reía al mismo tiempo. Y luego, aunque pareció una eternidad, no fueron más que cinco minutos, ella se quedó dormida con la espalda apoyada sobre el pecho de Velutha. Siete años de olvido levantaron el vuelo y salieron volando hacia las sombras con alas pesadas y temblorosas. Como una pava real de acero sin brillo. Y en el Camino de Ammu (hacia la Vejez y la Muerte) apareció un prado pequeño y soleado. Hierba cobriza con mariposas azules. Y más allá, un abismo.

Lentamente, el terror volvió a apoderarse de él. Por lo que había hecho. Porque sabía que lo volvería a hacer. Una y otra vez.

La despertó el ruido de los latidos del corazón de él golpeándole el pecho. Como si estuviera buscando una salida. Una costilla móvil. Un panel deslizable secreto. Aún la tenía abrazada y ella sintió cómo se le movían los músculos de los brazos mientras sus manos jugueteaban con una hoja de palmera seca. Sonrió para sus adentros en la oscuridad al pensar cuánto amaba aquellos brazos, su forma, su fuerza, lo segura que se sentía cobijada en ellos, cuando lo cierto era que no había lugar más peligroso donde pudiera hallarse.

Él hizo con sus temores una rosa perfecta. Se la ofreció en la palma de la mano. Ella la cogió y se la colocó en el pelo.

Se apretó más contra él deseando estar más dentro de él, más en contacto todavía. Él la cobijó en la cavidad de su cuerpo. Una brisa se levantó desde el río y refrescó sus cuerpos tibios.

Estaba un poco fresco. Un poco húmedo. Un poco silencioso. El Aire.

Pero ¿qué puede decirse?

Una hora más tarde Ammu se separó suavemente.

—Tengo que irme.

Él no dijo nada. No se movió. Contempló cómo se vestía.

Ahora solo una cosa importaba. Sabían que eso era todo lo que podían pedir. Lo único. Siempre. Los dos lo sabían.

Incluso luego, en las trece noches que siguieron a aquella, instintivamente se aferraron a las Pequeñas Cosas. Las Grandes Cosas siempre quedaban dentro. Sabían que no tenían adónde ir. No tenían nada. Ningún futuro. Así que se aferraron a las pequeñas cosas.

Se rieron de las mordeduras de las hormigas en las nalgas de ambos. De la torpeza de las orugas en los bordes de las hojas, de los escarabajos que se quedaban al revés y no podían darse la vuelta. Del par de pececillos que siempre buscaban a Velutha en el río y lo mordían. De una mantis particularmente religiosa. De una araña diminuta que vivía en una hendidura de la pared de la galería trasera de la Casa de la Historia y se camuflaba cubriéndose el cuerpo con alguna basura. Un fragmento de ala de avispa. Un trozo de telaraña. Polvo. Una hoja podrida. El tórax vacío de una abeja muerta. Velutha la llamaba *Chappu Thamburan*. El Señor de la Basura. Una noche hicieron una contribución a su guardarropa —una laminilla de piel de ajo— y se sintieron muy ofendidos cuando la rechazó junto con el resto de su armadura, de donde emergió contrariada, desnuda, color moco. Como si deplorase su mal gusto respecto a la ropa. Unos pocos días permaneció en aquel estado suicida de desnudez desdeñosa. La capa de basura rechazada seguía allí, como si fuese una visión del mundo pasada de moda. Una filosofía anticuada. Poco a poco *Chappu Thamburan* fue adquiriendo conjuntos nuevos.

Sin confesárselo el uno al otro, conectaban sus destinos, su futuro (su amor, su locura, su esperanza, su Júbilo Infinito) al de la araña. La buscaban todas las noches (con pánico creciente al ir pasando el tiempo) para ver si había sobrevivido aquel día. Les angustiaba su debilidad. Su pequeñez. Si su camuflaje era el apropiado. Su orgullo aparentemente autodestructivo. Llegaron a estimar su gusto ecléctico. Su dignidad desgarbada.

La eligieron porque sabían que tenían que depositar su fe en la fragilidad. Aferrarse a la pequeñez. Cada vez que se despedían solo se arrancaban una promesa pequeña.

—*¿Mañana?*

—*Mañana.*

Sabían que las cosas pueden cambiar en un solo día. Estaban en lo cierto.

Sin embargo, en cuanto a *Chappu Thamburan*, estaban equivocados. Sobrevivió a Velutha. Engendró generaciones futuras.

Murió de muerte natural.

Aquella primera noche, la del día en que llegó Sophie Mol, Velutha estaba mirando cómo se vestía su amada. Cuando acabó de hacerlo, se puso en cuclillas frente a él. Lo tocó delicadamente con los dedos y dejó un rastro de vellos erizados en su piel. Como una tiza en una pizarra.

Como la brisa en un arrozal. Como las estelas de un reactor en un cielo azul de iglesia. Él le cogió la cara entre las manos y la atrajo hacia sí. Cerró los ojos y olió su piel. Ammu se rio.

Sí, Margaret, pensó. *Nosotros también lo hacemos entre nosotros.*

Ella le besó los ojos cerrados y se puso de pie. Velutha, con la espalda apoyada en el mangostán, la miró marcharse.

Llevaba una rosa seca en el pelo.

Se volvió para decir de nuevo *Naaley*.

Mañana.

Índice

Esta obra se terminó de imprimir
en el mes de octubre de 2025,
en los talleres de Diversidad Gráfica S.A. de C.V.
Ciudad de México